中国现当代文学
专题十五讲

龙永干　文小妮　主编
邓　姿　刘智跃　副主编

浙江大学出版社
·杭州·

图书在版编目（CIP）数据

中国现当代文学专题十五讲 / 龙永干，文小妮主编.
杭州：浙江大学出版社，2025. 2. -- ISBN 978-7-308
-25810-4

Ⅰ．I206.6

中国国家版本馆CIP数据核字第2025DE4550号

中国现当代文学专题十五讲
ZHONGGUO XIANDANGDAI WENXUE ZHUANTI SHIWUJIANG

龙永干　文小妮　主编

责任编辑	赵　钰
责任校对	胡佩瑶
封面设计	续设计
出版发行	浙江大学出版社
	（杭州市天目山路148号　邮政编码310007）
	（网址：http://www.zjupress.com）
排　　版	杭州林智广告有限公司
印　　刷	杭州捷派印务有限公司
开　　本	787mm×1092mm　1/16
印　　张	15.75
字　　数	297千
版 印 次	2025年2月第1版　2025年2月第1次印刷
书　　号	ISBN 978-7-308-25810-4
定　　价	55.00元

版权所有　侵权必究　　印装差错　负责调换

浙江大学出版社市场运营中心联系方式：0571-88925591；http://zjdxcbs.tmall.com

目录

— 第一讲 —

国民性批判与知识分子自审：鲁迅的《呐喊》与《彷徨》/ 1

第一节　《呐喊》：国民劣根性批判的取向与维度 / 2

第二节　《彷徨》：现代知识分子的自审和自觉 / 5

第三节　鲁迅研究概略 / 16

— 第二讲 —

云游诗人徐志摩 / 17

第一节　追求爱、自由、美的创作取向 / 17

第二节　徐志摩诗歌的艺术贡献 / 23

第三节　徐志摩研究略述 / 25

— 第三讲 —

民族意识·性别立场·启蒙姿态：萧红的文学世界 / 29

第一节　民族意识：作为抗战作家的萧红 / 32

第二节　性别立场：作为女性作家的萧红 / 36

第三节　向着"人类的愚昧"：作为启蒙作家的萧红 / 41

— 第四讲 —
"家"的批判与审视：巴金的家族叙事 / 47

第一节 "我写作如同生活" / 49
第二节 家庭书写：对"家"的多重叙述与情感寄托 / 52
第三节 《寒夜》：现代知识分子"家"的困境与重建的可能 / 57

— 第五讲 —
沈从文笔下的湘西形象谱系与《边城》的再理解 / 63

第一节 "湘西"形象谱系 / 64
第二节 对《边城》的再理解 / 72
第三节 沈从文研究略述 / 79

— 第六讲 —
时代演进中文化立场的蜕变与曹禺的戏剧创作 / 81

第一节 时代精神与对传统的抗争和反叛 / 82
第二节 抗战语境下对传统的亲和与认同 / 86
第三节 "传统"与"现代"的区隔与融通 / 90

— 第七讲 —
土地与太阳的画家：艾青 / 95

第一节 现代与现实的综合 / 95
第二节 从画家到诗人：美术与艾青的文学世界 / 98
第三节 "土地"诗人与"太阳"歌者 / 103

― 第八讲 ―

"主观战斗精神"与路翎的小说世界 / 111

第一节　文学主张：以"主观战斗精神"为内核的现实主义 / 113
第二节　打开形象王国的钥匙：精神奴役的创伤和原始强力 / 116
第三节　整体情感特征：狂躁和痛苦 / 120

― 第九讲 ―

大时代的使命感与老舍的话剧创作 / 125

第一节　《龙须沟》《茶馆》的成就及其影响 / 127
第二节　民众性："发展了的现实主义"的根基 / 133
第三节　民族性：中国的也是世界的 / 137

― 第十讲 ―

浪漫与现代并存的朦胧诗人：舒婷 / 143

第一节　舒婷与"朦胧诗" / 143
第二节　西方文化影响：现代主义与浪漫主义 / 149
第三节　鲜明的女性意识 / 152

― 第十一讲 ―

王安忆"心灵世界"的呈现与小说创作 / 157

第一节　"小说是个人的心灵世界" / 159
第二节　"存在之图"：对心灵图景的勘探 / 163
第三节　《叔叔的故事》：元小说叙事策略的文本实践 / 167

― 第十二讲 ―

传统文化的继承与批判：金庸及其武侠小说 / 173

第一节　金庸小说对传统文化的态度 / 175

第二节　金庸小说对传统文化的继承 / 178

第三节　金庸小说对传统文化的批判 / 182

― 第十三讲 ―

余光中的璀璨之笔与斑斓诗篇 / 189

第一节　文化中国，海外游子的永恒之恋 / 190

第二节　恒在的缪斯，融汇古今中外的诗艺追求 / 198

第三节　善性西化，现代中文的转圜与坚守 / 206

― 第十四讲 ―

莫言与中外作家 / 219

第一节　莫言与蒲松龄 / 219

第二节　莫言与鲁迅 / 223

第三节　莫言与外国作家 / 226

― 第十五讲 ―

毕飞宇小说的人性维度与艺术高度 / 233

第一节　毕飞宇小说的人性宽度 / 234

第二节　毕飞宇小说的人性深度 / 236

第三节　毕飞宇小说人性书写的艺术高度 / 241

第一讲

国民性批判与知识分子自审：
鲁迅的《呐喊》与《彷徨》

鲁迅是现代文学的开创者与奠基者，也是20世纪中国最为痛苦和深刻的思想者。从1907年12月在《河南》发表《人之历史》到1936年10月19日病逝，终其一生笔耕不辍，给后世留下了大量的著述。在文学创作、文学批评、文学史研究、翻译、美术理论引进、基础科学介绍和古籍校勘与研究等多个领域都有着重大贡献。就其创作而言主要有小说集《呐喊》《彷徨》《故事新编》等3部，散文集《朝花夕拾》1部，散文诗集《野草》1部，杂文集《坟》《热风》《华盖集》《华盖集续编》《而已集》《南腔北调集》等17部。

鲁迅曾为匡救中国文明之弊而做深邃广远的思考，认为"人国"之文明，当"外之既不后于世界之思潮，内之仍勿失固有之血脉，取今复古，别立新宗"[1]。就其自我个体的思想和创作实践来看，他也正是在内外两面积极感应着中国和世界的现实生活和思想潮流，将其熔铸与汇入自我的精神和文字中，为中国思想和文化病症的揭发和疗救的可能探求，为民族和国家的新生与重建做出了卓绝的努力与付出。"心事浩茫连广宇，于无声处听惊雷。"即使在病重之时他依然对生活和世界、社会与民族有着极为深沉而诚挚的热爱："外面行进着的夜，无穷的远方，无数的人们，都和我有关。"[2]

---

[1] 鲁迅：《文化偏至论》，载《鲁迅全集（第1卷）》，人民文学出版社，1981，第56页。
[2] 鲁迅：《"这也是生活"……》，载《鲁迅全集（第6卷）》，人民文学出版社，1981，第601页。

第一节 《呐喊》：国民劣根性批判的取向与维度

《呐喊》最初由北京新潮社于1923年出版，内收鲁迅从1918年到1922年的小说15篇。1930年第13次印刷时，鲁迅将《补天》（原名《不周山》）从中抽出，就成了现在14篇的通行版。《呐喊》是鲁迅的代表作品之一，也是中国现代文学史上的重要收获。鲁迅对其非常重视，认为它"表现的深切和格式的特别，颇激动一部分青年的心"[①]。

就表现的"深刻"而言，《呐喊》可谓开启了中国现代文学史上的"国民性批判"主题。但就《呐喊》一书中的具体篇目来看，14篇里不是每一篇都是典型的国民性批判之作。如《社戏》《兔和猫》等就很难说是国民性批判之作。《社戏》虽然有城市看戏和乡下看戏的对比，且对前者充满了厌烦，但其主体则是对乡土生活和儿时记忆的深深眷念。《兔和猫》国民性批判意蕴非常淡漠，文中对小兔子的关心，对猫的复仇心理——"那黑猫是不能久在矮墙上高视阔步的了，我决定的想，于是又不由的一瞥那藏在书箱里的一瓶氰酸钾。"[②] 它所涉及的是鲁迅的"弱者本位"的生命意识，既与他在杂文中提出的"幼者本位"密切相关，也与他对底层民众——"被侮辱和被损害的"深沉的爱有着密切关联，还可以从中感悟到弱者唯有反抗强者才能获得生存的抗争意识。即是说，《呐喊》是鲁迅启蒙语境中国民性批判的杰出之作，但就具体篇章而言，不能一概而论，而应细读文本，具体分析。

中国在历史上有过辉煌和绚烂，但在近代趋于黯淡和衰颓。鸦片战争后，沦入被世界列强瓜分和欺凌的悲惨境遇。国家和民族陷入此种苦难和不幸，使得近代以来的觉醒的知识分子们都开始了积极的思索和反思。王韬、马建忠、薛福成、康有为、梁启超等人或关注器物而提倡洋务运动，或聚焦体制推行戊戌变法，他们为改变中国积贫积弱局面而努力探索。但因各种原因，上述探索都以失败告终。基于前行者探索的经验、教训和思考，鲁迅与五四一代知识分子将目光聚焦到了国民的思想精神和文化心理上。有人认为，鲁迅对国民劣根性的批判是受史密斯的《支那人气质》一书的影响，是偏激的，甚至是用殖民眼光来看待中国和中国人。其实，鲁迅的批判国民劣根性，是受严峻的民族、国家生存语境的影响，也是基于他多年来对中国传统和中国国民性的深入理解做出的选择。早在留学日本期间，鲁迅就曾对"怎样才是最理想的人性？""中国国民性中最

[①] 吴子敏：《鲁迅论文学与艺术（上）》，人民文学出版社，1980，第161页。
[②] 鲁迅：《兔和猫》，载《鲁迅全集（第1卷）》，人民文学出版社，1981，第553页。

缺乏的是什么？""它的病根何在？"①等进行过探讨。经历了"幻灯片事件"后，在经历各种思潮影响和尖锐的自我思想斗争后，他毅然弃医从文，认为"我们的第一要著，是在改变他们的精神，而善于改变精神的是，我那时以为当然要推文艺，于是想提倡文艺运动了"②。归国后，在新文化运动语境的推动和朋友们的鼓励下，他开始了文艺创作。自然，对国民性的关注也就成为其创作的重要内容，特别是《呐喊》的重要主题。但民族国家面临的严峻危机，时代社会的黑暗和沉重，"吃人"历史所造成的深沉苦难，让他难于也无法进行抽象的辩证分析；同时，鲁迅的人生中经历的创伤和痛苦，也让他在更多时候过于关注社会和时代的阴暗面，对人性的朽败和邪恶极为敏感；当然，这还与他接受到的以克尔凯郭尔、叔本华、尼采等人的悲观主义、存在主义生命哲学和感受到的西方19世纪末20世纪初的时代精神有着密切的关联。

"国民劣根性"是指民众在长期的历史和社会发展进程中产生的不良习性、陈腐品质和不健康的心理、精神。《呐喊》将国民劣根性作为批判的鹄的，这一点学界也达成了共识。但就其批判的具体向度和靶标来看，却在多数情形下语焉不详。其实，《呐喊》对国民劣根性的批判也是各有所指，互相区别的。具体来看，主要是围绕两个向度展开的：一是冷漠残忍；二是麻木愚昧，但不同篇章又各有所侧重，如《狂人日记》《孔乙己》《明天》等侧重于国民劣根性中的冷漠残忍，而《药》《头发的故事》和《风波》等作品则侧重于国民劣根性中的麻木愚昧。此处的冷漠残忍，是在他人处于苦难和不幸境遇中不知给予应有的同情、帮助和扶持，而是一味以看客的身份去面对，从中获得幸灾乐祸的畸形满足和对他人苦难与不幸"散昨"的病态快乐。《狂人日记》中对封建伦理温情面纱下的"互吃""相斫"真相的揭示，对"狂人"围观的冷漠和凶相的刻画。《孔乙己》中酒客们对孔乙己科举不第的讥笑嘲讽，对他境遇落魄不堪的戏谑挖苦。《明天》中，咸亨酒店和单四嫂子的家，两个空间只隔着一层薄薄的板壁，却是两个截然不同的世界：一面是无聊平庸的生，一面则是痛苦悲惨的死，可谓寓意深刻。正如鲁迅在《小杂感》中所说："楼下一个男人病得要死，那间壁的一家唱着留声机；对面是弄孩子。楼上有两人狂笑；还有打牌声。河中的船上有女人哭着她死去的母亲。人类的悲欢并不相通"③。这是人道的真空，更是人与人之间情感的绝缘。

与冷漠残忍相应的是"愚昧麻木"。愚昧麻木是指因理性缺失或思想观念的异化，对

---

① 许寿裳：《亡友鲁迅印象记》，载《挚友的怀念》，河北教育出版社，2002，第12页。
② 鲁迅：《呐喊》，载《鲁迅全集（第1卷）》，人民文学出版社，1981，第417页。
③ 鲁迅：《小杂感》，载《鲁迅全集（第3卷）》，人民文学出版社，1981，第531页。

世界、他人和自我缺少科学的认识和判断，从而对社会和时代的变化和发展缺少应有的感知、应对和发展的能力。《药》中，夏瑜为社会的进步和时代的发展，为推翻专制统治改变奴隶地位而身陷囹圄，悲惨牺牲。但民众只一味地用其鲜血蘸馒头来做药引，对他的付出牺牲、崇高伟大毫无感觉。《头发的故事》中，民众对那些为社会进步、民主和自由而积极奋斗的付出者、死难者，毫无认同、理解，自然也就没有同情和悲悯，更不可能有前仆后继的勇毅奋斗。N先生焦灼悲愤不已："他们都在社会的冷笑恶骂迫害倾陷里过了一生；现在他们的坟墓也早在忘却里渐渐平塌下去了。"[①]"群众，——尤其是中国的，——永远是戏剧的看客。牺牲上场，如果显得慷慨，他们就看了悲壮剧；如果显得觳觫，他们就看了滑稽剧。"[②]《风波》以张勋复辟为背景，揭示的则是村民的愚昧麻木。张勋复辟原本是时代发展中光明和黑暗、革命和反动的殊死决斗，但在村民那里却演变成了彼此狭隘的龃龉和盘放辫子的闹剧。这是民众的愚昧麻木，也是民众人道情感的缺失，更是价值关涉的断裂。

到了《阿Q正传》中，鲁迅一面继续对国民劣根性中的冷漠残忍、愚昧麻木、狭隘迷信、欺软怕硬、势利自私等进行批判，一面对国民劣根性进行了开掘，具体来看就是"精神胜利法"的萃取。"精神胜利法"内涵复杂，大体来看，它是指个体在处于现实和客观不利的境遇下，通过自我安慰和自我欺骗的方式来掩盖事实的失败与不利，而获得精神和心理的平衡。"精神胜利法"作为一种性格心理，有着时代和社会的原因，也有着文化浸染和影响的原因。当然，鲁迅对"精神胜利法"的揭示并非简单地将它视为一种性格特征和文化心理，它更是一种复杂而又有着自我劝慰和平衡机制的弱者哲学。它是个体对失败和不利的自我纾解与缓和，也是个体在困窘中的一种自然选择。但是，这种选择和行动无法改变失败和屈辱的生存状态，只会使人因为有了一种自我安慰和自我劝解而有了某种虚幻的补偿和平衡，从而安于现状屈服现实，成为环境的奴隶。这样，原本为了摆脱不利和失败境遇中的个体，一旦面对不利的时候，就会推动自我为平衡和纾解种种困境而想方设法编织理由。但越是如此，愈发让自我陷入困境和绝望的泥淖，也就永远不会从中摆脱出来，获得独立、自由和具有尊严的生活[③]。

《阿Q正传》可说是鲁迅"国民劣根性批判"取向最典型、最集中的作品，审美张力在此达到最高值。随后，《呐喊》中"国民劣根性批判"渐趋消歇，《端午节》《兔和猫》

---

① 鲁迅：《头发的故事》，载《鲁迅全集（第1卷）》，人民文学出版社，1981，第462页。
② 鲁迅：《娜拉走后怎样》，载《鲁迅全集（第1卷）》，人民文学出版社，1981，第163页。
③ 汪晖：《"反抗绝望"：鲁迅小说的精神特征》，载《无地彷徨》，浙江文艺出版社，1994，第384-419页。

《鸭的喜剧》《社戏》等就难以简单将其纳入"国民劣根性批判"的主题之中。随后，鲁迅开始尝试着从历史题材中获取新的创作路向，也就有了1922年的《不周山》。这是自觉的创作主体对创作窘境的积极应对，也是创作主体在同一审美心理效用下急剧释放后的新的开拓性尝试。

第二节 《彷徨》：现代知识分子的自审和自觉

1926年由北新书局出版的《彷徨》，是鲁迅继《呐喊》后又一部重要小说集，该小说集包括《祝福》《在酒楼上》《孤独者》《伤逝》等11篇小说。对于这部小说集，学界多认为其主要作品在于表现新文化运动落潮后资产阶级小知识分子的伤感忧郁，虚无彷徨。但若将其置于鲁迅创作流变之中进行把握，可以将其视为《呐喊》的续编。《呐喊》中现代知识分子启蒙受挫，遭遇了"荒原"体验。为此，他们在体认民众愚昧麻木的同时，也开启了自我反思的道路。那就是返身直面自我的生存境遇，从日常情状、家庭伦理、经济生活等层面，见到更为普遍的真实和"无地彷徨"的境遇。同时，这种从广场意识中的返归，也让现代知识分子从启蒙境遇中脱域，从自我—民众的紧张对立中走出来，认识到自我也有诸多的牵绊和担负，体认到唯有"走"才是根本出路，而这也就让鲁迅的创作具有了超越一般启蒙叙事的价值和意义。

新文化运动高潮时期创作的《呐喊》，在揭露礼教罪恶、进行国民性批判的同时，也对现代知识分子的命运给予了深切的关注。但就其对知识分子的具体表现来看，多以启蒙为焦点，《狂人日记》中狂人的严峻深刻、《药》中夏瑜的赤诚无畏、《头发的故事》中N先生的愤懑痛切等都是现代知识分子精神人格的典型表现……这是新文化运动的主流需要，也是作者当时价值意向所趋，但启蒙场域外的存在及他们整体生存状态的表现与考量则需要新的视域的建构……新文化运动落潮后，革命阵营的分裂及中国现实的不堪，让鲁迅"成了游勇，布不成阵了"。但也就在"荷戟独彷徨"时，《彷徨》的创作就不必再受先在性的价值规约而强装欢容、点缀希望。在"思路""较无拘束"[①]中，他得以更为自由、全面地还原了现代知识分子的生存境遇、性情人格与存在状态。

与《呐喊》聚焦现代知识分子的激进在场相比，《彷徨》中的知识分子题材小说将启蒙的激进与日常的凡俗，抗争的昂奋与失落的颓靡，虚无的惶惑与惶惑中的渴望进行

---

① 鲁迅：《自选集》，载《鲁迅全集（第4卷）》，人民文学出版社，1981，第456页。

了合并表现，形成了现代知识分子完整的生存景观。吕纬甫有过拔掉神像胡子的激进行为（《在酒楼上》），魏连殳是与世人殊异的"吃洋教"的"新党"，在自我折磨中带着冰冷的微笑死去（《孤独者》），"他"曾经和妻子为幸福勇敢抗争（《幸福的家庭》），涓生和子君为婚恋自由毫无畏惧地结合（《伤逝》）……但上述种种并未特意被置于文本中心进行凸显，而是自然地将其作为个体生活的一个部分予以表现。为死去的弟弟迁葬，为邻家女儿买剪绒花（《在酒楼上》）；为祖母送葬，与族人为财产周旋，为生计奔波（《孤独者》）；为油盐柴米、日常家用挖空心思（《幸福的家庭》），为夫妻间日渐淡薄的情感苦恼，为失业引发的拮据窘迫（《伤逝》）；为兄弟的病痛操劳及潜在的困境而忧虑（《弟兄》）等成为文本的主体。虽然对知识分子日常事务与烦琐点滴的表现与新文化运动落潮直接相关，但与之相生的则是叙事者在现代知识分子表现上视界的拓展与新变。现代知识分子是启蒙者，但也是平凡的世人，启蒙场域固然能激活生命的张力，获得异彩的喷薄，但它只是生命的一个小的部分与瞬间的迸发。日常事务与平凡生活，才是生命最为恒久、广阔而真实的状态。由此看来，《彷徨》的意义不仅是将现代知识分子的生存界域拓展到了启蒙之后，更在于将其生活还原于最为宽泛与自然的状态。

与现代知识分子的生活界域的还原相应，《彷徨》中现代知识分子多样、丰富的思想个性与精神人格也得到了进一步的表现。现代知识分子以其觉醒的生命意识与崭新的价值理念为新的思想个性和精神人格立法，《呐喊》中狂人的激进决绝、严峻坦诚，夏瑜的单纯赤忱、坚贞无畏，N先生的激越悲愤、深切焦灼，可说是时代的典范。即使他们有着与传统同在的罪性与黑暗，幼稚单纯、躐进急躁等毛病，但这些都无损于他们作为觉醒者的代表与现代人格的范本。但《彷徨》中吕纬甫、魏连殳、涓生、子君等人身上不仅有着前面所述形象的敏锐精悍、勇敢单纯、新鲜立诚等品性气质，还有着敷衍马虎、苟合含糊、颓唐自私、虚无幻灭的一面。这是启蒙落潮后现代知识分子生存境遇的写实，也是现代知识分子从现代启蒙的神坛或广场境遇中还原后的归真。两者并存互现，比照错杂，极大地丰富了现代知识分子的个性心理与精神人格。生活归于日常，人格性情自然也就不能只展现其高扬的一面；展现其庸常、平淡、灰色的一面，也不是对其贬损与削弱，而是让其还原到日常的普通的"人"的层面。

《彷徨》在还原现代知识分子生存境遇的同时，更对其价值可能与存在意义进行了深度拷问。作为《彷徨》一书首篇的《祝福》，在叙说祥林嫂悲惨命运的同时，更用了近三分之一的篇幅述说"我"在她灵魂和地狱有无的追问中支吾吞吐、狼狈而逃。可以说，"我"在祥林嫂面前的无能和尴尬，是对现代知识分子以自我为中心构建启蒙场域的幻境的打破，更是对其价值存在状况的直面。《在酒楼上》中的吕纬甫自喻为一只蜂子或蝇子，"……停在一个地方，给什么来一吓，即刻飞去了，但是飞了一个小圈子，便又回来停在原地点"，一切都敷敷衍衍，模模糊糊；《孤独者》中，精进敏捷的魏连殳只能按照旧式礼节埋葬了祖母，在生计无托中做了杜师长的顾问，"躬行我先前所憎恶，所反对的一切，拒斥我先前所崇仰，所主张的一切了"；《幸福的家庭》中，他曾为爱情"决计反抗一切阻碍，为她牺牲一切"，但现在儿女成群、百物昂贵，再加上创造力的贫乏和萎缩，让其只能用拙劣的想象来装点板结的生命；《伤逝》中，涓生本着"首先要生活，爱才有所附丽"的逻辑，向爱人子君说出了无爱的事实，最终在生活与理智的"真实"中，背负着永远的忏悔与罪疚苟活在"无爱的人间"……可以说，这种意义虚无的表现，不是对现代知识分子价值的弱化与否定，而是对自我的直面与正视，更让现代知识分子生存境遇在与愚昧民众与黑暗势力的外在对立，转而为"我"与"自我"的内在紧张，对虚无的直面。《呐喊》中民众的愚昧与麻木，让启蒙无效与失落，不仅不会弱化现代知识分子的价值存在，反而会让其获得强化与凸显。启蒙知识分子的价值在于外在启蒙效用的实现，更在于我与自我的同一性价值关联的存在。一旦知识分子于日常生活中沉沦，于晦暗中颓靡，我与自我的同一性关联也就会不断疏离，甚至割裂与悖谬，生命意义也就归于虚无。《彷徨》中的矛盾，是启蒙知识分子与庸众之间的，更是我与自我之间的，是"自我"面对"我"沉沦于生活的琐屑晦暗而无力对其价值性关联进行维护与修复的无奈与失落。这里是没有"敌人"的"无物之阵"，是"自我"的沉沦，是个体生命无意义的耗散……这种境况，是现代主体更为持久深远的在世性遭遇，也是个体在生存境遇中最为自然质朴的意义的焦虑……

可以说，《呐喊》中狂人的激越决绝、夏瑜的单纯无畏、N先生的愤怒悲怆……是现代知识分子道义精神与伦理意志的典型存在，是一种高扬的话语激情与振臂一呼而渴望应者云集的精英意识的体现。它带有鲁迅留日时期发表的《摩罗诗力说》《文化偏至论》《破恶声论》等作品中"新神思宗"的浪漫激情，也是传统知识分子道德圣念式伦理潜意识的流露。鲁迅对此种自我同化进行了深刻的解剖与反思，但文本中启蒙意识高扬的势能却远远大于此种反省的力量……相较而言，《彷徨》则在日常境遇中还原了现代知识分子的日常生存、精神人格与意义虚无的紧张，更启示启蒙者不单要对民众的愚昧麻木予以批判，更应对自我所面对的生活以及生存意义的虚无予以警觉与超越。

对生存境遇的还原与价值存在的警示，并不是对现代知识分子的否定，而是给予其"人"的真实。在《彷徨》中，现代知识分子由高扬的状态回归到了"平安"的现状，由公共广场回到了个体家庭，由激情演说回到了琐屑事务……他们不是现代人格神，也不是现代精神的抽象符号，而是具体的、日常的、平凡的个体；是有着无奈与困窘，牵绊与近忧远虑的人之子、之夫、之父。于是，对他们的表现不仅拓展到了启蒙值阈之外，而且获得了更为丰富与多样的还原性展开，而这种展开中最为具体的界面则是其家庭角色的展示。

　　前面已经论述，与《呐喊》中强调现代知识分子的启蒙表现相比，《彷徨》已经转向了现代知识分子的日常事务与琐屑点滴，而其中伦理义务与家庭责任的承担成了文本中最为重要的内容。与启蒙者身份相比，儿子、孙子、兄弟、丈夫、父亲可说是《彷徨》中知识分子更重要的角色。《在酒楼上》中的吕纬甫，为死去的弟弟迁葬、为邻居阿顺买剪绒花、为补贴家用教起了"子曰诗云"、《女儿经》等，无一不是在母亲的意愿下行事，勉力而为，不敢有所忤逆。哪怕是面对弟弟的尸骨全无，他依然用棉花裹了些泥土，装进棺材，运到父亲的坟地旁边埋了。其目的只有一个，那就是实现母亲的心愿，践行着孝顺儿子所能够做的一切。《孤独者》中的魏连殳，虽然个性特异，言行冰冷，"常说家庭应该破坏"，但对于与自己并无血缘关系的祖母却是极为孝顺，"一领薪水却一定立即寄给他的祖母，一日也不拖延"；虽然是"吃洋教"的"新党"，但在祖母死时，他不仅履行了"承重孙"的一切孝道：穿白、跪拜、请和尚道士做法事，而且给祖母亲手穿上寿衣；虽然始终没有落过一滴泪，但却以超乎常人的长嚎表现出内心的惨痛和悲哀。《幸福的家庭》中，作为丈夫的青年作者在妻子埋怨的眼神、小孩哭闹声中深感疲惫，但却依然抓耳挠腮、挖空心思地写作，力图摆脱家庭经济的拮据，承担起作为丈夫与父亲的责任。《弟兄》中的沛君和靖甫兄弟怡怡，当靖甫生病之时，沛君不仅忧心牵挂，而且用心救助，可谓兄弟之义的典范……

　　从常态层面来看，履行上述事务并不是对一般意义的旧式伦理的遵从、迁守，文本中的母亲、祖母、兄弟、妻子也并非礼教势力，他们的承担也有着情理的某种必然性。与这些新式知识分子的仁爱忠厚、真诚淳朴相对，《彷徨》中还塑造了高尔础（《高老夫子》）、四铭（《肥皂》）等旧式知识分子，他们满口仁义道德，内心却无比猥琐虚伪、邪恶卑鄙。两相比照，不仅表明现代知识分子的伦理存在与精神人格要远为淳朴与高尚，更表明他们的伦理承担对于个体有其应有的价值与意义。当然，叙事者也并非对其进行简单的认同与接受。因为这种承担让他们感到异常沉重之时不仅没有意义的充实，而且令其陷入了生命的沉沦。吕纬甫在母亲的意志中生活，无从振拔，无奈地承受着自我存在的空虚；魏连殳因祖母给自己的爱，不得不尽心履行着承重孙的责任，不得不领受苟活的惨伤、愤怒与悲哀；在妻子与小贩的讨价还价声中写作的"他"，只能用拙劣的想象假花来装点荒凉板结的生命土壤……伦理是人的重要维度，是属人的存在。对其承担是人的重要维度，但若将其作为生命的全部，则必然引发意义的销蚀与生命的异化。上述《彷徨》里的叙写，不仅有着厘清新旧伦理界限的向度，更有着伦理与生命关联建构的启示。但问题是，他们为何要承担起这种让生命销蚀与颓靡的责任与义务？

上面的伦理义务与家庭责任，虽然让主体感到沉重、意义虚无，但从其实质来看，这些伦理责任在很大程度上有着其属人的本质，有着其存在的合理性。现代文学虽曾对旧伦理发起过勇猛的进攻，如鲁迅的《狂人日记》，胡适的《终身大事》，冯沅君的《隔绝》《隔绝之后》，白薇的《打出幽灵塔》，巴金的《家》，等等，但是伦理作为传统的一个部分，并非一种抽象的对象，难于对其质性予以简单划界，反叛者不可能以一个纯粹主体的身份去面对它。既定的存在让其不能截然如彼，现代觉醒者的生命意识又让其不可能安然如此。这是现代知识分子生存境遇所决定；也是其无法认同，又无法抛弃与拒绝的一种生存境遇。若说《狂人日记》中狂人对旧伦理激进决绝的批判与反叛是其现代伦理人格的新声，那么这种新声只是意向性的。而《彷徨》中上述知识分子的伦理承担，则是一种还原，是真实境遇中的具体表现。但他们是否可以对这种责任与义务予以拒绝？或者说对这些伦理义务与家庭责任抛弃与拒绝，就能换来生命的自由与意义的充实？《伤逝》无疑是在此方面做出的探索。

《伤逝》意蕴丰富，历来解者甚众。涓生和子君为了自由的爱情和婚姻勇敢地走到一起，但是他们并没有为这种新的生活做好应有的准备。子君婚后整个地被筹钱、吃饭、喂阿随、饲油鸡等家务所湮没，不仅忘记了"爱情必须时时更新，生长，创造"，而且忘记了生活的意义。而涓生则在"首先要生活，爱才有所附丽"的逻辑中全身心地投入生活的奔波。最终子君离开，走向了连墓碑都没有的坟墓，而涓生则背负着悔恨与悲哀的全部记忆进行着无从逃亡的逃亡……其悲剧的根由，我们此处不做深论，但涓生执着于现实生活的"真实"，对当下的婚姻与家庭的"无爱"的真实予以拒绝无疑是至关重要的根由之一。这种拒绝是在经济压力与情爱疲弱状态下进行的，从一定程度上说是涓生在家庭责任与生活压力下的怯懦表现。从个体生命的层面来看，涓生对真相的"说出"并无罪疚可言，但是从婚姻与家庭责任伦理来看，则是其无力与"不能爱"的表现。拒绝了，并非就能获得自由，他的忏悔与愧疚已表明他拒绝的非自由性。子君生命需要的匮乏导致了爱情的萎缩与贫乏，涓生的"生活"的需要同样是贫乏的；涓生的真实，是其理智的客观表现，但同样也是其自私与怯懦的表现。现代的"爱""是人的一种主动的能力,是一种突破使人与人分离的那些屏障的能力,一种把他和他人联合起来的能力。爱使人克服孤独和分离感,但爱承认人自身的价值……"[①]涓生遭受了屏障的阻隔,却并未为突破而努力;想获得生命的价值,却拒绝了爱的责任。可以说,涓生对"不爱"的子君予以伦理承担,有着对自我的漠视;离开子君,则又是对责任的放弃。生命的自由与爱的道德担负本就处于一种混沌难辨的境况,拒绝是不自由,承担又是一种负累,这就是现代知识分子爱情伦理的真实境遇……

这不是谁的错,因为他们是时代与社会发展的"中间物","一切事物,在转变中,是总有多少中间物的。动植物之间,无脊椎和脊椎动物之间,都有中间物;或者简直可以说,在进化的链子上,一切都是中间物。……他的任务,是在有些警觉之后,喊出一种新声;……但仍应该和光阴偕逝,逐渐消亡,至多不过是桥梁中的一木一石,并非什么前途的目标,范本。"[②]……吕纬甫、魏连殳承担了,但他们焦虑于这种承担;涓生拒绝了,但他又愧疚于自己的拒绝。他们本就"并非什么前途的目标,范本",只是些"肩住了黑暗的闸门"[③]的中间物。可以说,他们勉力承担家庭重担与伦理责任,是他们作为"中间物"真实的生存境遇中伦理维度的具体表现……

留日时期,经历过幻灯片事件后,鲁迅的思想有了极大的转变,认为"凡是愚弱的国民,即使体格如何健全,如何茁壮,也只能做毫无意义的示众的材料和看客,病死多少是不必以为不幸的。所以我们的第一要著,是在改变他们的精神";在《摩罗诗力说》《破恶声论》等作品中,他高张个性解放与精神自由的"新神思宗";归国后,他更是在新文化运动高潮中围绕"国民性批判"主题创作了《阿Q正传》等杰出的作品;再加上新文化运动退潮时其对自我与传统文化同一性存在的深刻自剖,让鲁迅对人的精神性存在的反省与审视走向了时代的制高点。在众多研究中,人们也多看取这一点,甚至走向偏执。其实,鲁迅同样注重物质经济的重要作用。他在《中国地质略论》《娜拉走后怎样》《病后杂谈》《隐士》《门外文谈》等文章中深切地指出了物质对国家、文化与个人生活的重要性,他以少有的方式在自己的日记中详细地记载了经济的收入与开销,更进而将经济活动作为文本建构、形象塑造的重要元素。《彷徨》中,现代知识分子的经济生活不仅是小说文本的重要构成,更对人物形象的生存进行了质性建构。

在《呐喊》中,鲁迅多将现代知识分子的悲剧归因为民众的愚昧麻木与社会黑暗力

---

① 弗洛姆:《爱的艺术》,刘福堂译,广西师范大学出版社,2002,第17页。
② 鲁迅:《写在〈坟〉后面》,载《鲁迅全集(第1卷)》,人民文学出版社,1981,第285-286页。
③ 鲁迅:《我们现在怎样做父亲》,载《鲁迅全集(第1卷)》,人民文学出版社,1981,第130页。

量的强大。在《彷徨》中，鲁迅一面深化上述认识，一面在现实日常生活中探本穷源，加上了一条更为具体而直接的原因，那就是经济的困窘。《在酒楼上》中的吕纬甫为了基本的物质生活，一改过去的激进而教起了"四书五经"、《女儿经》等。《孤独者》中的魏连殳先前何等干练独异，但在其失去教职之后，其生活又是何等的狼狈，甚至是一月二三十块钱的抄写的工作也反复求人设法。最终，在生活的逼迫下，他做起了杜师长的顾问，躬行起其先前所憎恶、所反对的一切了。《伤逝》中涓生与子君之间之所以会"无爱"，会走向悲剧性的结局，其原因之一是经济的日益拮据。涓生丢掉在局里的工作，将两人的生活逼到了死角，更让先前努力创建的新生活毁于一旦。《幸福的家庭》中的青年作家，在儿女吵闹、主妇埋怨声中无法不写些肉麻与庸俗的故事，因为不得不服从最为严酷的物质生活的铁律。《弟兄》中，沛君在细心守护靖甫的病的同时，对弟弟子女教育与生活重负的潜意识通过梦境浮现，人物对物质困境的紧张其实远甚于其对弟弟病情的担忧。

鲁迅对现代知识分子经济状况的还原，并非简单地将其置于精神自由、个性解放与存在意义的对立面，而是让其与个体的精神状态构成一种对位性存在，在聚合离散、隐显起伏中形成一种多层面、多声部的复调，让作品在形式与内涵上都具有了更为丰富的构成。《在酒楼上》虽然经济话语不多，但吕纬甫的虚无与颓唐不仅来自母亲意志的强大，也来自其生活上对旧式家庭的依赖。教授四书五经、《女儿经》，具体来看是在物质生活上的不得不如此，却从根本上取消了其作为现代知识分子的价值可能。《幸福的家庭》中，他挖空心思地虚构幸福的家庭的文学话语与妻子和小贩讨价还价的现实生活相互交织形成反讽，贯穿于整个作品。"两吊六""两吊五""五吊八"经济话语的反复出现，对虚拟的文学世界不断地进行拆解和颠覆，构成了一种极富意味的存在。《弟兄》围绕着经济话语构建了对比性呼应结构。秦益堂两儿子为钱的事"从堂屋打到门口"，而沛君与靖甫却因"将钱财两字不放在心上"而"兄弟怡怡"，两者形成鲜明的对比。沛君梦境中"家计怎么支持呢？靠自己一个？"在孩子教育问题上竟将侄儿荷生打得满脸流血，又与秦家兄弟因钱财紧张的互殴构成了内在呼应。最终，兄弟之情还是在金钱上黯然陨落。《孤独者》可说是在表现现代知识者生存困境与精神焦虑上最为典范的作品，但具体来看人物的焦虑与紧张整个都是与经济状况相关联的。第一节魏连殳给祖母寄钱、寒石山的人妒羡"说他挣得很多钱"，给祖母送葬后对家中财物的处理，第二节堂兄围绕着寒石山的破屋子要将儿子过继给他，第三节我拜访他时他对煤油涨价的言说，第四节魏连殳信件中对生计困窘与好转的陈述等，无一不是直接与生活关联的经济话语。它与魏连受的存在意义、生命属我感形成一种胶着激荡的张力，推进着人物命运的演绎。当他做着教员、经济有所保障的时候，其独异的个性与意志却能表现得具体鲜明。但当其生计日益不堪的时候，其个性与意志也逐渐沦落，也如吕纬甫一样吞吐支吾，低三下四。在做了师长的顾问的时候，他自得于"每月的薪水就有现洋八十元了"，但其生存的意义却在"新的宾客，新的馈赠，新的颂扬；新的钻营，新的磕头和打拱，新的打牌和猜拳，新的冷眼和恶心，新的失眠和吐血"中丧失殆尽。《伤逝》中涓生与子君走向"无爱"的结局与命运的悲剧，是彼此忘记了对爱的创造与更新，而最为直接的渊薮则是两人经济状况的恶化。但甚为深刻的是，涓生的"生活"逻辑虽是经济物质的理性，但理性的贯彻与实现却让人失去了爱的根基，最终只能在虚空中背负着精神与心灵的忏悔与罪疚。可以说，正是物质经济的书写，让上述作品在精神与物质，感性与理性，担负与拒绝，真实与虚伪，心灵与实体等相互交织与激荡中，获得了更为丰富的表现，也让人物生命的构成更为充实浑厚。

现代知识分子想生存下去，职业是必不可少的选择。但《彷徨》中他们所择取的无非是教员、文员、幕僚……要获取生命自由，首先得物质独立，但物质的独立则需要现代性自由空间，或者说一个现代性的职业场域，而不是人格依附型的"饭碗"。但就现代中国社会状况而言，他们的职业空间与传统相比并没有什么改观，而这也进一步规定了知识分子悲剧性命运的必然。虽然《幸福的家庭》中的"他"和《伤逝》中的涓生都想成为自由写作者，但那种可能又是如何微妙和茫远。"自由固不是钱所能买到的，但能够为钱而卖掉"。对现代知识分子物质与经济生活的关注，将其命运的悲剧还原于经济生活的困境，表现为一种自然的因果，并非对现代知识分子精神悲剧的弱化，而是进一步扩大与丰富了其生存境遇的真实界面。物质经济的关注是源自人的世俗性的存在，也是将人还原为世俗性的存在。这是对传统知识分子轻视物质而妄言心性或狂论道德的突破，更是现代知识分子坦诚而真实地面对生活的态度。在西方，无论是文艺复兴时期对世俗生活的关注，还是启蒙运动之中杜尔哥、亚当·斯密、约翰·穆勒等人的功利理性思考，物质经济都是人们把握世界与认识人生的基本层面。对知识分子物质生活的关注，让《彷徨》有着精神的思索，又有着现实的质性；有着心灵的困惑，又有着物质困苦；有着精神心理的深度发掘，又有着现实生活的深沉表现。这是创作主体表现视界的拓展，也是作品现实主义的质性之美的具体表现，因为现实主义的表现本身就包括一种"自然因果观"①。

将现代知识分子的生存境遇由启蒙场域还原于日常生存，《彷徨》对现代知识分子的表现视域更为开阔，作品的悲剧性审美意蕴也更为深沉浓郁、凝重悲怆。这不仅是因为启蒙落潮后鲁迅无须"删削些黑暗，装点些欢容"②而还原了现代知识分子的悲剧性体验，更是因为《彷徨》对现代知识分子"无地彷徨"生存境遇的敞开所引发的存在性焦虑所致。

众所周知，鲁迅在创作《呐喊》前就对现代知识分子的境遇有着切身的体验，《新生》夭折时他就经历了"叫喊于生人中，而生人并无反应，既非赞同，也无反对，如置身毫无边际的荒原"的体验，并自觉于自己"绝不是一个振臂一呼应者云集的英雄"。但因新文化运动的感召，朋友的督促，及自己生命的需要，他将信将疑地为自己手造"希望"，"我虽然自有我的希望，然而说到希望，却是不能抹杀的，因为希望是在于将来，决不能以我之必无的证明，来折服了他之所谓可有，于是我终于答应他（钱玄同，笔者按）也做文章了"……随之《呐喊》出世。因出于"听将令"的需要，他在表现知识者的悲剧命运的同时进行了一定程度的删削，并表现出了少有的"积极"："不恤用了曲笔，在《药》的瑜儿的坟上凭空添上一个花环，在《明天》里也不叙单四嫂子没有做到看见儿子的梦。"③但新文化落潮让鲁迅再次证实希望之为虚妄，先前《呐喊》所高标的启蒙举动，在《彷徨》中旁落边缘，悲壮激进的色彩也黯然消散，人物命运整个地被失落与死亡所笼罩，字里行间渗透的是浓得化不开的悲郁与虚无。这是新文化运动落潮后时代氛围的真实写照，是作者"战斗的意气冷得不少"的表现，更是其早就积郁于心的悲剧性生命体验的还原与深化。

鲁迅在《彷徨》中对现代知识分子的悲剧性体验的表现，不仅是其早就积郁于心的荒原体验的还原，更是其以日常生存为中心对现代知识分子整体生存结构"无地彷徨"境遇的敞开。也正因如此，其悲剧性审美意蕴远比《呐喊》要浓郁凝重，深沉悲怆。与《呐喊》比照，《彷徨》对现代知识分子的关注实现了由启蒙而日常的蜕变，审视视角也由点而面，由一而全，实现了整体性观照的建构。但令人吊诡的是，《在酒楼上》《孤独者》《伤逝》《幸福的家庭》等作品虽然采取的是整体性审视的视角，但在具体表现上却呈现出以日常为主体的移易。而之所以会发生这种状况，一是从创作内容上对《呐喊》

---

① 马丁：《当代叙事学》，北京大学出版社，1990，第68页。
② 鲁迅：《自选集》，载《鲁迅全集（第4卷）》，人民文学出版社，1981，第455-456页。
③ 鲁迅：《呐喊》，载《鲁迅全集（第1卷）》，人民文学出版社，1981，第419页。

有意规避，启蒙的过程性表现在《呐喊》中已经完备，无须在《彷徨》中予以赘述，而《彷徨》的整体性观照的重心也就自然地移置于启蒙外的日常性把握。二是日常生活不仅丰富了知识分子启蒙场域外的界面，更从个体最为一般与基本的层面为其生存境遇的深度审视提供了可能。前面已经论述，启蒙的受挫是个体社会性、外向性层面的失落，那是否能够从社会性、外向性层面退守个体的日常性层面。但随着个体日常事务、家庭伦理与经济生活的展开，可以见到，现代知识分子并没有属于自我的、内向性的自由空间，不存在由社会而个体、由外向而内向地退守的可能。这种由外而内，由社会而自我转换的生存结构，是传统知识分子的生存结构。传统知识分子借助儒家的修齐治平与独善其身，借助道家的无为逍遥和与时俱化，为生命的内外寻求与自如进退构建了相应的通道。在魏阙之上，能够无畏于"一封朝奏九重天，夕贬潮州路八千"（韩愈《左迁至蓝关示侄孙湘》）；处江湖之远，则能够"孤舟蓑笠翁，独钓寒江雪"（柳宗元《江雪》）；达则兼善天下，得王行道，庇护天下；穷则独善其身，寄情山水，旷达逍遥。但对现代知识分子而言，他们"在而不属"两个世界，新的未曾诞生，旧的无处不在，个体不可能以纯粹主体性的方式存在；外在世界是他者，退回日常、个体世界，也是他者的吞噬与异化。鲁迅此时也曾在写给许广平的信件中说道："其实，我的意见原也一时不容易了然，因为其中本含有许多矛盾，教我自己说，或者是人道主义与个人主义这两种思想消长起伏罢。所以我忽而爱人，忽而憎人；做事的时候，有时确为别人，有时却为自己玩玩……"[①] 为社会与民众的人道主义遭遇的是荒原体验，返回个体自我，哪里又能获得生命的自由与适意？"为自己玩玩"，则其"已经真的失败"；所谓"胜利了"，无非是让"生命从速消磨"而已。这样的生存境遇让他们陷入了更为紧张的焦虑中，是由"呐喊"时的"荒原"而进入"彷徨"的"死后"："假使一个人的死亡，只是运动神经的废灭，而直觉还在，那就比死了更可怕。谁知道我的预想竟真的中了，我自己就在证实这预想。"[②] 之所以魏连殳、吕纬甫、涓生与子君等人的悲剧远比狂人、夏瑜等人的悲剧更为沉重、悲郁与怆然，那是因为"荒原"体验是个体社会性价值焦虑；而从外在退回到个体日常生存中，遭际的是"死后"的直觉，所引发的是存在性焦虑。这种焦虑与前者相比虽不那么尖锐而集中，但远比前者要普泛、切实、深浓而持久，它不是个体的社会性价值受挫，而是个体生存的取消。进是社会的黑暗与民众的愚昧，是独立荒原的体验；退是几乎无事的悲剧性命运，是可怕的"运动神经的废灭"……鲁迅虽在《题〈彷徨〉》《〈自选集〉

---

① 鲁迅：《两地书·二四》，载《鲁迅全集（第 11 卷）》，人民文学出版社，1981，第 79 页。
② 鲁迅：《死后》，载《鲁迅全集（第 2 卷）》，人民文学出版社，1981，第 209 页。

自序》等文章中述及自己的心境，但其意向所指并非一般意义的"彷徨"，而是"无地彷徨"。

文学作品之间普遍存在着互文性，同属于一个作家的创作更是如此。"阅读单位只不过是语义卷轴的包覆，复数之文的脊线"①，一个作品都联系着别的许多文本，是对这些文本进行着复读、强调、浓缩、移置和深化。与《彷徨》同一时期创作的还有《野草》，两者之间文体虽然不同，但彼此之间的补充、说明与呼应等则是显而易见的。《彷徨》中现代知识分子由希望而虚妄的体验，正是《希望》中用希望的盾来对抗空虚与黑暗，但最终所得依然是虚妄的体验。《彷徨》中面对湮没沉落焦虑却无从获取自审与超越的创痛，与《墓碣文》的"从大阙口中，窥见死尸，胸腹俱破，中无心肝。而脸上却绝不显哀乐之状，但蒙蒙如烟然"，"……抉心自食，欲知本味。创痛酷烈，本味何能知？……"何其神似。吕纬甫、魏连殳、涓生原本也不过是一个非黑暗也非光明的影样生命的个中滋味，与《影的告别》中"我不过一个影，要别你而沉没在黑暗里了。然而黑暗又会吞并我，然而光明又会使我消失"的体验深度相合。其实，仔细考察文本，再与《野草》比照互发，再次表明《彷徨》所写并不是一般意义上的忧郁苦闷、彷徨悲观，而是"我不如彷徨于无地"的"无地彷徨"……

"无地彷徨"，是生存的困境，也是新的超越的可能。《在酒楼上》《孤独者》《伤逝》等作品中都设置了"离开"的情境："我"在酒店门口与吕纬甫告别，寒风与雪片扑在脸上，让"我"分外清醒（《在酒楼上》）；"我"在清冷的月光下心地轻松起来，坦然地在潮湿的石路上向前走去（《孤独者》）；涓生带着自己的忏悔，独自负担着虚空的重担向前走去（《伤逝》）……这些无疑是新的人生的选择，是承载着知识分子悲剧性命运体验而坚毅前行的意向。这与《过客》中过客在受伤后，不要他人的怜悯也不准备自我怜悯，而是自觉于"还是走好"的选择内在一致。现代知识分子由外而内，由社会而退守自我，但何处退守，也无从退守。这不仅因为外在、内在世界都是我所不愿，而且一切不过是进化中的链子，本无可以住的极境，真正的生命应当自觉于"过客"的境遇，那自觉的抉择则是"走"……

总之，《彷徨》虽然没有现代知识分子—民众的紧张对立，也没有光明—黑暗的尖锐冲突，但它对现代知识分子整体生存的还原，是在一般意义启蒙模式外开启了新的路径——知识分子对自我认识的深入。其审美风格也由先前的激进悲愤转为了沉郁顿挫。

---

① 巴特：《S/Z》，屠友祥译，上海人民出版社，2000，第62页。

同时，它也给现代启蒙知识分子以新的启示：一切无从预设，无从依傍，更无从退守，只能独自远行。由此看来，《彷徨》已经超越了一般意义的启蒙叙事和国民性批判，另启了知识分子自审的母题。或许这就是《彷徨》扉页上"路漫漫其修远兮，吾将上下而求索"的真正内涵所指……

第三节　鲁迅研究概略

鲁迅研究向来是中国新文学研究的重点、热点和难点。如果以1913年恽铁樵在《小说月报》第4卷第1期对文言小说《怀旧》所作的简短评论为鲁迅研究的起点的话，那么到当下的21世纪，鲁迅研究已然走过百年行程。在百年行程中，鲁迅研究经历了从印象式的阅读感受到系统化研究的蜕变，从作品为主的阐释到生平行状的书写、散佚文献的搜集、传播译介的梳理、手稿论著的校勘等全方位的深入推进，累积了极为丰厚的成果。就了解鲁迅生平来看，许寿裳的《亡友鲁迅印象记》、林志浩的《鲁迅传》、朱正的《鲁迅传》、王晓明的《无法直面的人生——鲁迅传》等是各具特色的传记；就综合研究来看，李长之的《鲁迅批判》、王富仁的《中国反封建思想革命的一面镜子——〈呐喊〉〈彷徨〉综论》、钱理群的《心灵的探寻》、汪晖的《反抗绝望》、王乾坤的《鲁迅的生命哲学》，孙郁的《鲁迅与俄国》等著作则是值得关注的成果。

第二讲

云游诗人徐志摩

徐志摩（1896—1931），浙江省海宁县硖石镇（今宁海市硖石街道）人，原名徐章垿，字槱森，1918年赴美前夕，由其父徐申如改名志摩。1910年入杭州府中学堂（后改为浙江一中），1915年中学毕业，随后考入北京大学预科，专修法政。1918年8月自费赴美留学攻读银行学和社会学，1920年获哥伦比亚大学经济学硕士学位，同年9月，入伦敦大学拟攻读博士学位，1921年春转入英国剑桥大学皇家学院，兴趣转向文学，受英美诗歌影响开始新诗创作。1922年10月回国，次年组织新月社，先后接编《晨报》副刊、创办《诗镌》。1927年春，与胡适、邵洵美、潘光旦、闻一多等人在上海成立新月书店，创办《新月》诗刊。1931年11月19日，因搭乘的济南号邮政飞机失事，遇难身亡，年仅35岁。

徐志摩受过英美自由主义思想洗礼，是中国现代自由主义知识分子的代表，他的文学理想是追求"爱""美"和"自由"。他短暂的一生为读者留下《志摩的诗》（1925）、《翡冷翠的一夜》（1927）、《猛虎集》（1931）、《云游》（1932）等诗集和《落叶》（1926）、《巴黎的鳞爪》（1927）、《自剖》（1928）等散文集。

第一节 追求爱、自由、美的创作取向

胡适曾评价徐志摩的一生是追求"爱""自由""美"所构成的单纯信仰的历史[1]。

---

[1] 胡适：《追悼志摩》，《新月》，1932年第4卷第1期。

"爱""自由""美"既是理解徐志摩人生信仰的关键词，也是进入其诗歌创作的一把钥匙。就徐志摩的诗歌创作内容来看，其诗歌主要包括以下三方面内容。

第一，抒写因爱而生的细腻丰富的情感。爱情向来最能拨动诗人的心弦，较之于同时代湖畔诗派爱情诗的天真、稚气和清新，徐志摩对爱情的抒写更加细致、微妙和丰富。他曾直言："恋爱是生命的中心与精华，恋爱的成功是生命的成功，恋爱的失败是生命的失败，这是不容疑义的。"[①]对于将爱情视为人生目标和理想的徐志摩而言，其诗中关于爱情的抒写往往基于自身真实的生命体验，因而这种因爱而生的微妙复杂情绪，颇能引起读者的情感共鸣，而他与张幼仪、林徽因、陆小曼之间的爱情婚姻史，也为其爱情诗平添了许多传奇色彩。从《志摩的诗》到《翡冷翠的一夜》再到《猛虎集》和《云游》，清晰地记录了其恋爱心境转变的轨迹。

《志摩的诗》中的爱情诗往往与追求个性解放的主题相联系，如《哀曼殊斐儿》《月下待杜鹃不来》《常州天宁寺闻礼忏声》《雪花的快乐》《这是一个懦怯的世界》《我有一个恋爱》《落叶小唱》等。其中既有追求自由爱情时的欣喜，如《雪花的快乐》中诗人以雪花自喻，在天空中潇洒轻灵地飞扬，最后融入爱人的心胸，全诗格调欢快，情感热烈，是诗人追求自由爱情和个性解放的代表之作；也有爱情受阻后，诗人面对世俗眼光和舆论压力所做出的反抗，如《无题》塑造了一个不屈不挠、勇于追求理想的"朝山人"形象，登顶途中遇到的种种艰难险阻，"荆刺的伤痛""斑斑的血迹""黑夜的恐怖""悚骨的狼嘷""狐鸣，鹰啸，蔓草间有蝮蛇缠绕"，都不能阻止"朝山人"向前的意志和决心。诗人在最后一节热情地描画了"朝山人"成功登顶时的美景，这既是鼓动爱人义无反顾前行的隐喻，亦是对自己大胆追求爱情理想的勉励：

  前冲；灵魂的勇敢是你成功的秘密！
  这回你看，在这决心舍命的瞬息，
  迷雾已经让路；让给不变的天光，
  一弯青玉似的明月在云隙里探望，
  依稀窗纱间美人启齿的瓠犀，——
  那是灵感的赞许，最恩宠的赠与！

  更有那高峰，你那最想望的高峰，

[①] 徐志摩：《爱眉小札》，载《徐志摩全集（第5卷）》，天津人民出版社，2005，第308页。

亦已涌现在当前，莲苞似的玲珑，

在蓝天里，在月华里，浓艳，崇高，——

朝山人，这异象便是你跋涉的酬劳！

面对世人以及亲朋好友的反对，诗人甘愿冒天下之大不韪，以散发赤足的决绝姿态向世人宣战，守护自己理想的爱情，《这是一个懦怯的世界》中，诗人拉着爱人的手逃出世俗的牢笼，去寻求自由的境界：

这是一个懦怯的世界：

　　容不得恋爱，容不得恋爱！

披散你的满头发，

赤露你的一双脚；

　　跟着我来，我的恋爱，

抛弃这个世界

殉我们的恋爱！

梁实秋曾经指出，徐志摩是一个彻底的浪漫主义者，他的信仰就是"浪漫的爱"，而且"这爱永远处于可望不可即的地步，永远存在于追求的状态中，永远被视为一种极圣洁极高贵极虚无缥缈的东西"[1]。在《我有一个恋爱》这首诗中，"我爱天上的明星"既可以理解成人间具体的爱情，也可以理解为一种精神理想：

我有一个恋爱；——

我爱天上的明星；

我爱他们的晶莹：

人间没有这异样的神明。

在冷峭的暮冬的黄昏，

在寂寞的灰色的清晨，

在海上，在风雨后的山顶——

　　永远有一颗，万颗的明星！

倘若说外界的阻力尚不足以让诗人灰心绝望，反而激发了他反抗的斗志，那么爱人变幻不定的态度才是其痛苦的真正来源。徐志摩的第二部诗集《翡冷翠的一夜》便记录

---

[1] 梁实秋：《谈徐志摩》，载《梁实秋文集（第2卷）》，鹭江出版社，2002，第342页。

了这种恋爱心境的转变。徐志摩曾在《翡冷翠的一夜》的序中指出："我的第二集诗——《翡冷翠的一夜》——可以说是我的生活上的又一个较大的波折的留痕。"[①]《志摩的诗》中那种热情天真的反抗情绪在《翡冷翠的一夜》中已逐渐消失，取而代之以深沉的忧郁。其中的爱情诗包括《翡冷翠的一夜》《偶然》《珊瑚》《丁当——清新》《我来扬子江边买一把莲蓬》《决断》《起造一座墙》《望月》《再休怪我脸沉》《天神似的英雄》等。

《翡冷翠的一夜》模仿一个女子送别情人时的口吻，依依不舍地向对方倾诉离别时的哀愁，表达自己对爱的忠贞不渝："爱，你永远是我头顶的一颗明星：/要是不幸死了，我就变一个萤火，/在这园里，挨着草根，暗沉沉的飞，/黄昏飞到半夜，半夜飞到天明，/只愿天空不生云，我望得见天/天上那颗不变的大星，那是你，/但愿你为我多放光明，隔着夜，隔着天，通着恋爱的灵犀一点……"《起造一座墙》歌颂爱的忠贞与伟大，表达了诗人坚决捍卫爱情的决心，"我要你的爱有纯钢似的强，/在这流动的生里起造一座墙；/任凭秋风吹尽满园的黄叶，/任凭白蚁蛀烂千年的画壁；就使有一天霹雳震翻了宇宙，——/也震不翻你我'爱墙'内的自由！"维护爱情自由的徐志摩此时俨然以"天神似的英雄"自喻。《再休怪我脸沉》更是将爱到深处的感觉淋漓尽致地传达出来："你我比是桃花接上竹叶，/露水合着嘴唇吃，/经脉胶成同命丝，/单等春风到开一个满艳。"然而，徐志摩与陆小曼的恋爱风波早已被社会舆论推上风口浪尖，他们的爱情面临世俗眼光和当事人态度的双重考验，尤其是陆小曼举棋不定的态度变化，更是让诗人心急如焚，因期待而生的焦虑和失望情绪反复折磨着他。《我来扬子江边买一把莲蓬》倾诉了诗人面对爱人捉摸不定态度时的焦灼和无奈心情："我尝一尝莲瓢，回味曾经的温存：——/那阶前不卷的重帘，/掩护着同心的欢恋：/我又听着你的盟言，/'永远是你的，我的身体，我的灵魂。'/我尝一尝莲心，我的心比莲心苦；/我长夜里怔忡，/挣不开的恶梦，/谁知我的苦痛？/你害了我，爱，这日子叫我如何过？"《丁当——清新》更直接地表达了失恋的痛苦："檐前的秋雨在说什么？/它说摔了她，忧郁什么？/我手拿起案上的镜框，/在地平上摔了一个丁当。/檐前的秋雨又在说什么？/'还有你心里那个留着做什么？'/蓦地里又听见一声清新——/这回摔破的是我自己的心！"

徐志摩的很多爱情诗除了直接抒写自身的情感体验，还特别重视对"美"的表现，爱与美在他的诗中往往是同构的。徐志摩在这类诗中偏爱"雪""云""水"等自然意象，为诗歌增添了清新隽永的韵味。比如《雪花的快乐》中那朵轻灵飘逸、活泼飞扬的雪花，

---

① 徐志摩：《猛虎集》，载《徐志摩全集（第3卷）》，天津人民出版社，2005，第394页。

象征着对理想爱情的执着追求；《偶然》中"偶尔投影在你的波心"的那"天空里的一片云"，暗示着情感的变幻不定和难以捉摸；《云游》中白云与地上的一流涧水的偶然相遇，也委婉含蓄地表达了爱的无法实现，同时还传达出"美不能在风光中静止"的美学命题：

> 那天你翩翩的在空际云游，
> 自在，轻盈，你本不想停留
> 在天的那方或地的那角，
> 你的愉快是无拦阻的逍遥。
> 你更不经意在卑微的地面
> 有一流涧水，虽则你的明艳
> 在过路时点染了他的空灵，
> 使他惊醒，将你的倩影抱紧。
>
> 他抱紧的是绵密的忧愁，
> 因为美不能在风光中静止；
> 他要，你已飞渡万重的山头，
> 去更阔的湖海投射影子！
> 他在为你消瘦，那一流涧水，
> 在无能的盼望，盼望你飞回！

第二，关于人生的深刻体悟。徐志摩并非以思辨见长的诗人，他的诗歌大多是从性灵深处得来的，如果说因爱而生的各种情感体验是他"倾向于分行的抒写"的直接灵感源泉，那么关于自然、人生和理想的体悟则构成了其诗歌创作的另一重要表现内容。徐志摩的早期诗歌大多洋溢着追求理想的乐观主义精神，比如《我有一个恋爱》中的自白："我爱天上的明星"，"任凭人生是幻是真，/地球存在或是消泯——/太空中永远有不昧的明星。"对于信仰单纯的徐志摩而言，那颗他笃信永远不昧的"天上的明星"，既是他所坚守的自由爱情，也象征着他的社会理想。然而，出生于富商之家的徐志摩对中国社会尤其是底层民众生活缺乏深刻了解，而他所倾心的英国式资产阶级民主政治理想，实际上在20世纪上半叶的中国社会缺乏生长的土壤，徐志摩不得不直面这一现实，早期诗中的乐观主义精神也逐渐为更加沉重的情绪所替代，比如《为要寻一个明星》中那个"骑着一匹拐腿的瞎马"，在黑夜中寻一个明星的抒情主人公，明知希望渺茫，却抱着虽九死其犹未悔的决心，"向着黑夜里加鞭"，"冲入这黑茫茫的荒野"，直到"荒野里倒着一只牲口，/黑夜里躺着一具尸首。——/这回天上透出了水晶似的光明"；《海韵》则塑造了一个离家独自在海边"徘徊""唱歌""凌空舞"的女郎形象，她大胆勇敢地追求自由，最终却被"猛兽似的海波"吞噬了，"黑夜吞没了星辉，/这海边再没有光芒；/海潮吞没了沙滩，/沙滩上再不见女郎，——/再不见女郎！"这美丽年轻女郎的悲剧命运，"既是在大海边上带浪漫色彩的爱情悲歌，也可以看作在人生大海中对美的追求失落后诗人内心律动的记录。"[1]

军阀混战的社会现实不断击碎徐志摩的政治愿景，而婚后为了养家在京沪两地疲于奔命的生活压力，以及妻子陆小曼吸鸦片、捧名角、流连于上海十里洋场的做派，更加剧了他的精神苦闷，不断侵蚀着他的文学理想。《猛虎集》《云游》中的《我不知道风是在那一个方向吹》《生活》《火车擒住轨》等，就清晰地记录了诗人从"单纯信仰""流入怀疑的颓废"的曲折心路历程。《杜鹃》中那只"多情的鹃鸟"，"他终宵声诉，/是怨，是慕，他心头满是爱，/满是苦，化成缠绵的新歌，/柔情在静夜的怀中颤动；/他唱，口滴着鲜血，斑斑的，/染红露盈盈的草尖，晨光/轻摇着园林的迷梦；他叫，/他叫，他叫一声，'我爱哥哥！'"《我不知道风是在那一个方向吹》弥漫着人生如梦的虚幻感："我不知道风/是在那一个方向吹——/我是在梦中，/她的负心，我的伤悲。"《火车擒住轨》记录了梦想为现实所累的沉重："就凭那精窄的两道，算是轨，/驮着这份重，梦一般的累坠。"那个曾经"想飞"的诗人已然跌入生活的陷阱中，被凡事俗物捆缚而进退失据："阴沉，黑暗，毒蛇似的蜿蜒，/生活逼成了一条甬道：/一度陷入，你只可向前，/手扪索着冷壁的粘潮。"

第三，揭露批判黑暗社会现实，抒写对底层人民不幸遭遇的同情。徐志摩的诗歌并非一味沉溺于自我的性灵世界，同时也表现出对黑暗社会现实和普通民众生活的关注。诗人对社会不公正现象的揭露、对底层贫弱者的同情，增添了其诗歌的人道主义内涵。《先生！先生！》《叫化活该！》表达对乞讨者的同情，前者犹如一幅街边速写画，描绘了一个衣着破烂的小女孩为救奄奄一息的母亲，追在车后苦苦哀求乞讨的情景，身着单布裙的小女孩与车上戴大皮帽的先生形成鲜明对比，诗人的情感态度跃然纸上；后者揭露了贫富悬殊的社会现象："大门内有欢笑，有红炉，有玉杯"，门外是忍饥挨冻的乞丐。《盖上几张油纸》记录了冬日雪林间一妇人在哭自己死去的三岁儿子的场景，《一条金色的光痕》则以硖石方言模仿乡间老太向富人家太太乞讨的口吻，诉说艰难时势下穷人生活的悲苦。《太平景象》《毒药》等诗直接表达了对战争的批判与控诉，《太平景象》一针

---

[1] 孙玉石：《中国现代诗导读（1917—1938）》，北京大学出版社，1990，第44页。

见血地指出内战的本质是"打自个儿弟兄，损己，又不利人"，《毒药》批判病态疯狂的社会"到处是奸淫的现象：贪心搂抱着正义，猜忌逼迫着同情，懦怯狎亵着勇敢，肉欲侮弄着恋爱，暴力侵凌着人道，黑暗践踏着光明"。《大帅（战歌之一）》《人变兽（战歌之二）》《梅雪争春（纪念三一八）》则集中揭露军阀的暴行和社会的黑暗。《大帅（战歌之一）》控诉军阀毫无人性的残暴行径，士兵战死，草草埋葬，甚至伤兵"还开着眼流着泪"就被活埋，"见个儿就给铲，/见个儿就给埋"；《人变兽（战歌之二）》撷取典型意象，描绘战后的悲惨景象："柳林中有乌鸦们在争吵，/分不匀死人身上的脂膏！""那田畦里碧葱葱的豆苗，/你信不信全是用鲜血浇"，还有那在井边挑水的村姑，"你问她为甚走道像带伤——"诗人的控诉之情溢于言表。

第二节　徐志摩诗歌的艺术贡献

徐志摩是中国新诗发展史上的重要诗人，其诗歌有着独特的艺术个性，曹聚仁曾评价徐志摩："徐志摩的诗名最盛，新诗人最为旧诗人所冷淡，只有徐氏，才为旧人所倾倒。他没有闻一多那样精密，也没有他那样冷静，他是跳着溅着不舍昼夜的一道生命水。他尝试的体制最多，也译诗，最讲究用比喻，他让你觉得世上一切都是活泼的，鲜明的。"[①]具体而言，徐志摩诗歌的艺术贡献主要表现在以下三个方面。

第一，徐志摩的诗歌擅于捕捉典型意象，营构美好的意境，以传达诗情。他兼采中西诗学，既保留了中国古典诗词在意象选取、意境营构方面的长处，同时又深受雪莱、济慈等西方浪漫主义诗人的影响，这使其诗歌创作不仅擅于营构出清幽的意境，同时又不乏直抒胸臆的抒情，诗中大量新鲜生动的比喻也使其意境营构更为灵动活泼。比如《沙扬娜拉（一首）》："最是那一低头的温柔，/像一朵水莲花不胜凉风的娇羞"，用水莲花在清风吹拂下轻轻摆动的模样，将日本女郎临别时依依不舍、欲言又止的娇羞情态准确地描摹出来，既摹形，又传神；《再别康桥》中"那河畔的金柳，/是夕阳中的新娘，/波光里的艳影，/在我的心头荡漾"，用夕阳中的新娘形容河畔柳树在夕阳笼罩下的妩媚风姿，大胆新奇，既有对夕阳金柳色彩与曼妙形态的细腻描绘，同时又融入了诗人对康桥的眷念之情，宛如一幅印象派画作；《黄鹂》将展翅高飞的黄鹂比作春光、火焰和热情，色彩明亮，描绘出一派生机盎然之景象，引人无限遐想，"等候它唱，我们静着望，/怕惊了它，但它一展翅，

[①] 曹聚仁：《文坛五十年》，第2版，东方出版中心，2006，第152页。

/冲破浓密，化一朵彩云；/它飞了，不见了，没了——/像是春光，火焰，像是热情。"

第二，徐志摩努力用现代汉语构建多样化的现代格律诗，致力于创造白话新诗的音乐美与建筑美。陈西滢曾评价《志摩的诗》："几乎全是体制的输入和试验。经他试验过有散文诗，自由诗，无韵体诗，骈句韵体诗，奇偶韵体诗，章韵体诗。虽然一时还不能说到它们的成功与失败，它们至少开辟了几条新路。"[1]徐志摩终身都在追求将诗写得轻逸飞扬，他的诗歌音节悦耳，意象丰富，字句玲珑疏朗，轻快灵秀。具体而言，徐志摩在创造诗歌的音乐美方面进行了以下几种尝试。

（1）追求抒情主体内在情感律动与诗歌音乐美的结合。徐志摩非常重视情感之于形式的规定性，他认为"一首诗的字句是身体的外形，音节是血脉，'诗感'或原动的诗意是心脏的跳动，有它才有血脉的流转"[2]。所谓"诗感"或"原动的诗意"，即由客观对象触发的诗情，为了精确地表现创作主体内在情感的律动，徐志摩大量采用排比、复沓、重叠和对偶等艺术手法，以契合舒缓或骤起的情感波动。音节方面，他虽追求相对固定的音尺、停顿及押韵，但相当灵活多变，比如《再别康桥》既有三字音尺和两字音尺，也有语气助词"了"作为辅助音尺，使诗歌整饬中带着轻灵与活泼之气。押韵方面既借鉴中国传统的隔行押韵法，同时也借鉴西方诗歌的随韵和抱韵手法，比如《海韵》各节大体押韵，又参差错落，既注意韵脚，又不苛求统一，显出一种流动多变的音乐美。诗歌在何处停顿、音节长短、用韵规则的选择，都随内在情感的变化而定，充分显示了内在情感律动之于诗歌音乐美的规定作用。（2）方言入诗、土音入韵。徐志摩在《一条金色的光痕》《沙扬娜拉（一首）》中尝试将硖石土白和东洋语言糅合进诗中，前者通篇模仿一硖石乡下老妇人的口吻，后者末尾一句点睛之笔"沙扬娜拉"别有风味。（3）充分发挥现代汉语的音乐性。据卞之琳回忆，徐志摩讲京白是能得其神的[3]，这一语言天赋使他能发现现代汉语的音乐性，并在诗歌创作中灵活运用。他善用成语，又能自铸新词，在描写末代皇帝被逐出宫的《残诗》中，已达到用口语写诗而浑然天成的境界：

怨谁？怨谁？这不是青天里打雷？

关着，锁上；赶明儿瓷花砖上堆灰！

别瞧这白石台阶儿光润，赶明儿，唉，

石缝里长草，石上松上青青的全是莓！

---

[1] 陈西滢：《新文学运动以来的十部著作（下）》，收入《西滢闲话》，人民文学出版社，2000。
[2] 徐志摩：《〈诗刊〉放假》，载《徐志摩全集（第3卷）》，天津人民出版社，2005，第86页。
[3] 周静：《逝水人生：徐志摩传》，浙江人民出版社，2021，第201页。

那廊下的青玉缸里养着鱼，真凤尾，
可还有谁给换水，谁给捞草，谁给喂？
要不了三五天准翻着白肚鼓着眼，
不浮着死，也就让冰分儿压一个扁！
顶可怜是那几个红嘴绿毛的鹦哥，
让娘娘教得顶乖，会跟着洞箫唱歌，
真娇养惯，喂食一迟，就叫人名儿骂，
现在，您叫去！就剩空院子给您答话！……

此外，徐志摩还在诗体形式方面进行了多向度的探索。闻一多提出了诗歌具备"绘画美""音乐美""建筑美"的创作主张，同为新月派主将的徐志摩积极响应，但他的诗比闻一多的新格律诗更加灵活、自由、多变，尤其是诗节的排列更加灵活多样。比如《盖上儿张油纸》《无儿》等诗长短句相间，《再别康桥》《八月的太阳》等是严整的方块诗，《婴儿》《泰山日出》等是散文体诗，《叫化活该》《先生！先生！》是对话体，《雪花的快乐》《海韵》等诗行努力在整齐又参差中求一致，各节间互为呼应。

第三节　徐志摩研究略述

徐志摩的创作生涯从1922年开始直至1931年去世结束，短暂的近十年间留下大量诗作和散文，他既是新月诗派的重要代表，其浪漫轻灵的个性化诗风及艺术探索也奠定了他在中国现代文学史上的重要地位。关于徐志摩的诗歌、散文、思想信仰、精神气质、艺术风格、人格特点及文学史意义的评价，一直是现代文学史上褒贬不一的热门话题。相关研究进程大致经历了新中国成立以前、新中国成立至1978年、新时期以来三个阶段。

新中国成立以前，为徐志摩研究的起步阶段。较早发表文章评述徐志摩的是西谛、成仿吾和胡适等人。初期评论文章中影响较大的是朱湘《评徐君〈志摩的诗〉》和钱杏邨《徐志摩先生的自画像》，前者肯定了《志摩的诗》在文体和艺术形式上的探索，后者则从无产阶级革命文学立场出发，对徐志摩诗歌及散文进行了全面的否定和批判。1931年徐志摩逝世后，悼念文章大多肯定和赞美徐志摩浪漫真诚的生活态度与热情善良的为人处世之道，如胡适《追悼志摩》、郁达夫《志摩在回忆里》、王统照《悼志摩》、郑振铎《悼志摩》等。这一时期从总体上把握和研究徐志摩诗歌创作的文章有：沈从文《论徐志摩的诗》、茅盾《徐志摩论》和穆木天《徐志摩论——他的思想与艺术》，分别采用印象式批评、社会学批评和比较研究方法，对徐志摩的诗歌艺术个性、审美心理和思想意义作出了较为中肯的评价。除诗歌外，徐志摩的散文创作在现代文学时期也已受到关注。梁实秋《谈志摩的散文》、沈从文《从徐志摩作品学习"抒情"》都对徐志摩的散文作出了较高的评价。

新中国成立至1978年，为徐志摩研究的停滞期。这一时期"左"倾文艺路线和政治标准垄断了文艺研究领域，除陈从周编写的《徐志摩年谱》以及陈梦家《谈谈徐志摩的诗》等的肯定性评价外，相关研究论文和文学史专著对徐志摩其人其文呈现出一面倒式的批判态度。

新时期以来，徐志摩研究进入复苏和发展深化期。首先展开的是对徐志摩创作的思想倾向和审美价值的重估。1979年卞之琳的《徐志摩诗重读志感》是最早为徐志摩的诗歌创作"翻案"的文章。这一时期对徐志摩的创作倾向与爱情诗的评价问题产生了激烈争论。陆耀东《评徐志摩的诗》较为辩证地肯定了徐志摩诗作所体现的民主个人主义、五四精神和人道主义情怀，同时也指出其存在的虚无情绪、遁世思想等消极倾向，以臧克家《闻徐诗品比并看》为代表的一部分观点则认为徐志摩是反动的资产阶级诗人；吕家乡《个性解放的追求和幻灭》与张大雷《论徐志摩的诗歌创作道路》分别从爱情诗与社会历史的联系、表现真挚爱情所具有的超越时空的伦理道德价值的角度，对徐志摩的爱情诗作出了截然相反的评价。此后，徐志摩研究呈现有序推进的态势，一是对徐志摩文学史地位的重新评价，代表性论文如史本成《一个杰出的资产阶级诗人》、蓝棣之《徐志摩的诗史地位与评价问题——从〈徐志摩诗全编〉出版谈起》。二是对徐志摩散文艺术个性、审美价值和文化成因的研究，如倪婷婷《"浓得化不开"——论徐志摩的散文创作》、黄宇《徐志摩散文与康桥文化》。三是作家传记对徐志摩生平经历和创作道路的梳理以及对其思想倾向的探讨，代表性论著有陆耀东《徐志摩评传》、宋炳辉《新月下的夜莺——徐志摩传》、韩石山《徐志摩传》、赵遐秋《徐志摩传》、杨新敏《徐志摩传》等。四是徐志摩作品、书信日记的收集与出版。商务印书馆1983年版《徐志摩全集》（共5卷）、上海书店1988年版《徐志摩全集》（共5卷）是较早出版的相对完备的徐志摩作品集，此后陆续出版的还有广西民族出版社1991年版《徐志摩全集》（全五卷）、天津人民出版社2005年版《徐志摩全集》（全八卷）、中央编译出版社2013年版《徐志摩全集》（共6卷）。五是流派研究和比较研究。论文方面代表性的有毛迅《诗人闻一多、徐志摩的历史比较》，论著方面有尹在勤《新月派评说》、朱寿桐《新月派的绅士风情》、程国君《新月诗派研究》等。六是翻译活动研究。代表性研究成果有高伟《翻译家徐志摩研究》等。

此外，海外的徐志摩研究也取得了一些重要收获。如切尔卡斯基的《论徐志摩》、李欧梵的《徐志摩：伊卡洛斯的狂喜》等。

第三讲

民族意识·性别立场·启蒙姿态：萧红的文学世界

从1932年创作小诗《春曲》开始，到1942年带着"我将与蓝天碧水永处，留得半部'红楼'给别人写了"的遗憾溘然离世，萧红的创作生命不到十年，却留下了《生死场》《手》《小城三月》《呼兰河传》《马伯乐》等近百万字的作品，以"越轨"的笔致、横溢的才情书写中国北方大地的生和死、哀和乐、沉滞和跃动，寄寓着改造国民性的热望。对于她，杨义评价"萧红是三十年代的文学洛神。她是'诗之小说'的作家，以'翩若惊鸿，宛若游龙'的笔致，牵引小说艺术轻疾柔美地翱翔于散文和诗的天地。"[1]

萧红作品呈现的巨大文学性和深刻生命体验及其"越轨"笔致，激发了一代又一代学者的研究热情。20世纪30年代，萧红初登文坛就得到独具慧眼的名师的赞赏和点拨。鲁迅指出《生死场》"叙事和写景，胜于人物的描写，然而北方人民的对于生的坚强，对于死的挣扎，却往往已经力透纸背；女性作者的细致的观察和越轨的笔致，又增加了不少明丽和新鲜"[2]。胡风在《〈生死场〉后记》中肯定："这是用钢戟向晴空一挥似的笔触，发着颤响，飘着光带，在女性作家里面不能不说是创见了。"[3]鲁迅和胡风对萧红小说技巧所做的考察及对作品艺术缺陷的分析，是切中肯綮的，不管在当时还是现在，都是极

---

[1] 杨义：《中国现代小说史（下）》，载《杨义文存》，人民出版社，1998，第558页。
[2] 鲁迅：《萧红作〈生死场〉序》，载《鲁迅全集（第6卷）》，人民文学出版社，2005，第422页。
[3] 胡风：《〈生死场〉后记》，载《胡风全集（第2卷）》，湖北人民出版社，1999，第433页。

有见地的，他们的评价今天仍被批评家和文学史家广为引用。40年代初，因萧红突然离世，她的亲朋同道纷纷撰文以示悼念，如白朗的《遥祭——纪念知友萧红》（1942年）、丁玲的《风雨中忆萧红》（1942年）、许广平的《忆萧红》（1945年）、聂绀弩的《在西安》（1946年）、骆宾基的《萧红小传》（1947年）等，这些文章真实地记载了战乱时期萧红的日常生活状态及写作的点点滴滴，成为研究萧红的第一手资料。在之后三十多年的时间里，萧红研究处于沉寂状态，直到20世纪80年代初，萧红的作品再次引起研究者关注，引发研究热潮。经过整理、分析，发现已有研究主要从以下几个方面着手：

一是萧红生平研究。萧红命薄才高、坎坷多舛的一生一直是海内外学界的热门话题，大家纷纷热衷为萧红做传。据不完全统计，目前已出版的萧红传记不下百部。骆宾基在1947年出版的《萧红小传》是最早的萧红传记，1980年肖凤撰写的《萧红传》是20世纪80年代首部萧红传记。1985年葛浩文的《萧红评传》是海外第一部研究萧红的重要著作，该书以萧红漂泊的生活足迹为脉络，细述了她从呼兰河、哈尔滨到上海、东京、临汾、重庆、香港等地的曲折经历，并分析了萧红不同时期作品的独特性及其意义。平石淑子被誉为"日本第一个系统研究萧红并卓有成效的学者"，她在2017年出版了《萧红传》，加强了对萧红童年生活、婚姻状态、情感经历与疾病困扰等的关注，将她的作品与其人生及时代大背景紧密结合进行分析，始终以一个旁观者的角度来客观地陈述萧红的一生。2019年袁培力推出了《萧红年谱长编》，在对大量史料进行深入考证的基础上，以编年体的方式，按年、月、日的顺序，梳理了萧红从出生到去世的日常及创作，做了许多解谜、纠错、重识、补白等工作，该书可以作为萧红研究的必备工具书之一。2021年季红真的《萧红大传》一出版就备受关注，作者本着"无一处没来历"的求真精神，厘清了萧红一生中诸多的模糊之处与疑点，显示出了较好的学术涵养，对于推动萧红研究的进一步发展功莫大焉。

二是萧红创作主题意蕴研究。萧红创作主题具有强大而经久不衰的阐释召唤力，给研究者提供了从各个角度进行言说的可能，如抗战主题、悲剧意识、生命意识、苦难书写等；而从女性主义立场展现出萧红作为女性对命运不公的努力抗争以及对当时男权社会的挑战，维护自己作为女性的权利，彰显其女权意识的觉醒，成为新时期以来很重要的研究角度。海外学者刘禾在《重返〈生死场〉：妇女与民族国家》一文中，从女性主义的立场解读《生死场》，从而发现和强调了作品中意义的分裂，即从历来的男性批评家划定的民族国家的大意义下，分裂出来的一个场所：女性的身体及这个身体产生出来的意义与民族国家的空间之间的冲突[①]。艾晓明的《女性的洞察——论萧红的〈马伯乐〉》认为萧红是当时在左翼阵营中真正对男性作家的创造力和性别态度构成挑战的女性，她的挑战性不仅在于天然的感受力和才华，更在于，她的作品坚持了自己的性别，坚持了"她们"的经验与"他们"的经验是不一样的，需要不一样的叙事指认[②]。孟悦、戴锦华的《浮出历史地表——现代妇女文学研究》是新时期中国女性文学十分有影响力的著作，其中"萧红：大智勇者的探索"这一章，作者从女性的视角出发，重新诠释萧红的生命体验和艺术彻悟，指出"女性的经验成为萧红洞视乡土生活和乡土历史本质的起点，也构成了她的想象方式。"作者还从富有象征意味的女性经验出发，重新阐释《生死场》里暗含的历史秘密，将此作品扩展为女性生理和心理的符号象征[③]。另外，《"民族"书写中的性别身份——从女性人物的互文性与成长史看〈生死场〉》一文尖锐地指出萧红的作品是以她内在的女性视角洞穿"民族主义"的虚饰[④]。

二是萧红创作艺术风格研究。萧红创作鲜明的个人风格以及独特的文学体式，使她成为20世纪三四十年代非常有区分度的作家，她的创作艺术风格成为研究者关注的重点。阎志宏的《萧红和中国现代小说散文化》认为萧红行文简洁，不雕琢，自然流畅，真挚感人，她把"抒情散文的语言和'形散神不散'的散文结构特点糅进小说创作中，娓娓道来，讲故事的成分少了，主观抒情的成分多了"[⑤]。姜志军的《论萧红小说的美学特征》指出"萧红的小说在表现手法上，具有散文化、抒情诗化和绘画化的特点"[⑥]。艾晓明的《戏剧性讽刺——论萧红小说文体的独特素质》一文认为，萧红小说风格最重要的特质，远非所谓抒情的、感性细腻的，而是在于戏剧性的讽刺。萧红创造出场景性的小说结构，发展了一系列反讽手段，从而建立了她个人的成熟的小说文体形式[⑦]。唐小林的《论萧红小说中的日常经验书写——从〈旷野的呼喊〉〈呼兰河传〉到〈马伯乐〉》指出，萧红对写作材料的选取以及对日常生活经验的认识有着高度自觉性，萧红小说的独特性正在于

[①] 刘禾：《重返〈生死场〉：妇女与民族国家》，载《性别与中国》，李小江等主编，生活·读书·新知三联书店，1994，第68页。
[②] 艾晓明：《女性的洞察——论萧红的〈马伯乐〉》，《中国现代文学研究丛刊》，1997年第4期。
[③] 孟悦、戴锦华：《萧红：大智勇者的探索》，载《浮出历史地表：现代妇女文学研究》，中国人民大学出版社，2004，第185页。
[④] 姚丹：《"民族"书写中的性别身份——从女性人物的互文性与成长史看〈生死场〉》，《文艺争鸣》，2021年第7期。
[⑤] 阎志宏：《萧红和中国现代小说散文化》，《社会科学辑刊》，1991年第2期。
[⑥] 姜志军：《论萧红小说的美学特征》，《中国人民大学学报》，1994年第3期。
[⑦] 艾晓明：《戏剧性讽刺——论萧红小说文体的独特素质》，《中国现代文学研究丛刊》，2002年第3期。

她对日常经验的关注[①]。

四是萧红与其他作家的比较研究。研究者会把萧红与同时代作家如冰心、庐隐、张爱玲等进行比较，如《萧红与张爱玲之比较——以女性主义视角》一文认为萧红和张爱玲是中国现代文学史上两个优秀的女作家，她们都是五四新文化运动的"精神之子"，两人的经历相似，有着共同的逃亡之旅，这使她们不约而同地选择了边缘的人文立场，在对男权文化的反抗中成功地确立了女性的主体地位；她们以自己的艺术才华继承和发扬了汉语的神奇魅力，是中国20世纪女性汉语写作的杰出代表[②]。也有研究者选择把萧红与当代作家做比较，如《童年经验与边地人生的女性书写——萧红、迟子建创作比照探讨》指出：同为东北女作家的萧红和迟子建在创作上存在很多相似性和相关性，而童年经验直接为她们的创作提供了生活原型和题材，童年经验作为先在意向结构，对于她们的文学书写尤其是边地人生的女性书写，发生着切实和深远的影响[③]。

以上观点不一定都有充足的学理性，但其提供的一些新的研究角度，足可以引发更深入的探讨。随着新观念、新理论、新方法的不断生成，萧红研究也将呈现出更为多元、开阔、动态的发展趋势。

第一节 民族意识：作为抗战作家的萧红

萧红短暂的写作生涯跨越了自"九一八事变"到太平洋战争爆发这段战火连绵、颠沛流离的岁月，从第一次以"萧红"为笔名发表的成名作《生死场》到离世之前写给张秀珂的绝笔信《"九一八"致弟弟书》为止，"民族解放""抗日救国"不可避免地成为她创作内在的、连续性的主题，研究者指出"萧红是一个不曾忘记伟大的民族解放战争的进步作家"[④]，是有一定道理的。

1934年秋天，萧红在青岛完成了《生死场》的写作，在鲁迅的关怀下，该作品于1935年以"奴隶丛书"之名和萧军的《八月的乡村》、叶紫的《丰收》一起出版。《生死场》一共有十七章，从第一章"麦场"到第九章"传染病"为作品的上半部分，以二

[①] 唐小林：《论萧红小说中的日常经验书写——从〈旷野的呼喊〉〈呼兰河传〉到〈马伯乐〉》，《文艺理论与批评》，2019年第1期。
[②] 季红真：《萧红与张爱玲之比较——以女性主义视角》，《南开学报》，2006年第2期。
[③] 刘艳：《童年经验与边地人生的女性书写——萧红、迟子建创作比照探讨》，《文学评论》，2015年第4期。
[④] 刘禾：《重返〈生死场〉：妇女与民族国家》，载《性别与中国》，李小江等主编，生活·读书·新知三联书店，1994，第573页。

里半、王婆、金枝三个家庭为中心，作者用充满感情的笔调，描写了20世纪20年代东北哈尔滨附近农村中闭塞落后的社会风气和农民贫苦无告的生活。他们深受地主的残酷压榨，每天辛勤劳作，累弯了腰，累跛了腿，不但得不到温饱，还遭受着饥饿和疾病的煎熬——特别是女性，生育、病痛及死亡让她们处于牛马不如的生存状态中。从第十章"十年"到第十七章"不健全的腿"为作品的下半部分，展示了1931年九一八事变东北沦陷，这些农民目睹日本入侵者的烧杀掳掠之后，民族国家意识开始觉醒，他们在昔日镰刀会领袖李青山的带领下成立秘密组织，对天盟誓，奋起反抗。为了赶走敌人，连寡妇们都立下"千刀万剐也愿意"的誓言，老赵三更是声泪俱下，发出了"我是中国人！我要中国旗子。我不当亡国奴，生是中国人，死是中国鬼……不……不是亡……亡国奴……"的呼号。胡风热情洋溢地称赞《生死场》写出了"这些蚊子一样的愚夫愚妇们就悲壮地站上了神圣的民族战争的前线。蚊子似的为死而生的他们现在是巨人似的为生而死了"，这是一部"写出了蓝空下的血迹模糊的大地和流在那模糊的血土上的铁一样重的战斗意志的书"[1]。梁山丁也评价《生死场》"是一部最早反映东北人民在日本帝国主义统治下生活和斗争的作品之一，轰动了祖国的文坛，奠定了萧红文学生涯的基础"，这"充分说明作者的思想感情，一直是和劳动人民，和民族解放运动，息息相关，同呼吸，共命运"[2]。

萧红始终没有忘却自己的民族责任感，1937年全面抗战爆发后积极参与了一系列活动，如与胡风、萧军等左翼同人合办《七月》杂志、为之撰稿，参与文坛中关于文艺问题的讨论，到山西临汾民族革命大学任教，随西北战地服务团到西安做抗战宣传等。在血与火的时代大潮中，萧红自觉地站在国家民族立场上，以慷慨激昂的峻急之态写出了或痛斥日军的残忍暴行，或激励民众的反抗意志的系列作品，以强劲而酣畅淋漓的文风显示出自己的时代担当。《天空的点缀》写于"八一三"淞沪抗战第二天，作者在文中痛斥日本侵略者的飞机一架又一架掠过上海的天空，投下炸弹，"他们没有止境的屠杀，一定要像大风里的火焰似的那么没有止境"，"东北方面和西北方面炮弹都在开裂着"。在《放火者》一文中，作者直接把日本侵略者等同于"放火者""杀人犯"，他们滥杀无辜，在重庆人口最稠密的街道投下大量的燃烧弹和炸弹，作者痛心地写道：

> 无论你心胸怎样宽大，但你的心不能不跳，因为那摆在你面前的是荒凉，是横遭不测的，千百个母亲和小孩子是吼叫着的，哭号着的，他们嫩弱的生命在火里边

---

[1] 胡风：《〈生死场〉后记》，载《胡风全集（第2卷）》，湖北人民出版社，1999，第433页。
[2] 梁山丁：《〈夜哨〉上的亮星》，载《萧萧落红》，季红真编选，人民文学出版社，2001，第98页。

挣扎着，生命和火在斗争。但最后生命给谋杀了。那曾经狂喊过的母亲的嘴，曾经乱舞过的父亲的胳臂，曾经发疯对着火的祖母的眼睛，曾经依然偎在妈妈怀里吃乳的婴儿，这就最后都被火给杀死了。孩子和母亲，祖父和孙儿，猫和狗，都同他们凉台上的花盆一道倒在火里了。

……

白洋铁壶成串的仍在那烧了一半的房子里挂着，显然是一家洋铁制器店被毁了。洋铁店的后边，单独的一座三楼三底的房子站着，它两边都倒下去了，只有它还弯弯趔趔地支持着，楼梯分做好几段自己躺下去了，横睡在楼脚上。窗子整张的没有了，门扇也看不见了，墙壁穿着大洞，像被打破了腹部的人那样可怕的奇怪地站着。

——《放火者》[1]

萧红用电影慢镜头的方式一一掠过"母亲的嘴""父亲的胳膊""祖母的眼睛""吃乳的婴儿""猫和狗""凉台上的花盆"以及"穿着大洞，像被打破了腹部的人那样可怕的奇怪的站着"的断壁残垣，写出了无辜生命被侵略战争无情毁灭的惨状。作者在文后发出悲愤的质问："重庆在这一天，有多少人从此不会听见解除警报的声音了……"直指侵略者令人发指的血腥与残暴。

这是一个光明与黑暗、希望与绝望交织的时代，萧红充满激情地呼吁流亡在各地的东北同胞们："抗战到现在已经遭遇到最艰苦的阶段"，"为了失去的土地上的高粱、谷子，努力吧；为了失去的土地上年老的母亲，努力吧；为了失去的地面上的痛心的一切的记忆，努力吧！""时值流亡在异乡的故友们，敬希珍重，拥护这个抗战和加强这个抗战，向前走去。"（《寄东北流亡者》）1938年初，萧红与塞克、端木蕻良、聂绀弩一起构思、创作了三幕话剧《突击》，该剧描绘了1938年初春太原附近一个叫郭村的村庄，村民从黄昏到黎明之间进行的一场抗击日寇的突击战。郭村惨遭日军烧杀劫掠，到处一片狼藉，"塌了顶的房子，被炮火轰毁了的土墙，打折的树木，死了的牲畜，男女的尸体，这一块被踩踏的痕迹，还都新鲜的存在着，穿红兜肚的小孩挂在树上摇动着"。村民先是被迫逃难，而一路上家破人亡的凄惨景象让他们意识到"逃不是事"，"怎么着也得干一场，说什么也不能白饶了他"，"他杀死我们多少人，我们就杀死多少小日本"，"凭着我们的力量要跟他们算这笔账"。五十几岁的田大爷、十三四岁的小福生、壮丁王林和赵伍等，趁着夜色潜入日寇营房偷拿枪支，再悄悄摸回村庄与日寇展开面对面的殊死搏斗，最后

---

[1] 萧红：《放火者》，载《萧红全集（第4卷）》，北方文艺出版社，2018，第307-308页。

全歼敌人。整部剧本回荡着乐观昂扬的抗战激情，在西安首演后引起巨大的轰动，极大地激励了军民的爱国热情和战斗意志。

当包括萧红在内的几乎所有作家都以暴风雨般的激情歌唱人民战争的正义性和必胜信心的时候，在抗日救亡成为显性存在的历史语境中，在战火文艺引领风向标的主流文坛上，萧红开始强化独立作家身份，她有意识地拒绝主流文坛对自己的同化，不断调整并寻找适合自己的写作样式，逐渐拉开与主流文坛的距离。1938年1月16日，胡风在汉口主持召开了一次《七月》杂志社的座谈会，大家交流的核心问题就是创作与生活的关系。与会者大都认为只有奔赴前线、投入到实际战斗中去，才能写出真正的抗战文学，萧红却对弥漫于《七月》同人间的"上前线"的主张表示了不同的意见："我看，我们并没有和生活隔离。譬如躲警报，这也就是战时生活，不过我们抓不到罢了。即使我们上前线去，被日本兵打死了，如果抓不住，也就写不出来。""譬如我们房东的姨娘，听见警报响就骇得打抖，担心她的儿子。这不就是战时生活的现象吗？"[①]在萧红看来，作家不一定非要上前线才能写出抗战文学，日常生活中的点点滴滴都可以成为写作的材料，关键是作家要沉潜到生活中去，要有敏锐、深入的观察能力。很明显，萧红对文学的理解与战时文学的需求存在着一定的错位，即使政治上她的思想阵营属于积极抗日，但在文学创作理念上却试图摆脱抗日宣传的局限，想要搭建一个拥有自由与生命力的文学世界。萧红很多作品都关涉国家民族等宏大主题，但她往往避开直接描写战争场面、英雄人物，而将关注的目光投向战时普通人以及普通人的生存经验，从社会的边边角角和人心的暗层浮动中，折射出时代的风云动荡。《黄河》《旷野的呼唤》《孩子的讲演》《朦胧的期待》等都是非常有代表性的作品。

《黄河》的故事发生在船夫阎胡子和八路军战士之间。阎胡子是在黄河上替中国军队运粮的一个船夫，他的船只运货不捎客，一个八路军战士因回家奔丧而脱离了大部队需尽快追赶队伍，请求阎胡子搭载一桩。阎胡子一听，不仅邀其上船，以礼相待，还与其拉起家常，谈起自己颠沛流离的人生。下船后，阎胡子又热情地邀请八路军战士吃饭，请他给家人带平安家信。最后，阎胡子问道：

"我问你，是不是中国这回打胜仗，老百姓就得好日子过啦？"

八路军战士坚定地回答：

"是的，我们这回必胜……老百姓一定有好日子过的。"

[①] 胡风：《抗战以后的文艺活动动态和展望——座谈会记录》，载《胡风全集（第5卷）》，湖北人民出版社，1999，第309-313页。

一方是流离失所的中国劳动人民的形象，历尽苦难，未失豪爽；一方是热忱的人民士兵的形象，虽逢家难，依然锐气勃勃。作者把这两种形象和民族精神的象征——黄河及逆水而行的渡船三者交融在一起，气势磅礴，意气高扬，谱就一曲粗犷雄壮的黄河曲，让我们看到国家危难之际民众抗争的决心与信心。《朦胧的期待》中的金立之原是有钱人家的卫兵，后来成为抗日军队特务连的一名士兵，因为队伍即将开拔奔赴前线，所以来向旧主人辞行。主人家中的李妈，是一个二十五岁左右、健壮、漂亮而又纯朴的女佣，李妈和金立之曾经偷偷相爱，金立之答应李妈"抗战胜利了回来娶她"。在金立之和主人相谈甚欢的时候，李妈特意跑出去买香烟想送给金立之，因为李妈听说"战壕里烟最宝贵"。但等李妈回来，金立之却已经离开了，李妈感受着无限的怅惘与失落。但小说结尾却给了一个充满曙光的期待：

> 夜里，她梦见金立之从前线上回来了。"我回来安家了，从今我们一切都好了。"他打胜了。
>
> 而且金立之的头发还和从前一样的黑。
>
> 他说："我们一定得胜利的，我们为什么不胜利呢，没道理！"
>
> 李妈在梦中很温顺地笑了。
>
> ——《朦胧的期待》[①]

《旷野的呼唤》写陈公公的儿子给日本人修铁路，故意在铁路上留下隐患，弄翻日本军车。《孩子的讲演》中的王根，虽然只有九岁，"抗日的道理可知道得并不少"，他积极参加战地服务团的工作，把自己当成大人一样严格要求。萧红把笔墨集中在普通人物身上，如船夫、佣人、老妇、小孩、从战场上撤退下来的伤员等，聚焦他们的细微心理和日常细节，表达出渺小的个体与宏大的时代潮流同频共振的命运际遇。

萧红的这些作品虽然与以抗战宣传为目的、以英雄塑造为特征、以乐观主义为基调的主流文学保持了一定距离，但民族国家意识依然在她文学理想的制约下被表达出来，这种个人化的写作立场显示了女性作家的宽广视界，也形成了萧红创作的复杂张力。

第二节 性别立场：作为女性作家的萧红

如果仅仅从民族国家这一宏大叙事视角来理解萧红的写作，就难免流于狭隘与片面。

[①] 萧红：《朦胧的期待》，载《萧红全集（第1卷）》，北方文艺出版社，2018，第203页。

正如林贤治指出，"鲁迅和胡风对《生死场》的生存与反抗的主题，及其诗性艺术的肯定，是极有眼光的。但是，由于现实政治的需要，他们都把小说纳入阶级和民族斗争的大框架，在一定程度上把一部多声部小说化简为单声部的了"[①]。萧红虽然被鲁迅誉为中国"最有前途的女作家"，却命运多舛，"半生尽遭白眼冷遇"，出生即遭到重男轻女家庭的嫌弃、有孕在身却被无情抛弃、贫病交加、情感遭受背叛、进入写作圈子却受到来自同一阵营的男性作家的歧视与偏见。正是这样独特的性别经验和生存体验，使萧红常常感慨"我一生最大的痛苦和不幸，却是因为我是一个女人"[②]。萧红写作时忍不住要在民族国家话语体系中间交织进女性经验的书写和表达，通过笔下女性被损害被践踏、血泪弥漫的生命形态，彰显自己鲜明的性别立场，从而形成不同于男性作家的文学写作样式，这是我们理解萧红创作的又一角度。

纵览萧红短暂的一生，她经历了一个女性一生中几乎所有的厄运与痛苦，她常常以感同身受的姿态，将自己的生存体验融入笔下女性的生命里，呈现女性长期以来所遭受的各种不公平的对待以及身体和精神的痛苦。

一是男权对女性的压迫。

萧红曾在散文《〈大地的女儿〉与〈动乱时代〉》一文中记录了一件事情：当时萧红想介绍女作家史沫特烈的《大地的女儿》和丽洛琳克的《动乱时代》这两本书，却遭到了男作家的集体嘲讽，他们从作品的封面到内容都表达出对女性作家的不屑，以鄙夷的口吻谈论着，"这就是你们女人的书吗？""《大地的女儿》就这样？"他们甚至笑得不亦乐乎。萧红愤怒地写道："为着介绍这两本书而起的嘲笑的故事，我都要一笔一笔地记下来。"在男性巨大的阴影之下讨生活，女性的生存空间是逼仄与令人窒息的，"女性的天空是低的，羽翼是稀薄的，而身边的累赘又是笨重的！"[③]作为时代知识女性的萧红尚且无法摆脱"男权中心社会下的女子"的卑微与屈从，更不要说处于社会底层的不幸女性了。

萧红笔下的男女两性处于极度不平等状态，男性高高在上，俯视并控制着女性的一切，女性只是男性的附庸与工具，没有自我没有尊严，情感千疮百孔，生活原始粗粝、处境血雨腥风。萧红在《呼兰河传》中写到四月十八娘娘庙大会，"那些烧香的人，虽然说是求子求孙，是先该向娘娘来烧香的，但是人们都以为阴间也是一样的重男轻女，

---

① 林贤治：《漂泊者萧红》，人民文学出版社，2009，第137页。
② 葛浩文：《萧红评传》，北方文艺出版社，2019，第202页。
③ 聂绀弩：《在西安》，载《萧萧落红》，季红真编选，人民文学出版社，2001，第11页。

所以不敢倒反天干,所以都是先到老爷庙去,打过钟,磕过头,好像跪到那里报个到似的,而后才上娘娘庙去。"老爷庙里的泥像个个塑的"威风凛凛,气概盖世的样子",甚至"眼睛冒了火,或像老虎似的张着嘴"。而娘娘庙里的泥像"以女子为多,多半都没有横眉竖眼,近乎普通人,使人走进了大殿不必害怕"。同样是泥像,为什么男人和女人的表情截然不同呢?"原来塑泥像的人是男人",作品接着这样写道:

> 他把男人塑得很凶猛……就是让你一见生畏,不但磕头,而且要心服。就是磕完了头站起来再看着,也绝不会后悔,不会后悔这头是向一个平庸无奇的人白白磕了。至于塑像的人塑起女子来为什么要那么温顺?那就告诉人,温顺的就是老实的,老实的就是好欺侮的,告诉人快来欺负她们吧。
>
> 人若老实了,不但异类要来欺侮,就是同类也不同情。
>
> 比方女子去拜过了娘娘庙,也不过向娘娘讨子讨孙,讨完了就出来了,其余的并没有什么尊敬的意思。觉得子孙娘娘也不过是个普通的女子而已,只是她的孩子多了一些。
>
> 所以男人打老婆的时候便说:
>
> "娘娘还得怕老爷打呢,何况你一个长舌妇!"
>
> 可见男人打女人是天理应该,神鬼齐一。怪不得那娘娘庙里的娘娘特别温顺,原来是常常挨打的缘故。可见温顺也不是怎么优良的天性,而是被打的结果,甚或是招打的缘由。
>
> ——《呼兰河传》[①]

通过上娘娘庙烧香求子的举动,萧红揭示了自古以来男性操控女性命运的深层历史心理,也为中国民间千百年来根深蒂固的男尊女卑思想找到根源。萧红不无悲凉地感叹,"男人打女人是天理应该,神鬼齐一"的,女人并不是天生温顺的,"是被打的结果"。长此以往,在两性关系中,男性成为绝对的主体,女性成为附属的他者。萧红笔下是没有性别冲突的,因为男性以绝对压倒性优势将女性踩在脚下进行无数次碾压,女性只能臣服在男性的权威之下,在绝境中求生存。《生死场》中的年轻姑娘金枝在成业的诱惑下偷尝禁果并未婚先孕,婚后,她拖着笨重的身体从早到晚洗衣、做饭,操持家务,她要忍受成业对自己身体的粗暴占有,还要忍受成业动辄打骂、向金枝"飞着饭碗"的家暴行为。金枝生下小孩后,成业没有给予关心和体贴,只是抱怨孩子太吵,一气之下他竟然

[①] 萧红:《呼兰河传》,载《萧红全集(第2卷)》,北方文艺出版社,2018,第175页。

摔死了孩子。金枝只是成业泄欲和泄愤的工具，从来就没有获得过爱与尊重。《生死场》第六章写到五姑姑的姐姐在历经生不如死的生产时，她的丈夫竟然恶狠狠地指责她在装死，顺手拿出长烟袋对着她砸过去，紧接着又端来一大盆水泼向产妇。这个男人非但没有给予自己妻子丝毫的精神安慰，反而用暴力手段伤害她，给她造成了极度的恐惧，"大肚子的女人，仍胀着肚皮，带着满身冷水无言地坐在那里。她几乎一动不敢动，她仿佛是在父权下的孩子一般怕着她的男人"。在萧红笔下，男人是"炎凉的人类"，如"石块般"冷漠，"太阳般"暴烈，他们施加给女性的只有痛苦、虐待和践踏，男权的威压造成了女性在整个社会结构中的被侮辱与被损害的命运。萧红从自身的经历深切地感受到作为女性被男性甚至整个社会无视的委屈、痛苦、愤怒与无奈，终其一生都在对男权文化及制度进行反叛，以至于临终前还为此耿耿于怀："半生尽遭白眼冷遇，……身先死，不甘，不甘。"

二是生育和疾病对女性的折磨。

女性通过生育使人类得以繁衍生息，女性的生育是伟大的创造也是痛苦的牺牲，在传统家庭伦理观念中，女性生育行为是应该被尊重并获得体恤和抚慰，所以，"母亲""母性"的意义往往和"神圣"等同。但在萧红的小说世界里，几乎看不到女性在孕育生命过程中产生欢欣喜悦情绪，生育对女性来说就是和猪、狗等动物的繁殖一样泛滥、低贱而没有意义。《生死场》中写道："暖和的季节，全村忙着生产"，"房后草堆上，狗在那里生产"，麻面婆生下孩子的时候，"窗外墙根下，不知谁家的猪也正在生小猪"。生育让女性降为动物性的存在，生育带给女性的生不如死的疼痛的折磨及血污的侵扰更是骇人。在带有明显自传性质的小说《弃儿》中，萧红运用了大量的笔墨描写了主人公芹在生育中遭受的痛苦："芹肚子疼得更厉害，在土炕上滚成个泥人了……芹只想撕破自己的肚子"，"芹肚子痛得不知人事，在土炕上滚得不成人样了，脸和白纸一个样。"在炕上她恨不得"要把小物件从肚皮里挤出来，这种痛法简直是绞着肠子，她的肠子像被抽断一样。她流着汗，也流着泪。"《王阿嫂的死》也描写了女性生育的惨状："王阿嫂自己在炕上发出她最后沉重的嚎声，她的身子是被自己的血浸染着，同时在血泊里也有一个小的、新的动物在挣扎"，王阿嫂的"嘴张得怕人，像猿猴一样，牙齿拼命地向外突出"。在《生死场》中，萧红直接将女性的生育称作"刑罚的日子"，在"刑罚"之下，女性身体遭受着撕心裂肺般的疼痛，五姑姑的姐姐生产时面色变灰白、变黄，流着大汗，神经慌张，痛苦到想要找洞跳进去，找毒药吞进去，全身像被热力撕碎一样被折磨着。在萧红笔下，生育带给女性的无非是一场挑战她们生理极限的剧烈疼痛，诞下的生命并没有成为被珍视的对象，生育成为一件无意义的事。芹将出生不久的孩子送了人，王阿嫂"新生下来的小孩，不到五分钟也死了"，五姑姑的姐姐的孩子在难产中死去。

疾病是让女性陷于痛苦的原因，更是映照人性本质的镜子。《生死场》中的月英曾是打鱼村最美丽的姑娘，但是一场瘫病使她长年卧床；丈夫不仅对月英的各种呻吟熟视无睹，还骂她打她，甚至抽掉围在她身上的棉褥，只用砖头围住她。无人照顾无钱医治的月英病得面目全非，"白眼珠完全变绿，整齐的一排前齿也完全变绿，她的头发烧焦了似的，紧贴住头皮。她像一头患病的猫儿，孤独而无望"，"她的腿像一双白色的竹竿平行着伸在前面。她的骨架在炕上正确地做成一个直角，这完全用线条组成的人形"，而月英的臀部被排泄物淹浸至腐烂生蛆！不久后，曾经让每个人感到"愉快和温暖"的月英就死了，被草草葬在荒山下。在苏珊·桑格塔的疾病文学理论中，"疾病意象的隐喻"不仅体现在小说人物身上，更指向社会压抑的问题[①]。疾病并非单纯生理性的痛感，作用于小说中人物，往往被赋予挑战"社会压抑"的意味。萧红在小说中对疾病的书写很大程度上源于她对自身病体的亲历，也隐含着她的心理诉求，这种诉求包括对女性不幸命运的悲悯和同情以及对旧社会的批判。

三是战争对女性的伤害。

战争无情地屠杀生命，践踏正义，扭曲人性，毁灭文化，具有非人道的残酷本质。面对战争，男性可能会表现出勇敢、积极、决绝的态度，甚至出于民族国家大义而义无反顾地投入战争。而当柔弱的女性面对战争带来的流血、离难、死亡时，她们可能会感到惊慌、无助，甚至恐惧。萧红在《天空的点缀》《失眠之夜》等作品中细腻地展现了战争对女性心理上、精神上造成的戕害。在《天空的点缀》一文中，萧红没有像有些作家或描写血肉横飞的战场厮杀，或渲染震耳欲聋的狂轰滥炸，她只描写了女主人公"我"心理活动的几个片段。"我"看到窗口掠过一架又一架飞机，不由得揣测到底是中国胜利了还是日本胜利了呢？因无法得到答案，"我"感到"沉重而动摇"；想到入侵者"没止境的屠杀"，"我"忍不住"含着眼泪""胸口有些疼痛"；当我看到"桌上的短刀"时，"我"竟想到自己"绝不是拿着这短刀而赴前线"。仅仅是几个意识片段的流动，就将战争给个体生命特别是女性带来的猝不及防的慌乱、痛苦表现出来。《失眠之夜》写于"八一三"抗战发生后的第九天，在隆隆的"高射炮的声中"，"我"失眠了。"我"想起了家乡的秋天，想起了家乡的"高粱米粥""珍珠米""咸盐豆"，想起了"门

---

① 桑塔格：《疾病的隐喻》，陈巍译，上海译文出版社，2003，第27-28页。

前的蒿草""后园里开着的茄子的紫色的小花""爬上了架"的黄瓜,想起了"兴安岭和辽宁一带画着许多和海涛似的绿色的山脉"。可现在,"我"的家乡却饱受日寇蹂躏,临时寄居的上海又遭到日机轮番轰炸,"我"怎能不"烦躁,恶心,心跳,胆小,并且想要哭泣"?战争让女性居无定所、担惊受怕、夜不能寐,对战争的厌恶和对家园的眷恋成为女性最真实的内在情绪。《汾河的圆月》讲述了小玉的祖母因儿子病死军中后发疯的故事。邻人眼中天天念叨儿子被"小日本子"卷走的疯子祖母,却在小玉的母亲改嫁的那一天起再也不说儿子死了,而是说自己的儿子活着,很快就回来了。小说揭示了战争所导致的家破人亡的惨痛真相。

萧红认为战争带给女性的心灵创伤远比身体上的伤痛更令人难过和震惊。《无题》一文中提到她在西安时和八路军残障兵同院住着,无意中看到了一个"腋下支着两根木棍,同时摆荡着一只空裤管"的残障女兵,作者立即联想到:

那女兵将来也要做母亲的,孩子若问她:"妈妈为什么你少了一条腿呢?"

妈妈回答是日本帝国主义给切断的。

成为一个母亲,当孩子指问到她的残缺点的时候,无管这残缺是光荣过,还是耻辱过,对于做母亲的都一起会成为灼伤的。

——《无题》[①]

女兵被战争夺走了一条腿,作者没有从国家民族大义的角度出发来讴歌她的英雄壮举,只是单纯地从女性身体经验出发,认为身体的残缺就意味着她不能成为一个健全、完美的母亲,这种残缺必定会给女兵和她的孩子留下难以弥合的心灵创痛。所以萧红在写作中毫不掩饰她对战争的反感甚至厌恶,"我憎恨打仗,我憎恨断腿、断臂。"(《〈大地的女儿〉与〈动乱时代〉》)

第三节 向着"人类的愚昧":作为启蒙作家的萧红

萧红在写作上深受鲁迅影响,也深谙鲁迅"五四"启蒙精神真谛。在"五四"过去二十年之后,她清醒地意识到,"一切在绕着圈子,好像鬼打墙,东走走,西走走,而究竟是一步没有向前进",所以她不仅要重提"五四",还要"拿起刀枪来,照样地来演一遍"(《骨架与灵魂》)。萧红因此异常坚决地在抗日救亡成为显性存在的现实情境中坚持

[①] 萧红:《无题》,载《萧红全集(第4卷)》,北方文艺出版社,2018,第282-283页。

思想启蒙的主张，在"文章下乡，文章入伍"的喧嚣中，发出了颇不合流的声音："作家是属于人类的，现在或是过去，作家们写作的出发点是对着人类的愚昧"。[①]所谓"人类的愚昧"，与鲁迅笔下的"国民劣根性"有着一脉相承的延续性。萧红诸多作品，呼应抗日救亡时代主潮的同时也坚持着批判"人类的愚昧"的取向，时时把启蒙的任务放在心上，延续着改造国民性的五四文学传统。

萧红将审视愚昧的笔锋首先对准自己。《一条铁路的完成》一文创作于1937年11月，讲述了作者在1928年亲身经历的一次群体事件：充满爱国热情的学生为了抗议日本人修吉敦铁路举行游行示威，遭到反动军警镇压，导致二十多位同学受伤。九年之后，隔着时空距离，萧红以一个"自我的旁观者"的身份观察"我"在游行事件发展进程中的见闻，表现出对群体事件发生的合理性及有效性的深刻质疑。"我"是一个十七岁的女学生，当"我"被拉入到游行队伍中的时候，"有一种庄严而宽宏的情绪"高涨在血管里，"我的脚步很有力"，因为"我是站在'打倒日本帝国主义'的喊声中了"。渐渐地，"我"发现游行变成了一种没有理性的狂欢，当游行队伍看见一个穿和服的女人，大家立即把"打倒日本帝国主义"的大叫改为"就打倒你"！接着又遇上一个"背上背着一个小孩，腰间束了一条小白围裙，围裙上还带着花边，手中提着一颗大白菜"的日本女人，大家用手指着她喊着"就打倒你"！然后"我们又用自己光荣的情绪去体会她狼狈的样子"。在混乱与无序中，"我"还看到几位女同学尿了裤子。成年后的萧红清楚地意识到当盲目、狂热的行为被冠以正义与爱国的名义时，漠视、挤兑甚至恣意损害个体生命的正当权益就成为理所当然，狭隘的民族主义也可以畅通无阻。第二天，游行队伍遭到反动军警的镇压，在慌乱的退却中，"至于'打倒日本帝国主义'，'反对日本完成吉敦路'这事情的本身已经被人们忘记了，"唯一记得的就是"'打倒警察；打倒警察……'这一场斗争到后来我觉得比一开头还有趣味"。游行示威从开始的"严肃"最终变成了一场"有趣味"的闹剧，缺乏理性的爱国热情抵挡不住反动军警的刀枪，除了从学生"身上流下来的血还凝结在石头道上"外，这场运动没有取得任何实质性的成效，因为那条铁路最后顺利完成了。

《一九二九年底愚昧》一文直接以"愚昧"为题，显示出萧红对"人类的愚昧"持续关注的立场，此文叙述了1929年"中苏事件"发生后，她参加佩花大会进行募捐的经历。"我"被爱国热情所激励，东奔西跑忙着募捐，虽是极冷的冬天，忙得手套跑丢了一只，

[①] 胡风：《现时文艺活动与〈七月〉——座谈会记录》，载《胡风全集（第5卷）》，湖北人民出版社，1999，第357页。

帽子也被汗湿透了,这些"在我是绝对顾不到的"。但是另一方面"我"又感到"悲哀",很多民众"连一枝铜板也看不见贴在他们的手心上";小纸烟店老板面对我的募捐,"竟把一盒火柴摔在柜台上。火柴在柜台上花喇喇地滚到我的旁边,我立刻替国家感到一种侮辱。并不把火柴收起来,照旧向他讲演,接着又捐给我一分邮票","我象一个叫花子似的被人接待着";而我的三个同伴对募捐也缺乏热情,他们慢慢地走,"我"实在没有理由把他们看作自己的"同志"。萧红不仅揭示了中国普通民众事不关己高高挂起的自私麻木心理,还对自己的行为进行了冷静的反思。"我"虽然"热情""勇敢""爱国",但"我"并不清楚募捐的缘由,也不理解募捐的意义,单凭着一股盲目的爱国热情,"所以这次佩花大会,我无论做得怎样吃力,也觉得我是没有中心思想",作者在最后甚至否定了自己行为的合理性,认为同一小分队的同学"和我原来是一样混蛋"。

批判"人类的愚昧"在《呼兰河传》中的指向性是非常明显的,有人认为该作品是在"五四新文化反传统启蒙精神"下对"本土人文的反思与批判",是不无道理的。作者首先以东二道街五六尺深的大泥坑子象征着破败的呼兰河小城的整体状态:安于现状、不思变革、自欺欺人。在这里,呼兰河人世世代代遵循着固有的生活方式,日出而作,日落而息,冬季穿棉衣,夏季穿单衣,往复循环;每个卑微的个体的悲欢丝毫不能撼动呼兰河整体的混沌:

> 他们吃的是粗菜、粗饭,穿的是破烂的衣服,睡觉则睡在车马、人头之中。
>
> 他们这种生活,似乎也很苦的。但是一天一天的,也就糊里糊涂地过去了,也就过着春夏秋冬,脱下单衣去,穿起棉衣来的过去了。
>
> 生、老、病、死,都没有什么表示。生了就任其自然地长去;长大就长大,长不大也就算了。
>
> ……
>
> 假若有人问他们,人生是为了什么?他们并不会茫然无所对答的,他们会直截了当地不假思索地说了出来:"人活着是为吃饭穿衣。"
>
> 再问他们,人死了呢?他们会说:"人死了就完了。"
>
> ——《呼兰河传》[①]

对于生命,他们既不思考也无力感知,仅仅凭着一种动物性的本能"吃饭穿衣",习惯性地循旧,无声息地生死。让呼兰河人聊以度日的,是由"迷信"和"围观"带来的

[①] 萧红:《呼兰河传》,载《萧红全集(第2卷)》,北方文艺出版社,2018,第143-144页。

生活乐趣。作品的第二章，萧红不厌其烦地描写家乡的种种盛事，如跳大神、唱秧歌、放河灯、野台子戏、四月十八娘娘庙大会……这些盛举"都是为鬼而做的，并非为人而做的"，"狮子、龙灯、旱船……等等，似乎也跟祭鬼似的，花样复杂"。呼兰河城里的人们生活粗糙贫瘠，却保持着恒久不变的对鬼的重视；他们苛待自己与亲人的"生"，却盛待自己与亲人的"死"。萧红带着"哀其不幸、怒其不争"的愤恨，在生命终点再次写下故乡这些故事，并不仅仅是对童年生活的皈依，也不仅仅是对故乡风物的眷恋，而是拼尽力气直逼呼兰民间的昏蒙与荒芜，以及由此而来的对现实人生产生的彻骨的绝望荒诞感。

在呼兰河这种沉滞、愚昧的社会氛围中，善良无辜的生命常常被众人习以为常的陋习、积弊无情地毁灭。《呼兰河传》第五章、第七章分别写了两个女性的悲剧，一个是小团圆媳妇，一个是王大姑娘。小团圆媳妇是被呼兰河城里所有的"有善心的人"合力虐待迫害致死的。小团圆媳妇不过是个12岁的小姑娘，健康活泼，"她的头发又黑又长，梳着很大的辫子"，她的"脸长得黑乎乎的，笑呵呵的"。但街坊邻居说她"一点也不害羞，坐到那儿坐得笔直，走起路来，走得风快"，"太大方了"，"不像个团圆媳妇了"。她的婆婆为了"能够规矩出一个好人来"，开始打骂小团圆媳妇，"在大腿上拧着她"，"用烧红的烙铁烙她的脚心"，"把她吊在大梁上，让她叔公公用皮鞭子狠狠地抽"，直到把小团圆媳妇折磨病了，婆婆又开始请人跳大神驱鬼，各路街坊邻居也争相出主意要来救小团圆媳妇，这个说他"有一个偏方"，那个说她"有一个邪令"，最后，小团圆媳妇被按在盛满烧得滚开的热水的大缸里当众洗澡，三番五次后，"那黑忽忽的，笑呵呵的小团圆媳妇就死了"。小团圆媳妇被虐待致死，凸显的是呼兰河城人们惯常的性别歧视与对生命的漠视。

婆婆是"谋杀"小团圆媳妇的主凶，表面上看来她并不是纯粹的恶人，她认为自己"一生没有做过恶事，面软、心慈，凡事都是自己吃亏，让着别人"，她曾经也是个受害者，"她的丈夫也打过她，但她说，那个男人不打女人呢？于是也心满意足的并不认为那是缺陷了。"婆婆深受封建礼教和男权文化的毒害，不仅不自知，有时甚至还残忍暴虐地反施于人（小团圆媳妇），她认为规矩媳妇是天经地义的事情，她自己就是这么被规矩过来的，"哪家的团圆媳妇不受气，一天打八顿，骂三场"。萧红以特写显微的方式和令人颤抖的笔法，勾勒出了以婆婆为代表的旧式女性的蒙昧无知及冷漠人性。萧红的批判锋芒还指向老周家的周三奶奶、隔院的杨老太太、老厨子、东家的二姨、西家的三婶，甚至有二伯乃至整个呼兰河的人，他们都是婆婆的共犯。他们兴奋地窥探着小团圆媳妇：

她的身体、嚎叫、惊惧、痛苦,共同参与了对小团圆媳妇的"谋杀"。这些人构成了无主名、无意识的杀人团,成为阻碍中国社会向前发展的惰性力量,萧红用哀莫大于心死的悲凉发出无奈的叹息:"满天星光,满屋月亮,人生何如,为什么这么悲凉?"

如果说小团圆媳妇遭受的是肉体摧残,那么王大姑娘承受的更多的是精神折磨,她死于来自四面八方的流言蜚语和恶意中伤。那么,王大姑娘到底做了什么不可饶恕的事情让他们如此愤慨和非议呢?在呼兰河这个地方,女性必须规行矩步,而王大姑娘竟然破坏"规矩",自己做主和磨倌冯歪嘴子生活在一起,还生下了孩子,这简直是伤风败俗的丑事。几乎所有的人都说王大姑娘"这样坏,那样坏,一看就知道不是好东西",舆论里的王大姑娘伤风败俗、奸懒馋滑、蛮横无理,简直无恶不作罪大恶极,人人得而诛之。很多人充当了"探访员",站在冯歪嘴子家门口负责造谣生事。有的看到冯歪嘴子的炕上有一段绳头,于是就传说着冯歪嘴子要上吊,"这'上吊'的刺激给人们的力量真是不小,女的戴上风帽,男的穿上毡靴,要来这里参观的,或是准备着来参观的人不知多少","西院老杨家来十个,同院的老周家来三个","还有磨坊里的漏粉匠、烧火的、跑街送货的等等,一时也数不清是几多人,总之这全院好看热闹的人也不下二三十。还有前后街上的,一听到消息也少不了来了不少的"。"所以呼兰河城里凡是一有跳井投河的,或是上吊的,那看热闹的人就特别多,我不知道中国别的地方是否这样,但在我的家乡确是这样"。"看热闹"何尝不是国民习焉不察的精神弊病?鲁迅曾对中国民众下过精辟论断:"群众,——尤其是中国的,——永远是戏剧的看客。牺牲上场,如果显得慷慨,他们就看了悲壮剧;如果显得觳觫,他们就看了滑稽剧。"[①]王大姑娘于是在周围人的白眼和冷遇中,终于"一天比一天瘦,一天比一天苍白",在第二次生产的时候难产而死,在众人的指指点点、贬损诋毁中走向生命的终点。萧红对"人类的愚昧"的揭示达到了令人触目惊心的程度:呼兰河城里的百姓,同为底层人,同为弱势群体,面对同样生活在恶劣环境里的磨倌一家,他们非但没有一丝一毫的同情和怜悯,还恶语中伤,甚至施以最恶毒的诅咒,人之为人的最起码的善意都荡然无存——可以说萧红已经将对"人类的愚昧"的拷问,推向极致。

---

① 鲁迅:《娜拉走后怎样》,载《鲁迅全集(第1卷)》,人民文学出版社,2005,第170页。

第四讲

"家"的批判与审视：巴金的家族叙事

巴金，原名李尧棠，字芾甘，1904年出生于四川成都的一个封建官僚家庭。母亲陈淑芬是其童年时代的第一位先生，"她很完满地体现了一个'爱'字。她使我知道人间的温暖；她使我知道爱与被爱的幸福。她常常用温和的口气，对我解释种种的事情。她教我爱一切的人，不管他们贫或富；她教我帮助那些在困苦中需要扶持的人；她教我同情那些境遇不好的婢仆，怜恤他们，不要把自己看得比他们高，动辄将他们打骂。"从母亲那里，他接受了"爱一切人"的教育，从此在其幼小的心田埋下了"博爱"的种子。然而，在这个"有将近二十个的长辈，三十个以上的兄弟姐妹，四五十个男女仆人"的封建大家庭里，看似富裕温馨的生活表象下透露着的却是淡漠冷酷的现实。巴金从封建家族的衰败过程中看到了人与人之间的凶残和冷漠，从婢仆们痛苦、悲惨的生存境况中领悟到了世间的不公，从贫穷却善良的下人们身上感受到了富人们所不具备的朴实、耿直、无私的秉性，这些认识让其对封建大家庭和旧礼教产生了无比的憎恨，对充满平等和自由的理想社会多了一份憧憬。

五四运动爆发后，各种广为传播的"主义"和思潮使巴金受到了前所未有的鼓舞和启示，一个崭新的世界在他眼前展开，他阅读了西方民主主义作家的作品和一些进步书刊后，立刻被它们所征服。受新思想的影响，从小感受到封建大家庭内部矛盾的他进一步看清了专制制度的专横、腐败和必然灭亡的命运。1923年，巴金离开四川到上海、南京等地求学，1927年奔赴法国留学。旅法期间，国内发生了"四一二"反革命政变，这让他无比震惊和愤慨。接着，他非常崇拜的两名无政府主义者萨柯、樊塞蒂被杀，进一步加深了他的痛苦，其成名作《灭亡》就是在这种情况下断断续续完成的，而这部作品的诞生也是巴金文学创作生涯正式开始的标志。

1928年底，巴金离开法国回国，在上海先后开始职业创作和编辑工作。自1929年至1949年间，他创作了18部中长篇小说、12本短篇小说集、16部散文随笔集，还翻译了大量作品。其作品题材涉及较为广泛，主要可以概括为以下三类：一类为革命和恋爱，以《灭亡》（1929）、《新生》（1933）、《爱情三部曲》（1935）等为代表；第二类为封建官僚大家庭，以《激流三部曲》（1933—1940）、《憩园》（1944）等为代表；第三类为现实生活中的平凡人与事，以《第四病室》（1945）、《寒夜》（1947）等为代表。其中，《爱情三部曲》是作家早年对"革命"问题展开持续思索的总结，是其早期世界观的形象化展现。由《家》《春》《秋》构成的《激流三部曲》是巴金的代表作，它以成都为背景，描写了1919到1924年间一个四世同堂的封建大家庭的衰亡史，对封建宗法制度予以了有力的抨击。《寒夜》是他的最后一部长篇小说，作品通过描写一个小公务员生离死别、家破人亡的故事，在揭示旧中国知识分子命运的同时对抗战后国统区的黑暗现实进行了揭露。

巴金是一位具有强烈责任感的作家，他始终以饱满的热情从事创作，为现代文学的发展做出了卓越贡献。新中国成立之后，他笔耕不辍，又出版了小说集《英雄的故事》、报告文学集《生活在英雄们中间》、散文集《爝火集》、随笔集《随想录》《再思录》《创作回忆录》等。几十年来他的作品被翻译成多国文字在全世界广为传播，2003年，他还被国务院授予"人民作家"的荣誉称号。

在过去的百年文学史上，巴金的成就是多方面的。伴随着他的整个创作历程，有关其文学创作的批评研究也较为丰富。早在《灭亡》发表后，他就引起了文坛的关注，李健吾、巴人、司马长风等从不同角度对其小说进行了探讨，但这些评论以书评居多，且多停留在印象式鉴赏的层面，所以剖释得还不是特别深入、全面。1950年由法国学者明兴礼编写的《巴金的生活和著作》是第一部对其展开研究的专著，论者分析了其小说中"家"的不同思想内涵，对其20世纪50年代以前的生活与创作进行了分析；1964年，作家余思牧发表了《作家巴金》，从生平经历、人格精神等方面对巴金进行了全面的展现。从20世纪50年代到20世纪80年代，巴金研究一直处于不够活跃的状态，这两部作品的出现具有代表性意义。进入20世纪90年代后，巴金小说研究呈现出良好的发展态势，研究者们从叙事学、文化学、心理学等多个维度展开了探究。李存光的《巴金传》，李辉、李存光、陈丹晨主编的《百年巴金：一个知识分子的历史肖像》，谭兴国的《走进巴金的世界》，唐金海、张晓云的《巴金的一个世纪》等对巴金生平及经历做了详细介绍。陈思和、李辉合著的《巴金论稿》剖析了巴金的个人思想、美学思想及其与中外文化的关系。汪应果的《巴金论》探析了巴金的创作历程和艺术风格。谭洛非、谭兴国的《巴金美学思想论稿》对巴金美学思想的发展历程、主要特征和源流展开了讨论。吕汉东的《心灵的旋律——对巴金的心灵和文本的解读》综合考察了巴金的审美心理及美学观的形成和主要特征。袁振声的《巴金小说艺术论》从人物塑造、心理描写等方面详细体察了巴金小说的艺术特征。此外，陈思和、辜也平合著的《巴金：新世纪的阐释》，陈思和、李存光主编的《巴金研究专集》等也都是巴金研究的重要收获。

第一节 "我写作如同生活"

凭借着自己的人生体验和对文学的独特见解，每一个作家都有着走向文学的不同方式，巴金也不例外。五四新文化运动的爆发叩开了他的心灵之门，使他积极地投入各种社会活动之中。在之后近十年的时间里，除偶尔写作一些文艺作品外，他几乎将自己全部的时间和青春都献给了所信仰的"主义"和事业。1927年他留学法国，身处异乡的孤独和投身战斗的渴望始终萦绕着他。为了排解内心的苦闷，他只能借助纸笔来抒发自己的激愤之情，《灭亡》就是其远离祖国但又渴望投入战斗，在痛苦、矛盾心情反复刺激下的产物。虽然这部作品的发表让他赢得了一定的文坛声誉，但他并未立刻脱离社会活动继而转向创作，直到1930年7月，他才开始对自己的写作有了新的认识："就在这年七月的某一夜，我忽然从梦中醒来，在黑暗中我还看见一些悲惨的景象，我的耳边也响着一片哭声，我不能再睡下去，就起来扭开电灯，在清静的夜里一口气写完了那篇题作《洛伯尔先生》的短篇小说。我记得很清楚，我搁笔的时候天已经大亮，我走到天井里去呼吸新鲜空气，用我的带睡意的眼睛看天空，浅蓝色天空中挂着大片粉红色的云霞，几只麻雀在屋上叫得非常高兴"。一些极为平常的事物此刻在作家的眼里突然有了别样的色彩，多年经历在内心积攒起来的情感喷涌而出，他在不知不觉中发现了自己的创作才能，从这时起，他的写作也正式开始。

封建大家庭的生活经历、京沪一带的社会活动、留学法国的点滴过往，这些都极大地刺激着巴金的创作欲望。带着对自我内心悲哀的抒发和对人生意义的探索，巴金走上了文坛。由最初对社会活动的热衷到后来向文学创作的转战，有着忧国忧民之心的巴金走的是一条不同于同时代其他作家的创作之路，他将自己的战斗热情融注于笔端，用那些不屈的文字诉说着自己内心的矛盾挣扎和痛苦的战斗呐喊。巴金将自己的全部激情倾注于生活，将所有的心血、悲欢倾泻于纸上，诚如他所言："我写作如同生活，作品的最高境界是写作同生活一致"。巴金在忠于生活的基础上宣泄着自己的满腔热情，于他而言，写作与其说是一种职业，不如说是一种生活方式，对生活的关注和对爱憎的抒发成为其文学创作的重要命题，也是其文艺观点中最能展现个性特征的重要印记。

作为中国现代文坛上最真诚、最富有激情的作家之一，在文学创作与生活的关系上，巴金一直主张："生活是创作的源泉"。在他看来，生活里饱含着各种复杂的矛盾，它不仅能为创作本身提供丰富的素材，而且能促进作家情感的迸发及创作冲动的产生。以此来观照巴金的创作，我们发现，无论是《激流三部曲》对封建大家庭爱恨、悲欢的表现，还是《憩园》《寒夜》对生命短暂、无常的展露，都源自生活给予的丰富体验。作家反复强调"我写作如同生活"，重视对生活的深切感受，在创作中倾注自己全部的真情实感，并使之与作品中表达的感情相一致。这也成为了这一创作理念中最主要的内容。

文学创作是人类审美活动的主要形式之一，它离不开人类的情感性，正所谓"缀文者情动而辞发""情动于中而形于言"，动情是巴金审美活动的起点。而在巴金的创作动因中闪现着的，始终是其熟悉的人与事及其胸中燃烧着的爱与恨。正如巴金所言："我第一次拿起笔写小说，只是因为我有话讲不出来，有感情没法宣泄，而心头的爱憎必须倾吐，于是把写作当作我生活的一部分。我不写就没法安顿我那颗痛苦的心。"[①]感情的体验和宣泄是其创作的重要内驱力。在多年的创作实践中，他也一直强调"我有感情必须发泄，有爱憎必须倾吐，否则我这颗年轻的心就会枯死。所以我拿起笔来，在一个练习本上写下一些东西来发泄我的情感，倾吐我的爱憎。"[②]他的很多作品都是其崇尚表达情感的具体例证。在成名作《灭亡》中，作家以在北洋军阀统治下沾满了"腥红的血"的上海为背景，描写一些受五四新思潮鼓舞而寻求社会解放道路的知识青年的苦闷和抗争，以火一样的热情诉说着爱恨；《激流三部曲》表现了高家四代人的生活，通过描写大家庭内部主仆之间、新老两代人之间、夫权统治与女性反抗之间错综复杂的矛盾，对封建宗法制度、封建礼教"吃人"的罪恶本质进行了揭露，讴歌了年轻一代的觉醒与反抗；《火》描写了1937年上海"八一三"后爱国青年冯文淑、刘波和朝鲜流亡青年的抗日热情和除奸活动，洋溢着浓郁的爱国热情，表达了对侵略者无耻行径的愤慨；《第四病室》

---

① 巴金：《巴金全集（第18卷）》，人民文学出版社，1993，第609页。
② 巴金：《巴金全集（第20卷）》，人民文学出版社，1993，第380页。

通过对病人陆怀民日记细致入微的描写，从其精神和肉体所受到的折磨入手对人类生存状态作了全景式叙述，表达了对国民党黑暗统治下广大民众于夹缝中求生存的生存境况的无限悲愤；《寒夜》描绘了现实生活的重压下一个小公务员家庭破裂的悲剧，暴露了抗战后期"国统区"的黑暗现实，对旧中国正直善良的知识分子的命运满怀悲悯与无奈。在巴金的创作实践中始终贯穿着对真情实感的表达，他将艺术创作的过程看作是对自我内心世界的倾诉，在笔端释放着一种确切性的精神追求；他真挚、强烈地抒发着自己的感情，并以其为中介引起了无数读者的共鸣。

巴金重视情感，并强调情感与生活之间应保持一致。于他而言，情感应该是具体的，"爱那需要爱的，恨那摧残爱的"是其作品中最具象化的一种情感展示，对人民、对被侮辱和被损害者的爱以及对封建制度、对剥削者和压迫者的恨构成了他最强烈鲜明的爱憎观。他经常倾诉自己的创作"是一种痛苦的回忆驱使我写出来的"，而这"回忆"无疑就是现实生活对其产生感情刺激的结果。所以，巴金从未割断生活与感情之间的联系，主张将实实在在的生活作为情感产生的基础。他在作品中倾吐自己如火一般的热情，但他的激情又并不仅仅局囿于自身，如其所言："我从人类感到一种普遍的悲哀，我表现这悲哀是要使人普遍地感到这悲哀。"可见，他在创作中诉说的感情并不只对个人具有意义，而是能被大众所感受到的，拥有超越个体的时代性的内涵和特征。

在创作中倾注自己全部的真情实感，是巴金关于"我写作如同生活"的核心内容。同时，他还强调作家情感在塑造人物形象过程中的作用，认为艺术形象的产生应该是生活的真实性和情感的真挚性的统一，所以，这种"我写作如同生活"的创作理念也辐射到了艺术形象的生成。艺术形象是在现实生活的基础上经过艺术家主观评价的产物。在巴金看来，一方面，艺术形象来源于生活，就必须遵循生活的内在规律和逻辑，在作品中不应该被随意捏造，作家要通过客观的描写，使作品中的人物与现实生活形成一致。另一方面，这些形象本身也渗透着作家自己的思想或情感，作家只有将自己的思想感情融注于人物的精神世界，才能更容易感染读者。在巴金的作品中，很多人物都让我们感受到作家情感的投射，如对黑暗社会无比憎恨的杜大心、幼稚而大胆的觉慧、富有自我牺牲精神的陈真等。这些人物身上都倾注了作家丰富的感情，他们是作家复杂心灵世界的外化。

在塑造具体人物形象的过程中，巴金还提出了"典型化"的理论。他认为"典型化"既不是生活现象的简单罗列，也不是违背生活规律的无中生有，而是遵循生活固有的逻辑对生活现象去粗取精的艺术再创造。所以，他为我们塑造的很多典型形象都来自于生活，比如《激流三部曲》，其中的形象就多以作家感受最深的亲人、朋友或同学为原型，"这些人都不是从我的想象中生出来的，他们是有血有肉的人，他们是我最熟悉，而且是我热爱过的。"从生活中选取原型便是巴金塑造典型形象的重要方式。当然，捕捉到原型后，他并不会依照生活进行照搬，"我如果拿熟人做'模特儿'，我取的只是性格，我不取面貌和事实。我借重自己的想象，给这个人安排了一些事，给那个人又安排了另一些事情。"可见，作家以原型人物的本质特征为依据塑造形象，并在此基础上着手选择最能表现人物性格的事例，才能孕育出栩栩如生的人物形象。正如巴金所言："我的人物大都是从熟人身上借来的，常常东拼西凑，生活里的东西多些，拼凑的痕迹就少些，人物也比较像活人。"①这里的"熟人"就是生活中的原型，"东拼西凑"的生活里的东西就是用来突出人物个性的各种事例。他这种以从别人身上"借"和"东拼西凑"来塑造形象近乎于鲁迅先生的"杂取种种人合成一个"。鲁迅先生在谈小说创作经验时曾说："所写的事迹，大抵都有一点见过或听过的缘由，但决不全用这些事实，只是采取一端，加以改造，或生发开去，到足以几乎完全发表我的意思为止。人物的模特儿也一样，没有专用过一个人，往往嘴在浙江，脸在北京，衣服在山西，是一个拼凑起来的角色。"②这与巴金的形象塑造方式较为相似，稍不同的是，巴金更强调是从"熟人"身上"借"，从"生活里"寻求用以"拼凑"的东西。在他看来，"拼凑"应该以现实生活为依据，而"拼凑"的人物是否像"活人"，主要在于赖以取舍的生活库藏是否充实。在此，如何"借"、怎样"拼凑"已经不是简单的艺术方法的问题，而是作家对生活的熟悉和理解的程度。只有对生活足够熟稔，作家才能"拼凑"出完美的"活"的典型。

对生活的独特理解成就了别样的巴金。他一再强调："我只有一个主题，没有计划，也没有故事情节，……我在生活，我在战斗。"于他而言，生活才是关系到作品成败的关键。一直以来，他都在坚持"写作如同生活"的创作理念，为我们呈现的生活是真实的，而融注于其中的情感更是真诚的，在融主观情感和客观世界于一体的文本世界里，张扬着的始终是其光一般的温暖和火一样的热情。

第二节　家庭书写：对"家"的多重叙述与情感寄托

作为具有政治属性的社会细胞，"家"在中国文化传统的网格结构中有着显著的地

---

① 巴金：《关于〈火〉》，载《创作回忆录》，人民文学出版社，1997，第63页。
② 鲁迅：《我怎么做起小说来》，载《鲁迅论文学》，人民文学出版社，1959，第145页。

位。梁启超在《新大陆游记》中指出:"吾中国社会之组织,以家族为单位,不以个人为单位所谓家齐而后国治是也。"[1]家是社会的缩影,是人心灵的港湾,在巴金的创作中,它更是被其寄予感情最深沉的地方。从《激流三部曲》中的《家》到20世纪40年代中期的《寒夜》,凭借着自己对生活的独特感受,巴金从家庭的血缘关系、伦理关系和社会关系的交融中,展示人物的情感与命运,并以此为窗口来透视社会人生。通过对社会、文化及个体生命体验内涵的整合,巴金完成了对"家"的多重叙述。

从走向崩溃的封建大家庭到以离散收场的新式知识分子组成的小家庭,"家庭"书写成为了巴金创作的一个重要主题。1931年写作的《家》是作家依托着多年旧式大家庭生活经历创作的最具代表性的作品。在充满黑暗和专制的封建王国高公馆内,高老太爷专制独裁、冥顽不灵,是至高权力的拥有者;身为长房长孙的高觉新接受过新思想和新式教育,却是"作揖主义"和"勿抵抗主义"的信奉者;觉慧积极参加爱国进步运动,大胆地与婢女鸣凤相爱,是"幼稚而大胆"的叛逆者。在高老太爷的统治下,高公馆看似无比光鲜,却充斥着各种堕落和腐化;高老太爷去世后,这里的景象开始日渐混乱,直至走向分崩离析。在这部作品中,巴金对封建大家庭的典型形态进行了细致的诠释。之后创作的《春》和《秋》大抵是沿着《家》的情节发展而来,《春》写了淑英、淑华等年轻一代的成长,《秋》展示了封建大家庭"树倒猢狲散"的情形。由《家》《春》《秋》组成的《激流三部曲》将东西方文化撞击下封建家庭内部的溃烂和无可救药展现得一览无余。究其原因,既有来自高克安、高克定等家庭蛀虫的啃食,亦有以高觉民、高觉新、淑英等为代表的年轻一代的冲击,二者从不同方位共同冲撞着"家"的根基。

巴金在《激流三部曲》中对旧式大家庭进行了激烈的控诉与抨击,1944年创作的《憩园》可以说是这一行为的继续与发展。《憩园》以一座公馆为叙述轴心,讲述了其前后两家主人的悲惨遭际和不幸结局。公馆旧主人杨梦痴是一个典型的封建纨绔子弟,他靠着祖宗的基业和分得的遗产生活。除了吃喝嫖赌外,他一无所能,最后败光了自己的家产,把自己妻子的嫁妆都骗去挥霍掉,失去了为夫为父的资格,被妻子和长子赶出家门。所幸的是,他的小儿子聪明好学,对父亲非常孝顺,经常去看望父亲,为他偷偷采摘"憩园"里的茶花,父亲生病时还为他四方求助。被小儿子感化的杨梦痴良心发现,开始隐姓埋名生活,最后因行窃入狱,病死狱中。公馆的新主人姚国栋接受过新式教育,他买下公馆,靠父亲留下的田产过着富有闲适的生活。他鄙视杨梦痴的行径,却又不自觉地

---

[1] 梁启超:《新大陆游记》,李雪涛校注,社会科学文献出版社,2007,第154页。

重复着他的生活方式，对于妻子的苦心良言置若罔闻，对于岳母纵容他的儿子小虎赌钱、逃学、看戏等恶习的行为亦是熟视无睹，最终导致了小虎的溺水身亡。无论是前主人杨梦痴还是后来的姚国栋，他们都不约而同地将祖宗财产变成了套在子孙脖子上的枷锁。正如巴金在《爱尔克的灯光》一文中所言："财富并不'长宜子孙'，倘使不给他们一个生活技能，不向他们指示一条生活道路，财富只能毁灭崇高的理想和善良的气质，它只消耗在个人的利益上面。"所以，他们的悠闲自足和不思进取才是造成悲剧的关键所在。《憩园》通过对杨、姚两家"传财不传德"的家风的剖释，对"长宜子孙"的家庭模式的批判，进一步表达了巴金对旧式大家庭的哀悼与反思。

1946年，巴金完成了《寒夜》的创作，这是其"家庭"书写的又一力作。作品中的主人公汪文宣与曾树生是一对受过高等教育的小夫妻，他们从上海一所大学教育系毕业，抗战期间来到陪都重庆做小职员。汪文宣本是一位有着崇高理想和远大抱负的大学生，他希望从事教育事业，创办"乡村化家乡化的学堂"，然而残酷的战争和腐败的社会让他处在社会和家庭的双重压迫之下。无力自救的他在潦倒、贫困的境遇里拼命挣扎，最终在绝望中病逝。面对自己的处境，女主人公曾树生虽也感到无奈，但却有着较强的适应能力，健康美丽的她与懦弱病态的丈夫形成了鲜明的对比。面对病入膏肓的丈夫和无端嘲讽的婆婆，身处煎熬中的她控制不住内心的恐惧与压抑，最终不得不抛下家庭与年轻的上司陈经理远走兰州。如果说在《激流三部曲》《憩园》等小说中，巴金聚焦于旧式的封建家庭，描写它们在衰败中走向解体的过程，那么《寒夜》则是作家对新式个体家庭矛盾冲突进行冷静描摹与深入探求的结果。

从20世纪30年代到20世纪40年代，家庭生活一直是巴金创作的重要题材，他既对封建旧家庭的生活图景进行了描绘，又对部分现代新型家庭的生活面貌予以了展现。作为一个矛盾又复杂的、具有现代性意味的载体，"家"在巴金的作品中被注入了丰富且特殊的情感。一方面，受西方思想的影响，从封建文化的桎梏中走出来的作家对旧家庭的腐朽、专制、没落秉持着否定和批判态度；另一方面，从小在封建家庭长大，自幼受到传统文化熏陶的他对旧家庭里特有的血缘亲情又难以割舍。巴金曾在《我的幼年》中写道："是什么东西把我养育大的？我常常拿这个问题问我自己，当我这样问的时候，最先在我的脑子里泛动的就是一个'爱'字。父母的爱，骨肉的爱，人间的爱，家庭生活的温暖，我的确是一个被人爱着的孩子。在那时候一所公馆便是我的世界，我的天堂，我爱一切的生物，我讨好所有的人，我愿意揩干每张脸上的眼泪，我希望看见幸福的微笑挂在每个人的嘴边。"①于巴金而言,"家"也曾像黄昏中的一抹斜阳,总能给人带来温暖。但当历史的车轮驶入20世纪,经历了欧风美雨的洗礼和新文学启蒙思想的传播,在旧式家庭日益解体、新式家庭逐步建立的过程中,传统的封建宗法制度日渐动摇与崩塌。伴随着社会的动荡,历史已将沉重的文化内容沉淀在了"家"的形式中,人性的虚伪和罪恶开始展露在作者面前。昔日的"天堂"面临着崩溃,爱恨交织的矛盾体验成为了其创作家庭生活题材作品的感情基础。所以,在《激流三部曲》《憩园》等作品中,他将自己对过去的一丝留恋熔铸于对旧家庭的否定中,以自己的生活经历为素材,描绘和揭露了封建家庭的罪恶及其必然灭亡的命运,向垂死的封建制度发出了强烈的控诉。

巴金毕竟是一位追求光明和进步的作家,即便对过去有着一丝的留恋,但还是敏锐地感受到了时代的变化。他适时地将情感上的这种矛盾转化成了一种情绪的暗流,并开始深剖自我,直面人生,继续前行。他对家的书写也由最初对封建大家庭的强烈批判、否定走向了对现代理想家庭构建的思考。"在传统社会,家既是人的生存场所,又是人的精神家园,是每一个人生命的起点,也是他的最终的归宿。所以,一个人最大的痛苦莫过于家的失去,无家可归对人来说不只是有形家庭的消亡,更重要的是精神家园的丧失,生命意义无所寄托的茫然与惶惶。作为启蒙知识分子,现代作家对旧家的解体并没有表现出过多的痛苦,但他们与旧家庭决裂的同时也意味着旧有精神家园的失落,他们虽然接受了现代西方价值观,但理性上的认同并不能代替情感上的依归,他们别无选择地成为精神上的漂泊者,无家可归的孤魂,无家的痛苦是现代作家始终摆脱不了的心理重负。"②这种精神和情感上的无所依归让巴金渴望重新得到家庭的温暖,他开始努力去塑造具有现代思想意识和价值观念的新人,以保证对"家"的重建,而《寒夜》便是其努力实现现代新家庭理想的重要实践。

作为一个出生于封建大家庭的知识分子,巴金对于"家"的书写始终是复杂且矛盾的,从《激流三部曲》到《憩园》再到《寒夜》,我们见证了多种人生命运的交错及不同家庭的离散。在他的笔下,"家"是一个集合了痛苦与爱恋、压抑与反叛、腐朽与新生的综合体,被寄予了丰富的情感,它承载的是作家对理想生命状态的渴望及对现代文明的向往。

在书写家庭的小说中,巴金为我们勾勒了多姿多彩的人物画卷,通过不同人物形象之间相互对照的手法,对自我理想的人生情状进行了展露。《激流三部曲》中的觉新是高

---

① 巴金:《我的幼年》,载《巴金选集(第10卷)》,四川人民出版社,1982,第58页。
② 曹书文:《家族文化与中国现代文学》,中国社会科学出版社,2002,第97页。

氏家族的"宁馨儿",从小生活在爱的环境之中,优越的地位,加上清秀的长相和聪慧的头脑,使他在家族内外备受称赞。他憧憬幸福的生活,但又时刻自觉维护着家族的荣誉和制度的尊严;他渴望自由和爱情,对于时代潮流和旧礼教的无情并非一无所知,但特殊的成长环境和身份又决定了他对封建礼教的逆来顺受。与觉新形成鲜明对比的是觉慧,他向往自由光明,对封建制度、封建礼教疾恶如仇,作为被"五四"新思潮唤醒的一代,他对自由解放的追求与觉新的不抵抗主义形成了鲜明的比照。《憩园》中的姚先生是一个新式寄生虫的典型,他虽不像杨梦痴般沉溺于吃喝嫖赌,但却夸夸其谈,疏懒散漫。与之不同的是女主人公姚太太,从小在文化氛围浓厚的家庭长大,是个温柔善良、富有同情心的美丽女性,她的温善、细腻与姚先生的固执、自负形成了对比。《寒夜》中汪文宣与曾树生也是一对具有比照性的人物,汪文宣受过现代新思潮的熏陶与启迪,有过献身教育事业的美好理想,但他懦弱、犹豫,面对生活的压力显得猥琐平庸。与他的死气沉沉不同,曾树生是灵动鲜活的,她深受西方文化思想的影响,蔑视封建礼教,大胆追求个性解放,是向往自由幸福的,有情感追求的新女性。巴金在作品中为我们塑造了一组组具有对比性的人物形象,呈现给我们的是两种截然不同的生命范式。显然,相较于觉新对旧家庭秩序的固守、姚先生对传统观念的因循,以及汪文生对新旧思想的犹疑,作为家庭"叛逃者"的巴金更容易认同的是觉慧对封建牢笼的冲破、姚太太对旧式礼制的抵抗,以及曾树生对传统小家庭的叛逃。他们身上所彰显出的自由、平等、独立便是其向往的理想生命状态所包含的主要内容。

同时,巴金还通过书写家庭中的人物、事件以及由此折射的观念上的差异,对现实社会中传统与现代水火不容的局面予以了展现。作为极具隐秘性的特殊场所,家在新旧文化的碰撞中隐匿着青年人心灵最深处的矛盾和痛苦,一方面他们对寄寓着旧文化的家无比厌恶,另一方面又无法割断和它之间的联系。面对时代的冲击,宗法制的根基虽然崩塌了,但宗法制家庭毕竟有其温情的一面,作为制度的"家"被毁弃后,作为精神归依的"家"却难以割舍。巴金在其"家庭"书写中着力表现了年轻一代在新旧文化之间取舍的摇摆与两难,也从侧面反映了现代文明取代传统文明的不易与曲折。家是社会的最小单位,国是家的放大,家国同构,相辅相成。面对现实家园的伤痕累累以及精神家园的一片荒芜,巴金在对由家及国的思考中,还隐含着对现代文明的渴望。

巴金一贯认为:"生活是创作的源泉,是唯一的源泉"。在"家庭"书写中,他努力将自己的创作与自身经历画上了等号,将自我的真情实感毫无保留地袒露在读者面前,让我们看到了一个追求光明的知识分子艰难复杂的心路历程。巴金笔下的"家"是文学的载体、民族的寓言。在对家的解构与重建过程中，他整合了社会的、文化的及个人生命体验的内涵，其间始终闪烁着现代思想因子的光彩。

第三节 《寒夜》：现代知识分子"家"的困境与重建的可能

巴金是一位对生活有着丰富感受力的作家，他将自己的人生经历和生命体验相融合，创作了许多家庭题材的作品。从20世纪30年代对"离家"后压抑温情的发掘，到20世纪40年代对理想破灭后归家的渴望，巴金将所有的情感挣扎都融入了对"家"的诠释中，而《寒夜》无疑是其"家庭"书写的经典之作。

于作家而言，"家"始终是浸透着其爱恨交织复杂情绪的心理情结，从《家》中阴森恐怖的高家，到《憩园》中岌岌可危的姚家，再到《寒夜》中被寒气逼碎的汪家，巴金为我们构筑着不同的家的模式。作为一个人的归属之地，"家"早已楔进了他的生命里。所以，即便见证了封建大家庭最后的轰毁，物质之"家"的最终瓦解，他依然能通过对封建家族文化的重新审视，在这片瓦解的废墟上重新完成对家的建构，而《寒夜》便是巴金构建新式家庭的重要尝试。

在中国，传统的家庭结构一般都是几世同堂的模式。这种人口众多、关系复杂的家庭，充斥着父子、夫妻、兄弟、妯娌之间的多重矛盾，封建家长在此往往拥有绝对的权威。《家》中的高公馆就是一个封建大家庭的典型：黑漆的大门，两个永远沉默的石狮子蹲在门口，屋檐下挂着一对大的红纸灯笼，不仅从外部看起来尽显威严，而且家族内部也是奉行大家族的制度。高老太爷是家中的最高权威，他规约着家中每个人的举止言谈、做事方式及活动范围。就家族整体而言，一家四代人，表面上是一家人，背地里却没有一天不在明争暗斗，等级观念、尊卑长幼的思想统摄着家族里的每一个人。而到了《寒夜》，这种具有封建政治意味、等级森严的家已经不复存在了，取而代之的是由汪文宣、曾树生、汪母、小宣四人组成的，以夫妻感情为核心的现代家庭。这里没有豪华、气派的外部装修，家庭内部也没有明显的等级区分，有的只是一对接受过现代思想启蒙的新式青年汪文宣与曾树生，他们追求爱情与理想的统一，对生活充满了信心和勇气，共同的人文理想使他们渴望自由，追求幸福并毅然同居；虽然"常常为一些小事情争吵"，但"夫妇的感情并不坏"，后来两人还有了爱情的结晶——小宣；之后，母亲因躲避战乱也加入到了这个家庭，四人三代的人员结构从此形成。

可见，这是一个几乎已经抛光了封建大家族痕迹的现代知识分子小家庭。在这里，巴金以现代文明的眼光对家庭伦理关系重新进行了安排和设置。长期以来，受封建文化的影响，传统婚姻关系的缔结多依靠的是"父母之命，媒妁之言"，门当户对成为了衡量一段婚姻是否合适的重要标准，没有爱情而结合的夫妻双方，仅仅为家庭各尽自己的角色义务。虽然在这种传统的"家"中，男女双方似乎各有各的不幸，但在"父权"至上的封建社会，比起一直处于主导地位的男性，女人作为一种具有工具性、依附性的存在，显然更处于万劫不复的苦难深渊。

这种传统的家庭结构持续了很长一段时间，直到"五四"之后才有所松动，而《寒夜》中的两位主人公是在上海的大学里接受过启蒙思想影响的现代青年，他们蔑视传统的程式婚姻，追求自由幸福，共同的情志将其紧密地联系在一起。因为爱情和理想而结合，感情因素成为了联结夫妻二人的基础，与传统婚姻对形式的重视相比，他们更注重婚姻的实质。所以即便他们的婚姻最终并未走向圆满，但建立在感情基础之上的二人生活也曾是相濡以沫、互敬互爱的。而这种通过自由恋爱而结合的婚姻明显是对传统包办式婚姻形式的一种突破。此外，巴金还对作品中夫妻角色的家庭地位进行了新的设置。受封建传统文化的影响，无论是在家庭生活还是社会生活中，男性一直都处于相对主导的地位，久而久之就形成了传统婚姻关系中男强女弱的家构模式。而《寒夜》中作为女性的曾树生与丈夫相比有着明显优势，她拥有姣好的面容和丰满的身材，性格外向，活泼开朗，处事也较为灵活，不仅在银行工作得得心应手，有着高于丈夫的稳定的经济收入，而且在家庭中也获得了更多的平等权和自主权。相较之下，汪文宣性格懦弱、自闭多疑，近乎木讷的他在书局工作备受轻视，升职无望，与妻子收入的完全不对等让其无法肩负起本应作为一家之主的家庭重担，而在家庭生活中，面对妻子和母亲的矛盾，他更是束手无策、有心无力。在作品中，巴金对封建思想浸染下男性角色的定位展开了思考，男强女弱的家构模式已明显被女强男弱的新模式所置换。

除了改变传统夫妻的缔结形式及家庭地位外，巴金在《寒夜》中还对传统的婆媳关系进行了调整。受传统封建礼教观念的影响，"父权"在封建家庭的舞台上是拥有绝对控制性的，"男尊女卑"的家庭伦理观念在传统封建家长制的家庭结构下被推崇，"父，至尊也"的封建意识也使父系拥有不可质疑的地位。在这种不平等的家庭尊卑制度下，父亲作为封建家长拥有至高无上的权力，"它凌驾于全体家众之上，集家庭各方面的权利于一身……家众只能唯唯诺诺，俯首听命。"[①]而在《寒夜》中，这种父系权威被打破了，

[①] 徐扬杰：《中国家族制度史》，人民出版社，1992，第377页。

由于汪父去世得早，汪母挑起了生活的重担，承担了抚养儿子的义务，可以说汪文宣从小到大的一切事情都是由母亲一手操办的。在这个单亲家庭里，母亲成为了一个代替父亲的封建家长式的存在，长期有着非常强势的家庭地位；而伴随着她以婆婆的角色加入到了汪文宣与妻子组建的新家庭里，复杂的婆媳关系开始在这个小家庭中正式上演。

作为一种缺少血缘认同和情感默契的纵向关系，传统封建大家庭中的婆媳关系往往是极不平等的，一般来讲，婆婆是这一关系中的主导方面和决定因素，她们拥有着凛然不可侵犯的地位和几乎没有限制的权利。相对而言，媳妇在家庭中的地位非常低贱，她们既要服侍长辈，又要服从丈夫，对于婆婆更要绝对顺从。然而随着社会文化的变迁，传统家庭的逐渐解体，这种传统的婆媳关系悄然发生变化，特别是在家长权威慢慢跌落之后，婆媳在家庭地位上有了很大改变。媳妇不再恪守旧时的传统礼节，而婆婆也不甘放弃曾经的绝对权威，这就直接造成了婆媳之间的矛盾与冲突。

巴金在《寒夜》中为我们呈现的婆媳关系就是明显带有冲突性的。汪母出身书香门第，通文识墨，是一位具有牺牲精神的母亲，为了分担儿子的家庭负担，她甘愿在家缝补烧洗；为了给儿子治病，不惜卖掉丈夫留下来的最后一件物品。可在处理与媳妇的关系上，她的思想中仍然充满了封建残余，而这也导致了婆媳矛盾的产生。首先，她看不惯媳妇的那种"花瓶"生活，在她看来，模范妻子就应该是在家里相夫教子的，而不应该像曾树生一样每天在外抛头露面，只顾自己享乐，不顾家。其次，媳妇没有举行过结婚仪式就和儿子同居，不合礼法节数，她把曾树生看作是不要脸的"姘头"，并信誓旦旦地告诫汪文宣说："她跟我们母子不是一路人，她迟早会走自己的路。"显然，曾树生的这些行为在婆婆看来都是不符合做媳妇的"规矩"的，于是忘不了旧时媳妇的顺从及婆婆的权威的她，不自觉地向媳妇摆架子发脾气，常常借故在媳妇身上发泄怒气。而作为现代女性的曾树生，面对婆婆的尖酸挑剔也没有一味地忍让和顺从。出于传统伦理道德的约束，她本就是在不情愿的基础上接受汪母的，在主观上她有着强烈的排斥婆婆的敌对情绪，所以面对婆婆的挑衅她更是针锋相对。曾树生有意炫耀职业妇女经济自立、人格独立、在社会上左右逢源的优越感，让婆婆产生强烈的自卑感和压力；面对婆婆羞辱她没有举行正式婚礼，是儿子的"姘头"，她更是振振有词地反唇相讥。在《寒夜》中，原本应处于家长宝座的婆婆和被其所尊奉为绝对权威的种种伦理道德，被媳妇"自由""平等"的现代观念所解构。作为"五四"新文化忠实的捍卫者，巴金打破了漫长的父权社会和封建礼教影响下以主—客体形式存在的婆媳关系，试图构建一种以彼此尊重为前提的新的婆媳关系形式。"从认识论的角度看，在社会实践中，每一个人都是一个特殊的认识主体。人们只有做到相互承认彼此的主体性并相互交流,主体之间的相互沟通、相互交流以及相互理解才会成为可能。"[1]

通过对家庭人伦关系的重新建构,巴金的《寒夜》为我们提供了一种现代小家庭的新模式,这个过程中虽然仍然交混着困惑和悲哀、思考和矛盾,却是作家在目睹封建旧家族彻底溃退之后对现代家庭的构建和自由精神的彰显。作为人类社会中的基础同时也是特殊的组织,家庭具有不可替代的基本功能和社会意义,钱穆说:"中国文化,全都是从家庭观念上筑起的。"[2]而"家"的背后也隐含着丰富的文化内涵。巴金善于描写一个个家庭的变迁,用家中一个个人物的命运来反映中国社会的人生世相,在《寒夜》为我们展现的汪家所面临的困境中,我们看到了家中人物人格的分裂、心灵的冲突和生命本体的缺陷。站在文化的制高点上,作家将逃离和依恋两种情绪投射于文本中,从家庭伦理关系、社会关系的交融入手,展现人物的情感与命运;通过对家庭生活的发掘,表达自己对人生的思索,对家庭文化和家庭所负载的封建家族制度文化的重新审视。

同时,《寒夜》还饱含着巴金对现代女性意识崛起的思考。作品中着力刻画的曾树生是一个追求"自由"与"幸福"的现代女性,她跟丈夫自由恋爱结婚,经济独立且有主见,在处理复杂事情中,能把握自己的情感,决定自己的行动。然而即便是这样一位性格开放的新女性,仍在特定伦理关系制约下的人性困境中不断遭受着精神上的折磨,最后不得不选择离开,而她的出走也成为了现代女性意识崛起的重要标志。这不仅意味着女性将不再按照男性社会对理想女性的设计去塑造自己,更表明了女性将自我的真实放在首位以实现自我价值的追求。在《寒夜》中巴金展示了中国文化主体追求美好人生所作的执着的精神突围,他赞美美好的人性,而其中女性意识的张扬也给我们留下了更多思索的文化空间。

"家"是一个浸透着巴金爱恨交织情绪的宣泄点,他在《寒夜》中为我们构筑了一个由知识分子组成的新式小家庭的模式,丰富的时代内容和厚重的传统文化积淀共同蕴藉于"家"的形式当中,积蓄着丰富的文化意蕴。

---

[1] 丁富云:《〈寒夜〉中家庭破毁的文化意蕴》,《郑州经济管理干部学院学报》,2007年第3期,第74页。
[2] 钱穆:《中国文化史导论》,上海三联书店,1988,第42页。

拓展资料

1.巴金自称是"五四运动的儿子",他是在20世纪中国现代化的进程中接受现代思想意识成长起来的,从五四启蒙文学到新时期文学,他几乎经历了20世纪中国文学发展的所有重要阶段,并长期居于文坛中心。作为一位一直坚持五四启蒙文学精神的作家,巴金的思想变化与五四精神的不同叙述之间有何关系?五四话语在其创作实践中又是如何体现的?推荐阅读周立民的《五四精神的叙述与实践——以巴金的生活与创作为考察对象》、叶振忠的《巴金与"五四精神"》、阎浩岗的《巴金:革命年代的五四话语》等文章,并进行深入探究。

2.巴金作为中国现代文学史上一位跨世纪的世界级大师,以异常丰富的创作实绩树立了伟大的丰碑,而其中家族家庭小说无疑代表了其小说艺术的最高成就。从《激流三部曲》中对旧家庭的批判与反抗,到《憩园》《寒夜》中对旧式大家族的反思、对新式小家庭的探索,巴金以自己早年的生活经历为素材,描绘和揭露了封建家庭的罪恶及其必然灭亡的命运,向垂死的封建制度发出了强烈的控诉。为什么巴金对家族家庭小说创作情有独钟?在对"家"的书写过程中,其家庭观念、家园意识是如何演变的?传统文化对其家庭书写是否有影响?巴金的家族题材小说创作又有何独特的价值?针对这些问题,推荐阅读刘海洲的《"家"的解构与重建——巴金家庭题材小说的现代性追求》、栾慧的《论巴金家庭题材小说家园意识的变化》、吴铁坚的《二十世纪中国家族家庭小说中的奇葩》、熊静文的《革命·家庭·恋爱:巴金小说中的家庭书写及其观念演变》等文章。

3.关于《寒夜》,巴金曾明确表述:"我写《寒夜》和写《激流》有点不同,不是为了鞭挞汪文宣或者别的人,是控诉那个不合理的制度,那个一天一天腐烂下去的使善良人受苦的制度。"作者把汪文宣的悲剧归结为社会制度的原因,并且做了这样的假设:"要是换一个社会,换一个制度,他们会过得很好",因为"使他们如此受苦的是那个不合理的旧社会制度,生活这样苦,环境这样坏,纷争就多起来了,我写《寒夜》就是控诉旧社会,控诉旧制度。"汪文宣的悲剧到底是什么原因造成的?不合理的社会制度又有哪些具体的影响?推荐阅读宋剑华的《〈寒夜〉:巴金精神世界的苦闷象征》、阎浩岗的《不同生命欲求之间的冲突——重读〈寒夜〉》、陈则光的《一曲感人肺腑的哀歌——读巴金的中篇小说〈寒夜〉》等文章,并进行深入探究。

第五讲

沈从文笔下的湘西形象谱系与《边城》的再理解

　　沈从文（1902—1988）是现代最为著名的作家之一，为后世奉献了包括《边城》《萧萧》《柏子》《丈夫》等小说，也呈现了《湘行散记》《湘西》等散文力作。晚年，他转而从事古代历史和文物研究，学术著作《中国古代服饰研究》一出，更是填补了此一领域的空白。作为出生于偏远湘西的"地之子"，沈从文并没有留学欧美或东洋的经历，却用自己对于文字的执着，对于生活的热爱，用"乡下人"的勤劳和天赋，创造了独特且极富个性的文学世界。

　　一个真正成熟的作家，他所建造的艺术人生世界不是由一部作品完成的。这个艺术世界有一个基本的构架，作家的每一部作品，都是围绕着这个基本构架展开，并成为这个人生构架的有机组成部分。读者只有切实地把握了各个作品的特点及其相互间的内在联系，作家所建造的文学世界的完整轮廓便会清晰地呈现在面前。而就沈从文的创作而言，其文学世界是围绕乡村和都市两极来展开。从沈从文的人生经历来看，他虽然自称"乡下人"，但其行踪大部分却在城市与城市之间辗转，北京、上海、武汉、青岛、昆明等地都留下了他的行踪，同样在他的文学世界里，也留下了中国现代都市的某些面影。与对都市的书写相比，沈从文笔下的乡土世界更为斑斓多彩、情韵悠长，也更散发着迷人的魅力和丰厚的意蕴。值得注意的是，沈从文的乡土世界始终锚定在"湘西"这一块生他养他的土地上，塑造出了仪态多方、意味独特的湘西形象。它们不仅是沈从文不同时期生活体验的折射，更是沈从文不同时期审美追求的体现。具体来看，他笔下的湘西有时是温馨和谐的故园，有时是苦难蒙昧的边地，有时是神秘传奇的苗疆，有时是诗性生命的土壤。

第一节 "湘西"形象谱系

1923年当沈从文抱着对生命意义的探索与生存价值建构的意向，告别了闭塞落后的湘西，来到了北京这一人口众多、新旧杂糅的大都市，新的文化语境、日常景观、生活方式、价值观念等无不让其感到陌生而新奇。但时代的纷乱动荡，社会的朽旧衰老……让沈从文没有觉得感奋与激扬，反而认为社会与时代，自我与生命都必须重造，"凡事都需重新安排！"[1]在前途无望、生活无托、经济拮据的境遇中，孤独寂寞也分外沉重。在难以忍受的寂寞与孤独中，他独居会馆，积极自学，开始积极接触新文化与新文学，"于是依照当时《新青年》《新潮》《改造》等等刊物所提出的文学运动社会运动原则意见，引用了些使我发迷的魅力辞令，以为社会必须重造，这工作得由文学重新开始。"[2]

综观沈从文初到北京时的创作作品，总体显得比较纷杂，体裁多样，题材宽泛，苏雪林将其早期创作概括为四种类型："一，军队生活；二，湘西民族和苗族生活；三，普通社会事件；四，童话及旧传说的改作。"[3]这里苏雪林是以20世纪30年代为界，将沈从文创作分为前后两期进行的把握。实际上沈从文到上海后，无论是创作风格，价值取向，审美情趣都出现了种种新变，是一个极富意义的阶段。此一阶段的创作有对都市身心苦闷与生存困境的直接控诉，如《一封未曾付邮的信》《遥夜》《老实人》《一天是这样过的》《棉鞋》等，也有对都市中上层职员，灰色大学生空虚无聊，自私庸俗，卑劣腐朽的讽刺与鞭挞。如《晨》《岚生同岚生太太》《我的邻》《第二个狒狒》《松子君》《菌子》《蜜柑》《三贝先生的家训》《宋代表》等。这些作品虽暴露了中下层政府职员的空虚庸俗，荒唐与可笑，但"由于题材缺乏典型化的提炼，作者尚无法把握讽刺艺术规律，结果鞭笞翻成展览"[4]。但更主要的是其前期作品中最具特色与价值的对湘西生活的回忆与再现。如《往事》《玫瑰与九妹》《夜渔》《代狗》《腊八粥》《炉边》《草绳》《猎野猪的故事》《连长》《雪》《船上岸上》《入伍后》《我的小学教育》《在私塾》《槐化镇》《哨兵》

---

[1] 凌宇：《沈从文传》，东方出版社，2009，第133页。
[2] 沈从文：《沈从文文集（第10卷）》，花城出版社，1984，第300-301页。
[3] 苏雪林：《沈从文论》，《文学》，1934年第3期。
[4] 凌宇：《从边城走向世界》，生活·读书·新知三联书店，1985，第187页。

《船上》《赌道》等。在这里"湘西"是一个温馨和谐的故园形象。

具体来看，上述乡土小说内容主要可以分为两个方面：一是对亲情、友情的回望，二是对湘西丰富多样生活的再现。虽然从内容与取材来看有所侧重与区别，但无论从题材源头、情感投射、审美风格还是语言表现来看，两者都有着内在的统一，都可用"湘西生活"予以统摄，都披沥着创作主体的亲和与认同。这些作品给我们展示了一个迥异于充斥着空虚无聊、腐朽荒唐与功利算计的都市人间的一种洋溢着和谐友爱、恬静温馨情调的乡村人间。这种温情人间首先体现为亲友之间的关怀与爱护。一家人在寒冬之中其乐融融地煮着由小米、赤豆、枣子、板栗、花生仁合在一起的腊八粥（《腊八粥》），"我"和母亲、六弟、九妹等家人温馨地围在炉边，想着法子弄各种小吃（《炉边》），"我"虽调皮贪玩、逃学打架，但家人却宽厚温和地待"我"（《在私塾》），四叔对"我"的照顾、姑姑们对"我"的爱护（《往事》），叔远及叔远妈待"我"的热情细心（《雪》），让读者领受与沐浴的是温馨友善，和谐仁爱的友情与亲情。与亲情友情相应而在的是"乡情"，但这种乡情是通过对湘西自然质朴，清新动人的日常生活的展示来表现的。秋夜中，高举葵藁或旧竹缆做成的火把，在一片通明中尽力地罩鱼、砍鱼（《夜渔》），腊月深夜，去深山中打围，紧张兴奋地捕捉钻进窝棚的小野猪（《猎野猪的故事》），在洪水大作的日子里，准备奋力泅水去捞取随流而下的"浮财"（《草绳》）……这些作品显然存在着对生活缺少深度发掘，没有相应的生命哲学作为内核支撑，在艺术表现与叙事设置上缺少应有的积累与创化等诸多不足，缺少应有的审美感染力，但对沈从文来说，却有着特殊的价值和意义。它们承载着沈从文对自己既往生活的回望，对湘西种种日常场景的再现，对于孤独寂寞、饥寒交迫的沈从文来说，无疑是一幅幅动人的风景，是其对当下困苦与孤独生活的慰藉与安抚，更是对当下现实困境的超越。在文学的诗意想象中，回忆既是想象的根基，也是想象本身。正如沈从文所说："创作不是描写'眼'见的状态，是当前'一切官能感觉的回忆'"[1]但他的这种充满深情的回忆，显然是与其既往的生活经验有着密切关系。作为出生于因军功而发达的世家，即便已经没落，但其社会地位、物质生活、精神心理等都有着相对的优越性。

在沈从文的湘西世界中，除了上述作品外，还有一个独有的系列，那就是由《七个野人与最后一个迎春节》《龙朱》《神巫之爱》《月下小景》《媚金·豹子·与那羊》等构成的湘西系列。在这里，虽然只是展示了湘西的一角，但却为"湘西形象谱系"添了新

---

[1] 沈从文：《连萃创作一集·序》，《中央日报·文艺周刊》，1935年5月21日版。

的面影。这个系列与其他系列相比,故事背景大为淡化、时间更为久远,故事和人物更富传奇色彩和浪漫诗意。同时,还有一个显著的不同,那就是人物形象的族裔归属——苗族,在此时得到了从未有过的标识与张扬。对此,许多研究者往往简单地将其视为沈从文出于对都市语境的需求与规约而创造的一种"传奇",或是将其视为以苗族和其他南方少数民族的生活习俗为根据并加以想象的产物,通过这些故事完成"对生命原生态的考察。"[1]但问题是,苗族形象此时由淡漠而鲜明,由简单而具体,无疑是"有意味的形式"。这些作品的出现,不仅是努力为自己的族裔正名,对先前苗民形象的塑造进行了新的充实,更是在努力为自然人性的建构寻求一种文化源头。"湘西"在这里不仅洋溢着清新自然的气息,而且成了幽远神秘的异域。

在上海这一地域语境中,都市—乡村的对立是最为紧张也最为激烈的,沈从文不但对都市的种种弊病与困境进行了激烈的批判,同时,也在努力用文字建构一种"优美、健康、自然,不悖乎人性的生命形式",但建构这样一种生命形式,边地湘西成了他的首选之地。的确,湘西山水、人物、民俗、风情,无不体现着观念的单纯,情感的朴素与环境的牧歌情调。但这种人性人情的存在,必定有着其应有的现实土壤与既定的文化资源。如果说,要顺应时代的发展,进入"现代",似乎就应该将生命的重心移到牛羊与金钱,虚名虚事上去,但这是沈从文所峻拒的;如果要从传统中获取资源,那就无法摆脱儒家的宗法道德与礼教道统。沈从文所要的全不如此,他认为作家要超越"因袭的文学观",要有"独断",要做"一个具有独立思想的作家,能够追究这个民族一切症结所在,并弄明白了这个民族人生观上的虚浮,懦弱,迷信,懒惰,由于历史所发生的坏影响,我们已经受了什么报应,若此后再糊涂愚昧下去,又必然还有什么悲惨场面;他又能理解在文学方面,为这个民族自存努力上,能够尽些什么力,且应当如何去尽力。"[2]他从自我阅历出发,在独特的生命体验的基础上,在风雨如晦、黑暗如磐的中国去构建"人性"理想神庙,去唤起民族的热情与生命的庄严,的确是一种浪漫之举,沈从文因此也自称为最后一个"浪漫派"。但要构建一种属人的自然人性,其得以生成的空间又在哪里?他所有的文化源头与精神源流在哪里?只有明确这些问题,他的"人性"神庙才能获得应有"地基"与内在的精神支柱。于是,在构建湘西世界之时,他将时空进行了一种远推,与当下形成了较为强烈的陌生感;在人物生存上,他们意识中也有着外面的大世界,那仅仅是一种简单的象征或符号,并没有实质性的内容,更不对其生活造成应有

---

[1] 凌宇:《从边城走向世界》,生活·读书·新知三联书店,1985,第213页。
[2] 沈从文:《沈从文文集(第11卷)》,花城出版社,1984,第321页。

的影响。这种设置显然是与创作主体的主观情感与审美取向有着密切的关联，但在其构成的意象世界中，一旦获得了某种感愤与共情，创作主体很可能消融自我与对象之间的差异，并将自我与对象构成同一性存在，进而在自我造成的艺术世界中沉湎与迷醉，做灵的舞蹈与精神的翩跹，为生命和美而"发疯"。"一个人过于爱有生的一切时，必因为在一切有生中发现了'美'，亦即发现了'神'。必觉得那点光与色，形与线，即足代表一种最高的德性，使人乐于受它的统治，受它的处治。"沈从文从自己所造的艺术中，从印象里的湘西世界中发现了人性的"美""神"，并乐于"受它的统治，受它的处治""如中毒，如受电"。他瞩目"人类的远景"，他相信"爱"与"美"的力量，并对自我产生了高度的认同感。自我认同是个体积极地投身生活中的创建性的生产过程，它能够在一个把过去、现在联络在一起的叙述框架内，将生活中互相冲突的众多侧面组织成一个相对融合的整体[①]。

沈从文在拒绝西方"现代"资源，也拒绝"本土"经验的状态中，苗族文化所具有的自然性、原生态等特征，显然能为其所向往的自然人性提供应有的资源。于是，沈从文溯源到湘西部族文化解体之时，甚至更为久远的过去。他们是中国最为古老的"土著"，这里"日光温暖到一切，雨雪覆被到一切，每个人民皆正直而安分，永远想到尽力帮助比邻熟人，永远皆知见到他们互相微笑。从这个一切皆为一种道德的良好习惯上，青年男女的心头，皆孕育着无量热情与智慧，这热情与智慧，使每一个人的感情言语皆绚丽如锦，清明如水。向善是一种自然的努力，虚伪在此地没有它的位置。人民皆在朴素生活中成长，却不缺少人类各种高贵的德性。"[②]他们为捍卫自我的自由而殉身不恤（《七个野人与最后一个迎春节》），他们取得爱情，是"抓住自己的心，放在爱人面前，方法不是钱，不是貌，不是门阀也不是假装的一切，只有真实热情的歌"（《龙朱》），并能取得完美的结局；即使爱情难以实现，也敢于为爱情而赴死（《月下小景》《媚金·豹子·与那羊》）；他们有着神秘的习俗，有着庄严的崇拜，他们为迎送傩神而燃起烈烈的火把、跳起热情的舞蹈……他们比一般意义上的湘西山民更为热情质朴，更为勇敢单纯，更为崇拜自然与生命，更为强悍与诚实，那里没有官长、没有士兵、没有商人与妓女……生存环境是如此的奇特，人物故事那样神秘浪漫，再加上酣畅流丽的抒情语言，整个世界都给人一种独特的异域风情。既进一步为湘西世界增添了神奇与诡秘，同样也为自己自然人性的建构设置了一个悠远的源头，让其所追求的价值有所皈依，有源可溯。

[①] 泰勒：《自我的根源：现代认同的形成》，译林出版社，2001。
[②] 沈从文：《沈从文文集（第4卷）》，花城出版社，1984，第361—362页。

中国社会发展的不平衡性，决定了偏远的湘西地区原始民风的遗留。然而，当人们关注着沈从文从一种原始的社会环境中提取原始生命形式时，也将产生团团疑云：湘西的社会人生果真全是这种型范？除了某些野蛮习俗，现代湘西真是一片人性的自由天地？能有"桃花源"式的和平、宁静与优美？然而一部湘西近现代的历史，分明告诉人们，统治者如何依靠武力，不断地毁坏着湘西少数民族的原始宗法关系，强化封建专制统治；土著军阀延续着清代的"屯田制"、商人垄断造成湘西下层人民生活贫困；不断爆发的苗民起义，所蕴藏的民族悲剧！所有这些的任何一个方面，都可以导致上述疑问的否定性的结论。即便在湘西，那种原始的生命形式也只是一种特殊存在。那么，沈从文是不是有意回避湘西社会的现实矛盾，到已成历史的社会里寻求精神的解脱？这样的结论未免太过草率。其实，即便在表现原始生命形式时，沈从文也总是有意向读者提醒它的现实针对性，这正如前述。尤其是当他的目光转向现代湘西社会，将萧萧、柏子、贵生等一系列人物形象捕捉到纸面上的时候，我们便看到了现代湘西社会的典型特征——多种文化绳索绞结而成的社会环境，以及在这种环境里浮沉的乡村灵魂。

《柏子》《萧萧》《贵生》《丈夫》《牛》《一个女人》《上城里来的人》《小砦》《七个野人和最后一个迎春节》等，则写出了20世纪初叶湘西山村社会的苦难和蒙昧。前三篇小说的主人公——柏子、萧萧、贵生，其身份分别为水手、童养媳与雇工，这是封建宗法社会的经济关系的产物。萧萧十二岁就嫁给不到三岁的丈夫，给婆家充当劳动帮手，"喝冷水，吃粗粝饭"，带孩子、绩麻、纺车、洗衣、打猪草、推磨，还要受婆婆的"折磨"；柏子受雇于船老板，风里来，雨里去，"吃酸菜南瓜臭牛肉"，收入低微，无法婚娶，两个月的收入仅够他去吊脚楼会一次情人。在《湘行散记》里，沈从文对生活在沅水河船上的"无数水手柏子"的境遇有过更详尽的叙述："掌舵的八分钱一天，拦头的一角三分一天，小伙计一分二厘一天。在这个数目下，不问天气如何，这些人莫不皆得从天明起始到天黑为止，做他应分做的事情"，倘遇不测，在乱石激流中淹死，根据所订立的契约，"生死家长不能过问"，船老板"烧几百钱纸，手续便清楚了"；贵生则是个"干穷人"，靠砍柴割草、给人打短工为生，"借五老爷土地砌了一幢房子"，还得"帮五老爷看守两个种桐子的山坡作为借地住家的交换"，仅仅因为是"一个单身汉子，年富力强，遇事肯动手，平时又不胡来乱为，过日子总还容易"。

小说《萧萧》从萧萧十二岁嫁到婆家、失去人身自由处落墨。一开始，人物的命运就被置于封建宗法关系的基本框架之中。沈从文以较多的笔墨描述了萧萧在婆家的地位、处境，她的勤劳、淳朴，以及作为一个少女所有的天真、幼稚、单纯的种种情状之后，情节走向高潮。这是以萧萧被花狗用歌唱开心窍,"变成个妇人",并身怀有孕一事为转折点的。这以后,故事以简洁、明了、迅速的方式向前推进:事发后,萧萧"照规矩",将被沉潭或发卖,仅仅由于婆家与娘家没有"读过'子曰'"的原因,才被议决发卖——又由于"一时没有相当的人家来要萧萧",事情延搁下来——十月满月,萧萧生下一个儿子,合家欢喜,萧萧被留在了婆家。这看来似乎全是不起眼的平凡,然而对于萧萧,却是人生路上的三道险关。其中,"常"与"变"交织,必然与偶然错综。在情节的推进中,沈从文有意启发人们反思:倘若婆家与娘家有一个读过"子曰",死要面子的人物,那萧萧会怎样?萧萧被议决发卖后,恰恰有相当的人家愿买,萧萧的遭遇又如何?假如萧萧生下的不是儿子,她又将面临什么样的命运结局?沈从文看出了人生并不存在单一的因果联系,事变由诸多复杂的人生因素错综而成,他依据的是可然律,一切视生活中的常与变、必然与偶然以什么样的方式组合而定。那么,萧萧的命运结局以小说中的方式出现,是不是沈从文有意回避封建宗法统治的残忍性?也许,这样简单地提出问题没有多大意义,但有时我们却不能不在这种较低的思维层次上周旋。其实,直接写出现实中诸如沉潭一类残酷情景,并不一定是在较高层次上对人生的把握。即使直接暴露封建宗法统治这种残酷性的描写,在沈从文的作品中也并非没有出现过。《巧秀和冬生》就曾详细描绘过巧秀妈——一个年轻寡妇因拒绝族长的调戏,与人私奔,最终被族长剥光衣服、背上缚上石磨沉入潭底,留下一个嗷嗷待哺婴儿的悲惨图景。沈从文依据人生的可然律做出的对萧萧命运结局的安排,服从于表现不同于巧秀妈的另一种生命形式的需要。情节的发展指向一个明确的思维方向:萧萧这类善良、淳朴的山村儿女,在一种无法预测结果的人生浪涛里浮沉,任何一种偶然的因素都可能使她们的人生命运陷入无法预料的苦难中。

当然不可能有喜剧结局,这已由人物处于失去人身自由的封建宗法制度下这一客观现实决定。对萧萧来说,小说安排的结局也许是一种比沉潭或发卖要好的结果。但这本身也就是一出悲剧。其悲剧性不仅在于萧萧最终还是与比自己小九岁的丈夫"圆了房",还在于她对直接关系到自己命运的全部事变的主观反应。在发现自己怀孕以后,萧萧曾萌生过逃走的念头,这念头产生于从祖父口里听来的城里女学生对一切"自由"的议论——五四新思潮的零星细雨以一种变形的方式洒落在这偏僻的山村里。但是,萧萧的念头又是一种怎样的朦胧!丝毫谈不上具有追求人身自由的理性思维内容。而当逃走的打算一旦被发觉,萧萧就不再有影响自己人生命运的任何主观努力,生死祸福一切听凭别人去安排。最后,萧萧生下第二个儿子时,全家又在忙着给十岁的大儿子迎娶媳妇了。

媳妇比儿子年长六岁——又一代萧萧进了门。

  这一天，萧萧抱了自己新生的毛毛，在屋前榆蜡树篱笆间看热闹，同十年前抱丈夫一个样子。

  萧萧的精神世界还是一片荒原，理智被蒙蔽着，就像山里的芭茅地，原始、蒙茸，生命处于被动的自在状态。她没有、也不曾想到如何自主地把握自己的人生命运。同样的描写也见于《柏子》：

  这一去又是半月或一月，他很明白的。以后也将高高兴兴地做工，高高兴兴地吃饭睡觉，因为今夜也得了前前后后的希望……不到两月他可又回来了。

  ……花了钱，得到些什么，他是不去追究的。钱是在什么情形下得来，又在什么情形下失去，柏子不能拿这个来比较。

  《柏子》与《萧萧》最初分别写成于1928年与1929年。后来它们分别于1935年和1936年被重新改写发表，是在沈从文1934年重返湘西以后。自他1923年离开湘西，时间过去了十余年，而湘西下层人民的人生境遇丝毫没有得到改善。这一感受融进了改写后的作品里。《萧萧》中为牛儿迎娶媳妇的一段文字，就是改写时增加的。湘西下层人民就像柏子、萧萧一样，不但是月复一月，而且世代相袭地"在同样情形中打发日子"[1]。

  《柏子》《萧萧》《贵生》等作品写出了湘西山村儿女在封建宗法社会里活生生的人生情状。这种人生，在沈从文的感觉里，既是庄严的，又是悲凉的。柏子与他的情人的爱显然是一种畸形发展。萧萧没有支配自己命运的权利。当贵生强烈地感到自己受到店铺老板父女的戏弄时，那份自重促使他放起一把大火，将自己的房子与老板的店铺烧成灰烬。他们承受着人生派给他们的那份哀乐，严肃地生活着，与别人无什么不同。就连柏子的那种粗野的爱，也浸透着热情与真挚，"常常较之讲道德知羞耻的城市中绅士还要可信任"[2]。然而，这到底太不公平！柏子应享有一般人的嫁娶权利，萧萧应获得人身自由，贵生应有不受戏弄的尊严。可是，柏子大约仍然只能在一月一次与情人相会的可怜境遇里自满自足；萧萧也只能与比自己小九岁的丈夫厮守终老；贵生虽然放火烧掉房子而逃走，但那只是一种原始复仇情绪的发泄，终算不得出于理性的思考与抗争。他们都无法摆脱苦难与不幸的人生。然而，他们却不觉自己悲凉，他们"不曾预备要人怜悯，也不知道可怜自己"[3]，对命运缺乏理性的认知，更没有自主自为把握。

---

[1] 沈从文：《湘西·辰溪的煤》，载《沈从文散文选》，人民文学出版社，1982。
[2] 沈从文：《边城》，载《沈从文小说选（第2集）》，人民文学出版社，1982。
[3] 沈从文：《柏子》，载《沈从文小说选（第1集）》，人民文学出版社，1982。

沈从文在塑造了温馨宁静的故园、苦难不幸的边地、神秘传奇的苗疆外，还写出了湘西世界孕育自然人性、诗性人生的一面。《山鬼》《夫妇》《雨后》《采蕨》《道师与道场》《旅店》《三个男子和一个女人》《边城》等可说是这个方面的代表作品，在这些作品中，沈从文的笔触自然灵动，不仅能贴近人物，融入乡土，更能以温情清新的眼光发现普通的水手、士兵、山民甚或妓女身上可亲可爱的生命属性，鲜活灵动的生命气韵。在这些作品中，没有时代的黑暗，生活的苦难，甚至暴力和血腥的事件。人和人友善亲切，人与自然相契相融，人与社会和谐安宁，一派祥和恬静，湘西仿佛是与世隔绝的"世外桃源"。或许这与潮流涌动、烽火连天的中国现代社会有些远离甚或格格不入，但作为文学创作，有着它的特殊性，也有着沈从文取向的具体性。它们是苦难时代中人们对安宁和谐生活的向往，也是沈从文构建优美、健康、自然而又不悖乎人性的生命形式[①]取向的具化。

或许有人认为这些作品与温馨和谐的故园形象刻画是一致的。其实不然，《往事》《草绳》《猎野猪的故事》等作品，只是沈从文生活记忆的一种自然呈现，虽然它也是和谐温馨，但那里没有生命诗意的赋予，也没有诗性审美的自觉追求，而是故事叙述，形象塑造和语言表现等的简单单纯呈现，远比不上上述诗性湘西作品。《山鬼》中的"癫子"大哥"比平常人，要任性一点，要天真一点""他凡事很大胆，不怕鬼，不怕猛兽；爱也爱得很奇怪，他爱花，爱月，爱唱歌，爱孤独向天"，他还会赶几十里的山路去棉寨看开得艳丽的桃花，去看为土地生日唱的木人戏。这是一种典型的审美人格，也是一种与众不同的诗意生活。与《山鬼》不同，《夫妇》《雨后》《采蕨》《道师与道场》《旅店》《三个男子和一个女人》等作品更多的是以人的自然欲望书写为中心。人的自然本能是人的生命的最为基本的需求，也是最能表现生命属性和本质的实质。在上述作品中，无论是湘西小儿女还是成年男女，无论是道师店主还是士兵水手，他们的爱欲都是自然朴素，大胆热烈的。《雨后》中出家阿妹和阿哥在山林间幽会，与明净自然相合，青春生命唱出了自然人性的旋律。这种情形也出现在了《采蕨》之中。阿黑和五明你侬我侬，自然爱欲不仅纯真，甚至有些恣意放任的意味。《道师与道场》中师兄、师弟和自己心仪的女子之间的爱恋，《夫妇》中新婚夫妇在明媚动人的天气的感召下在路旁野合，等等，无不是自然人性的体现与生命活力的洋溢。健康的身体需要不受金钱和权势的左右，它源自生命的律动，是生命愉悦的体现，它远非《绅士的太太们》《都市一妇人》《有学问的人》

[①] 沈从文：《从文小说习作选·代序》，载《沈从文文集（第11卷）》，花城出版社，1984，第45页。

等作品中的都市爱欲可比。这些都市中的爱欲,或被外在的道德名分所钳制,或为金钱权力所左右,或呈现出极端自私的属性,或表现出放纵糜烂的气息等。而真正谱出一曲纯粹优美、自然清新的生命之歌的典范当属被誉为"千年不磨的珠玉"[①]的《边城》。

第二节 对《边城》的再理解

　　沈从文创作《边城》的前夕,生存境遇已经有了大的变化,他已经成长为著名作家。无论是审美趣味相近的老舍、苏雪林,还是曾经与其有过罅隙的鲁迅,都对其创作予以高度评价。1933年2月鲁迅在与斯诺谈及中国新文学代表作家时说:"自从新文学运动以来,茅盾、丁玲女士、张天翼、郁达夫、沈从文和田军是所出现的最好的作家。"[②]1933年9月,沈从文应当时最为著名的报纸《大公报》之聘,从吴宓等人手里接编了该报的文艺副刊,文坛地位进一步提升。姚雪垠回忆说:"在北京的年轻一代的'京派'代表是沈从文同志,他在当时地位之高,今日的读者知道的很少。他为人诚恳朴实,创作上有特色,作品多产,主编刊物,奖掖后进,后来又是《大公报》文艺奖金的主持人,所以他能够成为当时北平文坛的重镇。"[③]作为文坛重镇,他开始更为广泛而坚实地践行自己先前就有的文学理想。认为文学家"应觉得他事业的尊严",应该"想在他自己工作上显出纪念碑似的惊人成绩,那成绩的基础,就得建筑在这种厚重,诚实,带点儿顽固而且也带点儿呆气的性格上"[④]。他强调文学家在民族道德重建上应承担的责任和使命,认为"我们实在需要一些作家!一些具有独立思想的作家,能够追究这个民族一切症结的所在,并弄明白了这个民族人生观上的虚浮、懦弱、迷信、懒惰,由于历史所发生的坏影响,我们已经受了什么报应。若此后再糊涂愚昧下去,又必然还有什么悲惨局面。他们又能理解在文学方面,为这个民族自存努力上,能够尽些什么力,应当如何去尽力。"[⑤]为和谐圆融、含蓄节制、从容典雅的审美追求,为自由独立、健康尊严的文坛风气的倡导,为民族情感与道德素质的重铸……沈从文的创作不再是编制传奇故事、也不是为文字的卖出,更不是个体生存困窘的反拨,而是为实现文学理想,瞩望"优美、健康、自然而又不悖乎人性的生命形式"的自觉自为……

---

① 李健吾:《咀华集》,人民文学出版社,2001,第45页。
② 威尔士:《现代中国文学运动》,《新文学史料》,1978年第3期。
③ 姚雪垠:《学习追求五十年》,《新文学史料》,1980年第3期。
④ 沈从文:《文学者的态度》,载《沈从文文集(第12卷)》,花城出版社,1984,第154页。
⑤ 沈从文:《元旦日致〈文艺〉读者》,载《沈从文文集(第11卷)》,花城出版社,1984,第321页。

第五讲 沈从文笔下的湘西形象谱系与《边城》的再理解

价值视域与创作意向最终要为创作主体心境融会，才能化入文学作品之中。新婚燕尔，事业日上，生活恬静而美满，与十年之前在北京"窄而霉斋"中倾吐着卑微者的穷愁与孤独，几年之前在上海商人与市场的规约下无法获得创作的自主自由相比，其创作心境变得更为谐和、自由与圆融无碍，其所思虑也更为遥远与纯粹。闲静院落，细碎阳光，"心境虚廓，眼目明爽"，"心若有所悟，若有所契，无滓渣，少凝滞"[①]，是一种典型的审美心境，也是一种诗意丰盈的生命意境。也就在这种无我空灵，风澄相净的心境中，沈从文"准备创造一点纯粹的诗，与生活不想黏附的诗"[②]的意向最终在其笔下付诸现实……

为了实现诗意人性的建构，沈从文不可能完全脱离或抛弃其先前创作的审美经验，人性的希腊小庙选址"湘西"边地茶峒，人事也是取民间婚恋的原型，整个作品依然是围绕着"自然人性"为题旨展开，同样葆有着悠远的牧歌情调与丰盈的诗意氛围。但作品与先前的"湘西"小说相比，作者有意改变或过滤先前"自然人性"中不尽符合"诗意"的因子，使其更为纯净与美丽，远为"精致，结实，匀称"，远为"纯粹"与"富于诗意"。以沈从文先前湘西题材作品为参照，就可清晰地见到《边城》在其创作流变中所具有的新变。

从题材上看，它与沈从文先前作品有了大的变化，可说几近单纯。具体来看：一是《柏子》《阿黑小史》《采蕨》《道师与道场》《雨后》等作品中那种质朴自然、粗犷无碍甚至有点放纵的性爱表现没有了，翠翠的性爱心理化为空明的月色，朦胧的梦幻、若有若无的情绪点滴与含而不露的日常细节，本能欲望变得含蓄微妙而极富诗意。其次是《在别一个国度》《说故事人的故事》《贵生》《虎雏》《黔小景》中自然强力、野蛮冲突事件不再存在，按照边城风俗傩送与天保当用流血的方式来解决爱情的争端，但冲突化为了极富烂漫色彩的月下唱歌，谁先把翠翠的心唱软，翠翠就归谁——矛盾获得了柔性解决……再是《萧萧》《丈夫》《牛》《七个野人和最后一个迎春节》等作品中湘西民众特别是底层民众苦难不幸的生活未曾在作品中出现，即使有不和谐的声音也化为模糊的影子……"边城"中既无上下、贫富、贵贱之分，更谈不上阶级对抗民族压迫；非但如此，理性蒙昧所产生的生命悲剧与不幸也淡到无法看清……

在艺术表现上，《边城》有了一种极为微妙的设置与调整，那就是尽量指向"诗意"。自然人性的生成需要优美的环境，远离尘嚣就成了一种必然，"茶峒"在空间上成了世外

[①] 沈从文：《烛虚》，载《沈从文文集（第11卷）》，花城出版社，1984，第268页。
[②] 沈从文：《水云》，载《沈从文文集（第10卷）》，花城出版社，1984，第279页。

桃源。与自然环境相应的是其朴素纯真的社会风习与地方民情，为此，沈从文大量地铺叙了边城的民情风习和地方史志，力图给自己作品中的人物性格与精神的生成以一块最为纯净的土壤。当然，在其他小说中风俗民情也是一个重要的组成部分，但那些民俗中总有着传奇色彩或诡异色彩，而此处则是日常化与生活化的展现。在人物命运的表现上，作者也是将摆渡、看龙船、月下唱歌、儿女婚事等日常生活作为主要内容置于民情风习与青山丽水构成的画轴中舒展开来。水乳交融中，淳朴之风与山水之灵贯注其中，生活如流水般自然呈现。与《神巫之爱》《月下小景》《龙朱》等浪漫传奇相比，更为亲切自然，真实朴素而具有生活质感。

　　在人物塑造上，沈从文心理描写的才能得到了充分的体现。除了借助事件、对话、环境间接表现心理外，作者更是直追人物内心，将情窦初开的少女心理的青涩、敏感与朦胧，白日与夜晚下意识梦幻的空灵、缥缈与纯真，情感难以明说的隐约、迷离与欲语又休的诗性之美都进行了羚羊挂角、空灵自然地呈现。在叙事上，从容节制，迂缓自如，《牛》《三个男人和一个女人》《都市一妇人》那样出乎意料的转折收束没有了……自然风景、民情风习、地方史志、人事矛盾、生死聚散，都是平静从容、自然而然地展开。

　　在艺术笔法上，作品更是打破了小说、散文与诗歌的文体界限，抒情、叙事、写景融于一体，将自己的乡村经验用悠长温馨的情感包裹着，用浸润的方式渗透于作品的字里行间，既表现出对厚积的乡村文化的宁静、谐和、温馨的人生情调的眷恋，又表现出对现代环境中这些美质日益消散的深深的惋惜与无法释怀的嗟叹……沈从文要通过《边城》进行"经典的重造"，以"纯粹的诗""优美，健康，自然，不悖乎人生的生命形式"投向民族与人类生存的远景，所需要的不仅是上述的诗化处理，更需要一种非闭锁的无疵性的"敞开"之境，并"允许进入"，这也就要求作家摆脱自我心理与情感的定势，获得更为丰富与深远的内涵。但从文本与潜文本，意向与实存的罅隙来看，先在定势与远景投射、价值意向与具体表现的冲突与矛盾所形成的漩涡，让其在张扬这种诗性人生的同时，又在一种无法明言中形成了一种欲扬又抑、既显又隐的内敛与收缩，换句话说，他在对"自然人性"进行了纯化处理的同时，对其进行了某种规约……

　　城—乡，汉—苗对立是其创作的整体结构性思维，抑前扬后则是其价值判断的先在性指向。他虽然让作品尽量淡化苗民族本位的观念，但还是让自己的"希腊"小庙选址于苗族居住之区，并在开篇做了最为细致而精心的地标引导，并情不自禁对其做了大段大段地方史志性的特别介绍。虽然这种介绍可作为人物成长的环境，但其比重过多的弊病，以及与此同在的乡村本位意识则是不言而喻，甚至叙事者直接跳出言说"这些人既重义轻利，又能守信自约，即便是娼妓，也常常较之讲道德知羞耻的城市中人还更可信任"，也是一种有失理性有违艺术逻辑的做法。优美健康的自然人性获得明示的同时，也在资源性设置上无意进行了闭锁；牧歌环境越是相对自足，创作主体视界与生命的资源性阈值也就越显得狭隘。其对现代文明引发人性异化的批判的价值固然存在，但对乡村桃源世界的向往也让其缺乏应有的开放性和自由性。其所标举的"自然人性"难以确指，但大致来看它是以人与自然的契合、人与人之间的和谐为其主要内涵，以宁静和谐温馨的乡村生活为其主体形式，与都市物质与理性异化所形成的人的"阉寺性"相比照而存在的人生哲学与人生样式。但若将理想的人性与生命的远景不加批判地寄予在乡村文明之上，并有意过度地将其美化，很可能走向"复古"的泥淖。沈从文似乎也意识到了这一点，在纯化自然人性的同时，更是有意识地让情节展开与命运起伏遵循自然人性的演变，但故事却也在这样一种规约下呈现紧缩状态。

理想的人性的审美表现需要一种与之相谐的"完美形式"的故事。故事的形成需要一个目的起始事件，及其主角为之做出的努力。作为作品主角的翠翠在作品中似乎没有一个明确的目的，也没有一个促使其形成目的的起始事件，正因这种前置的阙如，翠翠在人生中没有应有的追求，也没有什么太多的人生奋斗。这与作者淡化情节的诗化处理相关，也内在地隐藏着作者实现"自然人性"价值意向的内在规约，即自然人性对人的生存方式、人的需求的决定性作用。在沈从文的作品中，自然人性既是人与自然山水的契合，也是人的自然欲求发展与需求的无碍，这在《雨后》《采蕨》《夫妇》中得到了典型的体现。而在翠翠那里，她的人生追求是在准乎自然的环境中，顺应自己自然生命与生理欲求的需求来展开。这显然疏离于具有鲜明时代意义的个性解放、政治革命，或者生命意义的探求……其人生虽缺乏外在的价值目标，但其对自我自然人性的顺应性发展则应是其目的所在，而形成该目的的"起始事件"则是自然人性。具体来说，就是她作为一个"女性"在准乎自然的环境中的爱欲生死成了其命运与人生的基本决定。于是，顺乎自然人性需求的爱欲也就成为了其"形成目的的起始事件"。

自然人性的需求产生了，它就应当在一种自然无碍，自由自在的境遇中实现。"达到目的而做出的努力"就是其在相应的社会准则与行为模式中去获得实现，成为社会所认可的"自然"。文本中翠翠缺少积极主动的行动，也没有艰苦卓绝的努力，而是处于被动的"被爱"之中，也就成了其生存环境的一种"自然"常态……当然，翠翠"无为"的态度中是有所持的，那就是其对原初性意识图式的执着不迁。她是以自己原初性意识中的认知图式去取舍异性的。在天保——翠翠——傩送的爱情矛盾中，翠翠之所以会选择走车路的傩送而拒绝走马路的天保，不是因为天保是想用财物介入爱情，破坏爱的属人本质，也不是因为傩送的歌唱得比竹雀还出色而唱软了她的心（这一点作品并没有直接具体的表现）。最为根本的原因是在她作为女性的人生经历中，傩送是第一个进入她无疵世界的男性。而且两人初次见面时更有一个细节值得注意，那就是吊脚楼上的妓女的胡闹和两个水手对话所形成的"性"的语境，让其"不习惯"的同时，也使其紧张。当傩送邀她到他家点了灯的楼上去，"她以为那男子就是要她上有女人唱歌的楼上去"，傩送在其潜意识中就是性侵入与占有的角色，这也相应地涉及她的性付出的指向。但一旦这种紧张排除之后，能干、漂亮、热诚、善良的傩送也就变成了爱的对象的最初图式，傩送也就在她心——性意识中形成了难以抹去甚至无法替代的先见。在傩送与天保的角逐中，两者都是杰出的人才，但从最为自由自然的人性实现来看，傩送是其最初的性指向的召唤图式。虽然翠翠"消极无为"，自然人性的先在力量决定了她目的的实现。傩送的胜利，也表明了她的"努力"的实现。

也就在这种自然人性的价值引导下，《边城》也伴生着内在的危机，那就是故事极有可能走向以圆满为结局的一个极为平淡而老套的爱情故事。沈从文也似乎意识到了这一点，在故事接近尾声时，作者通过天保的死、爷爷的死设置了一个悲剧性的结局，让自然人性在高扬的同时进入一种低抑闭合状态。或许这种设置与沈从文个人文体特征相关："先以歌咏田园诗般的散文笔调缓缓地展开对湘西人淳朴风情的细致描述，最后却以一个出人意料的转折，一下子打断前面的歌咏，把你推入对人生无常的强烈预感之中。"①但与《牛》《萧萧》《都市一妇人》《神巫之爱》等相比，《边城》的这种悲剧结局显得较为平淡，作品中的预叙与暗示多次反复出现，在一定程度上缓解突转，也在诗意表现上不那么局促与机械，在一定程度上旨在突出"自然人性"的归结。爷爷的死去多次在翠翠心中预设。翠翠心想过"爷爷死了呢？"老船夫也向翠翠预设"我死了呢？"而且似乎对自己生命的结束有了自明："老船夫打量着自己被死亡抓走以后的情形，痴痴的看望天南角上的一颗星子，心想：'七月八月天上方有流星，人也会在七月八月死去吧？'"，他也果然在这样的季节去世……天保的翻船，作品中也有了多次暗示与预叙，第二节、第三节就有"船只失事""翻了船"是边城人最大的不幸的述说，第九节也叙及过傩送翻船救人的事，第十五节再次提到过白河行船的凶险……这些细节不仅让上述不幸有了前置的可能性，更让细心的读者对故事的悲剧性走向有了相应的心理准备……不幸的根由既

---

① 王晓明：《沈从文："乡下人"的文体与"土绅士"的理想》，载《潜流与漩涡：论二十世纪中国小说家的创作心理障碍》，中国社会科学出版社，1991，第122页。

不是坏人为恶，礼教迫害，更不是阶级压迫，社会黑暗，而是生老病死、旦夕祸福，是人生无常所在："一切充满了善，然而到处是不凑巧，因之素朴的善终难免产生悲剧。"但这是人生的一种自然而然，这样的结局就与自然人性融为一个整体……

湘西一直是沈从文创作的源泉。单就湘西具体状况来看，这片土地有时是被温馨眷恋所包裹的记忆，有时是自然人性赖以生发的土壤，有时是浪漫传奇的演绎之地，有时是现代理性缺失的苦难之所……为了建筑起"神性小庙"，达到"纯粹的诗"的效果，沈从文模糊了苦难湘西与现实湘西的面影，而这无疑让作者有了一种内在的愧疚。而这种"纯化"与"遮蔽"与后续现实的残酷则让创作主体处于一种强烈的反讽之中。其实，在沈从文感到愧疚与讥刺的同时，他没有也不可能完全遮蔽现实苦难的客观存在，或者完全沉浸在诗性浪漫与艺术翩跹之中，现实、理性、现代语境与自我经验都不可能让他完全遮蔽这些……1931年护送丁玲母子回湘西，政治的严峻，经济的凋敝，道德的堕落，不可能不成为其创作的心理积累。1934年年初，回家探望母亲时的经历，更是让他对湘西发展的现状与未来充满了忧虑。紧随《边城》创作的《湘行散记》中的《藤回生堂今昔》《箱子岩》《一个爱惜鼻子的朋友》《老伴》等作品在叙写湘西清绝山水时，就拨开了温馨记忆的混沌，对湘西苦难、麻木、愚昧、原始性人生进行了理性的审视。这一点，《边城》中也有所体现。

作品第一节在铺衍民俗风情与地方史志时，翠翠父母的命运显然是个不和谐的存在。如果说边城中民风淳朴，爱恋自由，那么其父母何至于要在道德舆论与社会习俗的压力下自杀殉情？难道他们的自由恋爱的做法与吊脚楼上的妓女与水手或军人的爱情相比，更令人不齿？他们与《萧萧》中的萧萧相比，犯下的错远非严重，萧萧与花狗生下的儿子尚能得到人们的"宽容"，为何翠翠父母不能？如果作为翠翠命运的史前史，那么翠翠自然恋情的生发与展开的可能性又在哪里？可以说翠翠父母的死与边城诗意生活形成了悖谬，应该是作者一曲在营构诗意，一面又无法不理性地回溯历史与审视湘西现实时留下的无法缝合的"伤口"……随之而起，伤疤在柔滑如水的情调中不断出现，成了撕开整个作品诗意的一道无法愈合的"伤痕"……第三节中，"一切莫不极有秩序，人民也莫不安分乐生。这些人，除了家中死了牛，翻了船，或发生别的死亡大变，为一种不幸所绊倒觉得十分伤心外，中国其他地方正在如何不幸挣扎中的情形，似乎就永远不会为边城人民所感到。"其理性审视与价值批判是显而易见的。第四节，翠翠在码头上听到水手所说的"楼上妇人的爸爸是在棉花坡上被人杀死的，一共杀了十七刀"的事件，妓女的歌声中也就应该隐藏着无法言喻的深悲剧痛，边城人的残忍野蛮也可见一斑……

同时，在翠翠爱情与命运的悲剧性结局上，沈从文虽然想将缘由引向人生无常的"'偶然'浸入生命中时所能发生的变故"[①]……但这种偶然性的凑巧、误会中也可见到内在的"必然"。在翠翠与王团总女儿之间，顺顺显然是更喜欢以一座碾坊陪嫁的王家姑娘，因此在傩送邀请翠翠上他家楼上去看划船时，顺顺将她安排在了船总女儿后面，天宝出事后，顺顺"不愿意间接把第一个儿子弄死的女孩子，又来作第二个儿子的媳妇"……在老船夫向顺顺家说媒的中寨人问及傩送对王家亲事的意见时，这个米场经纪人说了谎，说傩送说"我眼前有座碾坊，有条渡船，我本想要渡船，现在就决定要碾坊吧。渡船是活动的，不如碾坊固定。"边城人并未如作者所说的那样忠厚、善良、淳朴与单纯，物欲、迷信与自私已侵蚀着他们的灵魂……而其中最为关键的原因是各种各样的误会：爷爷和翠翠之间，爷爷和傩送之间，翠翠和傩送之间，爷爷和顺顺之间……而这些意见的总的根由应当是翠翠的"不说"。她的"不说"与萧红《小城三月》中翠姨的紧张压抑不同，它似乎更多地源自女性的羞涩与内向。当爷爷谈及婚恋之事时她总是羞涩的避而不谈，或者模糊朦胧不愿明确自己的态度与意见。爷爷在傩送为他送酒葫芦来时，在傩送去川东办货时，傩送从川东办货回茶峒过渡时，爷爷都设置了他们深入交流的情境，但翠翠却总是主动"退场"……或许这种"不说"与"退场"是羞涩内向的女性心理，但其实质是其理性的蒙昧或缺失，而这种缺失的深度根源则是翠翠潜意识深处缺乏生命的主体性自觉。这不仅是当下时代的原因，更是历史的缘由，在边城世界中女性根本没有掌握自己命运的自主自决的权力，甚至这种意向并没有上升为一种明确的意识。"个人生活史的主轴是对社会所遗留下来的传统模式和准则的顺应。每一个人从他诞生的那刻起，他所面临的那些风俗便塑造了他的经验和行为"[②]。边城人对于翠翠的爱情与婚姻的决策权多是寄予在爷爷身上，或是寄托在追求的男子身上，这从另一侧面反映出这一事实……爷爷虽没有进行干涉，她却在无意识中听从着惯例的安排，有意无意地将爱情与婚姻的决定权予以悬搁或者推置于他人面前，而这最终也就导致了多样"误会"的产生与悲剧命运的必然……

其实，撇开文本的具体表现，单就自然人性，诗意人生设置的文化资源来看，《边城》也显得极为保守。这既与沈从文的"乡下人"身份的自我认同相关，也与其审美情趣与文化视域相应……当然不是说沈从文没有接触到现代文化，对都市欲望泛滥的批判，对知识理性异化的警觉，对自然人性的企望等都直达现代文化的本质，但是其"自然人

[①] 沈从文：《水云》，载《沈从文文集（第10卷）》，花城出版社，1984，第280页。
[②] 本尼迪克特：《文化模式》，浙江人民出版社，1987，第2页。

性"的文化根基显得较为滞后。他自称为"新道家",但就其具体表现来看,却并没有新质,而其真正的资源依然是传统文化中儒家的道德乌托邦、道家的天人合一,再加上原始文化的生命元气。同时,就其笔下的人物的生存状态来看,他们既不追求个性解放,也不参与社会革命,更不思考生命的意义与价值,而是对一般的日常生存顺应,这种生存既是现实的也是历史的……历史是一种资源,但历史中的优质部分并非一种纯粹性的抽象存在,这种顺应不仅会挤兑反思,更会让主体新建的可能性空间丧失。过去是没有任何一种可能性的,是消耗它的诸种可能性的,我曾经是的过去就是它现在之所是,就像世界上的诸事物一样,这是一种自在,我必须要支持的存在与过去的关系是一种自在类型的关系,即是一种同一化的关系。要歌唱更为理想的人性形式,沈从文应该寻找新的精神文化资源,拥有更为高远的视域才能获得生命的自由与自为……

第三节　沈从文研究略述

从20世纪延续至今,沈从文研究已经成为中国现代文学中的"显学"。就其研究进程来看,可简便地分为新中国成立前、新中国成立后至"文化大革命"时期、改革开放后至20世纪末、21世纪以来四个阶段。

新中国成立前,为沈从文研究的起步阶段。1925年林宰平的《大学与学生》是评论沈从文最早的文字。苏雪林的《沈从文论》和刘西渭的《〈边城〉与〈八骏图〉》是现代较有影响的沈从文专论,两者皆对沈从文的创作给予了高度评价。与这种肯定与褒扬相反,左翼作家则多批判与否定。

新中国成立后至"文化大革命",是沈从文研究的停滞期。内地,沈从文研究无人问津,各种文学史也只是偶尔提及。与内地的情况相比,香港及海外的研究却有所进展。美国夏志清的《中国现代小说史》,香港司马长风的《中国新文学史》不仅对沈从文创作的独特风格与审美内涵进行了与内地迥异的评价,而且给沈从文以很高的文学史地位。而海外金介甫、普林斯、王润华、小岛久代等对沈从文的生平经历,作品中的区域文化,人物形象,审美内涵,创作风格等进行了研讨,其中金介甫1977年出版的《沈从文笔下的中国》影响较大。上述研究不仅推动了海外沈从文研究的发展,也给大陆学者以影响和启发。

改革开放后至20世纪末,为沈从文研究的复苏与发展期。文学史"重估"开启了沈从文研究的新局面。首先是对其创作审美价值的"重估"与文学史地位的"正名"。其中代表性论文是朱光潜的《从沈从文先生的人格看他的文艺风格》,凌宇的《沈从文小说的倾向性与艺术特色》,赵园的《沈从文构筑的"湘西世界"》等。随后,从生平经历的全面梳理到文献资料的搜集出版;从审美意蕴的分析到创作手法的阐发;从各类文体的艺术把握到单个作品的细读批评;从比较文学视域的观照到文化人类学的考察;从生命意识的关注到思想世界的发掘……沈从文研究全面推进,呈现蔚然之势。其中有代表性论文为凌宇的《中国现代抒情小说的发展轨迹及其人生内容的审美选择》《从苗汉文化与中西文化的撞击看沈从文》,吴立昌的《论沈从文笔下的人性美》,王晓明的《"乡下人"的文体和城里人的理想》,王继志的《论沈从文的新诗创作》,程光炜、王丽丽的《沈从文与福克纳创作视角比较》等。国内代表性的著作有凌宇的《从边城走向世界》《沈从文传》,吴立昌的《人性的治疗者》,王继志的《沈从文论》,赵学勇的《沈从文与中西方文化》,向成国的《回归自然与追寻历史》。国外金介甫的《沈从文传》,王润华的《沈从文小说新论》,小岛久代的《沈从文——人与作品》等研究成果也在国内出版。

　　21世纪以来,是沈从文研究的深入推进期。领域不断拓展,成果更为丰富,认识日趋深入。具体来看,有以下几个方面的进展:一是沈从文作品、书信日记的收集、出版与辑佚。2002年北岳文艺出版社出版了《沈从文全集》(共32卷),这是继花城出版社1984年出版的《沈从文文集》(共12卷)之后最为完备的沈从文作品集。辑佚方面,裴春芳、解志熙等的工作较为突出。其中裴春芳对沈从文《摘星录·绿的梦》的发现,对于沈从文后期创作研究的价值极为重要。二是沈从文创作的深入阐发。审美与文化内涵方面,有凌宇、王继志、刘一友、解志熙、王润华、范智红、李永东、贺桂梅等人的新发掘;艺术表现方面,有王德威、王本朝、张桃洲等人的新发现;创作价值方面,有凌宇、刘洪涛、杨联芬等人的新认识;文学批评方面有赵学勇、谢昭新、杨剑龙等人的新见解;比较研究方面,有商金林、杨瑞仁、曾锋等人的新阐释。三是沈从文思想研究。这方面的代表性论文有凌宇的《沈从文创作的思想价值论》,张新颖的《精神迷失的踪迹和文学理解的庄严》等,代表性著作有罗宗宇的《沈从文思想研究》(湖南大学出版社,2008年版),张森的《沈从文思想研究》(人民文学出版社,2015年版)。四是对沈从文新中国成立后生平、创作与文物研究的探讨。新中国成立后生平考察代表性成果有李杨的张新颖的《沈从文的后半生》(广西师范大学出版社,2014年版),《沈从文的前半生》(上海三联书店,2018年版)等;文物研究探讨方面,代表性成果是李之檀对沈从文服饰研究进行探讨的系列论文;1949年后创作发掘方面,代表性成果有陈思和、刘志荣、李遇春等人对沈从文书信、日记、旧体诗词等进行的研究。

第六讲

时代演进中文化立场的蜕变与曹禺的戏剧创作

在中国新文学发展的历程中,小说和散文取得的成就较大,而戏剧相对较弱。之所以如此,与中国悠久的戏曲传统影响有关,也与中国观众的审美情趣和接受习惯有关。但值得庆幸的是,在20世纪30年代中国现代话剧史上出现了曹禺这样一位卓越的剧作家,他的戏剧创作让中国现代戏剧获得了极大的提升,奠定了戏剧中国化的道路。他祖籍湖北潜江,出生于天津一个旧式官僚家庭。自小他就在家人的陪伴下出入戏馆楼台,有机会欣赏到中国传统戏剧之美。稍大些,又在风气开放、被誉为中国话剧摇篮的南开中学就读,成为"南开新剧团"的重要成员,在那里他获得了较好的舞台实践经验[①]。考入清华大学西洋文学系就读时,他更是广泛地阅读了埃斯库罗斯、莎士比亚、契诃夫、易卜生、奥尼尔等西方戏剧大家的作品。在青春激情的鼓动中,也在中西方戏剧之美的诱惑下,他在清华大学图书馆中开始了自己的戏剧人生之旅。正是他创作的《雷雨》《日出》《原野》《北京人》《家》《王昭君》《胆剑篇》等经典剧作,使中国现代话剧剧场艺术得以确立并走向成熟。曹禺的剧作可说是他独特的个性气质、人生体验和中西方话剧艺术的结晶。在曹禺的剧作中,读者可以直接感受到古希腊悲剧的影响、人文主义戏剧、现实主义问题剧、表现主义现代剧等的影响。这一点为田本相、钱理群、董健等研究者所高度关注。但曹禺剧作之所以能在中国观众中扎根,为广大观众和读者所接受,这不仅是

[①] 曹禺:《曹禺谈创作历程》,载《曹禺全集(第7卷)》,花山文艺出版社,1996,第334—336页。

他对西方戏剧艺术把握的深入和娴熟,也是他能够借助新的艺术形式去表现中国现实生活的结果,更是他能较好地处理戏剧艺术与中国社会语境的关联。整体、深入地把握曹禺的创作过程,不仅可以见到他与西方戏剧艺术的密切关联,而且可以见到他的创作和中国传统文化的微妙关系。从曹禺与传统文化的关联出发,可以给读者带来对曹禺戏剧创作认识的新面向。

第一节 时代精神与对传统的抗争和反叛

新文化运动是一场全盘批判传统、颠覆既往、重估价值的思想文化运动。林毓生称其为"全盘性反传统主义","这种反崇拜偶像要求彻底摧毁过去一切的思想,在很多方面都是一种空前的历史现象"[1]。作为引导这一潮流的领袖,陈独秀曾在《敬告青年》中直陈:"固有之伦理、法律、学术、礼俗,无一非封建制度之遗,"而"忠孝节义,奴隶之道德也",环顾当时之中国。"精之政教文章,粗之布帛水火,无一不相形丑拙,而可与当世争衡。"[2]胡适则在《新思潮的意义》一文中将"重新估定一切价值"的"评判的态度"看作是这一运动的核心所在,在他看来,对旧有的一切都要重新作出决断:"对于习俗相传下来的制度风俗,要问:'这种制度现在还有存在的价值吗?'对于古代遗传下来的圣贤教训,要问:'这句话在今日还是不错吗?'对于社会上糊涂公认的行为与信仰,都要问'大家公认的,就不会错了吗?人家这样做,我也该这样做吗?难道没有别样做法比这个更好,更有理,更有益的吗?'"在此态度之下,胡适得出了更为彻底的结论:"我们必须承认我们自己百事不如人,不但物质机械不如人,不但政治制度不如人,并且道德不如人,知识不如人,文学不如人,音乐不如人,艺术不如人,身体不如人"。[3]鲁迅则在《狂人日记》中,对守旧迂腐、不思变更的生活发出了质疑:"从来如此便对么?""凡事总须研究,才会明白。古来时常吃人,我也还记得,可是不甚清楚。我翻开历史一查,这历史没有年代,歪歪斜斜的每页上都写着'仁义道德'几个字。我横竖睡不着,仔细看了半夜,才从字缝里看出字来,满本都写着两个字是'吃人'!"[4]

曹禺出生后不久,新文化运动就已波及全国,并在曹禺出生地天津产生了广泛的影响。虽然曹禺并未直接参与新文化运动,但作为在这一文化潮流影响下成长起来的青

---

[1] 林毓生:《中国意识的危机》,穆善培译,贵州人民出版社,1988,第6页。
[2] 陈独秀:《敬告青年》,《青年杂志》,第1卷第1期。
[3] 胡适:《新思潮的意义》,《新青年》,第7卷第1号。
[4] 鲁迅:《狂人日记》,载《鲁迅全集(第1卷)》,人民文学出版社,1981,第425页。

年人，对"文化传统"的反思与批判顺理成章地成为曹禺早期创作中的主导倾向。还在南开中学读书时期，曹禺就在所见所感的生活中，在新文化运动时代思潮的影响下，对社会的不公、腐朽传统的黑暗和罪恶进行了批判和攻击。在《杂感》《偶像孔子》《中国人，你听着》《〈日出〉跋》《曹禺同志漫谈〈家〉的改编》等文中，他对中国人的旧有生活观念、行为方式、价值追求等都进行了严厉谴责。"假若你是个人，你是个中国人的话（我要再抓一把斧子来劈你这贱种！）你将知'双十'不仅听几声爆竹，吃一顿肥肉就了事，你将知'双十'写在任何纸上都隐有血丝，你们自命为国民，何尝有一丝创国的勇气，你们只会退缩、固执，见小利即像蝇逐渐矢，狗逐臭，抢去卖功，危急在前，鼠一般地脱逃。事过，笑当事者的错误，指摘寻隙，又如鬼祟之唧唧。中国人，我为汝羞，我真不佩服你！"[①]"我华夏民族酷嗜和平，淡泊潇洒，一日和尚一日钟，过足烟瘾，横在热炕上晕谈一阵。哼，我们'孝弟忠信，礼义廉耻'，这是'古有明训'，有长远历史的国度的百姓，岂能随随便便干这些没头没尾的把戏！""读了几年书，在人与人之间，我又捱过了几年。实在，我也应该学些忍耐与夫长者们所标榜的中庸之道了。但奇怪，我更执拗地恨恶起来，我总是悻悻地念着我这样情意殷殷，妇人般地爱恋着、热望着人们，而所得的是无尽的残酷的失望。"[②]上述认识，无不表明青年曹禺对腐朽陈旧传统的否定和批判。当然，这种态度还是情感化的，他的结论并不是建立在对传统文化典籍的深入研究基础上的，而是在其成长过程中，通过对家庭、社会、生活及一些风俗习惯的观察、反思之后的直觉和认识。正是在这样的感知和体验中，让从小善良敏感、单纯而热情的他感到有一种无法遏制的抗争的情绪在心中积蓄，最终化为他的价值判断和人生态度，并熔铸到他的戏剧创作之中。正是基于这样一种价值批判，也是源自青春生命的憧憬，他渴望一种激情蓬勃且富于创造的生命状态："假若生命力犹存在躯壳里，动脉还不止地跳跃着的时候，各种社会的漏洞我们将不平平庸庸地让它过去。我们将避去凝固和停滞，放弃妥协和降伏，且在疲弊困怠中要为社会夺得自由和解放吧。怀着这样同一的思路；先觉的改造者委身于社会的战场，断然地与俗众积极地挑战；文学的天才绚烂地造出他们的武具，以诗，剧，说部向一切因袭的心营攻击。他们组成突进不止的冲突与反抗，形成日后一切的辉煌。"曹禺高举起生命的旗帜，以置之死地而后生的态度，向传统作出了彻底的告别。就如沈从文呼唤"自然人性"一样，曹禺也呼吁生命的"蛮性"和"强力"去批判暮气沉沉的"中庸"和"未老先衰"的情状，去改变陈腐衰老

[①] 曹禺：《"中国人，你听着！"》，《南中周刊》，1927年双十专号第30期。
[②] 曹禺：《〈日出〉跋》，载《曹禺全集（第5卷）》，花山文艺出版社，1996，第26页。

缺少生机的躯壳。这种状况也构成了曹禺早期戏剧创作的主导倾向。

曹禺在《〈日出〉跋》中曾说："读了几年书，在人与人之间我又捱过了几年，实在，我也应该学些忍耐与夫长者们所标榜的中庸之道了"。正是这种"中庸之道"让生命缺少激情，人生失去创造，命运没有新机，人心没有个性。曹禺对此可说是深深厌恶。戏剧，更是成为他反对此种生活状态和情感心理的审美空间。这一点在他早期创作的《雷雨》《日出》《原野》等作品中，得到了极为鲜明的体现。首先，在上述戏剧中，"家"已经不是儿时温馨的港湾，更不是其乐融融的所在。它成了一个年轻人唯恐避之不及的"能引起人的无边噩梦似的老房子"（周萍），成为限制人的正常生长和个性自由的藩篱和牢笼。在这里，传统礼教的规矩和各种各样的条款，成为家长"教育"后代的教条和规则。孩子和青年也就在这种种规矩中要么过早衰老，要么畸形异化。正如周朴园所说："我教育出来的孩子，我绝对不愿让人说他们一点闲话的"。正是在他的教导下，周萍"性格上那些粗涩的滓渣经过了教育的提炼，成为精细而优美的了；但是一种可以炼钢熔铁，火炽的，不成形的原始人生活中所有的那种'蛮力'，也就因为郁闷，长久离开了空气的原因，成为怀疑的，怯弱的，莫名其妙的了。"《原野》中的焦大星也是如此。他在焦母的"呵护"下，善良单纯、朴素温驯，但从生命本质来看则是失去了生命的主体性，没有了应有的丈夫气和自主的能力和意志。家长的意志取消了他们自我生长的空间。其次，就是传统文化腐烂和颓废，让人丧失进取的精神和发展的活力。《北京人》中的曾文清也是这样的一个典型。他自小就受传统文化的教育，在琴棋书画中优游，敏感多情，心思细腻，却无一所长，无一所能。最终在这样一种醇熟而精致的士大夫文化的侵蚀下，变成了一个没有生命的空壳。传统士大夫文化确实因其悠闲雅致、散淡自得而散发出迷人的魅力，但它所生产的是一种"消费性"人格，而不是"生产性"人格，从其本质上来看它是寄生性的。这种寄生性文化远离了统治者直接的剥削和压迫，甚至还带有一定的诗意色彩，很能为人所接受。但从其根子上来看，他是一种上等人的生活状态，是以他人的供养为基础的。既不能付出，也不能生产，自然也就缺少生命力。最终只会是一种懒散至极的状态。"懒于动作，懒于思想，懒于用心，懒于说话，懒于举步，懒于起床"，"人的生命的彻底浪费，人的个人与社会价值的彻底丧失"[1]。

为了对抗这种"教育"的力量，曹禺在《雷雨》《日出》《原野》中塑造了一系列与传统道德格格不入的女性形象，蘩漪、陈白露、花金子这些不见容于传统道德的女性，在曹

---

[1] 钱理群等：《中国现代文学三十年》，北京大学出版社，1998，第420页。

禺笔下变得仪态万方。在作者看来，她们是"美的"、值得同情的，因为在她们身上，凝聚着人应该具有的生命力量，她们以自己的瘦弱之躯对抗着根深蒂固的传统秩序。作家这样写蘩漪："她是一个最'雷雨的'（原是我的杜撰，因为一时找不到适当的形容词）性格。她的生命交织着最残酷的爱和最不忍的恨，她拥有许多行为上的矛盾，但没有一个矛盾不是极端的。……她有火炽的热情，一颗强悍的心，她敢冲破一切的桎梏，做一次困兽之斗。虽然依旧落在火坑里，情热烧疯了她的心，然而这不是更值得人的怜悯与尊敬么？"作家所看重的是蘩漪身上的生命张力，一个弱女子，以一种置之死地而后生的精神气度独自反抗着周朴园所代表的传统秩序，她的"尖锐"和"犀利"让作家在她身上看到了"国民性"改造的希望。也正是在这个意义上，作家说蘩漪的生命是"烧到电火一样地白热，也有它一样的短促。"她是"值得赞美的"，"她应该能动我的怜悯和尊敬"。[①]

同样，陈白露坦然面对方达生的关于"名誉"问题的质询，也是带有强烈的个性解放意识和叛逆精神："我没故意害过人，我没有把人家吃的饭硬抢到自己碗里。我同他们一样爱钱，想法子弄钱，但我弄来的钱是我牺牲过我最宝贵的东西换来的。我没有费着脑子骗过人，我没有用着方法抢过人，我的生活是别人甘心愿意来维持，因为我牺牲过我自己。我对男人尽过女子最可怜的义务，我享着女人应该享的权利！"而面对焦大星的拷问，花金子理直气壮地回应："我告诉你，大星，你是个没有用的好人。可是，为着你这个妈，我死也不跟这样的好人过，我是偷了人，你待我再好，早晚我也要跟你散。我跟你讲吧，我不喜欢你，你是个'窝囊废'，'受气包'，你是叫你妈妈哄，你还不配要金子这样的媳妇。"当我们将她们的话与"传统文明"联系起来的时候，就不由得感到他们的惊世骇俗，这是他们生命强力的奔迸，更是与传统秩序的彻底决裂。在曹禺看来，这些被道学家们贴上荡妇标签的女性们，"总比阉鸡似的男子们为着凡庸的生活怯弱地度着一天一天的日子更值得人佩服"。[②]

在这一时期，曹禺时时关注的是人的悲剧命运，他试图通过自己的创作冲出一片新天地，让人们过上自由的生活。因此，在"个人"与"国家"之间，他更关注"人"的命运；在"传统"与"现代"之间，他更珍视人的现代性诉求；在他看来，这才是人类文明的新方向。而在戏剧理念方面，他绝不墨守成规，每一次写作，都试图闯出一条新路，进行着充满先锋性的探索。从这一角度说，我们可以将这一时期曹禺的文化立场看作是"激进反传统"的。

[①] 曹禺：《〈雷雨〉序》，载《曹禺全集（第1卷）》，花山文艺出版社，1996，第9-10页。
[②] 曹禺：《〈雷雨〉序》，载《曹禺全集（第1卷）》，花山文艺出版社，1996，第10页。

第二节　抗战语境下对传统的亲和与认同

在曹禺一生的创作中，他与传统的关系并没有一直处于紧张对立之中，他并没有把这种"激进反传统"的文化姿态贯穿始终，而是在特定的历史情势下，悄悄地进行了调整。1937年爆发的抗日战争成为曹禺这次文化立场调整的具体诱因。在中国传统价值观念中，"忠""孝"观念居于最为核心的位置，正如吴虞所说，"详考孔子之学说，既认孝为百行之本，故其立教，莫不以孝为起点，所以'教'字从孝。凡人未仕在家，则以事亲为孝；出仕在朝，则以事君为孝。""他们教孝，所以教忠，也就是教一般人恭恭顺顺的听他们一干在上的人愚弄，不要犯上作乱，把中国弄成一个制造顺民的'大工厂'。"[1]对于一般的中国人来说，这种"忠""孝"观念并不用到《论语》《孝经》这些国学典籍中去学，而是在他的成长过程中，在他生活的家庭和社区中的耳濡目染自然习得的。虽然经由新文化运动的洗礼，中国社会已经形成了一种足以撼动传统信仰的青年亚文化，也在思想上有意识地排斥传统的忠孝观，但这种根深蒂固的信仰并不是挥一挥手就能去除的。它蛰伏在人的内心深处，在特定的情境下，一经诱导，就会不由自主地再度复现，称它"集体无意识"也好，"民族心理积淀"也罢，它所指向的就是这种观念的不可抗拒性。一旦国家面临危亡，民族危机当头时，那些昨日还沉浸在民主、科学、个性解放、生命自由世界中的作家们，很快变成了捍卫民族尊严的斗士，日常生活中耳熟能详的"国家兴亡，匹夫有责""位卑未敢忘忧国""以天下为己任"的士人传统悄然复活，在此情况下，现代中国作家的创作出现了出奇一致的转向，几乎少有例外。

在民族危机出现的时代语境中，曹禺对自己的文化立场和价值取向也进行了积极的调整。他在晚年接受记者采访时坦陈，"我首先是一个爱国者"[2]，他把爱国主义看作是自己最重要的气质。这绝不是作家事后故唱高调，而是他一生都在恪守的人生信条。1938年以后，这位曾经不愿意把自己的作品看作是"社会问题剧"的作家，毅然放弃了先前对于人的悲剧命运和精神心理的探求，转身而关注国家民族的危亡："编剧的朋友们无妨再辟一条新路，把迫切的后方各种实际问题做题材写出同样热烈的好文章，来推动后方的工作。这才是切实地尽了我们的责任。"[3]这种以国家、民族为核心的创作理念是曹禺创作姿态调整的一个明显标志。在此以前，曹禺创作中念念不忘的核心命题是"人的命

---

[1] 吴虞：《吴虞文录》，卷上，亚东图书局，1927，第3页、第15页。
[2] 克劳特：《戏剧家曹禺》，胡光、王明杰译，《人物》，1981年第4期。
[3] 曹禺：《眼前的工作》，载《曹禺全集（第6卷）》，花山文艺出版社，1996，第99页。

运",无论是在《雷雨》《日出》还是《原野》中,作家试图彰显的都是现代人的生存困境。虽然他先前曾多次在《〈雷雨〉序》《〈日出〉跋》中屡次发出"我念起人类是怎样可怜的动物,带着踌躇满志的心情,仿佛是自己来主宰自己的命运,而时常不是自己来主宰着"①"我更恨人群中一些冥顽不灵的自命为'人'的这一类的动物。他们偏若充耳无闻,不肯听旷野里那伟大的凄厉的唤声"②的呼号。但在1938年后,在民族国家意识与爱国主义情感的感召下,也在"文章入伍""文学抗战"思潮的影响下,在剧作中积极宣传抗日,向全国人民发出了救亡总动员,成为了他此时剧作的基本主题。正是在这一历史情势下,曹禺不但多次发表讲演,宣传抗战文学的重要意义,同时,还身体力行地创作了《黑字二十八》(与宋之的合作)《蜕变》这样极具救国情怀的剧本。与此同时,在"国家利益"诱导下,在创作中向来特立独行的曹禺也学会了某种妥协,《蜕变》的多次奉令修改就是一个鲜明的例证。这是作为中国人最为重要的"个人"服从"大局"的价值实践。

随着曹禺时代认识的变化,对社会当局的态度和立场也有所调整。与之相应,他的戏剧创作的观念也有了新的调整。在曹禺前期创作的作品中,悲剧都发生在个人与生存环境的抗争过程中,《雷雨》《日出》《原野》无不如此。繁漪、侍萍、陈白露、黄省三、仇虎、焦大星……这些震撼我们心灵的悲剧人物无一不是"小人物",在他们身上,积蕴着作家对"人的存在"这一命题的深度思考。但在1938年以后,曹禺对这一理念做了很大的调整,他认为,悲剧要有两个基本要素:第一是要抛去个人利害关系,第二是要绝对主动的。"一个真正的悲剧绝不是寻常无衣无食之悲。比如一个小公务员,因为当前物价日高,家庭负担日重,以至于发展到无法维持生活的阶段则沮丧失望;又如一位青年追求爱人,一再进行都被拒绝,于是最后宣称我要跳江了,这些都能称为悲剧吗?在我们看过悲剧的人看来,这绝不成其为悲剧,因这只局限于个人的不幸。真正的悲剧,却要深刻深沉得多,它多多少少是要离开小我利害关系的。"③在此时的曹禺看来,那些为正义、为大众利益而勇于抗争和悲壮牺牲的安东尼、屈原、诸葛亮等,才是真正的悲剧人物。屈原之所以是有悲剧性的,就在于他的忠君爱国,在于他"虽九死其犹未悔"的执着精神和坚贞意志。他是"不为那些孜孜为利的人生观所影响。遇事绝不采取和平、中庸、妥协的办法。凡事有真知,全力以赴。信得准确,宁可以死赴之,决不中途而

---

① 曹禺:《〈雷雨〉序》,载《曹禺全集(第1卷)》,花山文艺出版社,1996,第7-8页。
② 曹禺:《〈日出〉跋》,载《曹禺全集(第1卷)》,花山文艺出版社,1996,第382页。
③ 曹禺:《悲剧的精神》,载《曹禺全集(第5卷)》,花山文艺出版社,1996,第154页。

废。"[1]就这样，在作家心目中，对于民族国家，对于作为国家民族人格的"君王"的忠诚坚贞，也成为构成悲剧精神的必要条件。而对于那些沉迷自我心性、寄情山水、高蹈逸性的诗人王维、陶渊明等也进行了应有的批判，虽然他们在艺术上取得了较大的成就，但在国家民族大义上却显得淡薄；在保持自我心性的诗意自由时，却对时代和民族的责任少了几许担当。"'晚来唯好静，万事不关心'，一味恬淡，超脱的人不会有什么悲剧。聪明自负，看破一切，是可鄙的人，这种人可以'不滞于物'。自命修养上'可贵'，但这种人多了，一个民族也就可悲了。"[2]可以说，曹禺的悲剧观念和艺术价值标准也因时代语境发生了大的变化。

与此相适应，曹禺所喜欢的人物类型也发生了重要变化。如果说在《雷雨》《日出》《原野》中作家更看重人物身上的"个性"的话，那么，此后的剧作则更看重人物身上所体现出来的为"国家"或"他人"献身的精神。从气质类型上来说，前者更趋近于"现代"，而后者则趋近于"传统"。这种变化表现在女性形象身上最为明显。韦明（《黑字二十八》）、丁大夫（《蜕变》）都是典型的爱国主义者，为了国家，她们可以忘掉一切。在她们的心目中，国家利益高于一切：韦明虽然非常喜欢耿杰，但如果他真的偷了"团体的文件，背叛了国家"，她将"第一个惩罚他"，一句话，"我决不肯因为个人的私事使我们的团体受损害，我决不偏袒出卖国家的汉奸"。当韦明得知孙将军有危险时，宁愿自己死一千次也不愿意这位忠勇的爱国将领受伤。在这一类型的女性形象中，丁大夫无疑是最为典型的代表。作为一名医术高超的医生，她本可以在上海过着舒适的生活，但战争爆发以后，为了国家和民族的利益，她毅然来到这个后方医院。因为她"相信自己更该为这个伟大的民族效死"。她爱真理，在她身上有着一种仁爱精神但又不乏狭义之气，对那些腐败自私的官吏绝不迁就，面对那些虚伪、敷衍、苟且的官僚，她恨不得立刻发明一种血清，打进他们的血管里，把这些人身上的一切毒素清洗干净。这是一个爱国家，"把公事看得比私事重"的女性，面对敌机的轰炸，她冒着生命危险抢救"小伤兵"；当伤员急需输血时，她毫不犹豫地献血；面对身负重伤的儿子丁昌，她首先处理的却是其他的伤员……总之，在忘我的工作中，她把自己的一切都奉献给了民族复兴事业。作家对丁大夫、韦明身上的这种正义精神和崇高品质赞美有加，这在曹禺早期剧作中是不可想象的。

在发掘传统文化中富有爱国精神，充满崇高情怀的悲剧人物的同时，曹禺对普通民

---

[1] 曹禺：《悲剧的精神》，载《曹禺全集（第5卷）》，花山文艺出版社，1996，第159页
[2] 曹禺：《悲剧的精神》，载《曹禺全集（第5卷）》，花山文艺出版社，1996，第159页。

众中那种传统美德和精神也进行了应有的发掘。虽然瑞珏（《家》）、愫方（《北京人》）并非那种忧念国事，为理想献身的悲剧人物，但是她们身上所散发出的精神品质，为传统文化所孕育的"传统美德"：她们温柔敦厚、善良单纯、循规蹈矩、成就他人、牺牲自我，为他人的幸福而日夜操劳着。她们无私地关爱着自己所深爱的男人，并把他们的幸福当作自己的"幸福"：鸣凤不愿意给自己心爱的人添一点麻烦、一丝烦恼，在她的心目中，"爱一个人是要为他平平坦坦铺路的，不是要成他的累赘的"。这种奉献型的爱情理念成为曹禺这一时期的理想爱情，一再出现于这一时期的作品中：在瑞珏看来，"一个女人爱起自己的丈夫会爱得发了疯，真是把自己整个都能忘记了"；而愫方将"把好的送给人家，坏的留给自己"当作自己的人生格言。在愫方看来，人活着就是为了自己受苦，留给旁人一点快乐，面对那段难以接续的情缘，她没有任何怨尤、不求任何回报，"他的父亲我可以替他伺候，他的孩子，我可以替他照料，他爱的字画我管，他爱的鸽子我喂。连他所不喜欢的人我都觉得该体贴，该喜欢，该爱……"这些女性唯一没有想到的是她们的"自我"。为了这种爱，她们付出了自己的青春乃至生命，令人感到遗憾，但她们的温柔娴淑、善解人意、坚忍付出等品质，无不散发出传统道德的迷人神韵。韦明、丁大夫与瑞珏、愫方虽然各有不同，但其核心价值层面却基本一致：她们要么合乎爱国主义传统；要么合乎最为传统的女德。表面上看，这似乎只是作家的女性审美的转变，但其深处所蕴含的却是作家对"传统道德"的高度认同。

从以上几个方面可以看出，1938年以后，曹禺在对国家的态度、悲剧观念、道德观、写作动机诸方面表现出了一种共同的价值趋向：传统理念在与现代精神抗衡的过程中，渐渐显示出了它根深蒂固的力量。在这一过程中，作家虽然从来没有公开宣告过"告别现代，皈依传统"，但在行动上，确实已经越来越趋于"传统"。在此，我们无意于评判作家文化立场调整的是与非，实际上，这个问题也并不是能用"是"与"非"来简单判定的，我们关心的是曹禺在这次转向中所凸显出来的逐渐增强的传统气质及这种气质对其创作产生的影响。更重要的是，这种影响并不仅仅涉及抗日战争时期，而且波及他1949年以后的创作发展和审美选择。

新中国成立后，曹禺创作的《胆剑篇》《王昭君》等剧作，更是对传统文化精神的积极吸取。《胆剑篇》中的勾践在国破家亡的情境中，卧薪尝胆、奋发图强，与臣民们上下同心，励精图治，终于实现了国家的由弱转强。《王昭君》中，他根据历史典籍中有关王昭君的有限记载，以唯物辩证的史学观点为指导，将历史真实和民间传说进行巧妙地结合。剧本中塑造的王昭君，不仅美貌出众，更是深明大义。为民族和睦牺牲自我，为国邦安定敢于进取，在她身上传统女性贤淑温柔，无畏勇敢，智慧坚毅等美德得到了前所未有的彰显。

第三节 "传统"与"现代"的区隔与融通

对于一个曾经高扬着"反传统"旗帜的作家来说，这是一场异常艰难和痛苦的征服与反征服的战争。在这个战场上，虽然没有弥漫的硝烟，但在作家的内心深处，无疑进行着一场难以察觉的战斗。有时候，面对民族危亡和国家大义，作家甚至根本来不及做出反思，就毅然决然地冲上了民族解放战争的沙场。但是，文化立场并不是一件衣服，穿上就变得"现代"，脱下就显得"传统"。在更多的情况下，"传统"与"现代"往往缠绕在一起，你根本分不清哪些是"传统"的，哪些又是属于"现代"的。因而，在讨论曹禺文化立场变化的时候，我们只能说曹禺的文化立场在"调整""渐趋传统"，并不是说他已经彻底告别了往昔的充满荣光的现代性追求。

在这一时期的剧作中，曹禺的文化立场一度变得暧昧不明。有时候，我们觉得他分明很"现代"，而在另一个场景中，他又变得足够"传统"，颇有点让我们无所适从。在一些演讲中，他依然对传统生活方式持激烈的批评态度："我见到我们这个民族，一向都是在平和中庸之道中活着的，平时就不喜爱极端，自然也不喜爱悲剧。我们晓得那个人不想避开眼前困难，以谋他的升发之道，最低限度他也可在小我范围中求得他的安乐，反正依着一种不偏不倚的路向前进就是了。""我们当中有一种人，太超脱了。台上信奉的是儒教，下台便讲道教；在朝时贪污苟且，下野后定要作得潇洒超脱……但是民族要存在，中国要立足于世界，我们要救亡，要反抗，自来中国人民是吹着雄风的。"[①]"青年人都有他的热情，因是他有热情，所以对于环境常常感到苦闷，这种苦闷，一定要给他以合理的解决，解决的办法，就是教育。现在青年投考大学，往往彷徨于选择科系，不知所从；毕业以后，渐渐的洞悉了世故和处世的圆滑手段，消失了原来的勇气和热情。某校举行毕业典礼时，有几位老师曾以学习'蛇'来训勉学生，此殊不可解，这个现象，亦至为可虑。"[②]正因为如此，他一再强调青年人"要绝对不为中国固有生活态度所影响，遇事绝不采取平和、中庸、妥协的办法。凡事须有所知，而后以全力赴之，宁可走极端，也不中途而废。"显而易见，这时的曹禺依然在有意识地反思中国的文化传统，试图引导

---

① 曹禺：《悲剧精神》，载《曹禺全集（第5卷）》，花山文艺出版社，1996，第160页。
② 曹禺：《戏剧与青年教育》，载《文化建设论丛（第一辑）》，中国青年出版社，1946，第187页。

青年选择一种健康向上且充满激情的生活方式。

正是因为如此，作家在《蜕变》中一面高扬"国家兴亡，匹夫有责"的传统伦理和爱国精神；另一方面，作品依然表现着曹禺所称赏的"时日曷丧，予及汝皆亡"的决绝态度："我们对新的生命应无限量地拿出来扶持，培植；对那旧的恶的，应毫不吝情，绝无顾忌地加以指责，怒骂，抨击，以至不惜运用各种势力来压禁，直到这帮人，这种有毒的意识'死'净了为止。"①因这种矛盾在《北京人》中表现得尤为明显，表面上看来，作品批判着传统士大夫的生活方式，不满于文化传统对人的"塑造"，并一如既往地坚持着他的"蛮性崇拜"："曾家的婴儿们仿佛生下来就该长满了胡须，迈着四方步的"，曾皓"教育"出来的曾文清已经失却了行动的力量，由于"染受了过度的腐烂的北平士大夫文化的结果。他一半成了精神上的瘫痪。"曾霆又在祖父的教导下变得无精打采、抑郁不伸。因而作家向往一种"要爱就爱，要恨就恨，要哭就哭，要喊就喊，不怕死，也不怕生。……尽着自己的性情，自由地活着，没有礼教来拘束，没有文明来捆绑，没有虚伪，没有欺诈，没有阴险，没有陷害，没有矛盾，也没有苦恼；吃生肉，喝鲜血，太阳晒着，风吹着，雨淋着，没有现在这么多人吃人的文明"的生活。在这里，曾家的败亡显然象征着封建文化的穷途末路，而应运而生的则是人们对新生活的向往。在这一时刻，你不能不承认，曹禺依然足够"现代"。正是在这个意义上，我们不能同意杨晦对曹禺的批评。"他的心情，也可以说他的怀恋，都回到中国旧的封建社会，封建道德与封建情感上去，好像凭吊往古一般，极其低回婉转之致。"②

但是另一方面，我们也不得不承认，作家并没有将这种对传统生活方式的抨击贯穿始终。当愫方在作品中出现的时候，作家的价值观不由自主地发生了倾斜。愫方的人生世界是完全被长辈的意志所左右的：来到曾家是遵从母亲的遗嘱；曾老太太活着时是老太太的"爱宠"；老太太死后又成了曾皓的"拐杖"……她就这样一直生活在长辈的阴影里，婉顺、哀静、忍让与奉献是她的生活主调。她放弃自己的休息时间，不分昼夜地给曾皓捶腿；面对曾思懿的冷嘲热讽，她一味地逆来顺受。按照作家崇尚生命、张扬个性的思想逻辑，愫方断然不应该是他所肯定的生命类型。她的婉顺、哀静、忍让气质分明是封建文化熏陶的结果，正因为如此，自《北京人》问世以后，无论是对这一形象持否定态度还是肯定态度，研究者都不否认她与传统文化的内在关联。如果要在《北京人》中选择一个最悖离作家所欣赏的那种敢爱敢恨的生活方式的人物的话，那么，这个人物

---

① 曹禺：《关于"蜕变"二字》，载《曹禺全集（第2卷）》，花山文艺出版社，1996，第357-358页。
② 杨晦：《曹禺论》，载《文艺与社会》，中兴出版社，1949，第142页。

非愫方莫属。让人惊异的是，以往对传统人格深恶痛绝的曹禺却对愫方发出了由衷的赞美："中国妇女中那种为了他人而牺牲自己的高尚情操，我是愿意用最美好的言词来赞美她们的，我觉得她们的内心世界是太美了"，温柔美丽，晶莹如玉的愫方身上那种独特的气质和精神，那种宽容和温厚的情怀，深深地让曹禺折服了。但在愫方内心深处，她依然有着对于美好生活的向往："她总是向往着美好的未来的，离开这个家，也说明她对美好的前途的憧憬和追求。"①这段话虽然是1980年说的，但我们确实在作品中感受到了作家对她的好感，这在曹禺此前的剧作中是难以想象的，也与《北京人》的反传统的主导倾向不相匹配，由此导致了《北京人》的主调偏移。在作家的生命价值观和女性的审美观方面，两种互为矛盾的思想并行不悖地出现在作品中，构成了一组富有深味的"对话"关系。值得注意的是，这种"偏移"并不是局部的修辞问题，而是在整体上的不协调，这是由作家自身思想中的矛盾所导致的。

作家在文化立场方面的这种犹疑并不是刻意为之的结果，而是在不知不觉中陷入了这样一种悖论。对于每一个中国人来说，"传统"是他们的生命底色，这种底色早在他们幼年时期就经由家长的言传身教，社会生活的耳濡目染而深入骨髓。在自我意识萌生以后，尽管曾经刻意地扬弃过去的种种信仰，但它并没有彻底消失，而是进入了蛰伏状态。但在特定的历史条件下，一经诱导，很快便成为主导他行为力量的重要观念，这是"反传统"文化的一种经典后遗症。在现代中国的历史进程中，作家的文化立场一直在"传统"与"现代"之间矛盾、徘徊，不绝如缕。鲁迅曾借阮籍的例子分析过魏晋时代反对礼教的人的内在矛盾，其实面对慈母和爱人"误进的毒药"，他自己依然是背起了旧的伦理和旧的道德，选择了对事实的接受，并且预备着"只好陪着做一世的牺牲，完结了四千年的旧账。"②不幸的是，这并不是现代文学史上的孤例，在其之后，一大批作家循着前人的"成例"前进。1914年，韦莲司曾问胡适："若吾人所持见解与家人父母所持见解扞格不入，则吾人当容忍迁就以求相安乎？抑将各行其是，虽至于决裂破坏而弗恤乎？"胡适就此提出了一个地道中国式的解决办法："父母所信仰（宗教之类），子女虽不以为然，而有时或不忍拂爱之者之意，则容忍迁就，甘心为爱我者屈可也。"他将这种态度称之为"为人的容忍"；而就个人信仰言之，"吾于家庭之事，则从东方人，于社会国家政治之见解，则从西方人。"③胡适的这一选择深刻地体现了现代中国人"反传

---

① 曹禺：《谈〈北京人〉》，载《曹禺全集（第5卷）》，花山文艺出版社，1996，第75页。
② 鲁迅：《随感录·四十》，载《鲁迅全集（第1卷）》，人民文学出版社，1981，第322页。
③ 胡适：《胡适日记全编（第1卷）》，安徽教育出版社，2001，第515—516页。

统"事业的两难,这也就是列文森所说的"理智"与"情感"的矛盾。在曹禺的成长道路中,虽然没有面临与鲁迅、胡适相类似的家庭伦理困境,但当自己的祖国深陷危机的时候,他依然做出了舍"小我"而顾"大家"的选择。在作出这一选择的同时,作家的价值天平已经悄然发生了倾斜:在国家与个人之间,对国家的护卫要强过对个人的呵护;在"自我"与"他者"之间,更看重对"他人"的献身;而对官方机构的态度,也渐渐由极端漠视发展到了局部的合作。就这样,"传统"与"现代"相杂糅,构成了曹禺这一时期创作的基本特点。有这样一个过渡存在,曹禺在1949年后的终极转向变得平坦而又自然。因为按照传统的价值观念,"从政"是中国人"自我实现"的最便捷、最高层次的肯定方式;"文以载道"则是中国亘古不变的写作准则。表面上看,他加入了"中国共产党",思想上取得了绝大的进步,但他对"主流意识形态"、对"文以载道"的写作传统的高度认同,使他的创作越来越合乎于传统士大夫的思想理念,同时使他的思想和行为越来越悖离"自由""民主""先锋"的价值诉求。从这个意义上讲,曹禺的创作转向与"思想进步"无关,而是其文化立场转型的终极结果。

文化立场调整与创作转向的关系问题非常复杂,它并不仅仅是某位作家一个人的问题,而是文化发展中的普遍难题,也是作家随着年龄增长,阅历丰富,体验深入等出现的一个极富意味的问题。鲁迅、郭沫若、茅盾、巴金、老舍、曹禺等现代作家如此,余华、王安忆、苏童、叶兆言、昌耀等当代作家身上也有着相应的存在……中国文学史上的很多作家在其早年都曾经产生过强烈的"反文化""反传统"的冲动,从而致力于追求一种与主流文化价值格格不入的"新文化"或者说"亚文化"。然而,在与传统社会的交往互动中,"传统因素"在他们身上日渐具体鲜明,使他们不自觉地调整着自己的价值观和审美观,由对传统的叛逆反抗到认同、接受甚至有的还出现守成、保守的一面。因而,对于这些变化,我们既不能将他们的创作单纯地归因于个体人格,也不能简单地将他们的错误归咎于特定的政治环境和时代因素,而应彻底反思他们对于传统的暧昧态度。正是基于这种理由,当我们面对"新生代""躯体写作""新新人类"等诸多信誓旦旦地挑战传统价值的80后、90后作家时,可以见到他们随着时间的推移,生活的蜕变而开始的叛逆和先锋姿态也常常转变为某种所谓的"逃亡"和"回归"。因为在新的时代语境中,那种沉湎于形式的制作,或者远离生活的呓语,与生命和世界的本质探求还有着隔膜和距离……

第七讲

土地与太阳的画家：艾青

艾青（1910—1996），原名蒋正涵，字养源，号海澄，浙江金华人，著有《大堰河》《北方》《他死在第二次》《旷野》等诗集，在20世纪三四十年代"开启了一代诗风"[1]，展现出"大诗人"气象。艾青继承了中国现代诗歌"现实的、战斗的"传统，善于探寻自我生命与民族命运的交叉点，具有强烈的个人风格。他是画家，也是诗人，更是时代的歌者。

第一节 现代与现实的综合

胡适的《尝试集》以"白话入诗"开启中国新诗的现代化，白话文取代文言文，自由体诗歌取代旧体格律诗，打破了传统诗歌对语言、形式的束缚。在这种"诗体大解放"的背景下，新诗人们对诗歌的形式与内容进行大胆革新。一方面关注社会生活，注重反映现实人生；另一方面强调张扬个性，表现自我。20世纪30年代，"中国诗歌会"抓住现实，探索"诗歌大众化"。现代诗派则追求纯诗化，在表现自己和隐藏自己之间谋求一种间接性的传达。之后，艾青的时代便来临了。艾青从"彩色的欧罗巴"带回了一支

---

[1] 吴晓东：《战争年代的诗艺历程》，载谢冕等《百年中国新诗史略：〈中国新诗总系〉导言集》，人民文学出版社，2010，第130页。

"芦笛",在吸收现实主义、浪漫主义和现代主义精华的同时,将自我心灵与时代精神融为一体。他吮吸着"大堰河"的乳汁,脚踏沉重与荒凉的"土地",抚摸民族的伤痕,为贫苦人民吼叫,向着"太阳"狂奔,贡献出了"一种植根于大地与泥土的雄浑而凝重的诗美风格"[1],实现了现代与现实的综合。

一、内容:诗是现实的反映

随着国际国内斗争形势的加剧,创造社、太阳社与左联开始倡导与现实斗争生活密切结合的新诗方向,但这种探索依然存在不少缺憾。1936年12月底,杨骚在《历史的呼声——一九三六年的诗歌》一文中指出,虽然过去一年新诗集出版数量多,表面上呈现出"盛况",实际上却是"丰灾",因为此时诗人们的忽视现实与对现实的仓促回应,导致诗歌的艺术水平普遍不高。[2]但艾青出现了,他一踏入诗歌领域,就以《大堰河,我的保姆》获得了强烈反响。诗中这位哺育地主儿子、有着悲惨命运的勤劳农妇成为诗歌史上的经典形象。艾青在这一时期也成为与现实联系最紧密的诗人之一,在后来的民族解放战争中,他来到人民身边,走进普通人物心灵深处,迅速成为一个时代的"吹号者"(《吹号者》)。

艾青像一位默默工作的测绘师,丈量着中国土地,描写着一切生命,这些都是现实社会的缩影,即使在"远离烽火,闻不到'战斗的气息'"之时创作的《旷野集》,也"多少还有一点'社会'的东西"。[3]应该说艾青的创作出色地完成了胡风对理想诗歌的诉求:"诗应该能够唱出一代的痛苦,悲哀,愤怒,挣扎,和欲求,应该能够丰润地被人生养育而且丰润地养育人生。"[4]于是,胡风成为了艾青的伯乐,最早向文艺界推出这位籍籍无名的新人。

艾青是一位有着时代使命感的诗人,对于诗歌也有着自己独特的见解,他不受制于现代诗派的"纯诗化"路径与中国诗歌会的"非诗化"主张,密切关注现实社会,认为"没有完成的革命事业需要着诗,新中国的创造需要着诗——需要高度的表现了现实的,表现了战斗的英勇与坚强的,深刻的,感人的诗"[5]。那,诗是什么呢?"诗是国民生活

---

[1] 吴晓东:《战争年代的诗艺历程》,载谢冕等《百年中国新诗史略:〈中国新诗总系〉导言集》,人民文学出版社,2010,第126页。
[2] 杨骚:《历史的呼声——一九三六年的诗歌》,1936年12月25日,《光明》第2卷第2期。
[3] 艾青:《〈旷野〉前记》,载《艾青全集(第1卷)》,花山文艺出版社,1991,第104页。
[4] 胡风:《吹芦笛的诗人》,载姜涛主编《中国新诗总论 1 1891—1937》,宁夏人民教育出版社,2019,第533页。
[5] 艾青:《祝——写给〈诗刊〉》,载《艾青全集(第3卷)》,花山文艺出版社,1991,第121页。

的最真实的记录，和发自国民生活的愿望最最诚挚的语言。"因此，他将诗与现实紧密联结，在创作实践中"塑造出一个丰富博大、形神兼备的'现代中国'形象"[1]，解决了中国现代新诗在新的时代背景下"写什么""怎么写"的核心问题。

二、情感：严肃、忧郁、光明

抗日战争爆发后，徐迟认为在残酷的战争环境中，应该对抒情进行放逐。[2]诗歌是否应该抒情？如何抒情？这成为诗人们不得不面对的问题。诗人穆旦"为了表现社会或个人在历史一定发展下普遍地朝着光明面的转进，为了使诗和这时代成为一个感情的大谐和"呼唤"新的抒情"，即"有理性地鼓舞着人们去争取那个光明的一种东西"。[3]艾青的《吹号者》便被穆旦推为"新的抒情"的代表，称赞其诗歌的厚重、博大，充满让人沉思的力量。肯定了艾青对生命、生活以及写诗的严肃态度。

艾青是"地之子"，"中国农村的亘古的阴郁与农民的没有终止的劳顿"使艾青的诗歌充满忧郁气息[4]。他行吟且彷徨在古老而阴郁的中国大地上，土地上个人与民族的艰苦多舛使他感到沉重与荒凉，灵魂几乎也变成了土色，他忍不住低吟："就在此刻，/你——悲哀的诗人呀，/也应该拂去往日的忧郁，/让希望苏醒在你自己的/久久负伤着的心里。"（《复活的土地》）他的忧郁源于对黑暗苦难的社会现实的无奈，但因为蕴藏着一种悲悯的爱，所以他的诗歌里有一种"芳香和温暖"[5]的气息，有一种"向上的力量"[6]，所以艾青说"我是渴求光明甚于一切的，……我是在不欢喜'忧郁'啊，愿它早些终结吧！"[7]

"忧郁"也指向崇高。《吹号者》中那位吹号者"在死亡之前决不中止的冲锋号"，他被子弹打中心胸，寂然倒地的瞬间仍然紧紧地握着号角，闪耀着在战斗中死去的荣光。《他死在第二次》中一个痊愈的伤兵再次走上战场，他依然勇敢奋发，子弹第二次穿过他的身体，然而这一次他却没能站起来，无声地躺在他热爱的土地上，"人类用自己的生命/肥沃了土地/又用土地养育了/自己的生命"。艾青揭示了中华大地上人民与土地的血肉联系。

---

[1] 解志熙：《精深的冯至和博大的艾青——中国现代诗两大家叙论》，载《摩登与现代——中国现代文学的实存分析》，清华大学出版社，2006，第130页。
[2] 徐迟：《抒情的放逐》，载于《星岛日报》，1939年5月13日，第8版副刊《星座》。
[3] 穆旦：《穆旦诗文集（增订版第2卷）》，人民文学出版社，2014，第60页。
[4] 艾青：《我是怎样写诗的》，载《艾青全集（第1卷）》，花山文艺出版社，1991，第132页。
[5] 穆旦：《穆旦诗文集（增订版第2卷）》，人民文学出版社，2014，第54页。
[6] 穆旦：《穆旦诗文集（增订版第2卷）》，人民文学出版社，2014，第54-55页。
[7] 艾青：《为了胜利——三年来创作的一个报告》，载《艾青全集（第3卷）》，花山文艺出版社，1991，第125页。

可以看出，艾青的忧郁并不指向消极，也不会导致虚无，恰恰相反，艾青拒绝为他的诗加上"感伤主义"的注解①。他的诗歌因忧郁而深沉、凝重、悲壮、雄浑。这种忧郁的诗情背后，是中华民族坚韧自强的灵魂，是伟大民族抗争奋进的精神。

三、形式：西方现代诗艺的浸染

留法三年，艾青受到西方现代文化艺术的影响，前期诗作有法国象征派的影子，在色彩与景物的描写上还可以看出他对印象派绘画技巧的运用。忧郁的情调，自由的散文式语句，自我情感的投射等艺术手法都是借鉴自西方诗歌传统。艾青喜欢接近自己时代的诗人，曾广泛阅读过惠特曼，以及十月革命时期的大诗人马雅可夫斯基、布洛克的作品，熟悉法国诗人兰波和波德莱尔的诗，对故国乡土的眷恋还使他喜欢对旧式农村表示怀恋的叶赛宁。艾青最热爱的诗人是凡尔哈伦，正如艾青所言："我的诗里有些手法显然是对于凡尔哈伦的学习。"②

艾青的诗艺观念大多来自法国的象征主义，他并不讳言"受了象征主义的影响"③，他不喜欢象征主义，仅仅将其看成艺术的表现手法，借用它的器用层面上的意义。他还从《恶之花》《醉舟》《醇醪集》中把握到一些现代诗的艺术思维规律，希望民族诗歌能从中受到启示。后来艾青脱离了"枯涩呆板的标语口号和贫血的堆砌的词藻"，找到了新诗发展的一条新路子，而这"第三条路创试的成功"离不开他对西方诗歌的借鉴与吸收。④

第二节　从画家到诗人：美术与艾青的文学世界

一、从画家到诗人的身份转变

现代中国很多作家、诗人，一开始走的并非文艺之路，如鲁迅、郭沫若、便是"弃医从文"，而艾青也是从一位画家转变为一位诗人的。艾青从小学习绘画，考入国立艺术院，留学法国，回国后又加入中国左翼美术家联盟，同年5月与同伴创办"春地美术研究所"，50年代还接管过中央美院的工作。他的一生与美术有着难以割舍的缘分，正如艾青

---

① 艾青：《为了胜利——三年来创作的一个报告》，载《艾青全集（第3卷）》，花山文艺出版社，1991，第124页。
② 艾青：《为了胜利——三年来创作的一个报告》，载《艾青全集（第3卷）》，花山文艺出版社，1991，第124页。
③ 艾青：《为了胜利——三年来创作的一个报告》，载《艾青全集（第3卷）》，花山文艺出版社，1991，第124页。
④ 穆旦：《穆旦诗文集（增订版第2卷）》，人民文学出版社，2014，第58页。

自己所言："爱上诗歌远在爱上美术之后。"①

曾有人以母鸡下鸭蛋来比喻艾青的这次转型，艾青专门撰写《母鸡为什么下鸭蛋》予以回应，自认为"监狱生活"是转变的关键。1932年7月，刚回国的艾青因开展革命美术活动被捕入狱，这是他"由画入诗"的开始，此后，艾青便通过诗来回应这个世界。画中的色彩与诗中的语言，都是艾青情感表达的重要途径，那是艾青生命中的子弹出口，"假如把这出口塞住了，这是要在沉默里被窒死的"②。他可以"借诗思考，回忆，控诉，抗议"，诗是"信念"，是"鼓舞力量"，更是"世界观的直率的回声"。③

尽管如此，艾青并没有与绘画断绝联系，他的诗歌中浸透着无数美术化成的艺术符号，二者融为一体，但并非只是"诗中有画，画中有诗"，而是诗与画互相印证的生命体悟。因为他认为两者"都是为真、善、美在劳动"，"绘画应该是彩色的诗；诗应该是文字的绘画"④。艾青1938年从汉口到临汾的一次火车旅行鲜明地体现了这一点。当时艾青与端木蕻良、"二萧"、田间等人同行，艾青在火车上边看边画"原野的晨光或沉沉暮色"。这些图画表现的北方风景最终化为了艾青沉重的诗行，《乞丐》《北方》《手推车》《风陵渡》等诗就创作于这一次特殊的旅途中。

艾青成为诗人之后，仍然关注着美术界的动向。在《给画家们》这篇文章中，艾青否定"一贯地叛离了人群的福利，专事服役于权贵的娱情与努力着个人自欺为满足的"传统的中国绘画，呼唤"那种以殉道的精神立志去完成为人类呼吁，为向不合理的社会给以抨击的神圣的事业的画家"⑤，称赞《略论中国的木刻》始终"服役于民族解放和人民痛苦的控诉"⑥。艾青在《谈中国画的改造》中批判"为封建地主和军阀官僚服务"的中国画是"一种萎颓无力的没落艺术"，他号召中国画家"注意现实社会的生活"，认为他们应该从内容、形式上改造中国画，从而为"新民主主义的建设"服务。⑦艾青还在《谈中国画》中鼓励画家继承传统，希望他们创造描写新的生活的绘画。⑧

艾青践行了陈独秀的"美术革命"主张——革王画的命，采用西画的写实精神。我们可以说，画与诗都是艾青与现实战斗的武器，从画家到诗人的身份转变并未改变艾青

---

① 艾青：《母鸡为什么下鸭蛋》，载《艾青全集（第5卷）》，花山文艺出版社，1991，第251页。
② 艾青：《为了胜利——三年来创作的一个报告》，载《艾青全集（第1卷）》，花山文艺出版社，1991，第123页。
③ 艾青：《母鸡为什么下鸭蛋》，载《艾青全集（第5卷）》，花山文艺出版社，1991，第253页。
④ 艾青：《母鸡为什么下鸭蛋》，载《艾青全集（第5卷）》，花山文艺出版社，1991，第255页。
⑤ 艾青：《给画家们》，载《艾青全集（第5卷）》，花山文艺出版社，1991，第345页。
⑥ 艾青：《略论中国的木刻》，载《艾青全集（第5卷）》，花山文艺出版社，1991，第339页。
⑦ 艾青：《谈中国画的改造》，载《艾青全集（第5卷）》，花山文艺出版社，1991，第441页。
⑧ 艾青：《谈中国画》，载《艾青全集（第5卷）》，花山文艺出版社，1991，第565页。

的现实主义品格,他的目光始终聚焦于土地、人民。

二、化用绘画技巧入诗

20世纪初是现代派艺术最为兴盛的时期。艾青在法国留学时,巴黎正在经历一场真正的艺术大地震,以莫奈、塞尚为代表的印象派绘画方兴未艾,野兽派、立体派等后现代艺术又蜂拥而至。这些画家对艾青的绘画产生巨大影响,以至于他在前期知道的印象派画家很多,但知道的诗人却很少。但是,当艾青从画家变为诗人时,他把美术中印象、色彩和构图等方面的技巧,巧妙地融入诗歌创作之中。

1. 印象

艾青在巴黎度过了"精神上自由、物质上贫困的三年"[①],爱上了莫奈、马奈、雷诺尔、德加、莫迪格尼安尼、丢勒、毕加索、尤特里罗等人。随后,他"开始试验在速写本里记下一些瞬即消逝的感觉印象和自己的观念之类。学习用语言捕捉美的光,美的色彩,美的形体,美的运动……"[②]他很快就将这种捕捉到的感觉写进诗歌,1932年1月,他在由巴黎到马赛的路上创作了《当黎明穿上了白衣》一诗:

> 紫蓝的林子与林子之间
> 由青灰的山坡到青灰的山坡,
> 绿的草原,
> 绿的草原,草原上流着
> ——新鲜的乳液似的烟……
> 啊,当黎明穿上了白衣的时候,
> 田野是多么新鲜!
> 看,
> 微黄的灯光,
> 正在电杆上颤栗它的最后的时间。
> 看!

"紫蓝的""青灰的""绿的"颜色在山林草原间流淌、涂抹开来,构成了一幅层次与色彩都极为分明的黎明田野图。这不与莫奈《日出·印象》相似吗?艾青在《我怎样写诗的》中强调:"诗人的脑子必须有丰富的储藏:无数的鲜活的形体和他们的静止与活

[①] 艾青:《母鸡为什么下鸭蛋》,载《艾青全集(第5卷)》,花山文艺出版社,1991,第250页。
[②] 艾青:《母鸡为什么下鸭蛋》,载《艾青全集(第5卷)》,花山文艺出版社,1991,第251页。

动；无数的光与色的变化；无数的坚强与柔软；无数的温暖与寒冷；无数的愉快的与不愉快的感觉。"这正是对这种印象和感觉进行捕捉的具体描述。

现代主义美术社团野兽派画家乌脱里育善于"现实的捉住城市陋巷与污浊的万家屋顶这些题材"①，他对巴黎"小市民"，如老妇、小手工业者、泥水匠的关注和描绘给艾青以启发，使艾青更加注重对现实的观察。所以艾青认为应该用"正直而天真的眼睛"②看世界，把自己所理解、感觉的东西用朴素形象的语言表达出来，因为诗就是诗人对外界的感觉，凝结了形象，注入了思想与情感，表现出一种"'完成'的艺术"。这种对现实的细致观察使艾青诗歌中的形象更为真实。不管是苦难的母亲，还是吹号者、伤兵等都在艾青笔尖凝结为一个个鲜活的形象。艾青与乌脱里育的共鸣并非偶然，他还在杭州学画时，就已经把小贩、划子、车夫，以及"乡间的茅屋与它们贫穷的主人和污秽的儿女们"③作为画的主要对象，"一边画着旷野上的劳动者和大自然的风景，一边在心头浮起动人的幻想"④，故乡的大地早已把艾青培养成诗人了。

2. 色彩

色彩是艾青诗歌形象构成的主要元素之一，在构筑形象、赋予意象、表达情感等方面具有重要作用。浓烈、鲜明的色彩会让情绪更加饱满，形象更加鲜明，意象更为突出。丰富的色彩与艾青诗歌中充盈饱满的情绪、具体可感的形象、深沉而热烈的风格相呼应。

以丰富、细致的色彩描写构成鲜明的画面，具有强烈的视觉艺术效果。如艾青《我的季候》所写："我愿岁岁朝朝/都挽住了这般的/含有无限懊丧的秋色。乌黑的怨恨，金煌的情爱/它们一样的与我无关。"暖色和亮色本来表现一种光明积极，冷色与暗色用来表现忧郁消极，但诗人却打破常规，人群中的孤独与诗人的懊丧情绪都是通过两个浓重的色彩词表现出来的，用"乌黑"与"金煌"来形容"怨恨"与"情爱"这两种情感，对比强烈、浓稠，是情感的一种极致表达，仿佛从艾青的诗歌中看到了热衷于运用鲜艳、浓重的色彩的野兽派画作。

色彩让艾青诗歌中的形象更为鲜明。《向太阳》描绘了这样一些人："举着白袖子的警察""挑着满箩绿色的菜贩""穿着红色背心的清道夫""第一个到菜场去的棕色皮肤的主妇"等，虽然对警察、菜贩、清道夫、主妇这些人物的描写只是最粗略的勾勒，却抓

---

① 艾青：《乌脱里育》，载《艾青全集（第5卷）》，花山文艺出版社，1991，第337页。
② 艾青：《诗论·技术十八》，载《艾青全集（第3卷）》，花山文艺出版社，1991，第29页。
③ 艾青：《忆杭州》，载《艾青全集（第5卷）》，花山文艺出版社，1991，第3页。
④ 艾青：《大叶河，我的母亲》，载侯宝林等《甘蔗是苦的》，浙江少年儿童出版社，1985，第68页。

住了他们具有代表性的色彩特征。又如《老人》:

"在那条垂直线的右面/半件褴褛的黑制服/三颗铜纽扣沿着直线/晃着三盏淡黄的油灯/——油已经快干了/紫铜的面色有古旧的光/弯着的手的皱裂的手掌的/皮肤里蜷伏着衰老的根须/他在紧握着痉挛的生活的尾巴/——滑进了泥污的鳅/他摇摆着古铜的前额/白沫里溅出诅咒的花/饥饿的颜色/染上了他一切的言语。"

"黑制服""紫铜的面色"勾勒出一个衰老枯寂的老人形象,甚至在诗的末尾,饥饿也成为一种颜色,这种通感手法的运用为老人添加了几分枯槁凄惨的色彩。还有《乞丐》:"在北方/乞丐伸着永不缩回的手/乌黑的手",这伸着乌黑的永不缩回的手的乞丐几乎成为了一座文学形象的雕塑;《大堰河——我的保姆》中大堰河家的贫困是通过她家"乌黑的酱碗""乌黑的桌子"与生父母家"金色"花纹的床的鲜明对比来呈现的。

艾青诗歌鲜明意象的呈现也离不开色彩的运用。如最具有代表性的"土地"意象。《旷野》中的土地在灰白中呈现出土黄、暗赭,是一种"与焦茶的混合"的颜色。《北方》中的土地则是"一片暗淡的灰黄"。《我们的田地》中肥沃的田地散发着香气,这种哺育生命的黑色是"无光而柔和的"。《复活的土地》中的大地则孕育出"金色的颗粒",充满温暖与希望。这些色彩描绘出的土地既是衰败残破的,又是肥沃、孕育着生命的。艾青通过色彩的准确运用构筑起沉重但具有生命力的"土地"意象。

3. 构图

艾青的诗歌具有画家情感式的构图方式。艾青认为:"诗人应该有和镜子一样迅速而确定的感觉能力,——而且更应该有如画家一样的渗合自己情感的构图。"在《诗论掇拾》里艾青追问:"我有着'我自己'的东西了吗?我有'我的'颜色与线条以及构图么?"艾青对自己的诗歌有很高的要求,他沿着自己反思的方向努力着。

金黄的太阳辐射到

远远的小山的斜坡上——

那斜坡刚才是被薄雾遮住的,

而现在,我们可以看见

它的红的泥土和浅绿的草所缀成的美丽的脉络了……

我想:斜坡的下面是有村庄的吧——

以光洁的岩石当晒场

也该有壮健的少妇卷上袖管

在铺晒着昨天刚收割的谷类吧；
而她的男人赤着上身挑着担
从那昏暗的小门口走出；
而她的孩子则坐在岩石的边上
在叫唤着她……

但这一切，从这里都是看不见的啊——
一条长长的丛密的杂色的林木
已遮去了有丰富的图画的斜坡的下部。

——《斜坡》

斜坡在阳光的照耀下逐渐显露出"美丽的脉络"，仿佛有"大漠孤烟直，长河落日圆"的意境。但描写没有结束，诗人继续构图，幻想村庄的景象，先是远观村庄，然后通过少妇晒谷、男人挑担，孩子呼唤将视野不断拉近，呈现出平常家庭生活的样态，最后又再次把视野拉远。远近不同的空间感觉将点（太阳）、线（斜坡）、面（村庄）、画面延伸（林木）纳入到同一视野当中，构成了一幅生动的立体图景。

另外在诗歌语言的使用上，艾青也在探索一种理想的语言表达。这种语言是需要如色彩一般"调匀"的："语言必须在诗人的脑子里经过调匀，如色彩必须在画家的调色板上调匀。不要在你的画面上浮上了原色，它常常因生硬与刺眼而破坏了画面上应有的调和。"[1]我们可以窥见，"由画入诗"给艾青的诗歌带来了别具一格的艺术魅力。

第三节 "土地"诗人与"太阳"歌者

每一个有独创性的诗人都有属于自己的意象，余光中在《莲的联想》的序言中说："一位诗人，一生也只追求几个中心的意象而已。"[2]艾青诗歌的中心意象是"土地"与"太阳"，两者凝聚了艾青独特的生命体验与思想感情，具有特定的民族文化意识与时代精神内蕴。

---

[1] 艾青：《诗论·语言》，载《艾青全集（第3卷）》，花山文艺出版社，1991，第37页。
[2] 余光中：《莲恋莲（代序）》，载《余光中集（第2卷）》，百花文艺出版社，2003，第5页。

一、"土地"

从贫瘠又美丽的故乡到广漠又悲哀的北方,从薄雾笼罩的旷野到冰雪封盖的中国。诗人艾青围绕"土地"这一中心意象构筑了土地、田地、旷野、村庄、路等意象群。艾青融个人悲欢与时代悲欢于一炉,反映现实的生活和斗争,"土地"正是艾青与时代、与大众结合的纽带。正如冯雪峰评价艾青时所言:"和中国现代大众的精神结合着的,本质上的诗人"[①]。艾青自己也认为:"最伟大的诗人,永远是他所生活的时代的最忠实的代言人,最高的艺术品,永远是产生它的时代的情感、风尚、趣味等等之最真实的记录。"[②] 艾青的诗深深地扎根在沉重且沧桑的土地上,着力描摹出最真实的生活画卷。穆旦在为《他死在第二次》写的诗评中称,艾青"作为一个土地的爱好者,诗人艾青所着意的,全是茁生于我们本土上的一切呻吟,痛苦,斗争和希望。……诗人艾青是先有着真实的生活做背景,而后才提炼出这样的诗句来的。"[③]

(一)土地的忧郁

"土地"类意象熔炼着艾青对满目疮痍的祖国、灾难深重的民族和苦难不幸的人民深沉的爱。在这类意象中,艾青诗歌中的土地总是受难的。如《我爱这土地》"被暴风雨所打击着的土地";《雪落在中国土地上》"雪落在中国土地上,/寒冷在封锁着中国呀……"也总是枯败迷蒙的,如《旷野》:

"薄雾在迷蒙着旷野啊……"
一条渐渐模糊的
灰黄而曲折的道路,
和道路两旁的
乌暗而枯干的田亩……
田亩已荒芜了——
狼藉着犁翻了的土块,
与枯死的野草,
与杂在野草里的
腐烂了的禾根;
在广大的灰白里呈露出的

---

① 孟辛:《论两个诗人及诗的精神和形式》,《文艺阵地》,1940年3月16日,第4卷第10期。
② 艾青:《诗与时代》,载《艾青全集(第3卷)》,花山文艺出版社,1991,第71页。
③ 穆旦:《穆旦诗文集(第2卷)》,人民文学出版社,2014,第54-55页。

到处是一片土黄，暗赭，

与焦茶的颜色的混合啊……

面对着旷野上的山坡、小路、池沼、田畴，墓堆和石碑这一系列和土地有关的事物，诗人用凄怆而沉重的笔触为我们描绘了一幅"悲哀而旷达，辛苦而又贫困的旷野"图画。衰败的中国和贫苦愚昧的人民让诗人不安且焦虑，但这种对民族苦难的叙述并不仅仅停留在对旧社会的批判层面，而是如同儿女抚摸着父母皲裂的皮肤一般，诗人依然爱着这片土地。体现了诗人悲天悯人的气质和忧国忧民的家国情怀："为什么我的眼里常含泪水？/因为我对这土地爱得深沉……"（《我爱这土地》）正如诗人在《北方》序中所言："如果能由它而激起一点种族的哀戚，不平，愤懑，和对于土地的眷恋之情，该是我的快乐吧。"

（二）"土地"是生命的母亲。

艾青揭示了"土地"与土地之上人民的血脉联系。如《我们的田地》（1939年）：

"我们爱这田地？这田地是如此肥沃——/它发散着刺鼻的香气，它的黑色是无光而柔和的。/我们从小就以赤裸的脚/踩踏着它细软的泥土；/我们长大了，才知道/就是它，以黑色的乳液/哺育了我们的生命……我们怎能不爱这丰饶而美丽的田地呢？如今，无赖的暴徒持着枪杆，从那边来了，/他们想凭着强悍来抢夺我们的田地……/——告诉我：如果我们失去了它，/我们怎能生活呢？"

这首写于抗日战争时期的诗歌表现了诗人对土地的眷恋和对民族国家的关注，肥沃、丰饶而美丽的田地哺育了我们的生命，我们有责任和义务去守卫它。又如《农夫》：

"你们是从土地里钻出来的么？——/脸是土地的颜色/身上发出土地的气息/手像木桩一样粗拙/两脚踏在土地里/像树根一样难以移动啊/你们阴郁如土地/不说话也像土地/你们的愚蠢，固执与不驯服/更像土地呵/你们活着开垦土地，耕犁土地，/死了带着痛苦埋在土地里/也只有你们/才能真正的爱着土地。"

在这首诗里，农夫与土地是不分彼此的整体，既是在写农夫，也是在写土地。此处的"土地"是阴郁、沉默而坚忍的，和人民有着难以割舍的血脉联系。

在《北方》一诗中，艾青一句"北方是悲哀的"喟叹拉开了诗人对战时动荡生活的思考，他在思索土地和人民的命运。

"北方是悲哀的。/从塞外吹来的/沙漠风，/已卷去北方的生命的绿色/与时日的光辉——一片暗淡的灰黄/蒙上一层揭不开的沙雾；/那天边疾奔而至的呼啸/带来了恐怖/疯狂地/扫荡过大地；/荒漠的原野/冻结在十二月的寒风里，/村庄呀，山坡呀，河岸呀，/颓垣与荒冢呀/都披上了土色的忧郁……"

在风沙里挣扎前行的人，"载负了土地的/痛苦的重压"的驴，慌乱的雁群，"倾泻着灾难与不幸"的黄河，无不体现了诗人忧患的心理和忧郁气质。但诗人艾青的忧郁并不源于对自身生命的惆怅和质疑，而是产生于对旧世界的愤恨和批判，产生于对民族国家命运的担忧。诗以"我爱这悲哀的国土"转折："我爱这悲哀的国土，/它的广大而瘦瘠的土地/带给我们以淳朴的言语/与宽阔的姿态，……"体现了诗人对土地强大生命力的崇敬，对人民不屈的生存意志的赞扬。

（三）"土地"也蕴含着希望和力量

不管是悲哀的北方还是被迷雾笼罩的旷野，不论是衰败的黑色土地还是被雪冰封的中国，艾青的诗歌并没有因为忧郁悲伤而陷入绝望，而是充满了希望。艾青在《诗论》中就说："诗是人类向未来所寄发的信息，诗给人类以朝向理想的勇气。"这种诗歌追求让艾青的诗歌常充盈着希望和力量。如在《复活的土地》中，诗人便拂去"久久负伤的心里"和苦难的记忆，以"战斗者的姿态"感受来自正在苏醒的大地和正在觉醒的伟大民族的蓬勃气息。再来看《他死在第二次》：

向田野走去
像有什么向他召呼似的
今天，他的脚踏在
田堤的温软的泥土上
使他感到莫名的欢喜
……
但今天，他必须再在田野上
就算最后一次也罢
找寻那像在向他召呼的东西
那东西他自己也不晓得是什么
他看见了水田
他看见一个农夫
他看见了耕牛
一切都一样啊

到处都一样啊

——人们说这是中国

树是绿了，地上长满了草

那些泥墙，更远的地方

那些瓦屋，人们走着

——他想起人们说这是中国

"尸体腐烂在野草丛里

多少年代了

人类用自己的生命

肥沃了土地

又用土地养育了

自己的生命

谁能逃避这自然的规律

——那末，我们为这而死

又有什么不应该呢？"

……

受伤的士兵受到"田野"的感召，在经过土地的滋养后又重新汇入了民族解放战争的行列。土地蕴含着无穷的生机，这位生长在农村的青年生于斯、长于斯、殁于斯，使他不断获得精神的滋养和战斗的力量。

二、"太阳"

母亲的难产使艾青从小背负着一个"克父母"的不祥预言，这样的迷信使家人与他的关系并不亲密，以至于艾青很早就反对迷信，成为"无神论者"，但是他却炽热地信仰着"太阳"。他在20世纪30年代经历了三年黑暗的牢狱之灾，又看到深爱的祖国遭受兵燹之祸，童年经历还使他对西方宗教的耶稣受难与圣母圣子产生情感共鸣。太阳光芒是天国的恩赐，代表着社会理想和政治理想，这些都使他更加向往象征着光明、理想与美好的太阳。

艾青在法国时的诗歌是绘画的延伸，受象征主义诗人波德莱尔的影响，即使这类展现太阳光芒与能量的诗歌，也总是出现与之对立的暗色调意象，流露出一种忧郁。如

《阳光在远处》中云、风、沙土，以及旅客的心，都是"暗的"；《太阳》中"远古的墓茔""黑暗的年代"都有一种沉闷之感。但与波德莱尔诗歌中弥漫的消极虚无不同，艾青的忧虑充满痛苦，却包含着希望。太阳的光芒终究是"难遮掩的"，万物奔赴它，城市召唤它，诗人搁弃陈腐的灵魂，确信人类将会再生。

诗人写于1938年的长诗《向太阳》展现了全国人民在抗战初期为民族解放事业努力奋斗的壮丽画面。"我"像"困倦的野兽"，看见了"真实的黎明"，街上群众的歌声宣告着全民抗日的到来，诗人在街上看见警察、菜贩、扫街的清道夫，还有年轻的主妇，他们充满生气，没有风雨的追踪与噩梦的纠缠。昨天的国土是"病院"，诗人是病人，在精神的牢房里吟唱命运的悲歌，但是昨日已经过去，诗人告别了"没有太阳的原野"——那象征着没有希望的昨日的旧中国。当太阳出来的时刻，诗人在自己的故国上所看见的日出，"比所有的日出更美丽"。人们在阳光的照耀下脱胎换骨、乐观向上，在艾青笔下，太阳是中华民族奋战来的新生的希望。

艾青用一切美丽的存在来比喻太阳："比处女/比含露的花朵/比白雪/比蓝的海水/太阳是金红色的圆体/是发光的圆体/是扩大着的圆体。"这首《太阳之歌》还融合了西方的文化符号，在太阳的启示下，惠特曼写出开阔的诗篇，梵高用燃烧着的颜色和笔画出农夫耕犁和向日葵，邓肯用崇高的姿态披示自然的旋律。红得像血一样的太阳还象征着革命，象征着博爱、平等与自由，象征着把人类从苦难里拯救出来的希望。

当艾青来到延安，看到了中国的未来，谱下赞美太阳的新诗篇。在《给太阳》一诗中，太阳的光辉新鲜、温柔且明洁，仿佛能驱散困倦和噩梦，站在山巅的太阳又是明朗、强烈、恍惚、庄严的，能够给人间带来快乐与安慰。诗人把太阳比作母亲，带着赤子般的虔诚与柔情表达道："我爱你像人们爱他们的母亲，你用光热哺育我的观念和思想——使我热情地生活，为理想而痛苦，直到我的生命被死亡带走。"《太阳的话》以太阳的口吻来展现太阳对一切生命的爱，语气生动活泼，迫不及待地想把花束、香气、温暖和露水带给人们的太阳是那样可爱。《黎明的通知》更是将太阳那种无私的爱表达得淋漓尽致，在这首诗歌中，诗人是太阳的信使，告诉人们太阳的到来，黑暗与苦难将被驱散，光明与幸福快要降临，这首诗歌充满了欢快的语调和明亮的色彩。新中国成立后，艾青带着激动与骄傲写下了《我想念我的祖国》，"全世界都庆贺新中国的诞生！从此我们和黑暗告别，太阳在东方徐徐上升"。此刻，太阳就是祖国，是独立于世界之林的新生。

1978年，沉冤二十年的艾青终于能够重新提笔创作诗歌，他写下《光的赞歌》，述说着自己"睁着眼睛追求光明"的一生，他重拾"太阳"意象，要把光作为荡涤黑暗与愚昧的武器。艾青之所以能挺过一次又一次的苦难，正是因为他"在黑夜把希望寄托给黎明"，所以当黑夜过去，他便又能"在胜利的欢欣中歌唱太阳"。诗歌以"飞向太阳"结尾，这仿佛是艾青一生的轨迹。动荡的环境与坎坷的人生无法阻挡艾青追求太阳的脚步，此时的他就是中国神话传说中的夸父，在天地之间追逐自己心中的太阳。

对自然的观察使艾青描写的太阳充满生活的气息，使读者能够感受到太阳散发在林间、旷野、大海上的热，能够看见太阳洒落在树木、花朵、小屋中的光，太阳在诗中不仅是一种自然物，而且被赋予精神意志。在艾青笔下，太阳的形象与寓意丰富多变，对太阳的描写也各有不同，《阳光在远处》《透明的夜》《灯》《大阳》《向太阳》《月光》《太阳的话》《给太阳》《光的赞歌》等诗展现的是太阳的光芒，《纵火》《火把》《篝火》《野火》等诗描写的是太阳的火焰，《黎明的通知》等诗歌则是通过黎明间接刻画太阳。艾青的太阳意象还融入了西方印象派、后印象派绘画的特征，呈现出通红、金色、浅黄等丰富的色彩，以及或强烈或温柔与明亮，很好地将西方现代艺术的风格和中国本土情感融合在一起。

在中国古典诗词中，月亮意象占主要地位，而太阳意象却不多见，但是"五四"之后的新诗却彻底转变了这个倾向。不同于郭沫若把太阳作为创造精神的主体与自我表现的对象，艾青的太阳意象更多地表现一种信念，自然与生命有了契合。太阳是物质文明与精神文明的象征，与国家的未来、民族的前途紧密联系在一起。艾青"渴望光明甚至于一切的"，所以他希望拥有强大生命创造力的太阳能给人类带来光明和希望。艾青目睹了旧中国的贫穷落后、孱弱黑暗，所以他希望祖国能像太阳一样不朽，于是通过死与再生的主题来表达自己对祖国与同胞的爱。

三、"波浪"

波浪在艾青看来是"无理性的"，但也是"美丽的"，白浪激溅的泡沫令诗人想起"波浪与海洋、江河与行船连接，被爱者的感激"。因为波浪"没有一刻静止"的特点，所以艾青将波浪视为反抗的象征，《浪》中波浪会"啃啮岩石"，也会"折断船橹撕碎布帆"。艾青在《芦笛》中纪念诗人阿波里内尔时，把象征自由的芦笛吹响，送给勇于反抗的波浪："把它送给海，送给海的波，粗野的嘶着的海的波啊！"

艾青喜欢用波浪的意象，因为浪的汹涌充满生命的动感，在阴暗处的诗人看到"白的亮的波涛般跳跃着的宇宙"，仿佛看到了"生活的叫喊着的海"（《叫喊》）。艾青诗歌的其他诗句也带着波浪的特点，比如在《九百个》中写因受辱而反抗的人们"汹涌着来

109

了",在《监房的夜》中写自己的心像"颠扑的陈年的破旧的船只","永远在海浪与海浪之间飘荡"。

波浪有着如此丰富的性格,《吊楼》中的波浪是"匆忙"的,"它出发它旅行/它鞭策着时间/跨越过所有的阻难",《潭》中潭下的浪是"白色的""不安的","叫喊着疯狂"。这些浪是不羁的,与坚硬的岩石对峙,与狂风骤雨搏击,充满力量。

但艾青诗歌中的波浪也是反面形象,在《风陵渡》中黄河的浪是"险恶的",它的形象与潼关相对立,前者想"扯碎我们的渡船""鲸吞我们的生命",后者却在"守卫着祖国的平安",《北方》中的黄河波涛给北方带来"灾难与不幸""贫穷与饥饿"。艾青灵活地运用了波浪的特点,赋予它变幻与魅力。

总而言之,虽然艾青曾被认为是现代派、象征派、七月派、民歌派的代表诗人,但艾青不想被派别定义,在思想情感、语言风格与艺术手法等方面进行了不断的探索。他排斥华丽,拒绝矫饰,不故作高深,也不用晦词涩语,主张用鲜活、动感的文字写诗,以生活的节拍去呼应诗的旋律,融入鲜明的色彩和意象,表达出饱满的情感,呈现一种返璞归真的意境,最终熔炼出独特的诗歌品格。可以说,艾青的诗歌创作标志着中国自由体新诗的成熟,也深刻地影响了20世纪40年代七月派和九叶诗派的诗歌创作。

第八讲

"主观战斗精神"与路翎的小说世界

路翎这个名字，曾经如异彩的星辰照耀现代文坛。1938年12月《弹花》杂志刊载了路翎的散文《一片血痕与泪迹》，《编后记》称之为"实兼有力的作品"，是"值得向读者介绍的佳构"[①]，这是路翎的处女作，一出手就受到好评的他时年十五岁。1943年，路翎发表中篇小说《饥饿的郭素娥》，评论家热情洋溢地向读者推荐此书，"这是一本不允许我们随意翻翻当作消遣的书。我祈求读者们郑重地来读这一本书——一本好书"[②]。1944年5月，路翎写完八十多万字的巨著《财主底儿女们》，胡风宣称，"时间将会证明，《财主底儿女们》的出版是中国新文学史上的一个重大的事件"，这部作品"不但是自战争以来，而且是自新文学运动以来的，规模最宏大的，可以堂皇地冠以史诗的名称的长篇小说"[③]，被当时文坛高度认可的路翎才刚刚二十出头。从步入文坛到1954年，他创作了不下三百万字的作品，其中的长篇巨著《财主底儿女们》、中篇小说《饥饿的郭素娥》、短篇小说《洼地上的"战役"》等被公认为经典名作。正当路翎以卓异的才华、青春的热情在文学路上高歌猛进时，一场灾难性的突变，扼住了善歌者的咽喉。1955年6月，路翎被当作"胡风反党集团"的骨干分子受到牵连身陷囹圄，他没来得及"完善自己"，创作天赋

[①] 杨义：《路翎传略》，载杨义、张环、魏麟等《路翎研究资料》，知识产权出版社，2010，第4页。
[②] 邵全麟：《饥饿的郭素娥》，载杨义、张环、魏麟等《路翎研究资料》，知识产权出版社，2010，第58页。
[③] 胡风：《〈财主底儿女们〉序》，载杨义、张环、魏麟等《路翎研究资料》，知识产权出版社，2010，第60页。

就遭到了毁灭性的打击。

历史无情亦有情,20世纪80年代中后期,"路翎"这个名字被人们重新记起,他的创作再一次进入研究者的视野。特别是新世纪以来的路翎研究拓展出许多新颖的视角,研究者们在扎实透辟的文本解读基础上,更致力于对路翎创作的艺术渊源、文化意蕴、哲学内涵做深度探究。

一、路翎和胡风、鲁迅承续关系研究。路翎是胡风发现的一个文学天才,也是胡风的以"主观战斗精神"为核心的现实主义理论最主要的文学实践者,而胡风是鲁迅晚年最得意的弟子,代表着鲁迅的精神传承,许多研究者发现鲁迅、胡风、路翎之间有着一脉相承的关联,有研究者甚至认为路翎是鲁迅在20世纪40年代的嫡亲传人。高旭东认为,胡风在反对主观公式主义与客观主义的斗争中,以卓越的理论概括实现着对鲁迅的文学传统的捍卫,而路翎则以杰出的文学实践接续着鲁迅文学传统的正脉。《财主底儿女们》恰恰实践了鲁迅"几乎无事的悲剧"与胡风"到处有生活"的理论主张,路翎以其罕见的才华接续并发展了鲁迅文学传统的正脉[1]。戴嘉树在《东方吉卜赛:论鲁迅、路翎的精神特质》一文中指出,鲁迅笔下的"过客"和路翎笔下的流浪汉,都蕴含着一种我们民族极为稀有的元素——自我放逐和精神流浪。正是这种在"流浪意识"方面体现出来的共同的精神特质,使得鲁迅和路翎作为个体的生命在与传统文化的抗争中充满悲壮色彩[2]。王晓平则从相反的角度指出,路翎的小说与胡风的理论却并不完全合拍,而是夹杂了内部的龃龉而在无形中形成了某种"对话的喧声",胡风更为主动地寻求知识分子的"自我解放",路翎则颇为被动地寻求知识分子的"自我救赎"[3]。

二、现代主义特质研究。从西方哲学文化的角度出发,探讨路翎小说的现代主义特质,这也是新世纪以来路翎研究的一个热门话题。《无心插柳柳成荫:论路翎小说的现代色彩》一文认为对漂泊感与孤独感的关注、对非理性世界的挖掘、对陌生化表现手法的运用,使路翎小说与西方现代派文学有了共同的话题[4]。《论路翎小说的现代意蕴》从现代人的痛苦体验、空间场域的现代建构、心灵的诗化抒写等方面阐释了路翎强烈的现代意识及不向任何威权妥协的现代知识分子的精神品格[5]。

---

[1] 高旭东:《现代性:胡风、路翎与鲁迅传统正脉》,《鲁迅研究月刊》,2001年第12期。
[2] 戴嘉树:《东方吉卜赛:论鲁迅、路翎的精神特质》,《文艺理论与批评》,2005年第1期。
[3] 王晓平:《"五四"精神的回声在1940年代的境遇:路翎小说与胡风理论的"对话"》,《中国现代文学研究丛刊》,2021年第8期。
[4] 邓姿:《无心插柳柳成荫:论路翎小说的现代色彩》,《船山学刊》,2007年第3期。
[5] 赵学勇、王虎:《论路翎小说的现代意蕴》,《文艺争鸣》,2016年第8期。

三、癫狂主题研究。阅读路翎的小说，很多读者都会有一种焦虑感、压抑感，甚至是一种极度的紧张感，这和小说展现的个体生命的焦灼、反抗与疯狂特征密切相关。《路翎："疯狂"的叙述》一文认为，路翎"所有的作品几乎都是在演进着同一个过程与主题：个体生命经历'疯狂'走向'死亡'，"该文还从分析路翎文化人格的"疯狂性"入手，颇有见地地剖析了路翎"疯狂"性叙述的具体表现，如"失衡""扭曲、夸张""复调""紧张""失语"，并对这五个方面的得与失进行了独特的阐释①。海外研究者金彦河则独辟蹊径，从文化视角介入路翎小说的疯狂主题，她认为"原始的强力"是浪漫且主观的反抗性热情的诗意归纳，它是支撑路翎独特的文学世界的支柱之一，但因和文明极端对立，一般都被认为是疯狂和堕落。而要创造新的文明，非借助和文明本身相颉颃的原始的强力不可，《饥饿的郭素娥》《财主底儿女们》等作品的疯狂主题恰巧表达了路翎渴望在爱情文化和政治文化两大领域中同时出现本质上新的文化的倾向②。

新世纪以来的路翎研究呈现出众声喧哗的热闹景观，然而凝聚在其作品之上的全部历史与现实的、情感与理智的、文学与文化的交错混融的复杂内涵，其实迄今为止还远未充分开掘。

第一节　文学主张：以"主观战斗精神"为内核的现实主义

1940年5月，路翎的短篇小说《"要塞"退出以后》发表在《七月》杂志上，从而结识了《七月》杂志的主编、文艺理论家胡风，这在路翎个人生活和文学活动史上无疑是最为重大的事件之一。当时的路翎未及弱冠，家庭生活的压抑，青春期的孤独，使他渴望理解和友谊，他多么需要一个能够引导自己摆脱世俗的困惑与苦难的导师。胡风及时出现，从精神上接纳了"压抑""悲哀"的路翎，而路翎从此也找到了他的信仰支柱——胡风。胡风曾回忆他第一次约见路翎时的情景，"一个不到二十岁的小青年，很腼腆的站在我面前"，"他年轻，淳朴，对生活极敏感，能深入地理解生活中的人物，所以谈起来很生动。这是一个有着文学天赋的难得的青年，如果多读一些好书，接受好的教育，是能够成为一个大作家的"③。正是因为胡风，才使得路翎的创作潜能得以有效调动、规范和激发，迅速成长为20世纪40年代国统区声誉卓著的青年作家。当然，路翎形态独异

---

① 王志祯：《路翎："疯狂"的叙述》，《文学评论》，2000年第4期。
② 金彦河：《路翎的文学世界与疯狂主题》，《中国现代文学研究丛刊》2002年第3期。
③ 胡风：《回忆录》，载《胡风全集（第7卷）》，湖北人民出版社，1999，第474页。

的作品也推动了胡风理论思维的进一步深化。纵览路翎小说，可以看出，继承和发扬"五四"新文学的现实主义传统，坚持胡风的以"主观战斗精神"为关键词的现实主义理论，是他的一种自觉明确的写作趋向和艺术追求。

作为一个试图建构独立体系的现实主义理论家，胡风一方面充分肯定了中国新文学的现实主义传统，并对现实主义创作方法和原则等一系列重大理论问题的确立作了不懈的探索和创造。胡风1936年撰写的《文学与生活》、1939—1940年撰写的《论民族形式问题》、1948年撰写的《论现实主义的路》和中华人民共和国成立后发表的"三十万言意见书"，都显示出他对现实主义理论的独到理解。胡风超越了传统现实主义注重于对客观世界的观察、反映及再现，他从创作主体与现实人生及艺术创造之间丰富、复杂的关联出发，认为文学艺术的创造是具有"主观战斗精神""人格力量""自我扩张"能力的作家主体向现实人生的"突入""拥合""燃烧"，是"伴着肉体的痛苦的精神扩张"和"血肉追求"，是主体世界与客观世界的激烈撞击和"相生相克"的人生活动，通过作为主体的作家和作为客体的对象（素材）的斗争过程，即创作过程，最终达到"主观精神和客观真理的结合或融合，就产生了新文艺的战斗的生命，我们把那叫作现实主义"[①]。胡风充分意识到文学作品的艺术生命力相当程度来自作家主体对现实人生的"捕捉力、拥抱力和突击力"，所以格外重视作家的主观能动性在创作过程中的决定性作用。

胡风具有强烈主观色彩的现实主义理论引起了路翎的强烈共鸣，他认为胡风的"要坚持文学的现实主义"的"文学见解鼓舞了我"。路翎一开始就是以现实主义小说家进行思维的，他认为"对于'五四'传统和现实主义的肯定……是绝对需要的"[②]。路翎的创作紧扣时代脉搏，直面惨淡人生，再现了现实人生的一幅幅交织着时代的迫力、社会的苦难、灵魂的创伤的生活图景。《饥饿的郭素娥》《卸煤台下》描写了那种把人弄得比畜生都不如的矿区社会，《平原》《易学富和他的牛》表现了沉重的生活压迫如何扭曲了农民的灵魂，《财主底儿女们》剖析了封建大家庭在剧烈动荡的时代之际的风流云散、分崩离析，《棺材》《燃烧的荒地》揭露地主阶级内部的钩心斗角以及地主们的愚蠢、贪婪，《爱民大会》《蠢猪》将国民党政客道貌岸然的外衣剥下，使人们看到他们空虚丑恶的内心实质，《一封重要的来信》《一个商人怎样喂饱了一群官吏》暴露了官僚小吏的趋炎附势、贪赃枉法。这种密切关注现实、理性审视人生、同情民众命运的创作精神，正是现实主义的精华所在。

---

① 胡风，《现实主义在今天》，载《胡风全集（第3卷）》，湖北人民出版社，1999，第38页。
② 路翎：《我与胡风（代序）》，载《胡风路翎文学书简》，安徽文艺出版社，1994，第2页。

对现实主义的理解，路翎有着鲜明的个性化特征。他认为新文学之要求于作家的是"战斗的人生态度"，"精神的以及人民的新生"，"战斗道德的高贵"，而这些正是"现实主义的灵魂"①。他提出"'万物静观皆自得'，我们不要，因为它杀死了战斗的热情。将政治目的直接地搬到作品里面来，我们不能要，因为它摧毁了复杂的战斗热情，因此也就毁灭了我们的艺术方法里的战斗性……"②不管"对于丑恶的"，还是"对于英勇的"，"都应该一律以斗争的热情来对付的……这是我们的现实主义的道路。"③所以，路翎主张作者不能满足于单纯地进入生活，而是要以战斗的态度沉浸到他所要表现的对象中去，感同身受他所刻画的人物的爱爱仇仇，"突入"生活的底蕴，用自己的精神意志去理解现实人生。路翎的以"主观战斗精神"为核心的现实主义理论是对胡风理论的有意张扬与不断强化，正是因为对"主观战斗精神"的格外重视，"有人称他为'主观现实主义'作家。这种说法作为对路翎现实创作的一种感觉，应该说是准确的"④。

出于对"主观战斗精神"的强调，路翎对于叙述、描写上的冷静、客观态度表示极大的反感。他不尽公正地批评过茅盾的《腐蚀》为"冷情文学"，他甚至指责沙汀的《淘金记》中的人物描写"仅止于机智或风趣，缺乏着更深的热情的探求"⑤。路翎强调现实主义作品要渗透作者的主观热情和战斗精神，他的主观热情无孔不入地渗透着他的全部作品，几乎每一部小说的字里行间都充溢、汹涌着作家自己的感情的潮水，响着作家自己的声音。首先，路翎往往忍不住从幕后走到前台，随时直接介入作品，对描写对象进行评判，表达自己的是非褒贬，爱憎喜恶。如《黑色子孙之一》写到矿工金承德的时候，作者用这样的笔墨："他是一个惯会欺骗自己，时常感到内心的虚弱的人，因此，最重要的，就是麻痹自己，从而迷失。他很愿意沉没在生活的污浊的泥河里，再沉下去一点就更好；让自己被淹没，躲在阴暗里，享受着可怜的各种满足。在他，满足是什么地方都有的，就像撒落在轨道旁边的闪着乌黑的光的矿石一样"。在《祖父的职业》中，作者写道："吴奇方今年十五岁。十五岁的少年，是已经能够朦胧地感受到世界的愁苦与不幸。十五岁的少年，是已经在内心里疼痛着对不知什么东西的漠然的依恋，和跟着这依恋而来的感伤了……"主观热情随时渗透在作品的字里行间，赋予作品浓郁的主观色彩。其次，强烈的主观热情，使路翎常常由冷静地叙述跳转到突进式地抒发感情，发表评论，

---

① 路翎：《市侩主义底路线》，载《路翎批评文集》，珠海出版社，1998，第45页。
② 路翎：《〈何为〉与〈克罗采长曲〉》，载《路翎批评文集》，珠海出版社，1998，第9页。
③ 路翎：《〈淘金记〉》，载《路翎批评文集》，珠海出版社，1998，第36页。
④ 刘挺生：《一个神秘的文学天才——路翎》，华中师范大学出版社，1997，第103页。
⑤ 路翎：《〈淘金记〉》，载《路翎批评文集》，珠海出版社，1998，第34页。

揭示生活的某些哲理。如《罗大斗的一生》中写到罗大斗的母亲准备替他娶亲时,作者发表了一段哲理议论:"因为在这个世界上,是存在着一种漂亮的贵族制度的缘故,人们就纷纷地互相践踏,渴望爬高。经验丰富的人们就能明白,在高处的那个宫殿里,除了金钱以外,别无神秘。金钱,是现实的力量,缺乏这种力量的人们,就给自己臆造了一种精神的力量。他们用各种东西使自己和高处联接起来,这中间就产生了大的嫉妒,特殊的想象和癖好,以及某种神秘的情怀,"以燃烧的热情来表达自己对社会人生的哲理思索,无疑也是路翎强调主观热情的极好例证。最后,路翎有时忍不住要为其人物代言呐喊,沉溺在描写对象的感情世界里而不能及时跳出来,以至人物的意念里往往闯进一些"异己"的东西。如《蜗牛在荆棘上》中的秀姑,在遭到丈夫毒打时,她"看见了淡蓝色的辉煌的天空,并看见一只云雀轻盈地翔过天空……那个温柔、辉煌、严肃的天空是突然降低,轻轻地覆盖了她,她觉得云雀翔过低空,发出歌声","在她嘴边出现了不可察觉的笑纹",作者的太强的主观倾向,使他忍不住要替人物说话,代人物思考,以至把本来属于小资产阶级知识分子的幻想装到无知无识的农妇心里面去了。这难免让人觉得路翎充沛横溢的才华稍带着些随意轻率的缺陷,确实缺乏文学大师们那种富于雕刻性的优质,但瑕不掩瑜,正如刘西渭先生所评论:"他有一股冲劲儿,长江大河,漩着白浪,可也带着泥沙……他有一股拙劲儿,但是,'拙'不妨害'冲',有时候这两股力量合成一个,形成一种高大气势,在我们的心头盘桓"[1]。

第二节　打开形象王国的钥匙:精神奴役的创伤和原始强力

路翎执着于人物的塑造,这里有"五四"以后作家日益提高了的对于"现代小说"的自觉。他认为:只有"用活的形象表示时代的思维",才是"现实主义的道路"[2]。路翎的小说构筑了一个巨大的形象王国,有敏感而神经质的知识分子、漂泊不定的流浪者、贫穷落后的农民、没落腐朽的封建贵族、庸俗不堪的小商人以及无恶不作的农村恶棍,几乎涉及社会生活的各个方面。路翎清晰地意识到"他们的生活欲求或生活斗争,虽然体现着历史的要求,但却是取着千变万化的形态和复杂曲折的路径;他们的精神要求虽然伸向着解放,但随时随地都潜伏着或扩展着几千年的精神奴役的创伤"[3]。这里提到

---

[1] 刘西渭:《三个中篇》,载《路翎研究资料》,知识产权出版社,2010,第70页。
[2] 路翎:《〈淘金记〉》,载《路翎批评文集》,珠海出版社,1998,第36页。
[3] 胡风:《置身在为民主的斗争里面》,载《胡风全集(第3卷)》,湖北人民出版社,1999,第189页。

的"精神奴役的创伤",是胡风文艺思想中一个著名的理论命题,其内涵就是鲁迅终其一生要鞭挞的国民劣根性。在有着几千年封建历史的中国,统治阶级为了维护自己的利益,不仅从经济上剥削处于底层社会的民众,还从政治上压迫他们,更从精神上奴役他们。统治阶级往往利用一些强有力的精神武器,诸如儒道佛思想以及由此滋生的尊卑观念、安命观念、忠孝观念、鬼神观念、财产观念等,对百姓进行精神的"教化",并由统治势力强行渗透到每个人的意识深处,让他们承认其合理性。而中国百姓自身性格中固有的狭隘、自私、落后、保守更助长这些思想观念的寄殖和滋生。这些观念慢慢地、深深地植根于人们的心灵,一代一代地承传下来,积淀成为固定的价值标准,支配着个人的思想和行为。这就造成了人们精神的变异,造成了中国老百姓习惯于做奴隶,习惯于被奴役的地位,习惯于生活在痛苦中而感受不到痛苦的存在。鲁迅很早就关注到这个命题,他之所以弃医从文,正是为了改变人们被几千年的封建主义奴役得"麻木""愚昧"的精神状态,他之所以要写小说,也正是替这些不幸的人们揭出病苦,引起疗救的注意,从而达到改造国民性的目的。他笔下的心灵麻木的闰土,被神权扼杀的祥林嫂,以精神胜利法作为处世哲学的阿Q,穷死也不肯脱下"士"阶层标志的破长衫的孔乙己,无不带着沉重的精神奴役的创伤。我们从20世纪20年代到20世纪40年代,如老舍、张天翼、路翎等大批作家的作品中都可以找到与鲁迅小说的精神联系——描写普遍的精神奴役的创伤。

  路翎透过生活表象,看到了民众要摆脱"精神奴役和精神创伤的斗争"比起政治、经济斗争来,"更为艰苦"。作为一个现实主义作家,只有正视这种生活真实,才能写出"活的形象",只有写出了这种"活的形象",才能对读者形成一种冲击力量。在路翎笔下,卑怯、自私、愚昧、冷漠、逆来顺受等是精神奴役创伤的突出表征。从江西流浪到四川矿区做工的许小东,从不争取做人的起码权利,只想安安稳稳地做个奴隶。他小心翼翼地带着"惶惑松弛的哀凉的微笑"对待任何人,即便是对同情且乐于帮助他的孙其银,他也是"屈起长腿","谄媚地注视对方",至于见到包工头,他更是不由自主的双膝打颤,表现出一种空前的软弱。当生活把他逼到无处可去的时候,为了宣泄自己的愤怒和不满,他转而去责骂、捶打自己的生着伤寒的女人(《卸煤台下》。《两个流浪汉》中的陈福安一心想爬入上流社会,过上荣华富贵的生活,他性情冷漠,无视一切悲惨和不幸。对自己的老实忠厚的同伴张三光,他怀疑、嫉妒,甚至厌恶,当他和张三光因得罪保长,被押往镇公所时,他却偷偷地塞了一把钞票给保长,用他的伶俐的伎俩,保全了自己,遗弃了他的伙伴。《燃烧的荒地》中的何秀英以原始的强悍碰击着社会的铁壁,她的拼死反抗,却引起了同样在社会底层苦苦挣扎的人们的谴责、非难。邻家女人们讥讽她,"一个养媳妇出来的东西,有啥子了不起呢?"弯着背的老太婆告诫她"学学人家女子",年轻的媳妇"暗暗高兴何秀英的不幸",一个汉子"拾起一块大石头来,向着何秀英门上碰去"。正是这些冷漠自私、没有是非观念、缺乏同情心理的看客有意无意地充当了统治阶级的帮凶,成为社会前进的惰性力量。

路翎还着眼于揭示知识分子的精神创伤与危机。《人权》中的历史学家明和华出生于一个"阴沉、丑恶、缺乏人性的家庭……在他的身上,是纠缠着过去的幽灵的。一切自私、怯懦、守旧、重要,都是从这里来的",他不断地和这个幽灵做着搏斗,希冀自己成为"中国的新一代的知识人,他是继承着中国的,从那个悲壮的梁启超开始的光荣的战斗传统的,在他的眼前,是招展着鲁迅的伟大的旗帜。他要开拓新的疆土,使将来的人们得到繁荣;他要肩住黑暗的闸门,放幼小者到宽阔光明的地方去。"但是当校警严刑拷打一个被他们诬陷为"小偷"的"不幸的穷人"时,他既不敢当面制止暴行,也不敢找校长理论,只能痛苦地自我谴责"我懦弱!我自私!我虚伪!"(《人权》)路翎的作品让读者看到"那精神奴役的创伤,在'潜在着'的时候,是怎样一种禁锢、玩弄、麻痹,甚至闷死千千万万的生灵的力量"[1]。

路翎不以呈现精神创伤为目的,更不会去鉴赏他人的痛苦,也反对任何形式的忍从,他始终认为,和人们在重重的压迫与摧残下的麻木、病态与软弱一样,他们在原始形态上的积极力量,也是需要发掘的东西。路翎曾有过这样的表白:"我企图浪费地寻求的,是人民的原始的强力,个性的积极解放"[2]。这句话可以说是路翎本人交给读者打开他的形象王国的另一把钥匙。什么是原始强力?它是一种存在于"群众之中的带原始状态和自发性质的反抗精神"[3]。原始强力是一种朦胧的、原始的、自发的反抗精神,同时也是一种向上向善的积极力量,却被潜藏在人物身上的精神奴役的创伤所围困,所束缚,所压抑。两者时时发生冲突,前者要求冲破束缚,向前发展,后者却要阻碍甚至窒息前者。这两种对立的力量纠结在一起,激荡着,相生相克,经过艰难的搏斗,经过此消彼长的发展过程,原始强力终于找到一个突破口,从精神奴役创伤的重压之下突围出来,挣扎出来,喷发出来。因为有一压再压、欲喷不能的蓄积,所以那喷发就有着不可遏止的迅急,如山崩,如海啸,如惊雷,雄伟壮观,光彩四溢。小说中的人物借助这种力量,勇敢地正视并轰毁束缚自己的精神枷锁,逐渐趋于觉醒,改变自己的精神状态,展示出自

---

[1] 胡风:《论现实主义的道路》,载《胡风全集(第3卷)》,湖北人民出版社,1999,第555页。
[2] 路翎:胡风的《〈饥饿的郭素娥〉序》,载《胡风全集(第3卷)》,湖北人民出版社,1999,第100页。
[3] 杨义:《路翎——灵魂奥秘的探索者》,载《路翎研究资料》,知识产权出版社,2010,第158页。

己人性深处的那份辉煌。

张少清这个忠厚老实的农民在陷于绝境时也曾冲向水边，站在没膝的水中想寻死。然而，最终他还是清醒过来，高喊道："不行！我饶不了他们！我要活！""就是我没得生路了，我未必就不能杀死他们来报仇？……"张少清长期被封冻的感情，终于转化为原始强力，抗击着四面袭来的压迫，迸发出复仇的火焰。他奔向乱石沟，要去见何秀英，并拯救她。在何秀英同流氓撕打的关键时刻，他挺身而出，保护了她。他又向着何秀英喊"报仇啊！报仇啊！"直奔兴隆场，提着斧头，闯进吴顺广家，砍死了吴顺广，直到临刑前，他还告诉何秀英勿忘报仇！他的喊声集中地体现出奴隶们朦胧的觉醒，以及对封建地主的自发斗争精神（《燃烧的荒地》）。让我们看看《棺材》中的李嫂，当地主王德全要把她的唯一财产——一件新蓝布布衣抱走时，"就在这一瞬间，蜷伏在另一边墙角的眩怯的李嫂向他疯狂地扑过来了，她揪牢他，默默地争夺着她的最后的财产，在抢不下来的时候就用头撞，动嘴狂咬"，这种对于恶势力的拼死反抗，集中体现了她身上固有的"原始强力"，虽然在表现形态上显得粗鄙、野蛮，但正是因为有它，地主才落荒而逃。正因为原始强力有着旺盛的生命力，有着撕裂黑暗大幕的穿透力，所以才有了八十多岁的老妪绝望地哭嚎着扑向反动将军，并把将军的脸抓出几条血痕来（《爱民大会》），才有了十四岁的小女孩举起草鞋，"啪"的一声拍击在保长的脸上（《草鞋》）。王炳全的醉打张绍庭（《王炳全底道路》），何绍德的痛击告密者（《何绍德被捕了》），张三光的狠揍保安队长（《两个流浪汉》），无不源于这种要"革"生活的"命"的原始强力。从路翎的小说，我们可隐隐感到地火的奔突，岩浆的涌动。

精神奴役创伤和原始强力彼此对立，又存在于同一个整体之中，所以两者往往错综复杂，相互绞绕，相互纠结，不断搏斗，共同推进人物性格和命运的演进。当精神奴役的创伤占上风时，人物性格呈现出愚昧、麻木、卑怯、保守、自私、冷漠的一面；当原始强力占上风时，人物性格则呈现出雄强、刚硬、暴躁、疯狂、激进、不安于现状的一面。在这个此起彼伏的发展过程中，人物的内心世界犹如暴风雨中的大海，灵魂从来没有停止过在自身思维空间的汹涌翻腾，在情感的峡谷中跃上跃下，大起大落，人物性格也随之表现出多元的、立体的、动态的特点。郭子龙曾经是"一个军阀的烂兵，一个逃走的杂牌军官，贩卖鸦片，强奸女人，劫掠村庄，是一头粗野而痛苦的野兽"，然而"在这野兽的里面，又有着一个少爷、梦想家的纤弱的灵魂。这少爷、梦想家总在给自己描绘一个美满而安适的将来，或者，受着挫伤，诗人似的企图一个凄凉而悒郁的归宿"（《燃烧的荒地》），他时而强暴，时而软弱，时而粗野，时而细腻，时而残忍，时而仁慈，时而仗义，时而卑劣，时而讲求实际，时而耽于幻想。这样的形象很难以几个简单的性格概念来规范，他是多种性格元素的有机结合体。南京资产阶级暴发户出身的金素痕（《财主底儿女们》）是一个集魔鬼与天使于一身的形象，她充满攫取欲与支配欲，为达到自己的目的不择手段，逼疯蒋蔚祖，气死蒋捷三，霸占蒋家财产，是一个凶悍的魔鬼，有着令人毛骨悚然的冷酷。然而她又有着使人心荡神摇的美，有着偶然的温顺和柔情，在丈夫蒋蔚祖逃亡失踪后的一段时间里，她痛哭流涕，真诚地忏悔，热切地思念着蒋蔚祖，这时的她又是一个"温柔的天使"，性格的丰富复杂，确实到了令人惊诧叹服的地步。蒋纯祖同样是一个极其复杂的人物，他忠厚善良，有正义感，有反抗精神，参加抗战前线的工作，敢于和小集团的"左"倾教条作斗争，敢于向宗法制农村的冷酷和愚昧挑战。同时，犹疑、怯懦、自私纠缠在他灵魂深处，他从来只注意自己，不顾念别人。他一旦在社会上碰壁，就想到要依傍道家思想，要从复古中寻找出路，借此逃避现实施加给他的重压，还把对极端个人主义的追求作为人生的最大愿望。用"绣像画的线条"或者"炭画的线条"是勾勒不出如此丰满厚实的形象，路翎是追求"油画式的，复杂的色彩和复杂的线条融合在一起的，能够表现出每一条筋肉的表情，每一个动作的潜力的深度和立体"[①]。

第三节　整体情感特征：狂躁和痛苦

路翎是一位来自社会底层的作家，童年的苦涩和初上人生之路的艰难，沉积在他的情感底片中，成就了他敏感、忧郁的精神气质。当路翎走上文坛的时候，苦难中国又被侵略者的炮火轰炸成残块，他的生活世界发生了急遽的变化，他不仅要面对着国土的沦陷，家园的残破，日寇的屠戮，铁蹄的践踏，逃难的人流，恐慌的都市……而且自身也卷入了这场旷时甚久的灾难中，承受着颠簸、困顿、寒冷、饥饿、疾病、失学、恐怖、挫折，还要直面民族自身积存的污秽，经历正义与邪恶、光明与黑暗的冲突搏斗，这种内忧外患的复杂而严峻的现实直接地浸入了他的精神世界，形成路翎狂躁、痛苦的情绪特征。

狂躁和痛苦，不仅仅是作者本人的心理倾向，它们还渗透在路翎构筑的整个艺术世界中，进而成为路翎小说的某种独特标记。

---

① 胡风：《〈饥饿的郭素娥〉序》，载《胡风全集（第3卷）》，湖北人民出版社，1999，第102页。

路翎笔下的大自然是狂躁不宁的,那些狂暴的自然力,如大风、暴雨、闪电、迅雷等是他作品中经常重复出现的意象。"大风唿哨着从远处过来,突然的强大的力量扑击在房屋上,泥灰和草秸纷纷地落下来了"(《破灭》)。"雷雨在山谷边沿上欢呼地咆哮起来……雷声远去,暴雨在山谷里欢快地冲激着"(《谷》)。"这狂风仿佛一张钢的大嘴,在咬嚼房顶,使得这家庭的碉楼和屋子簌簌地抖动着","狂风在天穹里鸣响,然后带着强韧的呼啸降到地面上来"(《棺材》)。"闪电刺破黑暗,把豪放的洪流映成沉重的青色。雷响、山谷震撼"(《卸煤台下》)。大自然所代表的力量和气势,与创作主体内在的狂躁的情感倾向相迎合,就构成了创作主体情感表达的重要手段和内容。由路翎的笔底,如鸿蒙初开,大自然的原始力量,浩浩荡荡地倾泻出来,意象裹挟着情绪,饱满到了随时随地都要向外伸展,向外突破。这样的打上了路翎本人精神标记的大自然——不但勃发着"生命底力",而且充满了"生命的猛烈的喜悦,生命的暴乱的爱欲的表现"(《谷》),就连工厂矿山也是那样狂放、躁动,"以一种雄伟的狂乱,在山峡的顶空上严重地升腾着大片繁响的浓云"(《饥饿的郭素娥》)。

小说中的人物更是从内心活动到外在行为都充满着自始至终的骚动。所有的人物,几乎总处在一种激情迸发的状态,他们时而忧郁沉思,时而狂躁冲动。他们常常在思想中否定自己的行动,在行动过程中否定自己的思想,不肯有片刻的安宁。林伟奇"每一分钟都狂放地做着追求。人们假若仔细地观察他,可以发觉他这几分钟脸色庄严而坚决地俯头在书本上,一面在抢夺似的写着东西,下几分钟在房间里扰乱地走着,愤恨地从干裂的嘴唇上喃喃低语。他忽儿在校舍里到处地找寻左莎,找着了也多半是固执地怨恨地望着;忽儿抱着头,脸上呈显苦涩的微笑,望着远天,在山谷上坐着"(《谷》)。《财主的儿女们》中的蒋家儿女们都像是古希腊神话中的西绪福斯和坦塔罗斯。恼人的思想,彼此间不断发生的冲突,他们自己狂热、神经质的个人气质,都像无形的鞭子,抽打着、驱赶着这些高贵的人们,使他们的思维与情绪不能哪怕只是瞬间地固定在一个点上,特别是这群财主的儿女们中的最小的一个——蒋纯祖,从他出场起,似乎就没有安静过。作品这样描述他的出场:"一个穿短裤的、兴奋而粗野的少年跳上了门槛。他用明亮的眼睛看着大家,怀着一种敌意",多像一只小狼,在他的整个成长过程中,他确实就像狼一样狂暴地奔突,极力从"兽槛"中冲出去。他不断地肯定着,又否定着,跟自己争辩,说服自己,或者推翻自己,甚至拷问自己。若是他偶然地沉静下来,也一定会瞬即触电一般地跳起来,猛烈地想或者狂暴地动。即使是一个农民,也会在雷电交加的雨夜,向"天公地母""雷神电火"狂喊(《王兴发夫妇》)。

在路翎的作品中，体会不到明净圆润的笔情墨韵，也找寻不到田园诗般的宁静画面，自然景物是狂乱的，人物是躁动的，就连叙述方式也是那么狂躁与毫无节制。作者手中的镜头迫不及待地在不同的形、色、人、物上跳过，焦距迅即变幻，整体的生活在他的叙述中支离破碎，变成了一个个局部、片段、瞬间。《财主底儿女们》的生活场景从江苏、上海、南京到江南原野、九江、武汉再到重庆、四川农村不断转换，封建地主家庭的分崩离析，繁华陨落的悲痛啜泣，内部财产的纷抢争夺，夫妻之间的貌合神离，战争的硝烟和相互的践踏，无尽的冲突和毁灭，不断的挣扎和失败，大起大落的喜怒悲欢，永无止境的希望与绝望交织，生活在作者的叙述中像一堆碎裂了的玻璃，混乱而无从捡拾。无论是《英雄与美人》中邓平的爱恋，还是《棋逢对手》中的吵架，一切都来得那么突然，作者根本来不及介绍事件的来龙去脉，仅仅将人物和气氛渲染出故事就戛然而止了。

路翎小说常常会带给读者窒闷与压抑的阅读感受，还有一个很重要的原因就是扑面而来的"痛苦感"。痛苦是与人类如影随形的一种生命体验，鲁迅说："我想，苦痛是总与人生联带的"[①]。在兵荒马乱、动荡不安的20世纪40年代，痛苦更是成为一种流行的社会心理，对路翎来说，痛苦就是一种习以为常的情绪体验。在他笔下，"苦痛""苦恼""苦闷""苦愁"和"愁苦""凄苦""悲苦""痛苦"等诸如此类同形态、相近或相同意义的语词被不断重复和叠加，反复应用的频率极高。在《财主底儿女们》最后一章，"痛苦"在每一万字里至少出现十次，这样的描写有时使人感到无可形容的压迫，似乎整个空气都沉甸甸的，向人物也向读者压过来。作品中的人物常常被痛苦和愤怒的泪水包裹着，永远在挫折和悲苦中呻吟挣扎。

他们的痛苦，是求生的痛苦。路翎始终生活在社会底层，不仅目睹了劳动人民艰难辛酸的生活，而且自己也深受这种生活的压迫，他经历过失业的痛苦，常在穷困和动荡中奔波。因生计关系，路翎曾由继父介绍，到"国民政府"经济部设在北碚区的矿冶研究所会计室当办事员，这是一份令人窒息的工作，路翎不仅要忍气吞声地看着上司的白眼，而且还要忍受着同事之间尔虞我诈的挤压。短篇小说《天堂地狱之间》虽然不是写自己的经历，但是故事里那个小职员徘徊于天堂地狱之间，因失业而想自杀，却记录了他当时的悲愤心情。所有这一切使他对劳动人民求生的痛苦有了更为切实也更为深刻的体验。出现在他小说里的人物大多是生活在社会底层的"贱民"，如破产农民、穷苦工人、泥瓦匠、挑水夫、店伙计、说书人、算命先生、孤寡老人、小公务员、贫穷的学生

---

① 鲁迅：《致许广平》，载《鲁迅全集（第11卷）》，人民文学出版社，2005，第461页。

和教员等。他们面临的最大问题是怎样挣扎着活下去，为了满足生存的最基本需求，他们往往要付出惨重的代价。《卸煤台下》的许小东处在生存困境中，他在煤矿做着可怜的推煤车的工作，每个月工资还没到手就吃光了，而他的妻子还在乌黑、四壁破烂的屋子里生着伤寒，他们在生与死的界线上苦苦挣扎。作品设置了一个震撼人心的细节，把这种生存的痛苦推到了极致。许小东失手把家里唯一的一口铁锅掉在地上，他久病卧床、奄奄一息的妻子竟能应声而起，痛叫"啊啊——不得了"。许小东自己也张开大嘴，"发出一种断断续续的、愤怒的呼声"。紧接着夫妻二人贴在一起，捧着这口已经打破的铁锅，迎着屋外透过来的光线，惊怖地注视那一个"致命的破洞"，小说写道"再没有更痛苦，更无望的事了，比之于一个穷迫无依的家庭打碎了一只锅"。由这口锅的打碎，引出了许小东因偷锅而被工头解雇，从而导致了他的精神失常，妻子的被迫改嫁。打破一口锅原本是寻常的生活细节，经由作者浓墨重彩的渲染，痛苦重叠厚积起来，使人感到压在人们肩头的"生活"的可怕的重量。《王家老太婆和她的小猪》中的王家老太婆六十来岁，住在"一个破烂的，用篾条和苞谷秆子编起来的棚子里"，"儿女们都死去，或者离开了"，孤苦伶仃，无依无靠，为了能在死后"得到一套尸衣，几张纸钱"，通过高利贷买了一头小猪。王家老太婆非常珍爱这头小猪，因为它是她"幸福的未来"。在一个风雨交加的寒冷的夜晚，这只小猪跑到了屋外，王家老太婆为着去赶回这头小猪，最终跌倒在泥泞里，再也没有起来。《青春的祝福》中的章华云是教会医院的护士学生，家庭困窘，仅靠漂泊不定的哥哥偶尔寄来的生活费艰难度日，她不得不经常"和饥饿用各种方法厮打，残酷的作践自己"。在一个饥饿难耐的夜晚，章华云偷偷溜进医院的厨房觅食，不幸被厨妇发现，章华云觉得"一个庞大的轰响，残酷地敲击着她，使她的内部燃烧"，"她寒战，失色，闭起眼睛"，年轻女性卑微的尊严被践踏一地。他们的生存目标可谓微小，但就连这种微小得可怜的目标都要被无情地毁灭，作者批判的锋芒直指当时社会的黑暗和冷酷。

他们的痛苦，也是求爱的痛苦。路翎大胆地探索了人物的强烈爱欲得不到满足而引起的焦躁、不安、压抑、痛苦、狂怒和疯狂的心理状态。《饥饿的郭素娥》里的魏海清挚爱着郭素娥，并和她保持着一种暧昧的、"隐匿的亲密"关系。不幸的是，张振山横插一杠，夺其所爱。作者充分展示了魏海清为狂热的爱欲煎熬时的疯狂而痛楚的心态。他的那颗渴望"过平凡生活的真心，现在被无情的郭素娥所摒弃，被优越的机器工人所踏碎，对于他，该是如何地怨恨，如何地痛苦！"他因爱而生恨，产生了一种不正常的心态去窥探郭、张二人的究竟，强烈的爱欲骚动和嫉妒，驱使他向郭素娥的丈夫告密，致使郭素娥悲惨地献出了生命。魏海清无意中成了扼杀郭素娥生命的间接凶手，他自责、悔恨、感到"锐烈的痛苦"。在郭素娥死后的"整整一个冬天，衰老了十岁，落在自愿的寂寞和孤伶里，仿佛负荷着什么重大的隐秘的痛苦似的"。在《燃烧的荒地》中，作者通过张少清的反常言行来透视他内心世界无法压抑的痛苦的情欲骚动。张少清在母亲的逼迫下，离开恋人何秀英。在家里，最初几天，他和母亲谈谈废话，心里倒平静，但后来，他沉默下来，"除非发怒就不说话"，几天内与人吵了好几场架。他沉醉于猛烈的劳作中，一天他砍柴弄破了手指，便"发狂地看着他流血的手指"，并用手"猛烈地敲击墙上"。张少清这些非常态的言行，无不源于得不到满足的情欲冲动。

他们的痛苦，还是知识分子"梦醒了无处可走"的痛苦。作为社会的先进个体，知识分子具有更为深刻的忧患意识和强烈的使命感，风雨飘摇的中国现实逼迫他们更多地承受整个民族的苦难，承担改造中国的历史重任和探寻个人和群体出路的责任。这就决定了他们的痛苦不仅仅是个人求生求爱的生理性痛苦，更是历史和现实赋予他们的"梦醒了无处可走"的社会性痛苦。《财主底儿女们》中，蒋少祖十六岁时与封建的旧家庭决裂，离家到上海读书，将自己投入到思索民族出路的工作中去。而他面对的是一个险恶、迷乱的社会，他看不到希望，找不到出路，每当他"想着中国的文化和中国的道路，就是说，想到他自己的道路，他觉得期望痛苦"。显然，精神追求的茫然困扰着他的思想，他在经过几番努力、几番碰壁之后，终于疲惫不堪，再也无力"找一个支点，举起地球来"，在日暮途穷的无奈与彷徨中脱离了时代的轨迹，退入到柔弱而甜蜜的涅槃与皈依中，成了一个倒退的保守主义者。蒋少祖的痛苦反映了当时一部分知识分子觉醒了的灵魂在选择人生道路时无法回避的挣扎和困惑，但更多的知识分子表现出"虽九死其犹未悔"的可贵的追求精神，在经历无数的痛苦、彷徨、犹豫之后走上了与时代、人民相结合的道路。《人权》中，明和华意识到"一切梦想已经粉碎，现在是到了渴求行动的时间了！我不能遗忘我的那些兄弟们"！《青春的祝福》中，章华云"胸中充满了阳光和诗，充满了新生的祈祷……逾越过沉重的江波和层叠的峰峦，前面是无数的人，后面也是无数的人，她向前走，勇敢地走向前"。蒋纯祖至死不渝的自我批判与企望，都暗示着他们精神追求的前途崎岖而艰险，他们的追求可能永远无法实现。但是，生命作为对无限的不断敞开和对终极不断生成的意义，正体现在对现实的不断超越和对未来的永远企及，正如路翎所说："人们总是在生活着，生活总是在前进着"[①]。

[①] 路翎：《求爱·后记》，载《路翎批评文集》，珠海出版社，1998，第 206 页。

第九讲

大时代的使命感与老舍的话剧创作

老舍（1899—1966），北京人，原名舒庆春，字舍予，笔名老舍。老舍不仅是成就卓著的小说家、散文家，也是伟大的戏剧家，他的许多话剧作品成为了中国文化史中的经典。

老舍的戏剧创作发轫于抗日战争时期。作为一个有着浓烈的家国情怀的作家，老舍认为："每逢国家遇到了灾患与危险，文艺就必然想充分的尽到她对人生实际上的责任，以证实她是时代的产儿，从而精诚的报答她的父母。在这种时候，她必呼喊出'大时代到了'，然后她比谁也着急的要先抓住这个大时代，证实她自己是如何热烈与伟大——大时代须有伟大文艺作品。""今天的抗战比起以前的危患，无疑的以前的大时代的呼声是微弱的多了；无疑的，伟大文艺之应运而生的心理也比以前更加迫切而真诚了。"[1]在这个全民抗战救亡的"大时代"，老舍清醒地意识到"救国是我们的天职，文艺是我们的本领，这二者必须并在一处，以救国的工作产生救国的文章。"[2]"因为文艺是社会的良心，作家也是一个公民，在抗战时期，当然必须抗战的""我们必须先对得起民族与国家；有了国家，才有文艺者，才有文艺。"[3]文艺"就必须负起教育的责任，使人民士兵知道、

---

[1] 老舍：《大时代与写家》，载《老舍文集（第15卷）》，人民文学出版社，1982，第351页。
[2] 老舍：《大时代与写家》，载《老舍文集（第15卷）》，人民文学出版社，1982，第355页。
[3] 老舍：《抗战以来文艺发展的情形》，载《老舍文集（第15卷）》，人民文学出版社，1982，第548页。

感动，而肯为国家与民族尽忠尽孝。"①在这种创作理念的指导下，老舍不仅创作了大量歌词、鼓词、相声、河南坠子、新三字经、唱本、通俗小说、西洋景画词以及评剧、京剧等戏曲曲艺作品，更创作了《残雾》《国家至上》（与宋之的合著）《张自忠》《面子问题》《大地龙蛇》《归去来兮》《谁先到了重庆》《王老虎》（又名《虎啸》，与赵清阁、萧亦五合著）、《桃李春风》（又名《金声玉振》，与赵清阁合著）等九部话剧。这些话剧并没有简单地鼓动抗战和讴歌抗战，而是以抗战特定历史时期为背景，以鼓动全民抗战、重铸国魂的爱国主义思想为主线，通过各色人等的鲜活举止，从文化反思和文化批判的角度入手，展现了中国文化的原初生命力及市民社会中潜藏的文化底蕴，深刻批判了中国传统文化中官本位、钱本位和"面子问题"等劣根性的因素，表现出作家的启蒙立场和对国民性问题的深层思考。

1949年中华人民共和国成立，同年12月老舍从美国辗转回国。踏上故土，这个崭新的国家给了他巨大的惊喜，他所熟悉的贫苦人民身穿新衣，喜气洋洋，翻身做了主人，以崭新的面貌出现在他的眼前。目睹着这翻天覆地的变化，他欢呼雀跃，也不由自主地产生了一种强烈的认同意识和奉献精神。而新中国也同样在政治界、文艺界给予了这位艺术家充分的肯定。他先后被任命为北京市政府委员、政务院华北行政委员会委员、中国作协副主席、中国民间文学研究会副理事长、北京市文联主席等。这一切激发了老舍的政治热情，他抑制不住兴奋，开始以笔讴歌新时代的到来。1950年，他创作发表了三幕剧《龙须沟》。1951年被北京市人民政府授予"人民艺术家"称号，这是空前的殊荣。这些荣耀既是对老舍付出的心血的肯定，同时更激发了老舍既有的用文艺服务新中国的热情。他满怀着浓郁的对新中国、新社会、新生活以及对党、人民、革命的赤诚之情，深厚之情，跟随政策步伐，以赞歌为主，倾力倡导通俗性、普及性、宣传性的艺术作品，创作了大批的戏剧作品，有京剧《十五贯》《青霞丹雪》《王宝钏》、曲剧《柳树井》以及大批反映新中国社会主义新生活的话剧剧本，如《方珍珠》《春华秋实》《青年突击队》《西望长安》《红大院》《女店员》《全家福》等，还有反映太平天国运动的历史剧《神拳》等。1957年在巴金主编的《收获》杂志上发表他的戏剧代表作《茶馆》。从1950年起至1966年的十六年间，他始终保持着"每七八个月生产一部"的写作速度，共计创作出二十三部戏剧作品，产量之高，无人能及。虽然有些作品偏离了老舍熟悉的视野，"生活不够""思想贫乏""技巧不高"②，如《青年突击队》《春华秋实》《红大院》

---

① 老舍：《双十》，载《老舍文集（第14卷）》，人民文学出版社，1989，第265页。
② 老舍：《我的经验》，《剧本》，1959年第10期。

《女店员》《全家福》等，艺术上不够完美，但也有《龙须沟》《方珍珠》《茶馆》等优秀的作品。

第一节 《龙须沟》《茶馆》的成就及其影响

老舍在解放后的戏剧创作，构成了新时代、新社会、新生活的一面镜子。老舍是一个饱经旧社会忧患与苦难的爱国作家，他把对旧社会的血泪控诉与对新社会的深情讴歌紧紧地结合起来，这是他跨入自己创作道路的新时期以后，观察生活、提炼主题的根本特点。写北京、写北京的变化，表达人民群众对共产党、对人民政府的感激之情，这是老舍建国以后戏剧创作的总主题，《龙须沟》为其赢来了"人民艺术家"的光荣称号，而《茶馆》使他成为享誉世界的戏剧家。老舍与曹禺、田汉、夏衍等戏剧大师一样，对中国戏剧的现代化进程作出了重大而独到的贡献。

《龙须沟》是老舍创作于1950年的三幕话剧，1951年2月由焦菊隐导演在北京人民艺术剧院首演，产生了巨大的社会反响，1951年12月北京市人民政府授予老舍先生"人民艺术家"的荣誉称号。

《龙须沟》的诞生，缘于当年一件轰动北京的整治下水道的大事。龙须沟在天坛北边，解放前是外城的一条排水明沟，城市污水和雨水都经龙须沟汇集，因为缺乏整治，这里成了北京最大的一条臭水沟，也是北京最大的贫民窟。新中国成立后，龙须沟迎来了史上第一次大规模改造。除了环境改善外，龙须沟周边陆续建起了大大小小的帽厂、袜厂……这些轻工业小厂吸纳了附近居民中的大多数劳动力，更让那些很少走出家门的底层妇女，有了全新的社会角色。老舍在《我爱新北京》一文中曾说过："最使我感动的是：这个为人民服务的政府并不只为通衢大道修沟。而是也首先顾到一向被反动政府所忽视的偏僻地方。在以前，反动政府是吸去人民的血，而把污水和垃圾倒在穷人的门外，教他们'享受'猪狗的生活。现在，政府是看哪里最脏，疾病最多，便先从哪里动手修整；新政府的眼是看着穷苦人民的。"正因为如此，老舍又说："感激政府的岂止是龙须沟的人民呢，有人心的都应当在内啊，我受了感动，我要把这件事写出来，不管写得好与不好，我的感激政府的热诚使我敢去冒险。"老舍就是带着这种感激政府的热诚去写《龙须沟》的。

表面上看，《龙须沟》写是北京城的一条臭沟的变化，内容平淡无奇。但它打破了传统戏剧情节整一、有贯穿首尾的戏剧冲突的结构特点，没有设置尖锐的矛盾冲突和戏剧性情节。剧本的创作旨意是写人与沟的冲突，但沟是自然环境，缺乏能动性。如果单纯地表现龙须沟人民群众怎样被沟害，以及怎样治沟，那样就很容易流于概念化，枯燥乏味，很难获得成功。为此，老舍在细致观察生活的基础上，把龙须沟人民群众与沟的冲突作为剧本的主线冲突，让它贯穿全剧始终，以突出预期的歌颂党和新中国的主题。《龙须沟》的戏剧结构由冲突结构模式向人物结构模式的转变，不组织人为的冲突以推动剧情，而将众多的人物放入作品，将多条线索并行组织在一起，淡化外部冲突，通过人物的心理冲突来创造出独特的戏剧性，使得整部戏剧如同生活中的一切那样自然、真实。不同时期的生活截面是全剧的纬线，人物是此剧的经线，纵向发展的线性结构和横向展示的面性结构交织融合，形成了一幅龙须沟新旧变化的立体图。导演焦菊隐说《龙须沟》"是一部格调很高的作品，没有庸俗的套数，没有冗长的描写，没有口号式的对话，没有神出鬼没的布局——所有的，只是一片生活，一群活生生的人物和现实人物的思想与感情"。[①]全剧没有复杂的故事情节，全凭不多的几个人物支撑全剧。

这些人物有善良而懦弱的程疯子及其娘子，直爽泼辣的丁四嫂与懒散的车夫丁四，保守胆小的王大妈与富于小子性格的女儿二春，刚直的泥水匠赵老头。他们住在龙须沟旁的一个破旧肮脏的小杂院内，在解放前受尽了"沟害""人害"之苦。程疯子本是个有才华的曲艺艺人，因受恶霸欺压与生活环境的恶劣，使之精神受到压抑，以致疯疯傻傻，成了个不能自食其力的"废点心"。丁四在外拉车受气挣不了钱，加之龙须沟的脏臭而不愿回家，因而常与四嫂发生口角，家庭不睦。王大妈与二春也常因龙须沟的恶臭而拌嘴，二春老想离开小杂院。泥水匠赵老头则因龙须沟的蚊蝇肆虐而患病。反动政府虽派捐派款却从不修沟。因此，人们盼望着"沟不臭，水又清，国泰民安享太平"的日子。解放后，人害虽除但沟害未灭，所以人们强烈盼望治沟。人民政府关心人民疾苦，迅速整治了龙须沟，使得人民能安居乐业。于是程疯子的精神压抑状态彻底消除，他有了看水的工作，由一个废人变成了一个有用的人。而王大妈一家与丁四一家的家庭矛盾也随之消失。赵老头成了街道工作积极分子。人民由衷感激人民政府，并拥戴共产党。老舍在构思剧作时正是把眼睛盯在这些生活在龙须沟旁的人物的命运与性格的变化上的。正是通过这些人物的命运性格的描写来带动故事和结构剧作的。

无论是传统戏曲还是20世纪的话剧，在戏剧结构上总是重事不重人，强调戏剧冲突的高度集中和一贯到底，强调一人一事的结构模式。老舍则认为："创作主要的是创造

---

① 焦菊隐：《我怎样导演〈龙须沟〉》，载《焦菊隐文集（第3卷）》，文化艺术出版社，1988，第5页。

人。……人第一。一般的剧本的缺点,就是事情很多,材料多,而对人的了解,对人的认识没有那么多,太注意事情,而不注意作事情的人。"在《答复有关〈茶馆〉的几个问题》一文中以及其他一些文章里,老舍戏称这种传统的情节结构模式为"老套子"。他认为这种"老套子"不利于对人物生活命运和性格的刻画,而且对时代生活变迁的反映也苍白无力。因此,老舍主张"在构思的时候,是先想到人物","要求自己始终把眼睛盯在人物的性格与生活上",主张从人出发,"不因事而忘了人",而应"以人为主""以人物带动故事"。老舍的这一艺术主张有力地突破了传统戏剧以事为主,重情节不重人的结构模式,倡导一种新的情节性淡化的人物结构模式。[①]《龙须沟》结构上的新,就在于以人为主,以人来支持剧作结构。正如老舍自己所言:"假若《龙须沟》剧本也有可取之处,那就是因为它创造出了几个人物……这个剧本里没有任何组织过的故事,没有精巧的穿插,而专凭几个人物支持着全剧。没有那几个人就没有那出戏。"老舍这段话中的"没有任何组织过的故事,没有精巧的穿插,而专凭几个人物支持着全剧",便是他在话剧结构形式上勇于突破"老套子"创造人物结构模式的最好注脚。

无论是20世纪40年代以极高的抗战热情开始涉足话剧艺术,还是中华人民共和国成立之后倾注心血讴歌新时代进行话剧创作,老舍始终秉承"我们写戏,不能让旧形式束缚住"的观念,他说:"创作这个事就是大胆创造、出奇制胜的事儿,人人须有点'新招数'",要勇于"突破藩篱""独出心裁,别开生面"。

如果说《龙须沟》在戏剧结构上标志着老舍对传统戏剧结构形式的重大突破,那么,他的杰作《茶馆》则又将这一突破推向了一个更新的层面。1957年7月,《茶馆》剧本在大型文学刊物《收获》创刊号上发表。次年,它被北京人民艺术剧院搬上话剧舞台后,每次演出都是观者如潮,虽然其间因各种原因经历过停演、修改、复演等波折,但《茶馆》一直是北京人民艺术剧院的经典剧目。有资料统计,至1982年止,"二十五年来北京人民艺术剧院上演《茶馆》三百余场,盛况历久不衰,在广大观众中有许多看戏多次的《茶馆》迷。"[②]1979年9月至11月,北京人民艺术剧院《茶馆》剧组在德国、法国和瑞士三国共15个城市巡回演出25场,获得巨大成功。很多报纸和专家认为:《茶馆》是"东方舞台上的奇迹",它可以列为"世界名著""世界的经典著作"[③]。

《茶馆》截取旧中国三个历史横断面,借北京城的一个大茶馆的兴衰和在茶馆中活动

[①] 蔡志飞:《论老舍话剧艺术上的创新》,《四川师范大学学报(社科版)》,1994年第4期。
[②] 周巍峙:《绝不弱于世界上任何人》,载克劳特编《东方舞台上的奇迹——〈茶馆〉在西欧》,文化艺术出版社,1983。
[③] 克劳特:《东方舞台上的奇迹——〈茶馆〉在西欧》,文化艺术出版社,1983。

的小人物生活命运的变化,演示了旧中国半个世纪的社会历史生活的变迁。三幕戏写了三个时代。第一幕,戊戌变法失败后的晚清末年;第二幕,军阀混战后的民国初年;第三幕,抗战胜利后解放战争爆发前国民党反动派统治时期。这三个历史时期,历时半个世纪,但全剧没有贯穿首尾的情节,没有贯穿始终的对立斗争,剧作利用人物和事件的时断时续的发展,展示各种人物形象和不同时期的社会风貌。戏剧采用了人物展览式的结构,塑造了具有时代特征的人物群像,通过"这些小人物怎么活着和怎么死的,来说明那些年代的啼笑皆非的形形色色",深刻表现了"埋葬三个时代"的主题。

《茶馆》与《龙须沟》在结构上的相同之处在于都是以人为主,以人物带动故事和支撑全剧。不同之处在于《茶馆》写的人物更多,共写了70多个人物,出场人物就有50多个。有的是贯穿全剧的人物,有的是过场人物,有的是映衬人物,有的是根据情节发展需要而设置的人物。老舍在《答复有关〈茶馆〉的几个问题》一文中指出:"我的写法多少有点新的尝试,没完全叫老套子捆住。"这"新的尝试"首先是表现在以"主要人物自壮到老,贯串全剧"和"次要人物父子相承"的方式来串联结构与推动剧情发展。其次是采用了德国剧作理论家布莱希特的史诗剧的"人像展览式"结构形式。它通过一组组人物在不同的时代背景下的生活命运和性格变化的速写,构成了若干幅不同时代的社会生活风俗画,由此来反映时代生活的变迁。最后,这"新的尝试"还表现在各幕之前用"数来宝"的曲艺形式介绍各幕剧情并将这几幕衔接勾连起来,使之成为一个有机的艺术整体。这样,《茶馆》一剧在结构艺术上便更"新"于《龙须沟》。老舍在话剧艺术上的以人取胜的"新招数",可谓他在中国当代剧坛上的一个成功的创举。[①]

《茶馆》巨大的成功,很大程度上在于老舍在浓郁的北京风俗画背景下表现人物的神韵,塑造出一批个性鲜明、栩栩如生的人物形象。《茶馆》对旧社会民众精神危机和生活苦难的刻画,主要是借助剧中三个灵魂人物——王利发、秦仲义和常四爷来完成的。

王利发是《茶馆》里贯穿全剧的人物,他父亲死得早,二十多岁就继承了祖业裕泰茶馆,独力应付生活,成为老北京城众多的小业主之一。他诚信本分,恭顺谨慎,委曲求全,又处世圆滑,精明强干,善于应酬,对不同的人采取不同的接待方式。他身上有买卖人的自私,也有下层人物的善良正义。这种双重的性格特征决定了他在黑暗腐败的社会环境中不敢得罪权势,为自身生计只能想方设法进行改良,最终被逼上绝路。他懂得"在街面上混饭吃,人缘顶要紧"。所以,按照老辈儿留下来的老办法,以为"多说好

---

① 蔡志飞:《论老舍话剧艺术上的创新》,《四川师范大学学报(社科版)》,1994年第4期。

话，多请安，讨人人的喜欢，就不会出岔子"。他每天满脸堆笑逢迎来自官僚权贵、外国势力、恶霸、地痞、特务、警察多方面的敲诈滋扰。他心地不坏，却因为地位比赤贫阶层高出一截，对世间的苦难早已熟视无睹。他是个本分买卖人，希望社会安定，自个儿的生意也顺心点儿，可社会总跟他拧着劲儿来。他不敢跟社会较劲，只能俯首当"顺民"，常劝茶客们"莫谈国事"。世间兵荒马乱，城区别的大茶馆都破产歇业了，他还苦撑着，时不时地想出些个小招数，抵挡街头商业全走背字儿的潮流。晚年，眼瞅着茶馆撑不下去了，他不嫌丢人，打算添女招待。但是，社会的魔掌越来越紧地卡住了他的脖子，国民党党棍创办的"三皇道"要砸他的茶馆，特务们也来勒索，要他交出根本拿不出来的金条换老命，流氓们开办新式妓院，在当局怂恿下要霸占他的铺面……王利发一筹莫展，走到了人生尽头，这才明白，几十年来的小心谨慎苦撑苦熬，全算白饶。面对死的诱惑，他到底喊出了从来没敢喊出口的话："人总得活着吧？我变尽了方法，不过是为了活下去！是呀，该贿赂的，我就递包袱。我可没作过缺德的事……那些狗男女都活得有滋有味的，单不许我吃窝窝头，谁出的主意？"王利发的这点儿心理危机很有代表性，不坑人、不害人、逆来顺受、没有过高的生活要求，是当时小市民最普遍的心态。在黑暗的旧中国，尽管王利发善于应酬，善于经营，不断改良，却无法抵御各种反动势力的欺压。他对此也抱有强烈的不满，但表达得十分含蓄。就是这样一个精于处世的小商人，最终仍然没能逃脱破产的命运。王利发的悲剧，是旧中国广大小商人、广大市民生活命运的真实写照。王利发走到人生最后的一站喊出来的几句话，也正是萦绕在社会底层小人物们心头的一致的困惑和愤懑。王利发的悲惨结局说明，在黑暗的旧社会，即使是像王利发这样精明能干又委曲求全的老好人都无法生存，他的个人奋斗、改良维新的道路是走不通的。

秦仲义是个极有特色的人物。他是王利发的房东，原是一个家产丰富的阔少，接受过先进的教育，更知道百姓的疾苦。剧中，一个母亲带着孩子进入茶馆，因为贫穷吃不上饭，母亲无奈只能将孩子卖到有钱人家来让孩子吃顿饱饭。常四爷看到后施舍了一碗面，掌柜的看到后内心毫无波澜，秦仲义却是要求老板将他们赶出去，对此常四爷发出不满，认为秦仲义没有人心，明明有钱却连一碗面都不舍得，但秦仲义的言辞让人深思："解救穷人不在乎给没给一碗面，而是要建工厂，一个顶大顶大的工厂，发展实业，国家自身强大，才能真正的救国救民！"他的言论振聋发聩，当然其中的道理常四爷与王掌柜是不能理解的，那些艰难求生的小市民也是不能理解的。他凭着一颗报国之心，变卖祖业创建工厂，想实业救国。他耗尽40年的心血办起不小的企业，觉得这样就足可以"富国裕民"。然而,抗战刚结束,他的产业就被政府没收了,当局不但没有接着好好办厂,还把机器当成碎铜烂铁给卖掉了。眼看着工厂变成废墟,秦二爷痛心疾首,怨气冲天:"全世界,全世界找得到这样的政府找不到?"他的人生结论比王利发的还沉痛:"……应当告诉大家,有钱哪,就该吃喝嫖赌,胡作非为,可千万别干好事!告诉他们哪,秦某人七十多岁才明白这点大道理!他是天生来的笨蛋!"这辛酸的人生总结道出了实业救国失败的惨痛,更是对国民党当局声泪俱下的控诉。他立志变革中国现实,可是,他的人生也没能逃脱世道的钳制。他的思想是进步的,也是正确的,但他又是孤独的,他走在时代的前端,自视高人一头,与大众无法沟通感情,竟被世人孤立,在黑暗岁月里单挑独斗了一辈子,终于惨败下来。他的结局标志着民族资本主义工业的破产和旧民主主义"实业救国"理想的失败。

常四爷是一个正派、淳朴、刚直、勤恳的满族人。作者写常四爷的主要用意,一是要写出下层的旗人中确有一批忠肝义胆的爱国者,二是要写出满族文化精神中也存在一些极有价值的东西,三是要反映出从清末过来的满族人,并不都是些坐吃等死的"窝囊废"。常四爷的身上体现了晚清时期八旗将士中的多数人仍在坚守的爱国情操。打清朝末年常四爷还吃着钱粮、坐得起茶馆的时候,就很瞧不上"吃洋教"的马五爷,瞧不上崇洋媚外的国人"一个人身上有多少洋玩意儿",看到鼻烟壶也从外洋进口,他心疼"这得往外流多少银子啊!"尤其是感觉到了国不国、民不民的惨状,他能冲口喊出:"我看哪,大清国要完!"当局的侦缉人员以他说这话为理由要逮捕他,他据实相告:"我爱大清国,怕它完了!"还是没用,被抓去坐了一年多大牢。出狱就赶上了义和团运动,为护卫国权,他跟洋人刀枪相对地打了几仗。后来大清国到底亡了,他也并不意外,认准了这是历史的惩罚:"该亡!我是旗人,可是我得说句公道话!"他一生保持着满族人耿忠、倔强的脾气,不向恶人低头,不向命运让步,"一辈子不服软,敢作敢当,专打抱不平",然而他依然摆脱不了王利发、秦仲义那样的悲惨结局。

王利发、秦仲义、常四爷三个人物代表着三种不同的文化内涵,在戏剧的结尾却殊途同归,他们烧纸"祭奠自己",这种沉痛的悲剧结局是对旧社会的控诉和嘲讽,形象、有力地表现了"葬送三个时代"的历史主题。

"一个大茶馆就是一个小社会",芸芸众生如无根浮萍随意飘荡,《茶馆》将人性赤裸裸地展现出来,三言两语将一个鲜活的人物放在你面前,社会各个阶层都汇聚在这个茶馆中,每一层都有代表发言,每一层都有自己的苦难。社会本就如一个大大的茶馆,汇聚了各式各样的人们,承载着各式各样的故事,随着王利发的悬梁,裕泰茶馆人走茶凉,故事到这里结束，但作者却将一个最真实的中国展现出来，将一群最真实的中国人刻画出来！《茶馆》演出后，轰动了中国，轰动了海内外，轰动了西洋话剧之乡的欧洲。首先就"因为它写的千真万确的是中国的人和事，没有任何洋腔洋调，是货真价实的'土特产'"①。而且，"它货真价实地'土'出的不只是中国人的形象，还有中国人的心象，亦即中国人特有的性格、心理、命运和灵魂"。②《茶馆》的成功之处就在于他将场上的每一个人物形象都描写得十分鲜明传神，马五爷遏制二德子，象征着在旧社会洋派人士的骄傲与部分中国人暴露了崇洋媚外的低俗品质；康大力则是在黑暗社会中新生爱国主义的代表。在《茶馆》的最后一幕结尾处，三位经过了50年动荡社会洗礼的老人，聚集一堂，将捡来的纸钱提前为自己祭奠，这也象征着旧时代即将走向灭亡，他们也是在为这个时代进行祭奠。

第二节 民众性："发展了的现实主义"的根基

1979年《茶馆》剧组在德国、法国和瑞士三国共15个城市巡回演出，反响强烈。德国《莱茵—内卡报》在报道中指出，演员们"用他们激动人心的话剧给我们打开了一扇门，展示了对我们来说还是十分陌生的境界：人们在战争、动荡、暴力和普遍的愚昧自欺中经受的苦难是相同的"。这是从人类共同的审美特征出发，肯定《茶馆》所具有的超越国家、民族和阶级的永恒魅力。观众和许多专业人士认为，《茶馆》的现实主义是"发展了的现实主义"，是"具有中国民族特色的现实主义"③。1983年《茶馆》在日本演出后，也同样引起了轰动。桐朋学园教授石泽秀二说："为什么《茶馆》自初演以来，经过了二十五年仍然能够超越国境和政治体制的差别，具有充满活力的现实意义和普遍意义呢？其意义究竟在哪里？恐怕主要因为整个戏剧充分体现了民众性，同时，写实主义手法构成了极有艺术魅力的表现形式也是一重要原因。"④不管是《茶馆》《龙须沟》还是《方珍珠》《神拳》等，老舍那些经典的话剧都体现出"发展了的现实主义"的创作风格，"充分体现了民众性"。

老舍是以小说作家身份进入戏剧领域的。他熟悉和擅长描写的是底层社会，尤其是

---

① 于是之：《我们的道路走对了》，《文艺研究》，1981年第1期。
② 胡叔和：《写出中国人特有的灵魂——话剧中国化审美论稿之三》，《安徽师大学报（哲学社会科学版）》，1998年第4期，第525-529页。
③ 克劳特：《东方舞台上的奇迹——〈茶馆〉在西欧》，文化艺术出版社，1983。
④ 周瑞祥、任宝贤、王宏韬：《难忘的二十五天——〈茶馆〉在日本》，北京出版社，1985。

旧北京底层社会小人物的平凡、普通，乃至庸俗的人生。这里，没有生活的大波大浪和惊心动魄的矛盾斗争，有的只是深深烙印着他自己的人生经历和对中国历史命运以及人民大众生活的深切体验和关注。他创作的小说，如《骆驼祥子》《二马》《四世同堂》《正红旗下》等，无不折射出中国的历史变迁和人民大众的苦难生活。当他走入戏剧创作后，这样的艺术视角仍体现在他的一系列创作中，如《残雾》《面子问题》《归去来兮》《龙须沟》《方珍珠》《全家福》等。在创作剧本的时候，老舍总是着眼于那些普普通通的百姓，笔墨所及，多是嫁入贫户的小媳妇、落魄的镖师、无所事事荒唐混世的逃兵、亦官亦匪的小混混、下场凄凉的戏曲艺人等。从《龙须沟》到《茶馆》里的那些人那些事，就是老百姓日常生活中司空见惯的、地地道道的、贴近原生状态的生活。而那些普普通通的人物命运中，那些原汁原味的生活故事中，却蕴含着诗意和哲理。老舍说"作家总是选择与他的创作风格一致的题材来写。我就写不出斗争比较强烈的戏。"①

在老舍的话剧中，鲜明的人物形象占据了话剧中最重要的一部分，以人物带入事件是老舍话剧所特有的一个艺术特征，他塑造的这些人物，几乎全部是来源于他对生活的积累。《茶馆》中的王利发、常四爷，《龙须沟》中的王大妈、程娘子、丁四等都是中华民族自强不息的形象代表，勤劳善良、热爱生活、发奋图强、百折不挠的精神代表了面对强暴的勇敢精神和品德，这些形象的塑造，具有非常高的审美价值。

把小说创作的优势带到话剧创作中来，走"戏剧生活化"的道路，这是老舍对话剧创作的选择。在情节处理上，老舍对生活素材的加工，并不是着眼于复杂离奇的戏剧悬念，而是展示转瞬即逝的细节和普普通通的生活场面。这些细节和场面表面上看来是零碎杂乱的，并不能构成戏剧情节，但它们彼此由生活流互相串联，在总体氛围里体现戏剧性。正如契诃夫所说的那样"要使舞台上的一切和生活里一样复杂，一样简单。人们吃饭就是吃饭，可是在吃饭的当儿，有些人走运了，有些人倒霉了。"②老舍的剧作剔除了违反生活真实的种种虚假因素，剧情发生的地点多是北京的大杂院、小胡同、茶馆、酒肆等这些百姓生活极习见的地方，很多场景就发生在普通百姓的家里，剧中出现的人也不是时代浪尖上的人物，而是生活中平平凡凡的小人物，从人物的台词、表演到布景、道具、音响等都严格忠实于生活。③"真"，是老舍作为现实主义剧作家写作的首要宗旨。他心中想什么，嘴里就说什么，笔下便是什么，除去脂粉，体现真诚。他将自己

---

① 老舍：《题材与生活》，《剧本》，1961年第5-6期。
② 叶尔米洛夫：《契诃夫传》，张守慎译，人民文学出版社，1960，第410页。
③ 汪开寿：《论老舍戏剧的美学特征》，《淮北煤师院学报（哲学社会科学版）》，1999年第1期，第88-91页、第94页。

融入所观察的人生，将剧本当作社会的一面镜子，真实地反映时代变迁与人民意愿。老舍话剧的真实性，并不仅仅表现为对一般表层生活的真实状貌的描写，而是深入到剧中人物内心和事件的内在的层面——文化批判层面。底层市民的个性特点以及他们身上的"京味"特色，都还不是最主要、最本质的东西，文化属性才是老舍笔下每一个人物及每一个故事的灵魂。老舍在1941年创作的话剧《大地龙蛇》的"序"中说明过这样的看法："假设我拿一件事为主，编成一个故事，由这个故事反映出文化来，就必定比列举文化的条件或事实更为有力。借故事说文化，那么文化活在人间，随时流露；直言文化，必无此自然与活泼。于是，我想了一个故事。"这就是说，老舍在自己的创作中最看重的是"反映出文化来"，是要让"文化活在人间"，而不是单纯地写人，写故事。《茶馆》里的人物和故事，无一不是以文化审视与文化批判为核心焦点的。王利发、常四爷、松二爷以及秦二爷这几个主要人物形象，他们各自鲜明独特的性格，归根结底显示的是一种文化的属性，而他们各自的悲剧命运，也同样显示出一种文化的悲剧[1]。

王利发一生卑微懦弱的生活状态与生存理想，既有传统处世哲学的深刻影响，又有传统文化与现实社会相冲撞的深刻矛盾。王利发作为一个安分守己的底层市民的代表，他的走投无路，既是腐朽黑暗的世道使然，也是那种逆来顺受的奴性文化使然。常四爷身上着重显现出一种"舍生取义"的民族文化的价值取向，松二爷身上着重显现的是一种宁可自己饿着也不能让心爱的小鸟儿受半点委屈的那种落魄的满族旗人的文化心性。至于秦仲义，有学者认为，"在他的身上无从找到民族文化的影子"，很大程度上是老舍通过"语言处理，精彩的对话弥补了这个人物文化属性的缺陷"[2]。其实，秦二爷在"谭嗣同问斩"，戊戌变法失败的当口，敢于和庞太监叫板对阵，并不是简单的"胆大玩命"，而是民族文化的一个侧影：他敢于和庞太监"斗嘴皮子"的底气，来自于他的实业与实力，这是中国近现代民族力量与民族文化发展过程中的些许自觉与自信。这个人物的文化属性并不缺失，只是更复杂、更隐晦一些。

除《茶馆》之外，老舍在当代先后创作的一系列话剧，如《方珍珠》《龙须沟》《春华秋实》《女店员》《青年突击队》《红大院》《生日》《全家福》《一家代表》《西望长安》等，它们有一个共同之处：始终没有无视文化审视和文化批判这个内核，只是表现的侧重点不一样，成熟的程度不同而已。可以说，以《茶馆》为代表的老舍话剧创作，是时代历史的故事，是社会变迁的故事，是人性演绎的故事，但从最根本的意义上说是文化

---

[1] 靖辉：《老舍话剧的文化批评》，《淮阴师专学报》，1993年第1期。
[2] 克劳特：《东方舞台上的奇迹——〈茶馆〉在西欧》，文化艺术出版社，1983。

的故事。老舍剧作所展示的文化史，在生活描写和艺术刻画两个层面，都到达了本质的真实和深刻的真实。

老舍笔下的人物都是他所熟识的，他知道他们的性格、思想、感情、心理，因而他能"立体"地描写他们的对话，通过对话写出人物，取得"话到人到"的艺术效果。在他的作品中，人物说的都是他们应当说的话，没有任何的不自然。老舍曾这样看待人物的语言："写剧本，语言是一个紧要的部分。首先，语言性格化，很难掌握。我写的很快，但事先想的很多、很久。人物什么模样，说话的语气，以及他的思想、感情、环境，我都想的差不多了才动笔，写起来也就快了。剧中人的对话应该是人物自己应该说的语言，这就是性格化。"[1]老舍强调"对话是人物的声音，要借着对话来写出性格来"，要将人物的性格凸显出来，作为剧作家就要在人物的语言上下一番功夫，老舍最擅长用三笔两笔将操着京腔京韵的人物画出来，用对话刻画人物的笔法中，仍然可以看出人物刻画的审美特征。

老舍屡次说过："我能描写大杂院，因为我住过大杂院。我能描写洋车夫，因为我有许多朋友是以拉车为生的。我知道他们怎么活着，所以我会写出他们的语言"，"从生活中找语言，语言就有了根"[2]。他非常注重"对话要随人而发，恰合身份"，力求"人物不为我说话，而我为人物说话"，使听众"因话知人，看到人物的性格"[3]。《茶馆》中唐铁嘴的一段话："大英帝国的烟，日本的白面儿，两大强国伺候我一个人，福气不小吧？"充分表现了晚清一部分国人愚昧、无耻的性格。与小说相比，老舍的剧作语言所显现的生活化、个性化、幽默化和哲理化，更加集中，更具感染力。尤其是剧中语言的幽默，绝不是所谓油嘴滑舌的耍贫和轻飘，而是带有一种沉重，带有一种锐利的社会批判和人性批判的锋芒。当然，老舍剧作语言的幽默中，也有一种独特的"俏"的成分，这种"俏"增添了剧作语言的情趣和机智，但它依然保持了老舍写作语言中的冷峻与持重的幽默风格。《茶馆》中常四爷那段著名的台词："我爱咱们的国呀，可是谁爱我呢？遇见出殡的，我就捡几张纸钱。没有寿衣，没有棺材，我只好给自己预备下点纸钱吧，哈哈，哈哈！"看似幽默的话语，实际上包含着常四爷一生的辛酸，也包含着沉痛的历史反思。

"革命的文艺须是活跃在民间的文艺，那不能被民众接受的新颖的东西是担当不起革命任务的啊！"[4]老舍所追求的话剧语言是能够被民众接受的语言，是既"俗"又"诗"

---

[1] 老舍：《语言、人物、戏剧》，北京十月文艺出版社，1985，第478页。
[2] 老舍：《我怎样学习语言》，《解放军文艺》，1951年第1期，第3页。
[3] 老舍：《勤有功》，《戏剧报》，1959年第18期。
[4] 老舍：《文章下乡，文章入伍》，载《老舍文集（第15卷）》，人民文学出版社，1982，第518页。

的语言。他说："戏剧语言要既通俗易懂而又富诗意，才是好语言。"而要写好这样的话剧语言，老舍认为，戏剧家必须学习旧体诗词、通俗韵文，尤其是戏曲，取其精华，善为运用。老舍在很多场合把话剧观众称为"听众"，他写《面子问题》等剧，甚至"想要求听观众像北平听二簧戏的老人那样，闭目静听，回味着一字一腔的滋味"。（《闲话我的七个话剧》）1962年他以《戏剧语言》为题在全国话剧、歌剧创作座谈会上发言，更是强调话剧作家要"以今日的关汉卿、王实甫自许，精骛八极，心游万仞，使语言艺术发出异彩"。老舍认为话剧语言首先应该"俗"。自从开始写话剧，老舍就极其反感话剧界流行的带有欧化色彩的、让人一听就知道是台词的"舞台语"，而强调话剧中人物所讲的应该是日常生活中的话语。后来，他更是用他所熟悉的、活的"北京话"写话剧。因为他认为这些"大白话"其音调节奏自然生动，而文艺风格的简劲有力正是依靠自然质朴的文字来支持的。老舍话剧最美的语言都是大白话。随便翻开他的剧本，像《归去来兮》中吕千秋说的"我的画，跟你的钱一样，就是命"，《龙须沟》中王大妈说的"沟修好了，我可以接姑奶奶啦。"《茶馆》中乞讨的老人感慨"这年月呀，人还不如一只鸽子呢"等，都是极简单、极自然、极通俗的语言，从中似乎可以看见迎面扑来的浓郁的生活气息。这种"俗"，就是中国戏曲语言所强调的"本色"，就是李渔所总结的中国戏曲词采的"贵显浅"，王国维称赞元杂剧是"中国最自然之文学"，就是因为它多用"俗语"。（《宋元戏曲考·元剧之文章》）老舍主张学习元代戏剧家关汉卿、王实甫而使话剧语言放出异彩，不正体现出他是从"俗"入手去追求话剧的语言美。[1]

老舍曾说"我同情穷人（因为我自己是穷人）"[2]，所以他的剧作总是以中下层市民为主要描写对象，而在塑造人物时候充分使用了现实主义描写手法，通过描写社会底层的小人物以及他们生活上的变迁，真实生动地描绘了现代中国的社会风貌和民情心理，进而反映社会的变迁，表现出深沉的民族情感与历史意识，具有鲜明的中国特色。

第三节 民族性：中国的也是世界的

老舍的作品大都取材于市民生活，为中国现代文学开拓了重要的题材领域，他"把民俗再现与史诗表现相结合，把集中表现为北京地方色彩的民族性与现代性相结合，把

---

[1] 胡星亮：《借鉴与创造——论老舍话剧对戏曲艺术的借鉴》，《戏剧创造》，2002年第4期，第55-61页。
[2] 老舍：《挑起新担子》，载《老舍全集（第14卷）》，人民文学出版社，2008，第471页。

风俗喜剧与史诗剧结成一体，从而创造了与布莱希特遥相呼应而具有中国特色的史诗剧，为中国话剧开拓了一条堪称'世态民俗派'的史诗剧道路。"①

老舍话剧的民族性首先体现在他对极具地域民族色彩的民间生活的描绘。老舍话剧的戏剧情境，就是现实中北京老百姓日常生活的场所，胡同、四合院、茶馆、戏院等，他写市民凡俗生活中所呈现的场景风致，写已经斑驳破败仍不失雍容气度的文化情趣，还有那构成古城景观的各种职业活动和寻常世相，为读者提供丰富多彩的北京画卷。这幅画卷有着浓郁的地域文化特色，呈现出浓郁的"京味"，具有很高的民俗学价值。老舍曾说过：我生在北平，那里的人、事、风景、味道，和酸梅汤、杏仁茶的吃喝声，我全熟悉，一闭眼我的北平就是完整的。他的话剧《谁先到了重庆》中，老舍对宅子的舞台提示是这样描述的："皇城根下四合院中，几净窗明、窗外有红树"。《茶馆》中三幕戏的场景均集中在北京"裕泰茶馆"这一特定的场所中，在一个锁闭性的空间中展现中国时代变迁和芸芸众生的悲剧命运。焦菊隐对《茶馆》第一幕作了如下舞台提示：

一幕里的裕泰大茶馆，正是生意兴隆，高朋满座的时候。维持这样一个大茶馆的是当时的有闲阶级。这些人多是靠吃钱粮过活的旗人和有钱人家的子弟。他们过着饱食终日无所用心的生活。脑子"油"而且懒，避免接触社会上的大问题而把生活兴趣寄托在小玩艺上。如玩鸟的，对鸟饲养得十分周到……每天一大清早就到清静地方遛鸟；提笼架鸟的姿势也十分讲究，轻轻摇晃笼子，幅度适中，让鸟有一种晕晕乎乎的舒服感觉。遛够了之后再到茶馆。有的玩油葫芦，也像对待心爱的宝贝一样十分仔细；有的对鼻烟壶或是腰带上的小玩艺儿发生兴趣，也能花上大半天功夫琢磨欣赏。他们不爱动脑筋，但嘴不停，没话找话，废话极多。……他们能从大蜘蛛成精谈到煎熬鸦片烟的方法；……异想天开，每人都可以谈一大套……对周围的事可并不真正关心。……泡茶馆，能泡上一整天，吃饭的时候再回家，吃了再来；有的叫碗烂肉面就当午饭。这些人还有一个特点，就是礼节繁多。一家人，晚辈见长辈，一天之中，见一次面请一次安，在茶馆，喝茶之前必对周围茶客（不论是否相识）让茶，双手举起盖碗，十分恭敬。……

第一幕中各式各样的人物，都是在这样一种生活气氛中烘托出来的。②

《茶馆》第一幕渲染的这种生活气氛实际是半殖民地半封建旧中国那种特有的政治气

---

① 洪忠煌：《老舍话剧与布莱希特史诗剧》，载《老舍与二十世纪'99国际老舍学术研讨会论文选》，天津人民出版社，2000，第367页。
② 蒋瑞：《焦菊隐排演〈茶馆〉第一幕谈话录》，载北京人民艺术剧院、《艺术研究资料》编辑组、蒋瑞、苏民、杜澄夫编《〈茶馆〉的舞台艺术》，中国戏剧出版社，1980，第201页、第207页。

氛、经济气氛、思想文化气氛、道德伦理气氛，一种风俗化习惯化的典型浓缩。老舍就是在这样一个具有浓郁地域民族特色的生活气氛中，让如此众多的人物亮出了自己的心理、自己的灵魂。他们中有的人习惯于折磨人、损害人、侮辱人；有的则习惯于屈从于这种折磨、损害、侮辱；有的则习惯于将这一切视为无事乃至乐事。仿佛没有这一切他们就没有了生活的方向与乐趣了，这样的生活气氛渲染，折射出被折磨、被损害、被侮辱的中国人的悲剧命运和灵魂。

正是这种极具地域民族特色的风俗描写，使《茶馆》具有了跨越地域与民族的艺术魅力。扮演王利发、参与《茶馆》舞台艺术杰出创造的演员于是之，对此有深切体会。他说："《茶馆》在国外演出时，特别在欧洲演出时，反响非常强烈。欧洲的观众，即使是他们的知识分子，关于中国也了解得很少，知道长城，知道秦始皇，另外还知道个有名的事，就是'文化大革命'，其他就很少知道了。他们对中国的偏见很深，不少人认为中国的剧作就是政治宣传。看了《茶馆》以后，他们说，出乎意外，没有看到什么标语口号，这个戏是纯粹的话剧，是西方能接受的形式。但纯粹写的是中国的历史。看完了以后，各国观众一致反映：我们明白了'为什么毛泽东的革命取得了那么大的成功'。他们看完了这出戏以后，懂得了中国为什么要爆发革命，而且这个革命为什么一定胜利。"于是之进一步说："老舍先生对党、对革命、对新中国有强烈的感情"，然而"看《茶馆》的人不完全是我们的人，但他们完全接受了《茶馆》。从艺术上接受了，从政治上也接受了。"究其原因，就在老舍"是把自己的政治态度完全融化在所写的人物命运中了。"①

老舍话剧的民族性还体现在话剧人物的对话、独白等台词中。他善于利用北京方言、土语等特有的口吻去塑造人物形象。正像舒乙所指出的那样，老舍的话剧里一共有136处属于地道的北京方言，舞台演出本里则更多，地道的北京方言比原著多，达到了165处。最令人惊讶的是，在136和165之间并不是只有29处不同，而是有70%不相同！这就是说，舞台演出本的对话几乎是重写的，而且更土、更方言化。用北京的话，写北京的人，北京的事，老舍的话剧称得上是中国话剧史上的"京味儿"作品的典范。比如，《茶馆》开幕时，茶客松二爷正和常四爷议论着打架的事，打手二德子恰好进来听见：

二德子：（凑过去）你这是对谁甩闲话呢？

常四爷：（不肯示弱）你问我哪？花钱喝茶，难道还教谁管着吗？

---

① 于是之：《谈〈茶馆〉的魅力》，《戏剧丛刊》，1984年第4期。

松二爷：（打量了二德子一番）我说这位爷，您是营里当差的吧？来，坐下喝一碗，我们也都是外场人。

松二爷称他头次相识的二德子也用"您"。这是讲究礼仪的北京人一般对人的尊称。常四爷和二德子虽是初次见面，却不客气地互称"你"，这表明，他们正处在剑拔弩张的斗争局面之中，互称"你"，以示对于对方的轻蔑不敬；这里也有北京的方言土语，如"当差的"（做小官吏或仆人）、"外场人"（旧指善于交际，好面子的人）等，这些语言有助于表现人物的不同性格，二德子仗势欺人，无理挑衅，常四爷刚直强硬不服软，松二爷则软弱胆小，息事宁人。在许多场合，老舍用俗语表现各个人物的思想感情。如要体面的松二爷爱说"外场人不做老娘们的事！"王利发精明圆滑，八面玲珑，牢记着"街面儿上混饭吃，人缘顶要紧"的处世哲学。

"如果说老舍抗战期间的剧作中所表现出的京味特色还没有被人们作为一种特殊的艺术风格现象引起足够关注的话，50年代（编者：20世纪）老舍的话剧则以数量多，社会反响大而第一次在北京话剧舞台上刮起了'老舍风'。老舍的京味话剧以它的高品位使京味话剧在发展道路上又迈上了一个新台阶；同时，京味话剧也第一次有了公认的权威性的代表作家，京味话剧作为话剧的一种风格流派，从此令世人刮目相看。"[①]

老舍剧作的民族性还表现在他对传统戏曲艺术的充分借鉴上。老舍曾说："从形式上看，我大胆地把戏曲与曲艺的某些技巧运用到话剧中来，略新耳目……继承传统绝不是将就，不是生搬硬套，我们就要推陈出新，给文字使用开辟一条新路，既得民族的奥妙，又有我们自己的创造。"[②]老舍认为，中国的话剧创作应该借鉴莎士比亚等西方戏剧，然而，"莎士比亚的伟大，并不是我们自己的伟大……我们的伟大倒是在用我们的思想，我们的文字，我们的作风，创造出我们自己伟大的作品来。"[③]他因此强调中国话剧要学习民族戏曲，而后融会贯通成为话剧的艺术审美。老舍自己就"大胆地把戏曲与曲艺的某些技巧运用到话剧中来"，从而使其《龙须沟》《茶馆》等剧作渗透着戏曲的手法和韵味，具有浓郁的民族风格[④]。老舍话剧的故事突破了严格的时间限定，淡化了情节发展过程中的外在的矛盾冲突，在舞台空间的设置上借鉴了中国戏曲假定性的艺术方式，并把传统

---

① 甘海岚：《老舍与京味话剧》，载《老舍与二十世纪'99 国际老舍学术研讨会论文选》，天津人民出版社，2000，第371-372页。
② 老舍：《老舍的话剧艺术》，文化艺术出版社，1982，第181页。
③ 老舍：《怎样写通俗文艺》，《北京文艺》，1951年第3期。
④ 胡星亮：《借鉴与创造——论老舍话剧对戏曲艺术的借鉴》，《戏剧创造》，2002年第4期，第55-61页。

曲艺的语言，特别是相声的表现方式运用在话剧中，最终追求的是人物形象的个性化展示，以及人物内心世界与所处的环境之间形成的内在张力。

与西方写实性美学特征不同，中国传统戏曲注重的是意境美，在舞台上通过虚拟化的艺术手段将人物和事件升华为具有象征意味的艺术形象，同时强调演员对角色表演的形式美。老舍《茶馆》中"裕泰茶馆"，虽然看上去是一个很具体的现实的场景，但这一场景以活动在其中的人物命运及他们内心世界的变化，形成了相互映衬的关系史，这一具体场景，具有很强的象征意味，它代表了中国五十年的历史变化，裕泰茶馆的关门歇业，也预示着中国旧时代的终结。在舞台上这个场景是固定不变的，但它的意味却在不断变化延伸，营造一种象外之象、言外之意的艺术情境。在他的话剧《茶馆》《方珍珠》《龙须沟》等剧作中都可以看出和听到曲艺的形象表现方式。如《方珍珠》和《龙须沟》的主人公就是旧时代的鼓书艺人，老舍在表现他们坚韧不拔、苦中作乐的生存状态时，人物的台词保持了京韵大鼓语言节奏鲜明、韵律高亢的艺术特征；《龙须沟》中程疯子"疯疯癫癫"的数来宝话语方式，既在表现他的身份和性格，对于情节发展来说，又在推动着事件的发展，一方面展示出底层小人物在黑暗生活处境中的无奈与愤怒，另一方面发挥着推动剧情的叙事功能。再如《茶馆》中的大傻杨是一个曲艺艺人，光景不好，只能靠打快板讨生活，在每幕的间隙中，他打着快板出场，这种方式即在塑造人物形象，同时成为戏剧时空转换的一种手段；《茶馆》中京韵大鼓的使用也为老舍的话剧添加了一份更为浓厚的"京味儿"意蕴，大幕拉开，京韵大鼓响起，浓郁的北京味道便扑面而来，巧妙地发挥了曲艺在话剧中的表意和抒情作用。老舍大胆地将多种曲艺艺术融入话剧中，使西方"舶来"的话剧多了一分东方韵味，话剧更加带上了鲜明的民族特色，话剧的舞台呈现，更能够适应中国民众的审美取向，实现了雅俗共赏的美学价值。

第十讲
浪漫与现代并存的朦胧诗人：舒婷

舒婷（1952—），中国当代著名诗人，原名龚佩瑜，福建人。舒婷代表作有《双桅船》《会唱歌的鸢尾花》等。1979年4月，舒婷发表于《今天》的《致橡树》被《诗刊》转载，舒婷本人因此迅速成名。关于舒婷的评价研究可从20世纪80年代《福建文学》对舒婷展开长达一年多的诗歌讨论为起始，一直延续至今。舒婷随后迅速被经典化，写进文学史教材，代表作有洪子诚、刘登翰的《中国当代新诗史》，程光炜的《中国当代诗歌史》等。

从1980年至今，40多年以来的舒婷研究代表性文章如下：孙绍振的《恢复新诗根本的艺术传统——舒婷诗歌创作给我们的启示》，刘登翰的《会唱歌的鸢尾花——论舒婷》，吴思敬的《舒婷：呼唤女性诗歌的春天》，谢冕的《在诗歌的十字架上：论舒婷》等。上述研究主要围绕舒婷朦胧诗的争论，舒婷诗歌中的浪漫主义、现代主义，女性意识等几个方面进行。本文将聚焦于过往舒婷研究中集中讨论的问题，并对舒婷从20世纪70年代到20世纪90年代诗歌风格的转变进行扼要概括。

第一节　舒婷与"朦胧诗"

20世纪80年代，"朦胧诗"流行。1985年由阎月君等出版的《朦胧诗选》中，舒婷入选诗歌29首,仅次于北岛,成为朦胧诗的代表性诗人。该诗选出版一年后重印两次,发行了85500册,成为最前卫的流行读物。这一时期,伴随着《朦胧诗选》畅销的同时,是朦胧诗的饱受争议。

章明在《令人气闷的"朦胧"》中对朦胧诗提出批判,认为朦胧诗似懂非懂、半懂不懂,甚至完全不懂,百思不得其解。[①]在早期争论中,人们将朦胧诗读不懂的原因归于朦胧诗的诗歌写作主要学习西方艺术手法,缺乏民族特点等。朦胧诗的批评者反对朦胧诗过于西化和背离民族传统。"朦胧"作为"贬义"用语,之所以有此命名,一方面因为这些诗歌在创作上使用象征、暗示等手法,文本充满不确定性;另一方面是诗歌的反对者长期受制于意识形态的美学熏陶,审美视野和审美趣味狭窄,对朦胧诗出现误读,认为其诗歌风格晦涩、古怪。

朦胧诗也有力挺者。学院派"三个崛起"的几篇文章为朦胧诗进行了正名。谢冕在《在新的崛起面前》里认为他们(朦胧诗人)具有蔑视传统而勇于创新的精神,我们的前辈诗人们,他们生活在一种无拘无束的自由开放的艺术空气中,前进和创新就是一切。[②]孙绍振在《新的美学原则在崛起》[③]以及《恢复新诗的根本传统》中认为"舒婷所塑造的自我形象的典型意义在于她揭示了一代青年从沉迷到觉醒的艰难和曲折。"[④]徐敬亚的《崛起的诗群》认为自1979年开始,中国诗坛已经不是简单地走回过去的现实主义道路,而是出现了一种新鲜的诗,现代倾向的诗已在1980年登上诗坛。[⑤]

丁概然对朦胧诗持批评态度,他对谢冕的文章并不赞同。他认为朦胧诗是"西方落后的诗歌对我们青年的毒害:这种情况是沉滓的泛起,决不是'新的崛起'"。[⑥]站在今天回望过去,我们应该如何看待朦胧诗所引发的争议?

朦胧诗争论的本质是传统的诗学观念与变革的诗学观念发生碰撞。在朦胧诗之前,中国新诗是以古典诗歌和民歌为基础,强调民族化、群众化、大众化。诗坛流行的是郭小川、贺敬之这类直白、积极、明快的诗歌风格。朦胧诗打破了革命现实主义和革命浪漫主义两结合的创作手法,以及政治干预下的歌颂与暴露的表达方式,标志着新的诗歌观念的确立和新的美学原则的崛起。[⑦]"有关'朦胧诗'的争论实质上是一场争夺诗坛权

---

① 章明:《令人气闷的"朦胧"》,《诗刊》,1980年第8期。
② 谢冕:《在新的崛起面前》,《光明日报》,1980年5月7日。
③ 孙绍振:《新的美学原则在崛起》,《诗刊》,1981年第3期。
④ 孙绍振:《恢复新诗的根本传统》,《福建文艺》,1980年第4期。
⑤ 徐敬亚:《崛起的诗群》,《当代文艺思潮》,1983年第1期。
⑥ 丁概然:《"新的崛起"及其它——与谢冕同志商榷》,《诗探索》,1980年第1期。
⑦ 秦艳贞:《朦胧诗与西方现代主义诗歌比较研究》,苏州大学博士论文,2004年。

力话语的论争。因此'朦胧诗'的命名以及舒婷诗人身份的地位，不仅充分反映了新时期文学转型阶段新旧两种文学观念，也凸显了文学评判标准之间的冲突问题。"[1]诗歌不再局限于社会主义现实主义的创作手法，或者固守社会主义文艺方向，而是出现多元化和个人化的趋势。

朦胧诗的一个重要特点是反传统，作为代表人物，舒婷的诗歌首先是对过去"正统诗"的反叛。孙绍振指出："在起初，连艾青都没有意识到舒婷的意义。传统的理论话语权威性太高了：诗歌应该是时代精神的号角，诗人所抒发的不应该是个人的、私有的情感，而是人民大众的、集体的情感。人民大众的情感是无产阶级的，而个人的情感则是资产阶级、小资产阶级的'自我表现'。人民大众的情感在传统的诗歌中总是在英勇劳动、忘我斗争中，奏出慷慨激昂的旋律的。而在舒婷的诗作中却时常表现出某种个人的低回，她明显地回避着流行的豪迈。"[2]

舒婷写的几乎全是个人性的题材，她的诗歌展示的是自我的心灵世界。如王光明所说：舒婷坚定地站在个人生命和人性的立场深入生存。首先，她基于个人的经验感觉，但又超越个人进入非个人化的图景。[3]"不是在个人或民族的经验内留连，而是探索语言所支配的整个的感觉领域，把一代人的经验感受、历史和文化建构为超越个人时空和历史时空的语言秩序与体制，让个人与人类、现实与历史同时敞开，让语言的功能得以生长，变成一种纯粹的媒介。"[4]

刘登翰在《会唱歌的鸢尾花》中认为："经过十年浩劫走过来的舒婷这一辈诗人，和建国初期继承解放区诗歌传统发展起来的诗歌观照生活的方式，有很大的不同。他们一般很少对生活场景进行直接的、客观的描摹，也不大习惯以一个阶级的代言人身份，带着强烈的思辨色彩和理性逻辑的力量，高屋建瓴地进行叱咤风云的预言和号召。他们观照生活的方式往往是首先楔入自己的内心，通过内心的映照，来辐射外部的世界，往往带有强烈的主观性、情绪性和象征性。"[5]

舒婷诗歌话语都涉及具体的个人情景。诗歌呈现出得不到解脱的苦闷、失落和孤寂。这种情绪其实是当时一部分青年知识分子对生活找不到出路的情绪反应，是一代人的心路历程。

---

[1] 张立群、史文菲：《舒婷论——"朦胧诗化"、女性意识的拓展与经典化》，《文艺争鸣》，2011年第11期。
[2] 孙绍振：《历史机遇的中心和边缘》，《当代作家评论》，1998年第3期。
[3] 王光明：《艰难的指向新诗潮与二十世纪中国现代诗》，时代文艺出版社，1993。
[4] 王光明：《艰难的指向新诗潮与二十世纪中国现代诗》，时代文艺出版社，1993，第116页。
[5] 刘登翰：《会唱歌的鸢尾花——论舒婷》，《文学评论》，1985年第6期。

舒婷是朦胧诗的代表人物。谢冕认为舒婷是"新诗潮最早的一位诗人，也是传统诗潮最后的一位诗人"①。朦胧诗写作只是她个人诗歌写作的一个阶段。我们应当看到舒婷作为一个女诗人，风格的多样性和丰富性。她的诗歌风格伴随时间呈现出某种嬗变。舒婷曾谈论过自己的写作经历：在20世纪70至90年代，舒婷主要写诗，偶尔客串散文；1990—1996年写随笔散文。在这份文学履历表中，舒婷是从20世纪70年代到90年代进行诗歌写作，而她70年代的诗歌与八九十年代诗歌风格有较大区别。

在舒婷20世纪70年代的诗歌写作中，她并非一开始就是成熟的。"舒婷最早的诗作之一《致大海》写得不很成熟，但值得我们注意。这首写在1973年的诗，让我们看到了与青春心灵相悖的恋旧情绪。"②

　　傍晚的海岸夜一样冷清，
　　冷夜的巉岩死一般严峻。
　　从海岸的巉岩，
　　多么寂寞我的影；
　　从黄昏到夜阑，
　　多么骄傲我的心。

——《致大海》

虽然舒婷的早期书写并不成熟，但她20世纪70年代的诗歌，一是注重音乐性，二是极具浪漫主义风格。舒婷早期诗歌非常重视音乐性，她每次写好诗歌，都要反复朗诵几遍，直到自己对它的音韵、节奏都满意为止，如《珠贝——大海的眼泪》等。

　　风凄厉地鞭打我，
　　终不能把它从我的手心夺回。

　　仿佛大海滴下的鹅黄色的眼泪，
　　在我微颤的手心里放下了一粒珠贝……

——《珠贝——大海的眼泪》

除了重视诗歌的音乐性，舒婷诗歌浪漫主义色彩浓厚。王光明认为"舒婷是较为特殊的一个，她整个20世纪70年代都在浪漫主义的舞厅里滑翔。这主要是个人的因素在起作用：她是一个女性，一个内向、情感型的青年女性，诗的经验仓库中囤积的大部分是

---

① 谢冕：《舒婷》，《南方文坛》，1988年06期。
② 王光明：《艰难的指向新诗潮与二十世纪中国现代诗》，时代文艺出版社，1993，第118页。

'文革'十年的情绪和感觉,也还没有到感情和理智相平衡的年龄。她的感觉触角是敏锐的,理性却有些迟钝,又受到生活视野的局限,因此她还是较多地朝自己的内心看,体验生活在心灵中引起的感情律动,把'在各种角度的目光的投射下/发出了虹一样的光芒'的情绪和感觉表现出来。"[1]

进入20世纪80年代后,她的创作有了一些明显的变化:首先是题材的社会性和现实性有所加强,注意力从内心世界开始伸向外部世界;其次,她被时代的思考和进取气氛所感染,诗魂逐渐由感伤转向执着。以上两方面的变化表明,舒婷在由个人跨向社会、理想迈入现实的道路上作出了努力,如《阿敏在咖啡馆》等。

> 红灯。绿灯。喇叭和车铃
> 通过落地窗
> 在凝然不动的脸上
> 造成熊熊大火
> 喧闹之声
> 暗淡地照耀
> 眼睛
> 那深不可测的深寂
> 杯中满满的夜色
> 没有一点热气
>
> 鼓楼钟声迟钝地
> 一张一弛
> 伸缩有边与无边的距离
> 时间的鸦阵
> 分批带走了一个女子
>
> 不为人知的危机
> 循着记忆之路
>   羽影密集

---

[1] 王光明:《艰难的指向新诗潮与二十世纪中国现代诗》,时代文艺出版社,1993,第126页。

理智在劝慰心时并不相信

　　一切都会过去

　　痛苦和孤独

　　本可以是某个夜晚的主题

　　但有哪一个夜晚

　　属于自己

　　放肆的白炽灯与冷漠的目光

　　把矜持浇铸成

　　冰雕

　　渴望逃遁的灵魂和名字

　　找不到一片阴影藏匿

　　翌日

　　阳光无声伴奏，这一切

　　已慢慢转换成

　　流行歌曲

——《阿敏在咖啡馆》

　　《阿敏在咖啡馆》是一首写于20世纪80年代的现代都市题材的诗歌，诗歌蕴含着舒婷对现代性危机的深切思考，即人在现代社会中感到孤独、痛苦，现代人作为原子化的个人，无法与其他人连接，连"灵魂与名字也找不到一片阴影藏匿"。诸如《阿敏在咖啡馆》等作品描绘了一幅冷漠的生存景观，具有对现代都市和现代社会的批判反思。

　　20世纪80年代的中国人与世界的关系正在变化，人们面临着更具体、更复杂也更为纠缠不清的日常生活。这是舒婷诗歌风格转变的一个主要方面；另一方面是，就舒婷个人而言，她由书写人，发掘人，关注个体，走向了探讨更为深刻的人的现实处境、人的现实生活的道路，她用诗来表现自己对"人"的一种关切。

　　20世纪90年代，舒婷诗歌充满反讽与叙事性话语。"九十年代，诗人的审美感受方式也相应地发生了变化，诗中不再只有'月光杯'类精致的意象、绵深的感情，也有了'啤酒瓶'等日常'俗物'，生活化的口语，反讽和戏剧性的因素。"[①]反讽在舒婷早期诗

---

① 谷力：《穿过自身的陷阱——论舒婷90年代诗作》，《厦门文学》，2015年第1期。

作中几乎是没有的，可是在中年的舒婷那里却颇为常见了。[①]

安啊安

你的英语和普通话和福州话，和

你喜爱的普鲁斯特都有股马尾味儿

安在马尾长大

马江边的芦花滩

是安最初的话板，他

手脚并用

画一个硕大的裸体女郎

从飞机上都能看见

掩面而逃的是

安十一岁的初恋小情人

他的诗句都是些豌豆兵

四处滚动英勇厮杀且占地为王

——《安的中国心》

叙事性话语的增强是舒婷20世纪90年代诗歌的特点之一。[②]这首写于20世纪90年代后的诗歌，舒婷在诗中用了叙述的手法，除此以外，舒婷不再精心选择唯美的意象，取而代之的是日常生活景象。在舒婷后期诗歌写作中，臭袜子、垃圾桶代替了鸢尾花、橡树。

随着舒婷生命体验的加深和中国诗坛诗学观念的转变，文学思潮的变化。舒婷在不同阶段所写的诗歌，心境、思想和情感也发生很大变化。早期是浪漫主义与象征主义的抒情诗；中后期诗歌走向日常生活和日常叙述。

尽管如此，舒婷的诗歌中仍然有不少一脉相承的共通点。早期和后来诗歌写作都偏理想主义；诗歌中充满主观情感和客观生活的不调和的矛盾，诗歌透露出忧郁色彩等。

第二节 西方文化影响：现代主义与浪漫主义

朦胧诗一定程度上继承了中国五四运动以来20世纪中国的新诗传统，从象征派到20世纪三四十年代的现代派、九叶派等。舒婷受何其芳、蔡其矫等人以及西方现代派诗歌

---

① 谷力：《穿过自身的陷阱——论舒婷90年代诗作》，《厦门文学》，2015年第1期。
② 同上。

的影响，诗歌具备现代主义诗歌的基本特征。

舒婷个人体验与现代主义经验有相通之处。舒婷的诗歌书写的是破碎的个人经验和精神焦虑，是生命孤独无援的感觉和外部世界的荒谬。舒婷较早受西方现代主义的影响。西方现代派发端于波德莱尔的《恶之花》。《恶之花》结束了真善美的古典主义美学原则，宣告了一种新的美学的诞生。[1]舒婷这一代人，经历过"文化大革命"的十年浩劫，他们在外界的混乱和社会的动荡中，产生了怀疑、批判精神，对宏大叙事产生反思与警惕。

值得注意的是，西方现代主义诗歌中的基本情绪是颓废、感伤、没落；而舒婷的诗歌仍然有对爱、真理和光明的相信和呼唤。舒婷只是吸收了西方现代派的表现技巧，诸如隐喻、象征、反讽、意象化等"现代主义"手法，其诗歌中的精神仍然健康积极。在舒婷这一代人看来，现代主义手法更能帮助他们整合自己的感受和意象。我们可以说舒婷的写作是一种中国式"现代主义"。中国现代主义诗歌不同于西方现代主义，而是有自己独特的土壤。西方的现代主义是对现代性的反叛，而中国现代主义仍然具有某种"中心"或者"信念"。

西方现代主义是怀疑、批判一切。中国现代主义借用西方现代主义的技巧和方式，作为探求人生、质问真理的重要方式。对于这一代朦胧诗人而言，诗人的诗歌写作既是对破碎经验和记忆的复现，是对伤痛的回忆，更是对理想主义者的人生叩问。譬如舒婷的诗歌写作，经常书写爱情题材，舒婷的爱情书写带有对爱情的信仰，这种对于爱情的信仰和追随可在《会唱歌的鸢尾花》中以小见大。

我情感的三角梅啊
你宁可生生灭灭
回到你风风雨雨的山坡
不要在花瓶上摇曳
我天性中的野天鹅啊
你即使负着枪伤
也要横越无遮拦的冬天
不要留恋带栏杆的春色
然而，我的名字和我的信念
已同时进入跑道

---

[1] 秦艳贞：《朦胧诗与西方现代主义诗歌比较研究》，苏州：苏州大学博士论文，2004。

代表民族的某个单项纪录

我没有权利休息

生命的冲刺

没有终点，只有速度

——舒婷《会唱歌的鸢尾花》

舒婷这首《会唱歌的鸢尾花》带有现代主义的特点。诗歌写的是一个在特定历史年代成长的青年女性，她渴望已久的爱情得以实现时的内心状态。舒婷把爱情当作人生的一部分来歌唱，努力表现青年的觉醒意识和思想感情特征，抒发他们的时代使命与自觉意识。王光明认为《会唱歌的鸢尾花》是舒婷自我矛盾的集中表现，这种矛盾的深处是个人认同还是社会认同、生命展望还是历史展望的冲突。[1]舒婷除了受现代主义文化的影响，她的诗歌写作中还体现了鲜明的浪漫主义色彩。

陈仲义认为："如果说中国新诗的发轫是以浪漫主义直接启动的，郭沫若充当了中国浪漫派新诗鼻祖，那么在未来的编年史，女诗人可能成为浪漫派最后一批抒情歌手。"[2]舒婷自述："我拼命抄诗，这也是一种训练。那段时间我迷上了泰戈尔的散文诗和何其芳的《预言》，在我的笔记里，除了拜伦、密茨凯维支、济慈的作品，也有殷夫、朱自清、应修人的。"[3]从舒婷的抄写中，我们看到了不少浪漫主义诗人的名字。

浪漫主义注重情感的抒发，将人放在重要的位置。刘登翰认为，"舒婷诗歌的抒情形象，常常具有这样的二重性：在温柔宁静的外表中，蕴涵的是一颗骚动不安的灵魂。温柔和宁静，只是这个抒情形象的外在感情形态，由历史和现实所唤起的内心崇高而痛苦的骚动，才是它的精神内蕴。"[4]

舒婷诗歌的浪漫主义一方面是对五四浪漫主义的回应，另一方面是作为抒情浪漫女诗人，与西方浪漫主义的精神契合。舒婷诗歌受到中国浪漫主义与西方浪漫主义的双重影响，她既在诗歌中化用了中国古典诗歌中的浪漫主义，也借鉴了欧洲浪漫主义、现代主义的表现方式。

舒婷诗歌具有铭心刻骨的感情魅力，诗中始终蕴含对生活、自然的热爱，具有感染力，展示女性丰富细腻的情感世界。洪子诚认为："舒婷的诗，或借助内心来映照外部世界的音影，或捕捉生活现象所激起的情感反映。中国当代读者久违了的温情的人性情感

---

[1] 王光明：《艰难的指向新诗潮与二十世纪中国现代诗》，时代文艺出版社，1993，第138页。
[2] 陈仲义：《中国朦胧诗人论》，江苏文艺出版社，1996，第229页。
[3] 舒婷：《生活、书籍与诗》，载刘禾编《持灯的使者》，广西师范大学出版社，2009，第129页。
[4] 刘登翰：《会唱歌的鸢尾花——论舒婷》，《文学评论》，1985年第6期。

在她的诗中'回归'。"①

舒婷是一个敏感、内向的诗人，擅长抒情诗歌的写作。她的诗歌多为内心体验和个人表达。舒婷善于捕捉生活感受，表达细腻情感经验。她通过精心选择的意象，来观照人的内心世界。虽然舒婷诗歌使用了现代主义的创作手法，但诗歌内在精神显然是浪漫主义。

第三节　鲜明的女性意识

舒婷诗歌中有强烈的女性意识。《致橡树》《惠安女子》《神女峰》是舒婷诗歌的"女性三部曲"。这三首诗代表了舒婷追求独立、追求自我的鲜明女性意识。

我如果爱你——
绝不像攀援的凌霄花，
借你的高枝炫耀自己；
我如果爱你——
绝不学痴情的鸟儿，
为绿荫重复单调的歌曲；
也不止像泉源，
常年送来清凉的慰藉；
也不止像险峰，
增加你的高度，衬托你的威仪。
甚至日光。
甚至春雨。
不，这些都还不够！
我必须是你近旁的一株木棉，
作为树的形象和你站在一起。
根，紧握在地下，
叶，相触在云里。
每一阵风过，
我们都互相致意，

---

① 洪子诚：《中国当代文学史》，北京大学出版社，1999，第297-298页。

但没有人，

听懂我们的言语。

你有你的铜枝铁干，

像刀，像剑，

也像戟；

我有我红硕的花朵，

像沉重的叹息，

又像英勇的火炬。

我们分担寒潮、风雷、霹雳；

我们共享雾霭、流岚、虹霓。

仿佛永远分离，

却又终身相依。

这才是伟大的爱情，

坚贞就在这里：

爱——

不仅爱你伟岸的身躯，

也爱你坚持的位置，足下的土地。

——《致橡树》

舒婷1977年写的《致橡树》鲜明地表现了作者的批判意识和个人理想，是作者人格的全部体现。作者发出了女性独立的呐喊，否定了女性攀附、依赖男性的行为，肯定了"木棉"和"橡树"并肩而立、彼此平等的爱情。诗中强调思想、人格上的独立价值和男女之间彼此的平等权利。舒婷认为真正的爱是建立在彼此理解、信任和尊重的基础上。诗人在《致橡树》中讴歌了平等、纯洁、坚贞的爱情。同样，《惠安女子》反映了舒婷对女性处境的思考。

野火在远方，远方

在你琥珀色的眼睛里

以古老部落的银饰

约束柔软的腰肢

幸福虽不可预期，但少女的梦

蒲公英一般徐徐落在海面上
啊，浪花无边无际

天生不爱倾诉苦难
并非苦难已经永远绝迹
当洞箫和琵琶在晚照中
唤醒普遍的忧伤
你把头巾一角轻轻咬在嘴里
这样优美地站在海天之间
令人忽略了：你的裸足
所踩过的碱滩和礁石
于是，在封面和插图中
你成为风景，成为传奇

——《惠安女子》

舒婷诗歌《惠安女子》是一尊高度艺术概括的语言雕像。福建惠安的男性漂泊海上讨生活，女性常年留守。惠安女子吃苦耐劳，诗歌由一个群体的艰难生存提醒读者当代女性的现实处境，舒婷这首诗的创作继承了五四启蒙主义和人道主义精神，延续了"爱"与"人性"的主题。

舒婷诗中的女性形象具有一定程度的典型性，以小见大展示了千千万万吃苦耐劳的女性在特定时代和生活背景中，默默承受着苦难的图景，赞扬了女性美好、坚韧的品质。舒婷呼唤觉醒的女性，《惠安女子》这首诗正是体现了舒婷对女性命运的关注的典型代表，《神女峰》同样表达了舒婷对女性命运的思忖。

在向你挥舞的各色花帕中
是谁的手突然收回
紧紧捂住了自己的眼睛
当人们四散离去，谁
还站在船尾
衣裙漫飞，如翻涌不息的云
江涛
　高一声

低一声

美丽的梦留下美丽的忧伤

人间天上，代代相传

但是，心

真能变成石头吗

为眺望远天的杳鹤

错过无数次春江月明

沿着江岸

金光菊和女贞子的洪流

正煽动新的背叛

　　与其在悬崖上展览千年

　　不如在爱人肩头痛哭一晚

——《神女峰》

《神女峰》灵感来自战国宋玉笔下巫山神女的传说。巫山神女是巫峡一代的神女。传说她是天帝之女，与楚怀王神人相恋，怀王死后，民间传说，神女日思夜想，化为石柱，表示要忠于怀王。神女峰成为贞洁忠贞的象征，隐含男权社会对女性的道德要求。舒婷则期待一种新的女性意识，舒婷认为女性无须被道德绑架，与其化成石头，不如步入世俗生活，在爱人的肩头痛哭一晚。

舒婷曾在《女祠的阴影》中写道："从五四反封建至今，八十年过去了，我们对女性的风险、牺牲、大仁大义大勇精神除了赞美褒扬之外，是否常常记住还要替她们惋惜、愤怒，并且援助鼓励她们寻找自我的同时，也发扬一下男性自己的民主意识和奉献牺牲精神？"[1]

在舒婷的女性诗歌写作中，体现出一种崇高美。舒婷有着对生命价值的重新思考，对女性命运的历史反思。诗人在其诗歌写作中透露出对女性命运的关怀和关注。

舒婷曾说："无论在感情上、生活中我都是一个普通女人，我从未想到要当什么作家、诗人，任何最轻量级的桂冠对我简单而又简单的思想都过于沉重。我不愿做盆花、做标本，做珍禽异兽，不愿在'悬崖上展览千年'。"[2]舒婷对女性生存困境的体察，对女性个体生命的观照，体现了她鲜明的女性意识。舒婷诗歌丰富了当代女性诗歌的内涵，

---

[1] 舒婷：《女祠的阴影》，《舒婷文集（卷三）》，江苏文艺出版社，1997，第85-86页。
[2] 舒婷：《以忧伤的明亮透彻沉默》，《舒婷精选集》，北京燕山出版社，2006，第113页。

促进了女性意识的觉醒。她的诗歌延续了五四启蒙主义精神,对人的发现,对个体的重视,显示了人文主义关怀。

舒婷诗歌写作对今天具有重要意义。舒婷诗歌不仅恢复了个人话语,而且通过舒婷诗歌个人话语空间的营造,开启了诗歌从传统到现代的转换工作。舒婷用纯粹的语言、真挚的感情、成熟的意象、象征化技巧等方式,将个人经验和情绪话语建构到诗歌话语中,形成超越个人话语和个人经验的时代话语和普遍经验。舒婷对个人经验的省思性超越,建构了极具美学价值的诗歌文本。"这就是舒婷诗歌的独特意义所在。她的诗标示了我国新诗从集体经验—个人经验—现代诗歌经验的艰难指向。"[1]

当然,舒婷诗歌也有其局限性。如《中国当代新诗史》认为"舒婷诗在思想艺术的创新上显得较为不足"。[2]比如王光明曾指出"舒婷的局限也许正在于她的爱人和自爱缺乏更深刻的历史和现实的内容,因此她的诗歌之树上开出了某些软弱无力、忧郁伤感的花朵"。[3]当她把最个人化的爱情经验,也提升为一代人的人生追求时,她没有意识到这种经验其实有一个更普遍的指向。[4]

但舒婷诗歌写作在文学史上有重要价值。正如吴思敬所说:"舒婷的出现,带来了新时期女性写作的勃兴。自此,东西南北中,女性诗人不断涌现,她们摆脱了男性中心的话语模式,以性别意识鲜明的写作,传达了女性觉醒以及对妇女解放的呼唤与期待,引起了阵阵的喧哗与骚动,成为新时期诗坛的重要景观。"[5]

---

[1] 王光明:《艰难的指向新诗潮与二十世纪中国现代诗》,时代文艺出版社,1993,第118页。
[2] 洪子诚、刘登翰:《中国当代新诗史(修订版)》,北京大学出版社,2005,第190页。
[3] 王光明:《艰难的指向新诗潮与二十世纪中国现代诗》,时代文艺出版社,1993,第131页。
[4] 王光明:《艰难的指向新诗潮与二十世纪中国现代诗》,时代文艺出版社,1993,第131页。
[5] 吴思敬:《舒婷:呼唤女性诗歌的春天》,《文艺争鸣》,2000年第1期。

第十一讲
王安忆"心灵世界"的呈现与小说创作

从伤痕文学到知青文学再到寻根文学，从先锋文学到"新写实"再到女性文学，王安忆的创作与新时期以来文学的发展几乎同步。四十多年来，她一直在文学园地里默默耕耘，其创作以深厚丰富的意蕴、细腻清新的语言、饱含哲思的性情书写赢得了广大读者的喜爱。作为中国当代文坛最具活力、风格最多变的作家之一，她不断否定自我、超越自我，始终以一种顽强坚韧的姿态，畅快地书写着自己独特的人生体悟、精神历险和生命向往，散发着特有的魅力与光彩。

20世纪70年代末80年代初，带着小荷才露尖尖角的稚气，王安忆登上文坛，开启了自己的创作之旅。在《雨，沙沙沙》《广阔天地的一角》《从疾驰的车窗前掠过》等作品中，她以优美的抒情笔调，真切地表现了女知青雯雯在插队的农村及返城后的经历与心理、情感等方面的变化，通过对其纯洁、美好心灵世界的描写来表现少女成长过程中的稚嫩和对生活的热情。面对政治运动所带来的人生错位，虽然这种对真善美的信赖与追寻是作家不肯错过的美好，但曾经的理想与憧憬以及理想幻灭后的痛苦与困顿却往往与之如影随形。于是，经历了上山下乡运动、当过知青的王安忆开始努力走出"雯雯"的天地，将目光投向更为广阔的现实世界，推出了《本次列车终点》《庸常之辈》《归去来兮》《流逝》等作品。显然，较之初登文坛时的创作，这些作品彰显出了更深层次的生命体悟，但作家仍无法摆脱对真实世界和个人经验的依赖，面对已有的局限，她开始找寻突破的途径，1983年的美国之行，为她的艺术创新提供了契机。在一个高度现代化的西方社会面前，文化体验上的巨大震撼使其充分认识到了世界的复杂多样性，西方文化的参照让她开始用民族的和世界的双重眼光来思考本土文化的历史命运及其制约下的民间生存问题，之后创作了《小鲍庄》、"三恋"系列、《岗上的世纪》等作品以此来观照社会历史、审视人类命运。

这种饱满、活跃的状态在其创作中持续了一段时间，之后，王安忆又发表了《叔叔的故事》《乌托邦诗篇》《伤心太平洋》等中篇小说及《米妮》《纪实与虚构》《长恨歌》等长篇小说，这些作品既有其从精神层面对个人与历史、物质与精神以及文化与社会的反思，也有其对都市历史变迁及文化精神的探寻。伴随着作家叙事风格的转变，王安忆小说开始显现出成熟的艺术境界。而其中1995年发表的《长恨歌》便是作家坚持不懈进行艺术探索的重要成果。当"现代化""全球化""新经济"等新词汇开始进入人们的视野并作为一种观念席卷世界时，当它们控制我们的物质生活、占领我们的精神生活时，独具慧心的作家很快找到了自己创作的又一支点——生活。她奋力地掀拨着"强势文化"覆盖下的观念层，力求向我们展现生活的普通与日常。《富萍》《妹头》《上种红菱下种藕》《桃之夭夭》等就是其长期自觉、理性跋涉过程中的心灵休整，更是其触碰真实人生的重要实践。进入新世纪以后，王安忆在贴近生活的基础上继续着对多样的人间情态的书写，《月色撩人》《天香》《红豆生南国》《向西，向西，向南》《考工记》等作品，在更开阔的视野里表现生活，呈现出了越来越深刻的思想力量。

在中国当代众多的女作家中，王安忆的创作实力是无可厚非的，对她的研究也是国内学界关注的热点。张新颖、金理主编的《王安忆研究资料——中国当代研究资料丛书》收录了王安忆的创作谈、对话录，以及国内研究王安忆比较著名的评论家们的文章，对其在中国新时期文学中的地位及影响做了全方位的反映。吴义勤的《王安忆研究资料——中国新时期文学研究资料汇编（乙种）》囊括了中国三十多年来，学界不同时期具有代表性的针对王安忆创作的评论。张清华《中国新时期女性文学研究资料——中国新时期文学研究资料汇编（甲种）》一书，收入了学界针对王安忆几部具有女性主义色彩的代表性作品的研究成果。马春花的《叙事中国：文化研究视野中的王安忆小说》从王安忆的身份构成、性别意识和空间政治等角度出发，采用文化研究的方法对其创作展开整体评析。华霄颖的《市民文化与都市想象：王安忆上海书写研究》运用文艺民俗学理论分析了上海市民文化对王安忆都市想象的影响，并就作家对上海市民文化的情感凝聚予以了观照。李淑霞的《王安忆小说创作研究》结合王安忆多年的小说创作实践，从创作主题、创作理念，以及语言风格等方面对其作品展开探究。任一鸣《解构与建构——中国女性文学与美学衍论》立足于20世纪中国女性主义文学研究的视域，对"三恋"系列、《长恨歌》等作品进行了系统分析和阐述。与此同时，一些海外汉学家对王安忆的创作也展开了探讨。王德威的《如何现代，怎样文学——十九、二十世纪中文小说新论》从海派文学传承的角度把王安忆定位为海派传人，对其文本中的上海书写进行剖析，并在《跨世纪风华：当代小说20家》一书中将其上海书写归置到海派文学的历时性发展轨迹中加以考察。张东旭的《后社会主义和文化政治：20世纪中国的最后十年》对王安忆小说创作中的上海怀旧情结予以了剖析。由此可见，目前王安忆研究的成果是较为丰硕的，且主要集中在对其作品中上海书写、女性主义色彩、叙事策略、审美意蕴的研究等维度，这为我们走进王安忆的小说世界提供了不同的途径。

第一节 "小说是个人的心灵世界"

在各种流派争吃风云的当代文坛，王安忆的创作实力无可厚非。这不仅因为她不断有耳目一新的作品问世，而且在于她出版了众多有关小说创作理论的著述，这种现象是作家当中少有的。多年来，她一直在寻找属于自己的文本构建形式，在写作过程中反复论证自己的创作观念，结集出版了《故事与讲故事》《小说家的十三堂课》《小说课堂》《导修报告》等多部文论集，在对"四不要""故事与讲故事""心灵世界"等小说理论的阐释中，逐步形成了自己独特的小说观。从抒写自我到自我感觉覆盖下对社会人生的揭示、从抽象人性探索到建设一个脱离现实的精神殿堂，王安忆完成了自己的创作转变，形成了愈加成熟的小说观念，在她看来，"我的经历、个性、素质决定了写外部社会不可能是我的第一主题，我的第一主题肯定是表现自我。"[①]所以，她发起了对人类精神追求的不断诘问，作为一位痴迷于主观世界和心灵景观的探索的作家，她渴望通过小说建立一个人间的精神神殿，庇护我们在现实中被驱逐和挤压的心灵。这是她一直以来的创作追求，也是其小说观念中最具特色的理论。

作为个人心灵图景的呈现，小说这个世界"和我们真实的世界没有明确的关系，它不是我们这个世界的对应，或者说是翻版。不是这样的，它是一个另外存在的，一个独立的，完全是由它自己来决定的，由它自己的规定、原则去推动、发展、构造的，而这

[①] 王安忆：《王安忆说》，湖南文艺出版社，2003，第10页。

个世界是由一个人构造的,这个人可以说有相对的封闭性,他在他心灵的天地,心灵的制作场里把它慢慢构筑成功的。"①一部作品在拥有非常真实的物质外壳的同时,还必须传达伟大的人心和灵魂层面的发现。这种"小说不是现实,它是个人的心灵世界"的观念便是王安忆多年来小说观的核心要义。1997年,她走上了复旦大学中文系的讲台,后将一学期课程的讲稿集结成了《心灵世界》一书,以对其小说要义做最详细的注解。然心灵世界的构建并不能借助空想和玄思的方式来完成,它必须通过物质材料的积累和建筑才能达到广阔和宏伟的境界。材料的好坏将直接决定心灵世界呈现的质量,真实可信便是好材料的重要标准。所以,在王安忆看来,一部好的小说就是要展示一个物质世界,尽可能和现实生活严丝合缝。无论你需要表达多么伟大的精神情感,在这之前都必须通过真实的材料制造一个能承载灵魂的容器。因此,在其最初的创作中,她很自然地表现出了对现实世界和自我经验世界的依赖,这种对生活的体认,让她的创作具备了可信的物质基础,并使其小说的精神和它的物质外壳镶嵌得非常合理。

当然,充分占有现实材料是进行创作的基础,但这并不意味着我们要原封不动对生活进行反映与再现,作家既不能凭主观臆想去创造艺术真实,也不能完全照抄生活,而是要对材料进行筛选,并在尊重现实的前提下展开合理化的虚构。这种在真实经验基础上对材料的选择与加工就是其寻找故事,并让故事进入"与生俱来的存在形式"的方式。事实上,她也是这样实践的,《小鲍庄》中故事的原型是一个宿迁小女孩为保护五保户老奶奶而去世的事件;"三恋"系列中主人公情欲的背景来源于作家文工团生活的经历;《米尼》《我爱比尔》等作品更与其在白茅岭的采访息息相关……这些故事都是作家在真实材料的基础上合理虚构的结果。

作为一个对日常生活饱含激情的作家,王安忆在获得大量现实材料后对它们进行了常态化的赋形,《流逝》《长恨歌》《米尼》《香港的情与爱》《富萍》《妹头》《桃之夭夭》等都拥有一个日常化的物质外壳。这些作品的叙事非常写实,人物、故事、细节看上去十分生动、具体,但其实这仅仅还只是一个舞台。在小说常态的外表下,她更想展现内部的不常态,而这种不常态正是作家所呈现出的抽象化、诗意化的内心意绪。凭借着对生活独特的领悟,通过对现实材料的常态化赋形,王安忆努力构建着小说的外部形态。而小说往往又是在故事的原型上发展成熟的,作为一种展示作家心灵图景的框架与载体,讲故事就是小说的内部形式,情节的发展便是故事的构成。

---

① 王安忆:《心灵世界》,复旦大学出版社,1997,第13页。

与传统小说对故事本身的重视不同，王安忆更注重讲故事的方法，并从自我创作经验出发得出了"经验性传说性故事和小说构成性故事是两个范畴"的结论。在她看来，写作"经验性传说性故事"是去挖掘自己曾经体验过的生活或去寻找散落的传闻，由其转化而成的故事情节往往比较感性，有着贴肤的亲近感和强烈的生活气息。王安忆早期的《雨，沙沙沙》《野菊花，野菊花》《庸常之辈》《运河边上》等一大批作品就是最好的例证。然而这种经验性情节往往只能让故事停留在表面，无法推动其向纵深的方向发展。而小说更应当是一种"逻辑性情节"，它带有人工的痕迹，作家可以对已有经验加以严格的整理，使其具有逻辑的推理性，如何使故事从开头走到结尾、中间要设置什么悬念、人物要通过怎样的变化才能将情节推向高潮，从而发展得更远都包含在这一过程中。所以，王安忆强调小说创作过程中的逻辑力量，并将其视为小说构成意义上情节展开的主要动力。

《长恨歌》便是一个通过逻辑力量来展开故事情节的典型，作家着力表现了王琦瑶命运多舛的一生。她先被选为上海小姐，认识了程先生，又被某地官员李主任金屋藏娇，成为他的情妇，直到李主任遇难才过上一段相对平静的生活，但她的厄运并没有就此结束，之后又与富家子弟康明逊、浪荡公子萨沙、商人老克腊产生了纠葛，最后伴随着她的被杀其苦难的一生才得以画上句号。其实，王琦瑶人生的每次转折都是一个由因导致的果。如果没有当选为"上海小姐"，她或许没有机会成为李主任的金丝雀；如果李主任没有意外身亡，她不会回到平安里，也就不会成为未婚妈妈；如果没有生下女儿，没有女儿的男朋友，也就不会有她的意外身亡。作家曾自述过这个作品的写作过程，她之所以写一个20世纪40年代的"上海小姐"在80年代被社会流氓杀害的故事，主要在于从此岸到彼岸的距离非常遥远，这中间需要做许多的推理。文本中故事发展的连贯性、不可预料性和故事发展动机的有机性、不可替代性都是逻辑力量推动的结果。

作为一种相对独立于思想内容之外的存在，逻辑是将思想推进到纵深处的力量，情节的逻辑力量往往可以弥补作家认识和经验材料的不足。然而，这在王安忆的小说观念中，还只属于物质层面的内容，在《小说的创作》中，她曾将小说的形成过程做了一个由"壳"到"瓤"再到"核"的形象概括，其中"壳"是小说的外部形式，当我们打开这一物质外壳后，看到的就是里面的"瓤"，从"壳"到"瓤"是一个由形式到内容的过程，讲故事便是小说的内容——"瓤"，而"核"才是作品的中心或主题，它是一种更具有精神性和思想性的存在。与"壳"和"瓤"相比，"核"更接近作家灵魂。所以，王安忆在创作中非常注重"核"的呈现，她把小说的写作形象地表述成"把真实的房子拆成砖，再砌一座寓言的房子"的过程，在她看来，真实的房子是反映到作家意识中的现实，而寓言的房子则是通过作家已有经验加工化了的另一现实。小说作为创作者思维的一个终端产品，是从意识之屋走出来的、经验化了的现实，是一个借以超越世俗的，提升精神境界的心灵的世界。在这个经验化的过程中，我们完成了对现实世界的认识，其中认识的质量将会演变成为作家的思想，直接决定着心灵世界的呈现以及完美程度。王安忆在20世纪90年代末期写过《姊妹们》《文工团》《一喜宴》《开会》等一组描写淮河岁月的短篇，其实关于淮北农村知青生活的素材，其在初登文坛时便早已涉及，但当她再次回首那段蹉跎岁月时，农村所呈现给她的已然不是当时那种艰难的生计，虽然有因"成分不好"而被耽误了韶华的姐弟、在不幸婚姻中苦苦支撑的姊妹们、在无望和焦灼中等待的知青们……但在没有回避时代、社会给人造成的精神创伤的同时，她给我们展示的是另外一幅图景。正如其在《生活的形式》一文中所说的："我写农村，并不是出于怀旧，也不是为祭奠插队的日子，而是因为，农村生活的方式，在我眼里日渐呈现出审美的性质，上升为形式。"在一个审美的领域里，作家重新发现了它们，与其他知青文学对那段痛苦生活的回忆不同，王安忆笔下那片土地上发生的一切都经过了她的经验化处理，在自己的情感世界中形成了新的审美追求，经历过时间的冲淡滤尽，留下的更多的是人情人性之美。可以说，这些故事都是经过她的经验淘洗的，是作家内心情感的流露，是"个人"的心灵的世界。

对于一个创作者来说，如果缺少一种俯瞰世事的能力就无法对小说素材进行艺术的深加工，而如果对生活的直观把握缺乏思想含量作底，其创作也只能流于浮泛肤浅而构不成深层次的震撼。那些优秀的作家作品之所以能广为流传，并不是以特征性取胜，他们靠的是思想高度，创作者越是有思想高度，他构造的心灵世界就会越完美。于王安忆而言，小说就是一座精神之塔，是安存我们对世界的种种怀疑、询问的心灵之地。她把作家看作是生活在另一个世界的人，在这个不同于现实的以精神为主体的世界，作家应跟现实保持审美上的距离，用冷静的头脑不断去穿透繁杂的现实表象，寻找精神的寄寓和归宿。所以，无论是早期的"雯雯"系列，还是之后的"三恋"系列、《长恨歌》《富萍》等，其笔下的人物往往能凭借着平常日子中属于"人"的温情，在历史进程的惊涛骇浪中汲取温暖和慰藉，绘制自我的生存状态和生命轨迹。王安忆对社会底层普通民众生活的揭示，是对启蒙思想中个体自我意识独立的一种回应。但透过那些无声无息流逝的日子、那些没有碑铭的喜怒哀乐，她将对人的生存态势的关注由外在生存形态的表现转换为深入灵魂的内外融合的生存情态的剖释，从对琐碎卑微人生的叙述开始，她已经为人们铺就了一条通往崇高境界的通天大道,按照生活的常态书写自己对生命的体悟便是其构建心灵世界的重要途径。

对小说外部物质形态的追求和内部思想情感的探索共同构成了王安忆"心灵世界"说最核心的内容。她以现实世界的真实材料为基础,以情节开展的逻辑关系为动力,以作者自我的心理经验为媒介,讲述了一个个城市或乡村的故事,构建了一个个安放人类灵魂的栖息地,这种具有思想性的心灵世界的呈现,拓展了我们的存在空间,延伸了真实世界的图景,给平凡的人世带来了神力。或许从俗世中来才能深入到灵魂里去,现实的平庸让我们感到沉闷和沮丧,王安忆正努力将我们由此岸带到彼岸。

第二节 "存在之图":对心灵图景的勘探

王安忆是一位思想和精神的探寻者,她强调小说创作中心灵世界的构建,格外珍视观念与形式之下由"个人经验充实而成"的内容,为了被思想的光芒照耀,结出"精神的果实",她一直在不停地思索。纵观其整个创作历程,对生存意义的追问是其作品的重要主题,她以饱蘸悲悯情怀的笔触,抒写人类心灵世界的苦闷和挣扎,完成了对个体生命的深刻认识和对生命价值的虔诚领悟。走进她的小说世界,扑面而来的不是种种苦难,而是各种生存的坚韧与抗争,她站在普通人的价值立场,通过对个体"存在之图"的描绘,呈现出了尤为丰富的心灵图景。

存在是生命个体在世的基本状态,存在主义者哲学家认为人是"被抛入的设计",于是人的存在便陷入了各种矛盾中。以此来观照王安忆的创作,我们发现《墙基》《命运交响曲》《妙妙》《米尼》《小城之恋》《长恨歌》等一系列作品中的人物与周遭环境或社会现实总是紧张对峙着,《命运交响曲》就是其中的代表。主人公韦乃川来自全国一流的音乐学院作曲系,具有良好的音乐天赋,怀着一腔雄心壮志的他选择了一个很小的地市级文工团,梦想在"贫瘠的土地"上建立一座富丽堂皇的音乐大厦。但因为他的骄傲、狂妄,再加上作品的曲高和寡、无人认可,始终无法与周围的环境相适应,后被人挤兑到了一所偏僻的县城中学,慢慢被时代所遗忘。最终,辗转病榻数年之后,悄然辞世。韦乃川是悲哀的,作为"万物之灵长",人本该最具精神和智慧,他们不同于动物,不能仅满足于一种生存本能,更应按照自己的愿望和要求改善生存环境,提升人的本质并美化生活。但现实生活却往往事与愿违,在我们的社会里,个人的成长和发展还不是一切社会和政治活动的目标,人没有成为某种目的和结果,而更多的被作为许多人或事的手段与工具，很难实现自己的人生价值。

其实，人与环境的对抗关系由来已久。作为独立的个体，人无法完全褪尽其本身所固有的自然性，而社会文明秩序为了维护它自身的稳定和整体利益，总是要求社会成员们拒斥它，彼此间的对抗无形中将人的存在陷入了悖论之中。王安忆的"三恋"系列就是展现这种矛盾状态下人的生存处境的作品。作为人的自然欲望和固有本性，"性爱"是人自由生命状态的一种体现，但中国历来浸透着性禁锢观念和性仇视意识，受传统文化的影响，非婚性关系被视作大逆不道之行和万恶不赦之罪。在这样一种尖锐的痛苦和无奈的悲悯中，"三恋"系列为我们呈现的正是传统情结桎梏下女性的生存镜像。《小城之恋》描述了一对青梅竹马的少男少女在性欲本能牵引下偷食禁果的故事，虽然他们之间的性是生理成熟的渴求，但最终还是抵不过因袭的文化心理和传统道德的影响，在享受本能需求的同时背负着偷吃禁果的羞耻感和罪恶感。《荒山之恋》中的金谷巷女孩一直恪守"贞操"观念，在找到了一个各方面条件都符合标准的男人后将贞操献给了这位终身依托的丈夫，但她的婚姻并不幸福，当大提琴手出现后，他和她的婚外恋情一拍即合，偷食了本不属于他们的禁果。虽然在欲望的驱使下他们获得了一时的欢愉，但这种畸形的关系必定被道德所审判，为文明所不容，他们只得命赴黄泉。可见，无论两性之间以怎样的形式发生角逐，也无论个体以何种方式对传统文明秩序进行挑战，最终必定走向妥协或失败。

社会和时代不仅阻挠个人自身理想和自我价值的实现，还常常对个体形成无形的挤压。《叔叔的故事》中的叔叔本是一位年轻有为的作家，却在经历"文革"之后再也找不到生活的乐趣；《妙妙》中出身于小县城的妙妙，试图用自己青春妙龄的身体作为武器征服男人实现自己的梦想，最后却沦为了任何男人都认为可以占有的女人；《我爱比尔》中的阿三，因为爱放弃了学业，因为文化上的差异，处处迎合着比尔，最后在对西方文化的倾倒中迷失了自我，堕入了罪恶的深渊。无论是叔叔还是妙妙、阿三，他们不自觉地接受着来自社会的压力与影响，在找寻存在价值的过程中迷失了自我。

王安忆总以最大的热情投注到对人生存的关注中，凭借着自身独特的艺术感受力体悟人生，并通过小说的形式成功地展现了自己对人类命运的关切与思索，而她对个体生存价值的深度探寻，究其原因，与其自身的成长经历和母亲的影响密不可分。

1954年，王安忆出生在江苏南京，后随母亲迁居到上海，升初中时遭逢"文化大革命"的爆发，16岁来到淮北五河县头铺公社插队，成为上山下乡知青。农村生活带给她一种全新的体验，对于一个在城市里长大的孩子而言这是难以适应的，在这片贫瘠的土地上,她对人的存在状态有了最切肤的体会。物质上的极度贫乏,使其对农村生活不再抱有幻想,转而开始着迷精神上的东西。为了彻底摆脱当时生活的状态,王安忆背着琴到处考试,后来终于进入江苏省徐州地区文工团工作,直至1978年才被调回上海担任《儿童时代》的编辑。这样的成长经历,不仅让她经受了中国政治经济激变带来的灾难,而且让其对生存的艰辛有了足够的认识,也让她对生存的意义有了更多的追问。《69届毕业生》中的雯雯常常向自己提出一些古怪的问题。比如,人为什么要长大?为什么非要有个好的工作环境和好的前程?前程是什么意思?"我"是什么?……《本次列车终点》中的陈信,从插队的乡下返回上海后,总是反复思考:他回上海的目的地达到了,可是,下一步,他又该往哪儿走呢?人活着,总该有个目的地,可是,他的目的地在哪里呢?……"文革"中的赵志国也常常想:做人到底是为什么呢?人生究竟又有什么意义呢?……伴随着这一系列问题,我们会不自觉地陷入超出当下生活的形而上的生命价值追问之中。作家有意识地在他们身上寄托着对自己人生经历的回忆,以其自身特有的敏感,关注着产生纠葛的"人"本身,积极地完成着自己对生存的领悟。

经历过下乡、返城、深造等历练之后的王安忆对生活的认识更加丰盈,不可否认,这为作家的生存书写提供了契机,但她对人的自觉观照和对存在的深切感悟还与其母亲的影响紧密相关。王安忆的母亲茹志娟是著名的现代女作家,其创作以表现普通人、家务事、儿女情著称。母亲对人性的努力发掘给其留下了深刻的印象,在《从何而来,向何而去》一文中,王安忆提到了贯穿于母亲创作中的一个重要命题,即"如何表达具有审美价值的人性",而从哲学的角度来反观这种对人性的书写,实际上就是对个体存在形式的另一种注解。所以,从小深受母亲影响的王安忆无形中接受了她的言传身教,茹志鹃对人性的探究直接成为了王安忆表现生存的动力来源,也让她形成了生活中喜欢看人、关注人的习惯,从雯雯开始,她就一直眷注着小人物及他们的沧桑命运。

内化的人生体验和母亲的影响都让作家更注目于"人"这一主体,正如作家自己所言,"对我来讲小说就是人和人,人和自己,人和世界之间关系的形式",而她的创作就是旨在发掘这一形式背后的深意。王安忆在常态书写中探求人生的无限意蕴,其作品对人在适应社会时表现出的惊人生存能力的描写,对人选择的生存方式的理解和同情,对物欲横流的现实社会下人理想的生存空间的努力架构,都是人们面对人生虚无、迷茫时的奋力反抗与拯救。作为生命个体,人存在的本质不仅体现为人的生存,更体现为人在生存中的自我理解和自我发展,面对人与社会之间的矛盾和冲突,王安忆对生存问题的深切关注、对生命价值的不懈追问显现出尤为丰富的意义和价值。

首先，她对个体存在价值的剖释，是对日常生活中平民精神的崇尚与赞扬。伴随着商品经济的发展，人类的道德价值观出现了滑坡的现象，高楼大厦、富人白领充斥于文本中，作家们醉心于流光溢彩的生活表象，文学创作的底层意识变得越来越缺乏，普通民众的生存境遇正在逐渐地淡出人们的文学视野。然而，王安忆的创作则不同，在《野菊花，野菊花》《民工刘建华》《本次列车终点》《庸常之辈》《流逝》《富萍》等作品中，民工、民间艺人、收废品的、修自行车的、保姆等之类的普通劳动者接踵而至。她怀着一颗悲悯之心关注着底层民众生存的艰难，但采取的却并不是居高临下的同情或呼吁的态度，而是给予了他们充分的理解与尊重，底层民众即使再贫穷，他们身上依然闪现着人性的光辉与美好。《窗前搭起脚手架》中贫穷的林师傅尽管被别人轻蔑地称为一个脚手架上的"高等生物"，被自认为高人一等的意中人边薇视为浅薄，虽然生活剥夺了他的爱情，他却依然积极地自我设计着美好的未来。《民工刘建华》中的刘建华之所以与东家兵刃相接，处处较劲，潜意识中就是为了维护自己的尊严。《富萍》中的主人公富萍面对生活现实从未屈服，主动改变自己的命运。明知残疾青年的境遇不如自己，却能与他患难与共，彼此鼓励支撑，在默默劳作中保持着生命的格调。如林师傅、刘建华、富萍一般的普通民众在王安忆的作品中比比皆是，作为人类历史发展进程中的生命个体，他们似乎不曾对人生做过形而上的终极追问，但他们却一直凭借着自己不屈不挠的生命意志和蓬勃旺盛的生命力量在生活、在行动，这是一种最务实的生命状态。在大众匮乏对生存的感受和理性认识的文化情境中，王安忆对平淡从容又顽强坚韧的平民精神的发掘显示出重要的意义和价值。

其次，她对生存问题的思考还是五四启蒙精神的当代延续。五四启蒙文学高举"人的解放"的旗帜，启发人的智慧、发掘人的价值、尊重人的独立个性，把人从数千年专制和愚昧的枷锁中解救出来。这种启蒙精神是20世纪文学创作的主要目标。但在现代中国自救复兴的近半个世纪中，启蒙精神和个人的价值被淹没在时代的洪流之中。直至"文革"结束以后，人的解放才再度成为人们讨论的话题。在启蒙主义的影响下，王安忆以严肃的态度，通过作品对人的不断探索，对人性的展现，对个体命运的思考，对现实人生的同情和理解，身体力行地实践着为人的文学，致力于对人的价值的探寻。其笔下的人物往往凭借着日常生活中属于"人"的温情，在历史的惊涛骇浪中绘制着自己的人生图景。她给予社会底层普通民众生存情态以合理揭示，是对启蒙思想中个体自我意识独立的一种回应。与此同时，她还在回答着"人之为人"的更高命题，她对人的生存态势的关注，她立足于现实生活对人与世界之间真相的追寻，都是其把握时代内涵背后对五四以来的启蒙精神延续的努力与思考。

在多年的小说创作实践中，对个体生命价值的思索和存在意义的追问一直是王安忆作品的主题之一。一直以来，她从未改变对人的关怀、对理想的坚守和对人类整体生存境遇的探究，着眼于对现实人生真实面貌的展现，她将艺术视野投向人们的日常生活，通过对他们各种生存境遇的描写，为我们呈现了一幅幅超越生活本身意义的具有精神性的心灵图景。

第三节《叔叔的故事》：元小说叙事策略的文本实践

元小说（metafiction），兴起于西方的20世纪六七十年代，又译为"超小说""自我生成小说""内小说"或"反小说"等，这个从后现代主义小说理论中借用的术语在1970年美国作家威廉姆·伽斯（William Gass）的论著《小说与生活中的人物》中被首次提出，威廉姆·伽斯指出在博杰斯、巴思和奥布赖恩等作家作品中许多反小说都是地地道道的元小说，在他看来，语言是构成任何小说的基本元素，但语言的准确性常常与具体内容相脱离，它未必就一定要有所指，这就给作者提供了玩弄、游戏语言的可能性。著名批评家帕特里夏·沃（Patricia Waugh）在《元小说：自我意识小说的理论与实践》中指出："所谓元小说就是这样一种小说，它对虚构和现实之间的关系提出疑问。这种小说对小说创作本身加以评判，它不仅审视记叙体小说的基本结构，甚至探索存在于小说外部的虚构世界的条件。"正因为对创作过程与自身身份的重视，元小说表现出和传统小说的不同。传统小说强调用语言创造世界，视作者为万能的叙事权威，把世界和历史视作一个永恒真理的结构物，重视叙事的正常秩序和节奏。而在元小说作家创作中，现实或者历史不再永恒，而是稍纵即逝的刹那间的东西，世界也不再由永恒的真理所构成，而是各种解释、技巧和非永恒的结构物，所以他们更热衷于虚构文本和形式创新，且因元小说的作家们更关心读者是否意识到作者的创作状态，所以，他们在虚构作品的同时，常常以叙述者或者主人公的身份在文本中向读者讲述虚构的过程，自由地游走于作品之中。他们放弃了自己作为作者的主宰地位，以时叙时议的叙述方式讨论着小说创作的问题，这不但消除了创作与评论之间的界限，而且超越了传统小说明晰的意义空间，使文本显得更为隐晦难懂。

作为一种创作实践，元小说的叙事手法在中西方其实早已存在。不仅《项狄传》《堂吉诃德》等西方文学作品中有着对此技法的运用，而且不少国内外学者也从中国的《西游记》《红楼梦》等经典小说文本中发现了元小说的叙事元素。这是一种对传统小说不断反省、反叛的形式，与传统小说对单一的叙事视角、紧凑的叙事结构、作家权威性的崇尚、内容真实性以及时空有序性的注重不同，元小说是一种拥有自由的小说人物、灵活的视角、开放的结构以及新奇的艺术境界的新的小说范式。对于正处于20世纪80年代中期文本实验中的中国作家而言，它的出现无疑给他们提供了一种宝贵的可借鉴的资源，先锋派作家从中就明显获益不少。虽说王安忆并不属于典型的先锋派作家，但为了更好地讲故事，元小说叙事也被其广泛地运用到了小说创作中。《锦绣谷之恋》便是其以元小说的方式叙述故事的早期尝试。小说开篇写道："我想说一个故事""我想着，故事也是在一场秋雨之后开始的"，从故事开始，作为叙述者的"我"就出现在作品中，并始终若隐若现地隐藏在文本背后，直到结尾时又评论道，"一个什么故事也没有发生的故事，讲完了"。不难看出，此时的王安忆对元小说技巧的使用还停留在比较幼稚的阶段，且对于这样的故事，用不用的差别并不大。20世纪90年代，她推出了《叔叔的故事》《纪实与虚构》《伤心太平洋》等一组与其整体风格迥异的小说。特别是1991年创作的《叔叔的故事》尤为引人注目，其中深邃独到的思想性和耳目一新的叙事方式使读者和评论界甚是欣慰。作家"选择了'元小说'的方式，拆除了小说的工作平台，让读者看到了作家虚构的过程"[①]，王安忆将虚构情节引入小说后，人物的命运和故事的发展出现了多种可能。这种新颖的创作方式，使其在文学观念、小说的创作形态上都产生了质的变化。在对从"写什么"到"怎样写"的思考过程中，传统小说视域中形式与内容的二元对立模式被拆解，她开始了对元小说叙事策略的移植。

《叔叔的故事》便是一个"非如此不可"的试验。就故事本身的内容而言，是比较简单俗套的，一个偏僻小镇的女学生爱上了一个来自城市的摘帽右派老师，对他细心照顾，不弃不离。之后他们结婚并有了爱情的结晶，但这样的婚姻却成为了叔叔过去屈辱和不幸生活的象征。因此，在叔叔成名后他选择了立刻离婚，之后结识了分别能满足其精神和肉体需要的两个女人，作为男人的价值得以证明。随着名气的增大，叔叔开始公费出国旅游讲学，对一个德国女孩产生爱意，在失态想要去吻这个女孩的时候被她一记耳光打回原形。最后儿子大宝的出现使叔叔真实的命运得以展露，虽说小说结尾他并没有死在大宝的刀下，但"叔叔再也不会快乐了"。如若单从故事情节来看，明显没有特别能够吸引人的地方，整部小说讲述的就是叔叔从被打成右派到结婚生子到回城，再到生活放

---

① 王雪瑛：《生长的状态——论王安忆90年代小说创作》，《当代作家评论》，2001年第2期，第47页。

纵、精神空虚的心路历程。在当时那个年代这样的经历是比较具有普遍性的，以普通的形式去呈现这个故事，很有可能会成为人们茶余饭后的谈资，但王安忆显然非常高明，她采用了元小说的形式让这个故事从平凡走向了深刻。

在这部集后现代主义叙述特征为一体的作品里，作家通过对两代知识分子关于"意义""欢乐和快乐""游戏与信仰"等观念的辨析，展现了叔叔与"我"之间不同的世界观、价值观和人生观。从一开始，叙述者就采用元小说作品惯用的开头模式告诉我们："这是一个拼凑的故事，有许多空白的地方需要想象和推理……我所掌握的材料不多且还真伪难辨。"接下来，通过元小说的后现代思维方式和语言倾向构成的叙事策略，王安忆在作品中对叔叔的人格形象以及作品自身的文本内容实行了多重解构。她从多个层面对作品中的现实予以观照，为了实现解构文本的目的，设置了多种材料的来源，其中包括"我"听别人讲的、叔叔自己讲的，也包括"我"根据事后发生的事讲的、"我"根据材料讲的以及我们目睹后所讲的等，故事的真实感伴随着不确定性材料的大量使用渐渐被冲淡。同时，在故事的叙述过程中，作者还运用多重叙述角色交叉的方式让作品变得扑朔迷离。文本中叙述者描述叔叔仅因写一篇驴过不惯集体生活的文章而遭到无端迫害时，先后多次叙述了见到或听到这篇文章时的情形，前三次肯定了在不同场合叔叔写那篇文章时的慷慨和激进，但第四次她又对叔叔当时的情形予以了否认，"我还听别人第四次说起过叔叔的文章，那个人叙述叔叔的档案袋里，装满痛哭流涕、卑躬屈膝、追悔莫及的检查……"在叔叔的叙述以及"他者"的叙述中，材料的真实性一次次遭遇质疑。随即，叙述者开启了自我经验组合的模式，主张从叔叔的三次叙述中挑选一次或者将三次加以结合来作为故事的材料，并声称这是"我们一贯遵循的创造典型人物的原则。"在对各种材料的选择、使用、组合中，作家创造了一个独立的艺术世界。从叔叔自己的叙述，到他人对叔叔的叙述，再到自己的想象和虚构，她不停地变换着自身的视角，于无意间消解了叔叔原来叙述的真实性和唯一性。在整部小说的写作过程中，叙事者还曾有过一段这样的自白，"我不愿意我的故事太平庸，所以我就直接从叔叔的小说里摘录了那样的情节。"她一边强调一切故事都以叔叔的小说为中心，可又一再说明现实和叔叔小说里的描述不相符合，伴随着作品情节的展开，叔叔的故事被解构得无影无踪。

在对叔叔的不断质疑中，叙述者以一系列非叙事性的话语对故事进行介绍、分析、评价，为了告诉我们一些以其他方式难以得到的真相，她穿行于文本之中不断地补充、修正，借着叔叔的故事，她却在一段又一段的缺位中讲述自己的故事。在随意变化空间的叙述中，读者无法得到完整的信息，对故事是否真实存在也疑惑不定，这种错位的、断层的文本叙述颠覆了故事的完整性,作者最终将真实性的理解和评判留给了读者。整部作品中,王安忆始终站在叙述者的角度,以旁观者的身份审视、批判甚至对抗文中叙述的那段类似于虚构的"现实"经历,以一种中立的、冷静的、直观的叙事态度,述说着一场叙事游戏,所有的对话、景物和场景都需要叙事来构建,这里消解了时间、空间,拆解了所有的人和事。"叔叔"所有的历史内涵通过"我"的叙事得以完成,而且多重叙述的交叉出现,使叔叔自身某种不确定性的人生际遇又升华为某种具有普遍讽喻意义的寓言。

在《叔叔的故事》中,王安忆通过对叙述行为的自我暴露、对小说中自我意识的表现和虚构本质的揭示,使作品从头到尾显现出了十分强烈的元小说叙事特征。此后,在《纪实与虚构》《伤心太平洋》等作品中,她对元小说的叙事技法展开了进一步的尝试,无论是《纪实与虚构》在模糊了虚构与现实之间界限的基础上,对母系家族历史从"作为今天的我的血缘道路"到"关于蒙古贵族的说法最合我心意"再到"于是我最后选择了'并入突厥'这一道路"的演绎;还是《伤心太平洋》父系家族历史寻根过程中,叙述东南亚神话传说,以及祖辈父辈道听途说等内容时多层视角的交替,都是王安忆元小说创作的重要实践。元小说叙事策略的使用,让其在构建"心灵世界"时多了一份理性思辨的意味,其作品也彰显出了更为丰富的魅力。

拓展资料

1. 1983年,王安忆到美国爱荷华城参加"国际写作计划",这成为了她人生中的一段重要经历。作家曾表述:"美国之行为我提供了一副新的眼光:美国的一切都与我们相反,对历史,对时间,对人的看法都与中国人不一样。再回头看看中国,我们就会在原以为很平常的生活中看出很多不平常来。"面对一个高度现代化的西方社会,作家的思想情感、世界观、人生观、艺术观等都经历了极大的冲击和变化。而这也成为了其写作生涯中的重要"关节口"。对于王安忆而言,访美经历到底意味着什么,对她的冲击和使其产生的变化具体体现在哪里?在西方文化的影响下,她又如何进行创作实践?推荐阅读程光炜《批评的力量——从两篇评论、一场对话看批评家与王安忆〈小鲍庄〉的关系》、邓如冰;董媛章《王安忆的"美国体验"及对其创作的影响》、王雪瑛《独立的探索与生长的状态——论王安忆的小说创作》等文章并进行深入探究。

2.《长恨歌》是王安忆最有代表性的长篇小说之一,作者以一支细腻、抒情而又绚烂的笔把"上海小姐"王琦瑶一生的情与爱、伤感与痛苦、绝望与希望写得一波三折,哀婉动人。对于这部作品,王安忆曾这样自述:"我写《长恨歌》时的心理状态相当清醒,我以前不少作品的写作带有强烈的情绪,但《长恨歌》的写作是一次冷静的操作,风格写实,人物和情节经过严密推理,笔触很细腻,就像国画里的皴。可以说,《长恨歌》的写作在我创作生涯中达到了某种极致的状态。"在这部让作家多次获得荣誉且备受读者关注的作品中,王安忆是如何实践自己的创作理想的?她又是怎样在庞大的空间建构及时间流程上刻画上海女性的同时叙述上海历史、审视上海文化的?立足于对这些问题的思考,推荐阅读王安忆《好的故事本身就是好的形式》、王德威《海派作家又见传人》、南帆《城市的肖像——读王安忆的〈长恨歌〉》、陈思和《营造精神之塔——论王安忆90年代的小说创作》等文章。

3. 在20世纪八九十年代的女性写作中,王安忆是最值得关注的一位,无论是"三恋"系列中对"性"的叙述、《兄弟们》对女性关系的探索,还是《米妮》《我爱比尔》《长恨歌》等对女性命运的书写,都表现出了其对女性问题的关注。虽然她曾多次声明自己不是女权主义者,但我们还是能从她的性恋小说中发现她的女性立场和女性意识。作为女性写作者,王安忆的作品能为我们提供哪些独特的文学经验?其女性叙事中又有着怎样的精神向度?推荐阅读张新颖、金理《王安忆研究资料》(上下册)。

第十二讲

传统文化的继承与批判：金庸及其武侠小说

金庸（1924—2018），本名查良镛，男，生于浙江省海宁市，祖籍江西婺源。1948年移居香港。当代武侠小说作家、新闻学家、企业家、政治评论家、社会活动家，被誉为"香港四大才子"之一，与古龙、梁羽生、温瑞安并称为中国武侠小说四大宗师。

1944年，考入重庆中央政治大学外交系。1946年秋，进入上海《大公报》任国际电讯翻译。1948年，毕业于上海东吴大学法学院，并被调往《大公报》香港分社。1952年调入《新晚报》编辑副刊，并写出《绝代佳人》《兰花花》等电影剧本。1959年，金庸等人于香港创办《明报》。1985年起，历任香港特别行政区基本法起草委员会委员、政治体制小组负责人之一，基本法咨询委员会执行委员会委员，以及香港特别行政区筹备委员会委员。1994年，受聘北京大学名誉教授。2000年，获得大紫荆勋章。2007年，出任香港中文大学文学院荣誉教授。2009年9月，被聘为中国作协第七届全国委员会名誉副主席；同年荣获2008影响世界华人终身成就奖。2010年，获得剑桥大学哲学博士学位。2018年10月30日，在中国香港逝世，享年94岁。

金庸武侠小说作为新派武侠小说的优秀代表，早已超越其他武侠小说，成为一座难以逾越的高峰。自20世纪80年代开始，评论界产生了大量的研究金庸的论文和著作，涉及金庸及其小说的方方面面，研究时间跨度长，至今仍有大量成果产出，学界称之为"金庸热"。新世纪以前，金庸小说研究刚刚起步，尚未形成系列。这一时期的金学研究大多从文本细读、思想内涵、艺术形式、文化传承等方面切入。代表性的研究者有冯其庸、陈墨、曹正文等人。冯其庸的《读金庸》一文首次提出了"金学"的概念，认真论述了金庸小说广博的社会历史内容和非同凡响的艺术成就。陈墨被誉为金学研究专家，他撰写的《金庸小说赏析》可以说是大陆第一部金学研究专著，该书对《书剑恩仇录》等15部小说逐一评价与赏析，研究扎实，基础厚实，可以作为金学研究的导论之书。之后他又继续推出了《金庸小说艺术论》《金庸小说之武学》《金庸小说与中国文化》等金学系列论著。陈墨的研究行文典雅又不失风趣，规范系统又不失逻辑，有深厚的文化背景和历史背景，算是金学研究中的佼佼者，遗憾的是研究著作中因为引用过多的相同资料导致审美疲劳，还需更加简练。曹正文也是一位有实力的金学研究学者，他撰写的《金庸笔下的一百零八将》别出心裁，短短千余字就将金庸笔下的人物一生写活，文字精简，篇幅短小，是一本不错的金庸人物点评集。但之后出版的《金庸小说人物谱》有重复之嫌，与前者相比，未见多少新意，对于金庸笔下的人物，主观评论过多，深度不够，且对于金庸小说的排名定位，也有待商榷。北京大学严家炎教授的《金庸小说论稿》较之前述则更显用心与功底。

新世纪以来，随着研究角度、研究方法的不断创新与拓展，金庸研究呈现多元化发展，在文化历史、叙事学、版本学、现代性、比较文学、影视媒介等方面均有不俗的表现。谢新华、吕蓉的论文《简析金庸小说中的传统文化》认为儒、释、道、墨诸家精神在金庸小说中都有体现。"侠义"精神是金庸小说中的重点内容，它的"为国为民、匡扶正义、已诺必诚"的内涵仍有积极意义。儒家的"仁"、释家的"空"也都有所表现。中国社会科学院历史研究所研究员赫治清则从金庸小说的历史与艺术之间的关系探讨了《书剑恩仇录》的深刻内涵。他在《历史的真实性与艺术的真实性——〈书剑恩仇录〉史事钩沉》中指出金庸的《书剑恩仇录》这部武侠小说，以"康乾盛世"鼎盛期的乾隆中前期作为时代背景而展开故事情节。小说刻画了乾隆的矛盾性格，作者对乾隆的态度则受到了乾隆矛盾性格的影响，任何作家，他的个人情感与创作理性难免有不一致之处。小说在陈家洛这个人物的塑造上是虚虚实实，以虚为主，那么在帮会的描述上则是虚虚实实，以实为主。在金庸小说的叙事学研究角度方面，苏州大学邱健恩的博士论文《金庸小说叙事研究》值得参考。邱健恩借助俄国普罗普的叙事功能说、法国托多罗夫的叙事句法、布雷蒙的叙事逻辑及格雷玛斯的语义方阵等西方叙事理论对金庸小说进行了深度解读。同时，文中还第一次高度概括出金庸小说叙事的四个类别和九种功能。学术性强，值得一读；在金庸小说版本学方面，较具代表性的有陈墨的专著《修订金庸》，他将金庸的流行版本（或称三联版）和新修版本（或称新世纪版）逐一进行比较，从中找出改动的句子，以便增加探寻到金庸天才思路的一些雪泥鸿爪的可能。遗憾的是，因为陈墨无法亲眼见到金庸小说连载的原始模样，因此这本专著只能对最近的两个版本进行比较。关于金庸小说的现代性问题，许多研究者将眼光集中于可与纯文学媲美的《雪山飞狐》。诸如辜涛的《传统与现代的结合——论金庸〈雪山飞狐〉的叙事艺术》，他以《雪山飞狐》为例，具体分析了金庸如何在作品中将传统叙事和现代叙事相结合，运用不同叙事人称、视角和各种技巧，描写意境，刻画人物，最终成功地完成整个故事。在比较文学研究方面，徐渊的论述颇有代表性，他在论文《走向创新的模仿：〈雪山飞狐〉与〈罗生门〉之比较》中指出《罗生门》完全采用倒装叙述和多角度限制叙事，而《雪山飞狐》则是连贯叙述和倒装叙述的有机结合，多角度限制叙事与全知叙事的高度统一。所以，如果说《雪山飞狐》是对《罗生门》的模仿，也是走向创新的模仿。《雪山飞狐》的创新表现还在于，运用了不同于传统武侠小说的叙事模式。这一切都源于金庸小说创作的创新追求。当代媒体对于金庸作品的传播以及金庸文化现象的渗透产生了不可低估的作用，对于这方面的学术研究也成果颇丰。南京师范大学余丽霞的硕士论文《时代与电视媒介文化流变中的金庸武侠电视剧》对金庸武侠电视剧的发展历程进行了深入探索，发现在不同文化背景下的金庸剧具有以下审美文化特征：大众性与通俗性、时代性和地域性、类型化与创新性。同时通过对金庸剧与金庸电影、金庸小说的比较，突出了金庸剧自身存在的独特意义和价值，论述较为全面、深刻。

诸多研究论述中，关于金庸小说对传统文化的肯定与否一直是一个热点话题。不可否认的是，无论是肯定或者否定，无论是吸取或者扬弃，无论是继承或者批判，金庸小说与传统文化已然结下了不解之缘。

第一节　金庸小说对传统文化的态度

金庸小说中蕴含丰富的传统文化因素，这是广大读者普遍认同的一个观点，也是金庸深受中国传统文化熏陶的必然产物。在金庸小说中，处处可见儒家、释家、道家、墨家等诸子百家的印迹，儒家的仁爱、王道与民本思想，释家的众生平等、一视同仁的情怀，道家深邃博大的辩证思想，墨家见义勇为的游侠精神等，都为金庸小说添加了精彩的故事情节。小说中的诗词歌赋，让人吟诵不绝；琴棋书画，让人流连忘返。诸多因素都证明了金庸小说与传统文化之间的深刻联系。著名金学研究专家严家炎就曾在一篇文章中说：

> 金庸武侠小说包含着迷人的文化气息、丰厚的历史知识和深刻的民族精神。作者以写"义"为核心，寓文化于技击，借武技较量写出中华文化的内在精神，又借传统文化学理来阐释武功修养乃至人生哲理，做到互为启发，相得益彰。这里涉及儒、释、道、墨、诸子百家，涉及千百年来中华民族众多的文史科技典籍，涉及传统文学艺术的各个门类如诗、词、曲、赋、绘画、音乐、雕塑、书法、棋艺等等。作者调动自己在这些方面的深广学养，使武侠小说上升到一个很高的文化层次。像陈世骧教授指出的《天龙八部》那种"悲天悯人"、博大崇高的格调，没有作者对佛教哲学的真正会心，是很难达到的。我们还从来不曾看到过有哪种通俗文学能像金庸小说那样蕴藏着如此丰富的传统文化内容，具有如此高超的文化学术品位。[①]

但说到金庸小说对传统文化的态度，诸如否定或者肯定，学界看法差异颇大。舒国治就认为"金庸书中隐隐透出'文化空无感'"，但"文化空无感"的具体内涵是什么，却没有深入探讨。金学研究专家陈墨在《金庸小说与中国文化的反思》一文中也认为金庸小说"具有非文化及反文化的意义（无论是主流文化或是非主流的世俗文化）"。他指出："金庸小说的主人公'文化程度'越来越低，这是一个明显的事实。"还说："金庸小说的主人公不仅文化程度越来越低，而且越来越不通世故。这不仅表明作者对主流文化的一种否定，同时也是对非主流的世俗文化的厌弃。"但是陈墨先生后来在2000年出版的《金庸小说与中国文化》一书中又对此观点进行了补充，说"金庸及其武侠小说既是中国文化的产物，同时又是中国传统文化的传播者、塑造者、表现者、思考者、批判者。"唐峻山也认为金庸小说中的侠义精神有一种委顿和失落之感，他在《无极的寂寞——从〈鹿鼎记〉看金庸对侠义精神文化的独特考察》中强调掩藏在传奇故事背后的是揪心的切肤之感，因为在这当中"融铸了金庸封笔之前面对侠义精神的委顿和失落所感受到的天高地远般的悲壮寂寞。"刘卫国对金庸的思想流程进行了重点考察，他在《金庸武侠小说的文化经脉》一文中指出《飞狐外传》与《射雕英雄传》等作品表明，"金庸首先把侠义精神托孤给儒家"；由于对儒家思想的"反叛与逃逸"，金庸"走向道家"，但"《神雕侠侣》是金庸反叛儒家规范的一次半途而废的努力"，到《笑傲江湖》，岳不群这个"代表着儒家文化的'父亲'终于被弑，表明金庸对儒家文化所代表的侠义精神全面没落的深刻反省"；《天龙八部》体现了"佛法无边"，但对慕容复、段正淳等依然"无能为力"；

---

① 严家炎：《一场静悄悄的文学革命》，载《明报月刊》1994年12月号。

到了《鹿鼎记》，金庸则为侠义精神唱出了最后的挽歌，通过韦小宝这一"中国文化的怪胎"，"侠义精神最终被金庸亲手埋葬"。最后强调：金庸的文化思想"终点竟是彻底的失望"。这同样认为金庸对传统文化越来越采取了绝望和虚无的态度。朱雪佳在《从"大侠"到"无侠"：对武侠精神衰亡之思考》一文中也有类似的观点，她认为金庸小说中的"侠士"特质有一个从"武侠""大侠"到"无侠"和"反侠"的流变过程，从而强调"金庸小说中所展示的武侠精神在逐步衰亡"。按照这些论者的观点，金庸小说中确实存在大量的传统文化因子，但其对传统文化表现出了虚无、否定和绝望的态度。

中国文化是世界上唯一没有断层的四大古文化之一，中华民族历经数千年而不倒，反而永葆活力，在外族侵略中一次次地昂然挺立，金庸认为这"或许与我们重视情义有重大关系"。因此，他倾尽心血来塑造侠魂，讴歌义气。能有这种认识的人，很难想象会对传统文化表现出"虚无、绝望"的态度。事实上，陈、刘二位学者对金庸小说的初期研究应该存在一些误解，他们的上述文章某些分析虽有一定的道理，但总体结论有失偏颇。

金庸总共写了十五部小说，从第一部小说连载开始到最后一部小说修改完毕，前后长达十七年。他不可能在创作第一部小说《书剑恩仇录》之初，就设想好未来要写多少部作品，每部作品中主人公的文化程度该怎样设计，怎样构成一个庞大的形象体系或思想流程。而只能是写一部构想一部（能同时构想一两部已属相当不易），以求得逐步出新，不断求变。在武侠小说中，由于钻研的领域不同，主人公注重习武而导致文化程度不高，有如艺术生的文化成绩也不高。他们的文化程度的具体设计，只能根据每部作品主人公的性格、出身以及与周围人物的相互关系、小说情节发展与主题思想的不同需要而定，不能一概而论，更不可能是按作者事先设下的由高而低的文化梯田顺序排列的结果。况且作品实际情况也并非"主人公的文化程度越来越低"。金庸后期撰写的几部作品中，《天龙八部》中，主角之一的段誉是大理国王子，可以最大化地利用皇家资源，加上他又喜欢钻研，凭借自己的理解，学习《佛法》以及《易经》，将文与武相结合，各自都达到了一个顶峰，可知文化程度极高。虚竹从小便在少林寺当中学习佛教经书，也有不错的文化教养。《笑傲江湖》中的令狐冲，虽然识字不多，但文化素养也比前期作品中的杨过、狄云、石破天等都要高。封笔之作《鹿鼎记》，写的是江湖奇人韦小宝的成长史，但小说主人公还得加上一个康熙皇帝，金庸就曾在一篇文章中将康熙和郭靖、乔峰并列为"男主角"，毫无疑问，这是金庸小说中文化程度最高的一个角色。

金庸小说确实有对中国传统文化某些方面的批判，但决没有所谓的"非文化及反文化"的倾向。至于金庸思想有没有刘卫国先生所称的从儒家到道家又到佛家，终端却是对传统文化"彻底的绝望"这样一个"思想流程"呢？恐怕也不存在。金庸从《书剑恩仇录》开始，实际上对传统文化中的儒家、道家、墨家等思想的态度都既有肯定又有否定，既有汲取又有扬弃，既有继承又有批判。后来他又研读佛经，也解读世俗文化，却同样没有全盘地接受，当然也就无所谓"彻底的绝望"。金庸创作武侠小说时，中西文化根基已大体打好，思想也趋于成熟和稳定，传统文化在他的小说中是以综合和融汇的形态存在的，读者可强烈地感受到他小说中厚实的文化气息。他并不需要借小说创作来先探索儒家、道家以及佛家思想，再探索市民文化与世俗文化，最终走向虚无、绝望。上述观点应是研究者为追求建立某种"体系"而对金庸小说解读过度的结果。陈寅恪曾经说过一段发人深省的话："今日之谈中国古代哲学者，大抵即谈其今日自身之哲学者也，所著之中国哲学史者，即其今日自身之哲学史者也。其言论愈有条理统系者，则去古人学说之真相愈远。"这里说的虽是指古代哲学史研究，其实对金庸小说与金庸思想的研究也同样适用。

第二节　金庸小说对传统文化的继承

金庸小说中的传统文化因子诸多，但这些因子并不是单一存在的，而是以综合形态共存的，这里综合形态可以从多方面理解。

首先，指传统文化因子在金庸小说中呈多元化的状态，儒、释、道、墨、法、兵等各种思想成分都有。出于作品不同情节的需要，金庸往往会在小说中用某些艺术形象体现诸子百家中的不同观点，这些观点可以是某一家的，也可以是某几家的若干观点，而金庸本人并不特别执着地信奉某一家的思想。他的传统文化观念本就多元融合，因此，诸子百家的观念在其小说中并非单一存在，而是综合共存。他的小说，有对儒墨观念的赞美，如《射雕英雄传》《神雕侠侣》，也有对佛道精神的肯定，如《笑傲江湖》《天龙八部》。这些作品中，主要的几种观念都是呈现一种互补的态度。令狐冲洒脱不羁，逍遥自在，但在尊师重道的传统方面，绝对没有二心，即使蒙受不白之冤，也对岳不群毕恭毕敬。无疑，这是人物性格的自然体现，也可以说是金庸本人传统文化观念的不自觉流露。杨过性情乖僻而又固执，总是怀疑郭靖夫妇害死了他父亲，因此在绝情谷受到裘千尺的蛊惑要他去杀死郭靖时，他毫不犹豫地答应，最终却又被郭靖的爱国侠义所感动，不但没有刺杀，反而救了郭靖。对于诸子百家的观点，金庸选择的侧重点也不一样。在儒墨等派系中，他更倾向于尊师、尽孝、爱国、守信、重情、重义等观念，而在佛道等派系中，则更倾向于用来处理人际之间的关系。了解金庸小说对传统文化的这种多元选择，可以避免和防止对其思想内容进行简单论断。

其次，以当下视角来观察，诸子百家的学说只是作为当时社会各阶层的要求的一个侧面。各个学术派系之间因为观念不一致，不可避免会产生一些激烈的论争和攻击，但这种斗争并非要非此即彼、互不相容，也可以取长补短，携手共进。孔子强调德治而不主张法治，他关注的是个人对社会的责任，稳定的社会秩序是他所愿意看到的，因此，我们看到的儒家思想外在表现是"礼治"和"仁政"。正因为这种倾向，他才说："道（导）之以政，齐之以刑，民免而无耻；道（导）之以德，齐之以礼，有耻且格。"可见，孔子还是十分注重从道德教育方面来解决问题，这就是所谓的"克己复礼为仁"。但道德教育很显然不能承担所有的治国功能，还需要别的派系来共同管理，诸如法家，可以对儒家进行有益的修正和补充。法家"乐以刑杀为威"，特别强调严刑峻法，这对于制度的执行有一定的保障作用。但另一方面，如果片面强调法治，社会也会失去弹性和生机，结果就如秦朝那样"蒙罪者众，刑戮相望于道"，国家变成一个巨型监狱，终于天怒人怨，二世而亡。由此可见，在国家、社会治理方面，各个派系都有自己的存在合理性。儒家的"仁政"可以在思想上进行引导，法家的"法治"可以在制度上得以保障，道家的无为而治、崇尚自然、休养生息更是一种重要的补充。汉初实行黄老之学，实际是"外道内法"，结果社会发展迅猛，形成"文景之治"。汉武帝虽说独尊儒术，但实际奉行的是"霸王道杂之"——"霸道"指法，"王道"指儒。至于兵家的战略战术、纵横家的外交策略，显然也是国家发展的需要。墨家与儒家一样强调入世，但它更关注底层百姓的利益，喜欢打抱不平。因此，其尚侠精神也曾遭受过严重的打击（汉武帝时期就有不少侠士被杀）。此后佛教传入，这对人生哲理的探讨，人性贪欲的控制，社会秩序的安定起到了重要作用。总而言之，诸子百家，各有所长，也各有其存在的合理性，但也都有其局限性，如能取长补短，互为制约，足可以在社会管理上取得成功。曾国藩号称大儒，实际上吸取百家之长，他曾说："若游心能如老庄之虚静，治身能如墨翟之勤俭，齐民能如管商之严整，而又持之以不自是之心，偏者裁之，缺者补之，则诸子皆可师，不可弃也。"这话不无道理。

金庸小说正是兼容儒、墨、释、道、法各家的。他笔下的诸多主人公，曾出生入死，行侠仗义，豪气干云，最后却又飘然而去，遁世而居，既践儒墨之旨，又遵释道之教。金庸曾在一篇文章中曾说：

汉唐之后佛法和道家思想盛行,中国人的思想也为之一变,佛道的出世和儒墨的入世并行。中国一般知识分子年轻时积极关心世务和大众,以天下为己任,当在现实环境中碰得头破血流之后,有的仍然衣带渐宽终不悔,有的不免趋于遁世与消极。……

　　我在三十岁稍过后开始写武侠小说,所描写的男主角为数众多,个性和遭遇颇为繁复。但写到最后,男主角的结局通常不出于两途:或鞠躬尽瘁,死而后已;或飘然而去,遁世隐居。大概由于我从小就对范蠡、张良一类高人十分钦仰,而少年时代的颠沛流离使我一直渴望恬淡安泰的生活,所以不知不觉之间,我笔下郭靖、乔峰、康熙一类的人物写得较少,多数以另一类的归宿为结局。从《书剑》的陈家洛、《碧血剑》的袁承志,以至《射雕》的王重阳、《倚天》的张无忌、《神雕》的杨过、《笑傲》的令狐冲、《天龙》的虚竹、段誉(他虽然做了大理国的皇帝,后来还是出家为僧),直到最后一部《鹿鼎记》仍是如此。韦小宝贵为公爵,深得皇帝宠幸,但还是选择了逃避隐居。

　　结局如何,主要是根据人物的基本个性而发展出来。重视责任和社会规范之人大致走的是第一条路;追求个性解放之人多半会走第二条路。……以兼善天下为目标的是我小说中的第一类男主角,第二类男主角则在努力一番之后遭到挫败感意兴阑珊,就独善其身了。"且自逍遥没人管"(《天龙八部》的一句回目)是道家的理想,追求个性解放、自由洒脱,似乎另有一番积极意义。儒家的"独善其身"则有较强的道德内涵。①

可见,金庸采取了兼容的态度来处理小说中主人公的处世方式,即便都是隐居,金庸也注意到了其间的区别。

　　在《射雕英雄传》和《神雕侠侣》中,郭靖是独当一面的存在。他的形象较为复杂,不能仅仅以一个儒家文化的典型代表来概括。儒家主张仁义,墨家亦与之相似。但墨家更注重脚踏实地地埋头苦干,这一点与儒家不太一致,儒家一般较为圆通,不主张拼命硬干,能力范围之内,可以"兼济天下",能力范围之外,就只能"独善其身"了。在郭靖身上,肯定有儒家思想的影响,但同时也有墨家文化的色彩,这是一个儒墨文化共育的典型。而从实干方面来考察,郭靖或许更多地体现出墨家色彩,达到了墨子所说的"摩顶放踵,利天下为之"的境界。他抗元几十年,任劳任怨,排除万难,舍身救世。他

---

① 金庸:《小序:男主角的两种类型》,收入吴霭仪《金庸小说的男子》一书,香港明窗出版社1995年10月第7版。

反对侵略战争，反对残害无辜百姓，这与墨子止楚攻宋的想法非常接近。此外，郭靖在北方培养出的那种质朴、苦干、实心眼，也颇具墨家气质。古人曾对墨家行为有过评价："墨子之徒，世谓热腹"，"墨子之徒，专务救人"，他们是真正热心肠的人，真会拼命硬干。而这也就为后世侠士带来了显著的影响，许多游侠皆源出于墨家。郭靖对授业恩师尊敬有加，也曾严厉地制止杨过与小龙女的恋爱，这些无疑是儒家思想的显著体现，但他的思想气质更像墨家，至少是个儒墨兼容的"侠之大者"。不能仅仅凭借英雄人物入世即为儒家，出世则为道家，而应具体情况具体分析。金庸曾说："中国的传统思想是儒家与墨家，两者都教人尽力为人，追求世事的公平合理，其极致是'杀身成仁，舍生取义'。武侠小说的基本传统，也就是表达这种哲学思想。"这里就可以看出，他在论及入世的侠士、英雄时，是把儒家、墨家相提并论的。这段话写在1989年，可见金庸从未对儒家绝望，而是对儒墨同样看重。

如果说郭靖是儒墨文化的综合体，那《鹿鼎记》中的康熙，则可以说是儒法文化的兼容者。

《鹿鼎记》中的主人公，韦小宝肯定是明面上的第一人。但隐线的主人公，康熙当仁不让。《鹿鼎记》中的一些主要人物，金庸用了不同的写法，对愚忠的陈近南，他毫不客气地进行了讽刺，韦小宝也是讽刺居多。而吴三桂、郑克爽、神龙教系统的人物更是丑陋连连，但是对康熙却给予了足够的正面描写。他从与鳌拜的斗争中磨砺成长，也从与吴三桂的斡旋中渐次成熟。与天地会的斗智斗勇可以看出他的深谋远虑，与亲人及韦小宝的关系又可以看出他的亲切和睿智。康熙忧国忧民，仁慈大度，尽量不增加老百姓的负担。台湾遭遇严重台风灾害时，他会缩减开支用来赈灾。有人以《明夷待访录》的事诬告黄宗羲，又想制造文字狱，他却为黄宗羲辩诬。诚然，康熙治国在启用儒家的同时，也采取了兵法家以及纵横家的不少办法，诸如严执法，玩权术甚至用间谍等，但他任用小人会加以掌控，不会被小人牵着鼻子走。对韦小宝在天地会中的所作所为，康熙了如指掌，并当面揭穿他的香主身份，使韦小宝吓出一身冷汗，将他玩于股掌之中。康熙对自己的身份定位及治国理政的成绩也信心十足，他曾坦诚地对韦小宝说："我做中国皇帝，虽然说不上什么尧舜禹汤，可是爱惜百姓，励精图治，明朝的皇帝中，有哪一个比我更加好的？"这不是吹嘘，确实也基本符合历史事实。如果跳出狭隘的汉族立场，必须承认康熙合乎儒法两家"圣君"的标准。对康熙这一人物形象的塑造，金庸运用了历史唯物主义的手法。解读《鹿鼎记》，只关注韦小宝，而不探讨康熙，并且认为金庸小说主人公文化程度越写越低，甚至认为金庸越到后来越是对传统文化绝望，这就真正的有失偏颇了。

第三节　金庸小说对传统文化的批判

　　金庸小说对传统文化的态度显然是继承的，但是这种继承是批判性的继承，而并非来者不拒。传统文化在金庸小说中以综合形态存在，是指金庸常常将传统文化的矛盾双方同时置于情节设计之中，诸如弘扬与变革、优长与不足、丰富与贫困、开放与封闭等，而这些元素的同时出现，正是金庸小说对传统文化的批判态度的外在表现。

　　中华文明是世界上四大古文明中唯一没有断层的，历史悠久，绵延不绝。对此金庸深有感触，也有自己独到的见解，他认为中华文明之所以能够绵延不断，是因为古代中国有严密的宗法制度，这种制度虽然也会束缚人的思想，但也有它的历史作用，它成功地使中国避免了内部争斗和战争，以致中华文明延续至今，这也是中华民族保持稳定和强盛的一个重要原因。此外，他还充分肯定了中国历史上的对外开放态度，尤其是汉唐时代。根据他的考察，唐朝的宰相至少有二十三个胡人，而这种对外族的开放和融通，正是中华民族得以壮大的重要原因。当然，传统文化也有消极的一面，金庸对此有较为客观而冷静的考察。他认为中国从明朝起开始走下坡路，其中的原因大致有两种，一是政治专制，思想禁锢。动不动株连九族，满门抄斩，让老百姓道路以目，不敢乱说。二是闭关锁国，夜郎自大。妄图以所谓的海禁来饿死日本倭寇，不惜把航海的船只全部烧掉。其结果自然是导致明朝的整个国力开始衰退。而金庸对待传统文化，正是采取了客观分析的态度，有继承，也有批判，有吸收，也有扬弃，但是总体上以肯定居多，局部则表现出了强烈的否定。

　　以对儒家的态度为例。《射雕英雄传》中黄药师因为忠孝书生被杀而对欧阳锋大发雷霆，说自己平生最敬重的，就是忠臣孝子，埋了头颅之后，还恭恭敬敬作了三个揖，且不理欧阳锋的嘲笑，表明忠孝是大节所在。成吉思汗在弥留之际与郭靖探讨什么样的人才算是真正的英雄，这当然是对儒家"仁政"思想的歌颂。而在《鸳鸯刀》的结尾，结局出人意料又在情理之中，"仁者无敌"的思想构成了全篇的主题，这无疑也是在赞美儒家学说。由此可见，金庸对儒家某些重要道德规范采取了接纳的态度。但另一方面，作者对儒家思想的态度并不是全盘肯定，而是批判性的接受，有时甚至采取了嘲讽的态度。《射雕英雄传》第三十回写到郭靖背着黄蓉为求段皇爷疗伤而连闯渔、樵、耕、读四关，就有这样一段描述与对话：

那书生……于是说道："姑娘文才虽佳，行止却是有亏。"黄蓉道："倒要请教。"那书生道："《孟子》书中有云：'男女授受不亲，礼也。'瞧姑娘是位闺女，与这位小哥并非夫妻，却何以由他负在背上？孟夫子说嫂溺，叔可援之以手。姑娘既没有掉在水里，又非这小哥的嫂子，这样背着抱着，实在大违礼教。"

黄蓉心道："哼，靖哥哥和我再好，别人总知道他不是我丈夫。陆乘风陆师哥这么说，这位状元公又这么说。"当下小嘴一扁，说道："孟夫子最爱胡说八道，他的话怎么也信得的？"

那书生怒道："孟夫子是大圣大贤，他的话怎么信不得？"黄蓉笑吟道："乞丐何曾有二妻？邻家焉得许多鸡？当时尚有周天子，何事纷纷说魏齐？"那书生越想越对，呆在当地，半晌说不出话来。

原来这首诗是黄药师所作，他非汤武、薄周孔，刘圣贤传下来的言语，挖空了心思加以驳斥嘲讽，曾作了不少诗词歌赋来讥刺孔孟。孟子讲过一个故事，说齐人有一妻一妾而去乞讨残羹冷饭，又说有一个人每天要偷邻家一只鸡。黄药师就说这两个故事是骗人的。这首诗最后两句言道：战国之时，周天子尚在，孟子何以不去辅佐王室，却去向梁惠王、齐宣王求官做？这未免大违于圣贤之道。①

小说借黄蓉之口嘲讽了儒家的亚圣孟子以及男女授受不亲这套陈腐观念。而在第三十一回，当一灯大师说到将瑛姑送给周伯通，"我确是甘愿割爱相赠，岂有他意？自古道：兄弟如手足，夫妻如衣服。区区一个女子，又当得什么大事？"黄蓉急道："呸，呸，伯伯，你瞧不起女子，这几句话简直胡说八道。"这无疑又是对儒家观念的嘲讽。

《鹿鼎记》中，金庸也有过讽刺儒家思想的迂腐的情节。顾炎武等四大名儒劝韦小宝当皇帝，情节设计当真异想天开。顾炎武等人在民族立场上始终奉行大汉族主义，当真迂得可爱。当然，这并非真的否定知识分子，否则，金庸也不会借康熙之口给予黄宗羲的《明夷待访录》以极高的评价。金庸曾在一篇讲演中说道：

过去的历史家都说蛮夷戎狄、五胡乱华，满洲人侵领我中华，大好山河沦亡于异族等等，这个观念要改一改。我想写几篇历史文章，说少数民族也是中华民族的一分子，北魏、元朝、清朝只是少数派执政，谈不上中华亡于异族，只是"轮流坐庄"。满洲人建立清朝执政，肯定比明朝好得多。这些观念我在小说中发挥得很多……。②

---

① 金庸：《射雕英雄传（三）》，明河社，1992，第1182-1183页。
② 金庸：《金庸的中国历史观》，《明报月刊》1994年12月号。该文为金庸在北京大学的学术讲演。

金庸对于愚忠的态度是坚决反对的，这从《碧血剑》中可以找到一些证据。他认为"《碧血剑》的真正主角其实是袁崇焕，其次是金蛇郎君，两个在书中没有正式出场的人物。"所以后来金庸又写了一篇文章《袁崇焕评传》来补充袁崇焕的英雄形象。在明朝，袁崇焕可谓是乱局中的中流砥柱，是一个光芒四射的人物。他以儒生之身去指挥战斗，并取得了惊人的战果，但遗憾的是，最终被崇祯皇帝杀害。金庸对袁崇焕一直是赞美有加的，他认为袁崇焕"我行我素的性格，挥洒自如的作风"深深地吸引了他，他的"每一场战斗，都是在一步步走向不可避免的悲剧结局。"金庸还将袁崇焕与古希腊剧作家攸里比第斯、沙福克里斯等人相提并论，他在阅读袁崇焕所写的奏章、所作的诗句以及与他有关的史料之时，时时觉得似乎是在读这些大家的悲剧。在金庸看来，袁崇焕就是一个古希腊的悲剧英雄，他的勇气和干劲，在当时猥琐委靡的明末朝廷中，加倍显得突出。袁崇焕这一形象是根据儒家"知其不可而为之"的格言所创造的，而他这种性格与刚愎自用的崇祯皇帝之间早就构成了尖锐的冲突，即使没有皇太极的反间计，崇祯也会将袁崇焕杀掉。儒家提倡"君君，臣臣，父父，子子"，可是它不能回答：当袁崇焕这样的忠臣碰上崇祯这样在位十七年就更换了五十个宰相，杀了两个首相、七个总督、十三个巡抚，极其专权的皇帝时该怎么办？可以说，袁崇焕的悲剧就是以儒家所教导、培育的人生态度，去实践儒家所尊崇、支持的绝对君权所产生的悲剧。金庸从来没有怀疑过儒家、墨家主张的"国家兴亡，匹夫有责"这种入世的人生态度，然而又为儒家尊崇的绝对君权深深感到悲哀。这里既包含着对儒家的真诚肯定，又包含着对儒家的深刻批判。

在佛教方面，《天龙八部》充分肯定了悲天悯人、破孽化痴的深沉哲理，却也有玄慈与叶二娘这种违反某些清规戒律关系的追叙。而虚竹与西夏公主的结合更是对佛教规律有所讽喻，虚竹不断地破戒，不可否认有被迫的成分，但是也有主动的意愿，这充分肯定了人的正当生理需要与破戒的合理性。

《连城诀》是金庸小说中非常特殊的一部，它淋漓尽致地体现了现实人生对物欲和情欲的贪婪追求，凸显了人性的丑恶。因此，有些学者就认为这部小说是文化虚无主义的外在体现，虽然言之凿凿，但其实是一种误解。《连城诀》虽说揭露了世俗的贪欲，凸显了人性的丑恶，但同时也对儒家"君子喻于义，小人喻于利"的行为准则进行了高度的肯定。主人公狄云对金银财宝不屑一顾，但是却异常珍惜与丁典的友情，克服一切困难也要实现丁典的遗愿，哪怕是牺牲自己。小说还对丁典与凌霜华之间绝美的纯真爱情进行了深情赞美。所有的这些，都是实实在在的人间真情，并非文化的虚无所能解释的。

对于传统文化的态度问题，金庸早在《韦小宝这小家伙！》一文中就说了一段精辟入理的话:"武侠小说中的人物,绝不是故意与中国的传统道德唱反调。路见不平,拔刀相助,是出于恻隐之心;除暴安良,锄奸诛恶,是出于公义之心;气节凛然,有所不为,是出于羞恶之心;挺身赴难,以直报怨,是出于是非之心。武侠小说中的道德观,通常是反正统,而不是反传统。"这就真正把问题的性质说清楚了,很好地回答了前文所述的意见。

金庸小说不管是在内容上还是形式上都处处存在着传统文化的影响,字里行间处处充溢,整部作品弥漫其间,这是一种内在的渗透,而非外在的点缀。金庸小说中体现的是个传统的武侠世界,这个世界是以综合形式存在的,这种综合形态不仅体现在侠义的传统特质,也体现在小说的语言和表述方式上。传统文化的批判式继承正是金庸小说获得读者高度认可的关键所在。

拓展资料

1. 金庸先生的小说,经历了两度修订,总共有三个版本:旧版(连载版)、新版(三联版)和新修版。

1955年至1972年的小说稿被称为旧版,主要连载于报刊,故"旧版"也称"连载版"。连载后的各小说又出现了许多没有版权的单行本,现大多已散佚。不论是报上的连载,或是结集成册的初版本金庸小说,在读者群中统称为"旧版",这才是最原始的版本。

1970—1980 金庸创作《越女剑》的同时,金庸着手修订所有作品,封笔后又用近八年时间,至1980年全部修订完毕,是为"新版",冠以《金庸作品集》之名,授权三联书店出版发行,故"新版"俗称"三联版"(1994年)。后来在远景与远流出版公司(1980年,金庸将十年修订的成果授权台北远景出版社出版,共计25开15种36册,其后则由远流接手,这是流传最广、最普遍的版本)的版本,都是修订后的"新版"(即包括金庸读者口中的"远景白皮版""远流黄皮版""远流花皮版"),有些读者在提到金庸旧版小说时,都以为是远景的版本,事实上,远景的版本与远流的版本是同一版,只是封面及装帧有所不同而已。(在三联版之前在大陆金庸曾授权天津百花文艺出版社出版《书剑恩仇录》,可惜单只有一本,其他并未授权。另外,北京文化艺术出版社的《评点本金庸武侠全集》曾经获得金庸先生的授权,但因为评点问题与金庸本人及其代理方打了官司,后来双方达成了和解。因为官司问题,所以该版本的销量较少,影响力也较小,销量和影响力远远比不上同期的三联版《金庸作品集》。北京文化艺术社的版本除了正文外还有评点,这是该版本区别于其他版本的最大特点。)

1999年,金庸又开始修订小说,正名为"新修版"(或"世纪新修版"),至2007年6月全部修订完毕,分别授权广州出版社(与花城出版社联合出版,2002年底已陆续开始出版)、台湾远流出版社、香港明河社出版发行。（广州出版社出的新修版的普通版即陆续上市的而非今年三月份整套发售，它的封面与该出版社出的新版一样，唯一的区分方法是看书号那一页最下面的小字，新版注明是某年某月第一版，而新修版注明是某年某月第二版，只能靠这个来区分，更困难的是，许多书店的营业员不清楚新修版这个事，他们只是按第一册到最后一册那样捆在一起，那就出现了一套书中有几册是旧版，有几册是新修版）。

每一次修订，情节都有所改动。新修版的故事细节和结局也略有改变，引来不少回响。目前两岸三地的出版分别授权于广州的广州出版社（于2005年11月正式出版，2002年底开始出版，代替原来的三联书店）、台湾的远流出版社、香港的明河出版社。

北京的生活·读书·新知三联书店（后面简称"北京三联书店"）与金庸的关系：1994年，北京三联书店获得金庸的独家授权，开始在内地出版《金庸作品集》（共12种36册，平装本全套定价：688元）。从此打开了金庸作品在内地的市场，北京三联书店也因此大赚了一笔。版权合同于2001年11月30日终止，不再续约，从此三联版的《金庸作品集》成为绝版。金庸的12套作品的出版和销售代理权，已经于2001年独家授权给了广州出版社，由广州出版社和花城出版社联合出版新版《金庸作品集》。从此《金庸作品集》告别了三联版，进入了广州版时代。

选自《金庸小说版本历史及比较》。

2.郭靖是我喜欢的一个武侠形象，这个熊孩子的成才之路，充满着许多教育学的元素。

大漠生长的郭靖，因为没有父亲，幼儿教育中阳刚之气先天不足，好在郭妈妈的家庭教育还不错，郭靖的德育比较好，这为他后天的学习奠定了基础。

智商不够，就努力用情商弥补，散发在郭靖身上的刻苦、毅力、坚忍不拔就是证明。我越来越认为，德育是人成长的第一生产力。

郭靖的小学老师是江南七怪。这几个老师脾气怪异，因为要和丘处机比赛，这种考试压力，使得他们焦躁不安，七怪明知"既学众家，不如专精一艺"的道理，但因不肯空有一身武功，却眼睁睁地袖手旁观，不传给这傻徒儿。于是完全不顾教育的生成规律，也不根据郭靖自身的特点，锅碗瓢盆一起上，完全是应试教育的拔苗助长。

这天清晨，韩小莹教了他越女剑法中的两招，那招"枝击白猿"要跃身半空连挽两个剑花，然后回剑下击。郭靖多扎了下盘功夫，纵跃不够轻灵，在半空只挽到一个半剑花，便已落下地来，连试了七八次，始终差了半个剑花。韩小莹心头火起，勉强克制脾气，教他如何足尖使力，如何腰腿用劲，哪知待得他纵跃够高了，却忘了剑挽平花。一连几次都是如此。……这日下午韩宝驹教他金龙鞭法，这软兵器非比别样，巧劲不到，不但伤不到别人，反而损了自己。蓦然间郭靖劲力一个用错，软鞭反过来刷的一声，在自己脑袋上砸起了老大一个疙瘩……练这金龙鞭法时苦头可就大了，只练了数趟，额头、手臂、大腿上已到处都是乌青。

这样一来，郭靖常常是学了十招，连一招也掌握不了，于是，七怪们当着郭靖的面，摇头叹气，责骂怒吼一起上，还用即将到来的比赛刺激郭靖，这些教育手段严重挫伤了郭靖的自信心，郭靖咬紧牙关，埋头苦练，拼命地练，却越来越差。"我为什么这么笨？为什么这么让师傅生气？"严重的挫败感使得郭靖的自我评价越来越低。

郭靖的小学教育对应着农业文明，农业文明的教育方式是灌输，着眼点在于知识，采用题海战术的目的，在于强化知识的熟练性，这种教育唯一的指向性是应试。特别是这种考试，还仅仅是为了证明老师的本领。这就注定了这种教育的失败。

……………………

选自《熊孩子郭靖的成功之道》。

3. 金庸扭转了对武侠小说的误读　作者：韩文嘉

昨天，受深圳读书月"读书论坛"之邀，年近八旬的北大知名学者严家炎做客宝安图书馆，分享他对于金庸小说的见解。作为一名颇具声望的学人与当代文学史的研究专家，严家炎对金庸不遗余力地推崇，被视为学术界对通俗武侠小说的接纳与认可。在昨天的讲座前，严家炎接受了记者的独家专访，解读金庸小说在文学史上的应有地位。

记者：您20世纪90年代在北大开设了金庸小说研究一课，当时您对金庸的推崇也引起了国内不少人的争议，您对此怎么看？

严家炎：其实学术界有许多人都很喜欢看金庸小说，像美国的陈世襄、夏志清、余英时、大陆的程千帆、冯其庸、章培恒，都对金庸评价很高。我也是当时听说我们的学生都在看金庸小说，才开始读他的小说，一看就觉得很好。在北大开设金庸小说课程，是给研究生和高年级本科生开的，当时讲了三个学期，很受大家欢迎，一位日本的汉学教授就从头到尾每节课都来听。

记者：从文学史的角度，您怎么评价金庸小说？

严家炎：金庸小说将中国传统通俗小说与五四以来新文学以及西方文学统一得非常好，他的作品可以说填平了高雅文学与通俗文学之间的沟壑，真正做到了雅俗共赏。我以前说过金庸小说是"一场静悄悄的文学革命"，虽然他作品的形式是传统的武侠小说，但他小说中的人物、性格和观念都带有西方现代思想的影响，也吸收了各种文学形式的尝试，将武侠小说这种通俗文学带上了文学殿堂。

记者：金庸的出现，应该说改写了很多人对于武侠小说的评价。

严家炎：是，中国大陆对武侠通俗小说的误读很严重。20世纪30年代开始，新文学的不少学者就对传统武侠、志怪的通俗文学有猛烈的批评。而20世纪50年代起，对武侠小说更是持禁毁的态度，有些报刊当时还写过社论批判武侠小说。到现在很多人还是对武侠小说非常不以为然,所以金庸的出现,意义重大。

记者:前两年由您主编的《20世纪中国文学史》出版了,这部文学史给了金庸一个什么地位呢?

严家炎:这部文学史中有单独的一个章节写港台的武侠小说,主要讲的是金庸的成就,这是以往文学史所没有过的。不过这部教材的港台部分是由黎湘萍执笔的,对于金庸的评价还是很认可的,但可能就没有像我评价得那么高。

记者:早在《20世纪中国文学史》出版的三十年前,您就曾与唐弢先生编写过《中国现代文学史》,编写文学史是一项浩大的工程,两度编写教材给您带来的感受是怎样的?

严家炎:编教材是件困难的事情,《20世纪中国文学史》从2001、2002年开始准备,集合了多名学者总共花了将近8年才完成。我们希望能够尽量从文学的角度出发来写,但还要平衡许多方面包括政治上的考虑。而且教材要有一定的持续性,要尽量消除流行风气的影响。比如姚雪垠的《李自成》,一度享有很高声誉,而现在很多人都对这部作品很不以为然,但我认为这部小说还是有它的价值,编史者不能受到流行风气的影响。

选自《金庸扭转了对武侠小说的误读》。

第十三讲

余光中的璀璨之笔与斑斓诗篇

大多数人认识余光中是从他的诗歌《乡愁》开始的。

余光中，台湾当代作家、文学评论家，原籍福建永春，1928年10月21日生于江苏南京，抗日战争爆发后，为躲避战乱随母亲辗转各地，与父亲汇合后在四川江北悦来场度过了几年中学时光，直至1945年抗战胜利，随父母回到南京。1947年中学毕业后入金陵大学外文系，1949年转入厦门大学外文系，开始发表诗作。同年随家到香港，1950年赴台湾，入台湾大学外文系。毕业后曾任教于台湾东吴大学、台湾师范大学。1958年到美国留学获艺术硕士学位。1964年和1969年两次赴美教书。1971年返台，任台湾政治大学西语系主任、台湾中山大学文学院院长及外国文学研究所所长。1974年起在香港中文大学任教11年，返台后任台湾中山大学文学院院长及外国文学研究所所长。

余光中是一位勤于笔耕、著作等身的作家。他大学时就开始发表诗作，1952年大学毕业那年，他的译作海明威《老人与大海》在台湾的《大华晚报》上连载，处女作《舟子的悲歌》诗集出版。此后陆陆续续出版了诗集《蓝色的羽毛》《钟乳石》《万圣节》《莲的联想》《五陵少年》《天国的夜市》《敲打乐》《在冷战的年代》《白玉苦瓜》《天狼星》《与永恒拔河》《余光中诗选》等十八本，散文集有《左手的缪斯》《逍遥游》《望乡的牧神》《焚鹤人》《听听那冷雨》《青青边愁》《桥跨黄金城》等十一本，评论集有《掌上雨》《分水岭上》《从徐霞客到梵谷》《井然有序》等六本，译著有《梵谷传》《老人和大海》《英诗译注》等十三本①。有论者对其给予极高的评价："余光中是20世纪中国诗文双璧的大作家，手握五色之笔：用紫色笔来写诗，用金色笔来写散文，用黑色笔来写评论，用红色笔来编辑文学作品，用蓝色笔来翻译。……数十年来作品量多质优，影响深远，凡有中文书店的地方，就有人买其作品、诵其作品，其诗风文采，构成20世纪中国文学璀璨的篇页。"②

余光中的散文情采兼备，佳词丽句之间奇比妙喻俯拾即是，博丽雄奇，光华四射。他的诗取材广泛，想象瑰丽，熔古铸今，信手拈来，仿若天造地设。20世纪80年代初，余光中的《乡愁》在流沙河的推介下在大陆报刊发表，广受读者欢迎；1982年，李元洛在《名作欣赏》上发表《海外游子的恋歌》，赏析其《乡愁》《乡愁四韵》二诗，认为这两首诗是"海外游子深情而美的恋歌"。《乡愁》这首"深情而美的恋歌"，不仅在《人民日报》刊出，而且还在中央人民广播电台、中央电视台等媒体多次朗诵、表演，甚至还入选中学语文教材，其影响殊为深远，余光中也被人们冠以"乡愁诗人"之名。

半个多世纪以来，海内外不少学者、评论家对余光中的文学成就进行了评析与研究，收入中国知网的期刊报纸论文多达1700多篇，学位论文近100篇，会议论文40多篇。流沙河、李元洛不仅较早地将余光中诗歌推介到内地，而且还对其诗歌进行了深入的评析，对内地读者接受和了解余光中以及余光中诗文在内地的传播都起到了重要作用。从其生平事迹的介绍及研究来看，徐学的《余光中传》、古远清的《永远的乡愁——余光中传》是颇具影响力的两种。香港学者黄维樑的《壮丽：余光中论》《大师风雅——钱锺书夏志清余光中的作品与生活》《壮丽余光中》（与李元洛合著）等对余光中的生活及文学活动有较为详尽的记载与评析。古远清编《余光中评说五十年》选录了从20世纪50年代到21世纪初有代表性的余光中评说论文，是余光中研究的宝贵资料。

第一节　文化中国，海外游子的永恒之恋

余光中的诗，题材无疑是广泛的，他的十多本诗集，有广为流传的爱情诗，如《等你，在雨中》《珍珠项链》等，也有犀利明快的政治诗，如《拜托，拜托》《敬礼，木棉树》等；有叙事写景的状游诗，如《东京上空的心情》《登长城——慕田峪段》等；也有

---

① 自余氏作品传入大陆，其诗文选本已不计其数，此处所列各类体裁作品本数依据为古远清《视线内外的余光中》所计。详见：古远清：《余光中评说五十年》，文化艺术出版社，2008，第6页。
② 黄维樑：《大师风雅》，九州出版社，2021，第181页。

忧戚未来的环保诗，如《控诉一支烟囱》《许愿》等；有慕古思贤的悼亡诗，如《梅花岭——遥祭史可法》《向日葵——梵谷百年祭之三》等，也有友朋往来的应答诗，如《堤上行——赠罗门之一》《厦门的女儿——谢舒婷》……目之所触、兴之所至、思之所及，俯拾而起，汇入他的五色之笔遂成就奇妙出彩的诗章。而在他卷帙众多的诗歌中，有着一条脉络清晰的线索，那就是对文化中国的关心、关注、思慕、思考！

　　早年的流亡逃难生活及成年后的离岸漂泊之感，使余光中有着深沉的故土家国之思，写于1972年的《乡愁》无疑是他表达故土家国之恋的代表作。一曲《乡愁》使余光中冠上了"乡愁诗人"的名号。自诩为"金陵子弟江湖客"的余光中对桃红柳绿、莺歌燕舞的江南水乡有着深厚的感情，这里不仅有美丽的自然风光，有他欢乐无忧的童年，有给他关爱和教育的亲人，有他众多的温柔漂亮的表妹，有他与亲人相伴的快乐与惬意，更有他深邃浓烈的文化记忆。《春天，遂想起》是一首情感细腻之作，他将对家国的留恋凝结为对江南的思念。

　　　　春天，遂想起
　　　　江南，唐诗里的江南，九岁时
　　　　采桑叶于其中，捉蜻蜓于其中
　　　　（可以从基隆港回去的）
　　　　江南
　　　　　　小杜的江南
　　　　　　苏小小的江南
　　　　遂想起多莲的湖，多菱的湖
　　　　多螃蟹的湖，多湖的江南
　　　　吴王和越王的小战场
　　　　（那场战争是够美的）
　　　　　　逃了西施
　　　　　　失踪了范蠡
　　　　失踪在酒旗招展的
　　　　（从松山飞三小时就到的）
　　　　　　乾隆皇帝的江南

　　　　春天，遂想起遍地垂柳

的江南，想起
太湖滨一渔港，想起
那么多的表妹，走在柳堤
（我只能娶其中的一朵！）
走过柳堤，那许多表妹
　　　就那么任伊老了
　　　任伊老了，在江南
　　（喷射云三小时的江南）

即使见面，她们也不会陪我
陪我去采莲，陪我去采菱
即使见面，见面在江南
　　　在杏花春雨的江南
　　　在江南的杏花村
　　（借问酒家何处）
　　　何处有我的母亲
复活节，不复活的是我的母亲
一个江南小女孩变成的母亲
清明节，母亲在喊我，在圆通寺

喊我，在海峡这边
喊我，在海峡那边，
喊，在江南，在江南，
　　　多寺的江南，多亭的
　　　江南，多风筝的
　　　江南啊，钟声里
　　　的江南
（站在基隆港，想——想
想回也回不去的）
　　　多燕子的江南

一九六二年四月二十九日午夜①

在和煦的春风里，诗人的江南，是童年时"采桑叶""捉蜻蜓"的"多寺""多亭"也"多螃蟹""多湖""遍地垂柳""多风筝"的、有"那么多表妹"陪我"采菱""采莲""走在柳堤"的自然的江南；是"唐诗里的""小杜的""苏小小的""钟声里"的人文的江南；是作为"吴王与越王的小战场""乾隆皇帝"多次巡游的政治历史的江南。在杏花春雨的江南，到处回荡着母亲"一个江南小女孩变成的母亲"的呼唤，"喊我，在海峡这边/喊我，在海峡那边/喊，在江南，在江南"。显然，这里的母亲是有双重含义的。诗人母亲的去世给他留下了无尽的悲恸，使他感到失去了心灵的归宿。诗人曾多次说过，对他来说故乡就是母亲。诗人对母亲的思念，自然而然升华为对故乡的思念，母亲的呼唤自然也成了故乡的呼唤。诗歌跳跃性很强，自然江南的秀美、人文江南的优美、政治历史江南的壮美，彼此交叉、彼此呼应，既表现作者对那片土地的无比热爱与向往，又凸显出作者对两岸分离境遇的无奈甚至失望。有意味的是，作者在细腻地描述记忆中的江南景色，抒发对故土家国的思念之情的过程中，时不时会跳出来，用括号中的句子把现实的境况或自己的感慨表达出来，"（可以从基隆港回去的）（从松山飞三小时就到的）（喷射云三小时的江南）"几句，写出了台湾与江南地理距离之近，非常容易抵达；而最后一节的"（站在基隆港，想——想/想回也回不去的/江南）"却写出了台湾与江南超越地理的距离，一种无法抵达的距离，表现出诗人深刻的无奈与无力。

诗人这种故土家国之恋在他羁留异国他乡时更为浓烈。《敲打乐》是他1964至1966年间再度旅美在密西根州立大学任教时所写。按诗人自己的说法，远逛异国，本质上就是"文化充军"，"浪子的心情就常在寂寞与激昂之间起伏徘徊。"思念亲人、遥望故国，叙写对现实中国的情感，成为这一诗集的主题。《当我死时》用超现实的想象把这种情感表现得浓烈而厚重：

当我死时，葬我，在长江与黄河

之间，枕我的头颅，白发盖着黑土

在中国，最美最母亲的国度

我便坦然睡去，睡整张大陆

听两侧，安魂曲起自长江，黄河

两管永生的音乐，滔滔，朝东

---

① 余光中：《余光中集（第一卷）》，百花文艺出版社，2004，第372页。

>这是最纵容最宽阔的床
>
>让一颗心满足地睡去，满足地想
>
>从前，一个中国的青年曾经
>
>在冰冻的密西根向西瞭望
>
>想望透黑夜看中国的黎明
>
>用十七年未餍中国的眼睛
>
>饕餮地图，从西湖到太湖
>
>到多鹧鸪的重庆，代替回乡
>
>（一九六六年）二月二十四日于卡拉马加[①]

诗人自从1948年7月离开内地迁居香港，后又定居台湾，一晃过去了十七年。二十岁去国，三十七岁怀乡，一湾浅浅的海峡，却是一时无法跨越的阻隔！"十七年未餍中国的眼睛"只能去"饕餮地图，从西湖到太湖/到多鹧鸪的重庆"。回乡遥遥无期，于是诗人只能幻想死后归葬。诗人把死亡视为一种憧憬、一种满足，一种能够达成"回乡"愿望的手段，他想象自己的身躯异常庞大，死时能够"睡整张大陆"，葬身"在长江与黄河之间"的"最美最母亲的国度"，卧听两旁一江一河的滔滔东流水，在江河的安魂曲中"坦然睡去"。在诗人的思想里，祖国就是人生最终的也是最圆满的归宿。诗的后半部分以快节奏传达心情的急切，把那热爱祖国山河、渴望落叶归根的情绪表现得淋漓尽致。这首诗不仅被收入许多诗选，而且还曾被香港作曲家曾叶发谱成四部混声合唱曲多次演出。

余光中出生在南京，适逢国难，九岁随母踏上流亡之路，一路艰辛抵达四川；中学尚未毕业又随父母回到南京；大学阶段又是南京、厦门、香港、台湾多地辗转；成年后更是多国逗留，漂泊感、异乡感如影随形。他的家乡意识和祖国意识因为海峡的阻隔无法落地生根，他无奈、感伤甚至激愤。同时，20世纪上半叶中国的战争和动荡导致人民苦难延绵深重，这样的现实状况又如芒刺在背，使他时时痛思时时忧念。"而现在/乡愁是一湾浅浅的海峡/我在这头/大陆在那头"，浅易的文字里蕴藏的却是深沉的忧患意识。他的诗，表现这种忧患意识的非常多。他第二次旅美，眼见美国的文明先进，忧念中国的落后贫穷，情绪激越，《敲打乐》正是在这种情绪之下完成，这是"爱之深责之切"的家国之情的大爆发。他将自己的命运与灵魂熔铸在民族之魂当中，尽情地抒写对祖国的热爱与对民族历史的哲理思考。

[①] 余光中：《余光中集（第二卷）》，百花文艺出版社，2004，第115页。

> 传说北方有一首民歌
> 只有黄河的肺活量能歌唱
> 从青海到黄海
> 　风　也听见
> 　沙　也听见

——《民歌》①

这首"民歌"象征着中华民族的声音，甚至是生命。作者写道，如果黄河结冰唱不了，有长江；长江结冰唱不了，有"我的红海"（诗人的热血）；"我的红海"结冰唱不了，有"你的血他的血"。《民歌》以豪迈雄伟的气势唱出了对整个华夏文明命运的思考，如民族生息的艰难，饱受欺凌的忧伤，民族振兴的雄心等，既饱含忧患意识，又展示出坚强的民族自信。

《天问》《与永恒拔河》和《白玉苦瓜》等诗篇都是关于人生、民族、艺术的诗化哲思，是对个人命运与永恒时间的思考，是对短暂生命价值的追索和对中华民族顽强生命力的咏叹。

在《从母亲到外遇》中，余光中写道："乡情落实于地理与人民，而弥漫于历史与文化，其中有实有虚，有形有神，必须兼容，才能立体"，他说："大陆是母亲，台湾是妻子，香港是情人，欧洲是外遇。""大陆是母亲，不用多说。烧我成灰，我的汉魂唐魄仍然萦绕着那一片后土。那无穷无尽的故国，四海漂泊的龙族叫她做大陆，壮士登高叫她做九州，英雄落难叫她做江湖。不但那片后土，还有那上面正走着的、那下面早歇下的，所有龙族。还有几千年下来还没有演完的历史，和用了几千年似乎要不够用了的文化。……这许多年来，我所以在诗中狂呼着、低吟着中国，无非是一念耿耿为自己喊魂。不然我真会魂飞魄散，被西潮淘空。"②对从小熟读中华经典的余光中来说，乡愁不仅仅是地理的，更是文化的，故土家国在很大程度上就是民族的历史民族的文化，"月光还是少年的月光/九州一色还是李白的霜"（《独白》）。所以，在他的诗中，写故土家国之恋的多，写民族文化之恋的更多。改革开放以后，两岸文化交流频仍，余光中也多次往返于台湾与大陆之间讲学，所到之处，触景生情，写了不少诗，如《登长城》《访故宫》《成都行》《嘉陵江水》等。"两岸开放交流以来，地理的乡愁固然可解，但文化的乡愁依然存在"。这种"文化的乡愁"使他自《莲的联想》《白玉苦瓜》以来的"思源"心理得

---

① 余光中：《余光中集（第二卷）》，百花文艺出版社，2004，第271页。
② 余光中：《从母亲到外遇》，载《左手的掌纹》，江苏文艺出版社，2014，第303页。

以爆发，他通过大量的诗歌和散文去探寻中国文学中华文化之源，为中华文化造像。

早在1976年，余光中所写《诗魂在南方》中就说到："蓝墨水的上游是汨罗江！""屈原一死，诗人有节。诗人无节，愧对灵均。滔滔孟夏，汨徂南土，今日在台湾、香港一带的中国诗人，即使境遇不尽相同，在情绪上与当日远放的屈原是相通的。"[1]余光中认为，身在海外的中国诗人，就如被流放的屈原一样，异域他乡带给他的是一种文化放逐感，他无法割舍对故土家国的真挚热恋。强烈的漂泊放逐感，使他与屈原在身份和心境上达成了深刻的认同，他无法不想到屈原，无法不自比屈原。他创作的近千首诗作中，写屈原的前后就有8首：《淡水河边吊屈原》（1951年）、《水仙操》（1973年）、《竞渡》（1980年）、《漂给屈原》（1989年）、《凭我一哭——岂能为屈原召魂？》（1993年），此5首已分别收入余光中《舟子的悲歌》《白玉苦瓜》《与永恒拔河》。2005年6月11日，77岁高龄的余光中应邀到湖南参观访问，他在屈原投江的地方，写下了大气磅礴的《汨罗江神》；2010年6月16日在"屈原故里端午文化节"的屈原公祭典礼上，82岁的余光中朗诵了他一泻千里的长诗《秭归祭屈原》；2013年5月30日，他在"诗歌的太阳——两岸屈原文化交流与诗会"上，朗诵了他的新作《颂屈原》。

在汨罗江、在屈原身上，他不仅找到了中国诗歌的源头，更找到了诗人的责任与担当。1993年，余光中在香港中文大学举办的两岸暨港澳文学交流研讨会上作了一个主题演讲，题目是《蓝墨水的上游是汨罗江》，他说："中国的作家，无论哪个地区的，如果都能回溯上游，那个源头就是汨罗江了。屈原是我们中国最早最伟大的作家、诗人。我们追本溯源，都回到屈原的面前。"1999年秋，余光中应约访问湘楚大地时说："我想我的聪明，像所有中国作家的聪明一样，都是从汨罗江开始的。《诗经》当然是一个源头活水，不过那是集体的。而一位个人的诗人，像屈原这么伟大的诗家在中国文学史上第一个出现，那确实就在汨罗江。所以我认为汨罗江是一切作家的蓝墨水。不论你现在用什么，用电脑，用网络，总之汨罗江是一个上游，是一个来源"。[2]"我来汨罗江和屈子祠，就是来到了中国诗歌的源头，找到了诗人与民族的归宿感"[3]。

强烈的民族情感和对文化历史归宿的向往，使他的诗无论是咏古还是吟今都充盈着汉魂唐魄。他在诗集《白玉苦瓜·自序》中写道："少年时代，笔尖所沾，不是希颇克灵的余波，便是泰晤士的河水，所酿也无非一八四二的葡萄酒。到了中年，忧患伤心，感

---

[1] 余光中：《诗魂在南方》，载《青青边愁》，中国友谊出版社，2019，第98页。
[2] 《见证余光中在"蓝墨水的上游"》，岳阳日报，2022年2月20日。
[3] 李元洛、黄维樑：《壮丽余光中》，九州出版社，2018，第60页。

慨始深，那支笔才懂得伸回去，伸回那块大陆，去沾汨罗的悲涛，易水的寒波，去歌楚臣，哀汉将，隔着千年，跟古代最敏感的心灵，陈子昂，在幽州台上，抬一抬杠。怀古咏史，原是中国古典诗的一大主题。在这类诗中，整个民族的记忆，等于在对镜自鉴。这样子的历史感，是现代诗重认传统的途径之一。"[1]《白玉苦瓜》以中华民族传统文化的实体象征为依托，以小见大，旁观折射，褒赞了光辉灿烂的中国文化，交织着深沉的历史情感和民族情感。

《唐马》《黄河》都是余光中在香港时期写的，它不仅是回溯文化历史，更是为中华民族塑像。诗人流沙河[2]评述说：《唐马》通过咏一座放在香港某博物馆玻璃柜中展览的唐三彩陶艺马，哀我中华民族百年积弱，尚武精神的衰落，悲壮情怀的消泯，以及子孙不肖者"不谙骑术，只诵马经"。唐朝是中华民族最为自豪的盛世，而骏马正是盛唐文化的表征，是民族活力蓬勃剽悍强盛的象征。《唐马》向往大唐雄风，旨在振奋精神，而谴责子孙之不肖者，亦足洞察本民族的不幸。《黄河》是诗人在香港艺术中心观赏水禾田在黄河上下游所摄的六十帧照片，"观之壮人心目，动人遐想"而作。

> 我是在下游饮长江的孩子
> 黄河的奶水没吮过一滴
> 惯饮的嘴唇都说那母乳
> 那滔滔的浪涛是最甘，也最苦
> 苍天黄土的大风沙里
> 你袒露胸脯成北方的平原
> 一代又一代，喂我辛苦的祖先
> 和祖先的远祖，商，周，秦，汉
> 全靠你一手摇动的摇篮
> 摇出了哭声，伴着一首
> 喉音多深沉的浑黄歌调
> ……[3]

诗人把华夏民族的母亲河当作一本历史的大书来读，既壮其美，更叹其苦。诗歌在黄河的上游下游之间回旋飞翔，将黄河古老文明的长幅画卷展现在读者眼前，歌吟

---

[1] 余光中：《白玉苦瓜·自序》，载《余光中集（第二卷）》，百花文艺出版社，2004，第246页。
[2] 流沙河：《诗人余光中的香港时期》，《香港文学》，1988年第12期，1989年第1—2期。
[3] 余光中：《余光中集（第三卷）》，百花文艺出版社，2004，第61页。

这"最老,最年轻的"黄河母亲的恩德,"那浩浩的浑水算不上美却令人凝望得口渴,唇干",倾泻出一位"白发上头的海外遗孤/半辈子断奶的痛楚"。胸襟博大,没有厚积的学养,没有炙热的爱心,写不出这样的《黄河》来。《黄河》歌咏、感叹中华民族的历史,"流露忧患意识,踏沉重的正步,歌悲伤的大调,非常得体"①。

在《隔水观音·后记》中余光中谈到,他在香港后期的诗作"在主题上,直抒乡愁国难的作品减少了许多,取代它的,是对于历史和文化的探索",他欲以诗歌"为中国文化造像,即使所造是侧影或背影,总是中国","正如本集中企图为李白、杜甫、苏轼造像一样。这当然还是一种宛转的怀乡","忧国愁乡之作大半是儒家的担当,也许已成我的'基调',但也不妨用道家的旷达稍加'变调',其实中国的诗人多少都有这么两面的"。他认为,这一时期他"对中国的执着趋于沉潜",他的《公无渡河》《唐马》《漂给屈原》和《湘逝》那样的作品,寓现实感怀于历史深处,"与其说是一种技巧,不如说是一种心境,一种情不自禁的文化孺慕,一种历史归宿感"②,"在《寻李白》《戏李白》《白玉苦瓜》《水仙操》《吊屈原》《漂给屈原》《飞将军》《湘逝》《夜读东坡》《橄榄核舟》等诗中,余光中或者颂扬诗人狂放不羁的豪情,或者弘扬爱国诗人的高风亮节,或者赞美戍边武将的善战骁勇,或惊叹古人巧夺天工的鬼刻神雕,再现了中华民族的志士仁人、英雄豪杰、能工巧匠及其深厚而璀璨的历史文化","余光中诗歌的文化意义、精神价值最主要在于他以诗笔塑造了一个形象的'人文中国'。这是余光中诗歌最大的意象,诗文中的具体意象只是'人文中国'这个宏大意象中的微观"③。

第二节 恒在的缪斯,融汇古今中外的诗艺追求

余光中在诗集《白玉苦瓜·自序》中说:"现代诗的三度空间,或许便是纵的历史感,横的地域感,加上纵横相交而成十字路口的现实感吧。不肯进入民族特有的时空,便泛泛然要'超越时空',只是一种逃避。"对现代诗的这种理解,使余光中诗的题材内容,不仅在时间上纵贯几千年文明,而且在空间上横跨欧亚美几个大陆,纵横开阖,包罗万象。而在艺术形式上,他的诗既表现出明显的对传统诗艺的孺慕和承续,同时又表现出对西方现代诗歌理论的称慕与创变,洋溢着浓郁的现代气息。梁笑梅认为,余光中诗歌艺术成就之

---

① 流沙河:《诗人余光中的香港时期》,《香港文学》,1988年第12期、1989年第1-2期。
② 余光中:《隔水观音·后记》,载《余光中集(第二卷)》,百花文艺出版社,2004,第546-550页。
③ 梁笑梅:《壮丽的歌者:余光中诗艺研究》,西南师范大学出版社,2006,第4页、第97页。

一就是:"中西诗艺传统的创造性转化。余光中努力在古典与现代之间、东方与西方之间、感性与知性之间寻求一种契合。他的诗歌语言兼及文言、口语与欧语,这使他的诗成为多层次、多元素的奇妙融和,这也是现代汉语诗歌语言发展的良性方向,拓宽了现代汉语写作的空间是他又一贡献"。黄曼君给予他的评价是:"他以璀璨的五彩笔将古典美与现代美相融合,将生活美、生命美与大美、无限美相融合,将人文美与科学美相融合,创造出一种富有冲击力而又委婉回旋、深邃丰厚的奇谲凝重格,开拓出被称为'余体'的诗和散文的新境界,从而展开'火浴凤凰'的翅膀,在宏阔的诗国中翱翔。"①

出生于南京的余光中,在颇有文化品位的家庭里成长,"有深厚的古典文学基础,古典散文、诗歌在他作品中得到恰到好处的化用,如盐溶于水,如鱼之相忘于江湖,他的文章真是五步一楼,十步一阁,而且起落裕如,闪展腾挪,得心应手。"②

余光中曾经这样表述他与中国传统的关系:"无论我的诗是写于海岛或是半岛或是新大陆,其中必有一主题托根在那片后土,必有一基调是与滚滚的长江同一节奏,这汹涌澎湃,从厦门的少作到高雄的晚作,从未断绝。从我笔尖潺潺泻出的蓝墨水,远以汨罗江为其上游。在民族诗歌的接力赛中,我手里这一棒是远从李白和苏轼的那头传过来的,上面似乎还留有他们的掌温,可不能在我手中落地。"③余光中有着一种无法割舍的对传统诗艺的孺慕,他推崇中国的古诗词,吟诵古诗词是他重要的休闲方式。传统诗艺为他提供了一个可以和古人相往来的国度,他和屈原、李白、杜甫、苏东坡、柳宗元、韩愈对话,李白的明月、苏轼的赤壁、屈原的汨罗……都是他寄寓感怀的对象。传统诗艺给予余光中艺术的滋养,而他以他丰厚的创作实践,承续着传统诗艺的精髓,并从中提炼出自己的诗法和诗艺。

余光中对传统诗艺的孺慕与承续最直接的表现就是,他创作了大量的以古代人文史迹、古诗词题旨意缊等为素材的诗,如《北京人》《夸父》《裤女娲》《羿射九日》《诗人——和陈子昂抬抬杠》等。而古诗词的语象、意境在他的诗中更是俯拾即是,譬如火、莲、月等意象系统都是在他的诗中经常出现的。"诺,叶何田田,莲何翩翩/你可能想像","月在江南,月在漠北,月在太白/的杯底"《莲的联想》中随意拈出来的几句,就能让人联想到江南《采莲曲》、想到"江南月,清夜满西楼""大漠孤烟直",想到"对影成三人"……余光中吸收并承续了古诗词中经典的语言意象、章法结构以及古诗词含

---

① 黄曼君:《余光中暨香港沙田文学国际学术研讨会开幕词》,香港,2000年。
② 伍立杨:《文学奇人余光中》,载《名作欣赏》,1993年第1期。
③ 余光中:《先我而飞》,载《文汇报》,1997年8月10日。

蓄精炼的美学特征，创造出属于自己的纯朴、简洁而又不失朦胧迷离之美的诗歌风格。《乡愁》《乡愁四韵》等诗就有李商隐和王维诗作的严密而又灵活的空间结构，布局上的首尾相衔、巧接连环，有曲折奥妙、虚实相生的效果。他的一系列"为中国文化造像"的诗，歌吟古代英豪人杰，咏叹历史遗迹，如《木兰怨》《刺秦王》以及《访故宫》《黄河》等。如《登长城——慕田峪段》："我祖先的忧患和辛苦，多少血泪/纪念那许多守将和边卒/倚也倚不断千里的栏杆/磨也磨不穿顽固的狱壁/只留下这一条拉链的神奇/从战国的那头锁到现今"，把古老中国的千年沧桑，及饱受磨难却依然不灭的生命力，全部展现在读者的眼前。而精心营构的一系列传统意象，又形象而巧妙地褒赞了辉煌的中国文化。对古诗词抒情的经典手法——咏物以寄情，他更是运用得娴熟自如，炉火纯青。他有不少诗作都源于博物馆，借历史遗物，发现真实情思。如《白玉苦瓜》《唐马》《橄榄核舟——故宫博物馆所见》等。在谈到《橄榄核舟——故宫博物馆所见》时，流沙河分析：《橄榄核舟》让今古同在，今在玻璃柜外，古在玻璃柜里，古今之间只有一层透明玻璃相隔，今可以看见古，呼喊古，甚至可以听见古（九百年前苏轼夜游赤壁，船尾"如泣如诉如怨如慕"的洞箫声）。九百年的时光压成一扇透明的玻璃，"奇异的光中"看苏轼，何等神秘。诗歌旨在暗示人间三不朽：诗人不朽（苏轼）、文章不朽（《赤壁赋》）、艺术不朽（核舟雕刻）。[①]

讲究音乐性是我国古诗词重要传统之一。最早的诗歌都是可以"和乐而歌"的，古代第一部诗歌总集《诗经》的"风""雅""颂"便是根据音乐特点所做的分类。白居易在《与元九书》中说："诗者，根情，苗言，华声，实义"；袁枚《随园诗话》说"其言动心，其色夺目，其味适口，其音悦耳，便是佳诗"；谢榛《四溟诗话》主张"诵要好，听要好……诵之行云流水，听之金声玉振"；刘大櫆在《论文偶记》中说"积字成章，积章成篇，合而读之，音节见矣；歌而咏之，神气出矣。"痴迷传统诗艺的余光中也非常重视诗歌的音乐性。他认为诗是文学中最接近音乐的一种体裁，歌是音乐中最近文学的一种。对此，他有个非常形象的比喻："诗是一个蛋，歌是一只鸟，孵出来的新雏，鲜羽夺目，妙韵悦耳，使听的人感到兴奋而年轻。"[②]"不错，心灵是诗的殿堂，但是耳朵是诗的一扇奇妙的门。仅仅张开眼睛，是不能接受全部的诗的。我几乎可以说，一首诗若未经诵出，只有一半的生命，因为它的缪斯是哑了的缪斯"[③]香港作家黄国彬说："论诗的

---

① 流沙河：《诗人余光中的香港时期》，《香港文学》，1988年第12期、1989年第1-2期。
② 余光中：《唱出一个新时代》，载《青青边愁》，中国友谊出版社，2019，第106页。
③ 余光中：《望乡的牧神》，台湾纯文学出版社，1986，第148页。

音乐性，在新诗或现代诗人之中，直到现在，我们还找不到一位诗人同余光中颉颃。"[1] 余光中的诗继承了中国格律诗的传统，同时又吸收了民歌的特点，大量运用重复和对比，这一音乐世界里最普遍最重要的法则，配以多变的句法节奏及和谐铿锵的声韵，从而形成一种回环往复的音乐美。如广为流传的《乡愁四韵》：

给我一瓢长江水啊长江水
　酒一样的长江水
　醉酒的滋味
　是乡愁的滋味
给我一瓢长江水啊长江水

给我一张海棠红啊海棠红
　血一样的海棠红
　沸血的烧痛
　是乡愁的烧痛
给我一张海棠红啊海棠红

给我一片雪花白啊雪花白
　信一样的雪花白
　家信的等待
　是乡愁的等待
给我一片雪花白啊雪花白

给我一朵腊梅香啊腊梅香
　母亲一样的腊梅香
　母亲的芬芳
　是乡土的芬芳
给我一朵腊梅香啊腊梅香[2]

全诗各节句数相等，相应的句中字数相等，音节相同，句式整一而富于变化，每节

---

[1] 黄国彬：《在时间里自焚》，载《火浴的凤凰》，台湾纯文学出版社，1986，第219页。
[2] 余光中：《余光中集（第二卷）》，百花文艺出版社，2004，第336页。

换韵，四节押韵平仄相间，有强烈的节奏感和韵律感，每一节的中心意象多次重复，造成往复回环的声韵美。其他如《乡愁》《民歌》《白玉苦瓜》《等你，在雨中》《三生石》等诗都如此，融古典与民歌的韵律美于一体，读来舒缓柔美，爽心悦耳，非常适合谱曲吟唱，而且他也确实已经有不少诗被谱成不同版本的歌曲。"以乐为诗"成就了余光中的创作风格，使他的诗歌不仅纯净、清淡和天然，而且带有浓重的民间色彩，更具传播性。

余光中第二次访美时接触到了摇滚乐，并为之深深震撼，觉得美国摇滚乐的歌词非常奇妙。西方的早期民谣和摇滚乐使诗人有了新的兴奋点，创作思维与表达方式都有了一定的改变，开始返璞归真，追求民歌般自然明快的风格。他注重诗歌节奏的整齐，利用双声叠韵以及字形排版等手段，构筑出一定的音乐氛围，甚至会根据诗歌的主题意蕴有意识地去设计诗歌的音响效果。最典型的就是《天狼星》中的《忧郁狂想曲》和《大度山》。余光中自己在《天狼仍嗥光年外——〈天狼星〉诗集后记》中写道：

"其实《忧郁狂想曲》和《大度山》两首诗都有意追求特殊的音乐效果，宜于演诵，如果仅是纸上默读，那效果就只能在想象之间领略了。例如在《忧郁狂想曲》里，用黑体排出来的字眼，都有强调音响的用意，在表意之外，更兼职形声。例如一再出现的'忐忑'二字，意思是'心神不定'，意象是'心上心下'，'一颗心七上八下'，而读音是'坦特'，不但双声，且有敲打乐器的效果。像下列的这几行：

忐忐忑忑

忐忑忑忐忐忑忑

打更的走过，面呈碘色

读起来便是'坦坦特特，坦特特坦坦特特'自有一种节奏。如果能用适当的乐器配合甚或代替，当更为突出。至于用得更多的'幢'字，也是音义两得，因为'幢幢'乃瞖复遮掩之状，元稹诗有'残灯无焰影幢幢'之句，通常形容惊疑怖栗之象，也常说'鬼影幢幢'。同时'幢'字音近鼓声，可径以定音大鼓代替，……《大度山》的音响设计就不同了。本诗的正文是歌颂大度山的春天；情人在公墓里约会，月季花踮起脚尖读碑铭等意象，都是用死亡之无可奈何来反衬春之生机与生命之可惜，可贵。在排版上，压在下面的四小段可以视为辅文，在情调上颇为低沉，黯澹，和正文的轻快，亮丽，有意造成对照，算是诗中少年对北部生活，包括气候，都市，文坛等等的阴郁回忆。……节奏和韵律上的这些安排，成败姑且不论，至少是中国古典诗和五四新诗所无。"[1]

---

[1] 余光中：《天狼仍嗥光年外》，载《余光中集（第一卷）》，百花文艺出版社，2004，第474-475页。

曾在金陵大学、厦门大学、台湾大学三所大学外文系就读并一直在大学外文系任教的余光中，有着极深的西方文学艺术的造诣。这在他的第一部诗集《舟子的悲歌》中就已经显露出来。诗集出版后，当时就读于台湾大学外文系的许倬云称赞它"是一本兼容旧诗与西洋诗的新诗集"，梁实秋也说："他有旧诗的根底，然后得到英诗的启发。这是很值得我们思考的一条发展道路。我们写新诗，用的是中国文字，旧诗的技巧是一份必不可少的文学遗产，同时新诗是一个突然生出的东西，无依无靠，没有轨迹可循，外国诗正是一个最好的借镜。无论在取材上，在辞藻上，在格调上，或其他方面，外国诗都极有参考价值。"[①] 无论是在主题、诗体或是句法上，余光中的诗艺贯穿着一股外来的支流，许多诗作都能看出某些成分有着西方名家的意味，例如《火浴》中对"火浴"的选择可以看出受佛罗斯特《没选上的路》（The Road Not Taken）直接或间接的影响。除此之外，诗歌还处处见到叶慈（Willian Butier Yeats）的痕迹。余光中深受叶慈象征主义理论及创作实践的影响，惯用象征与暗示的艺术手法，《火浴》《白玉苦瓜》等对此表现得极为充分。"这些作品，基于对客观物相的超越与艺术的重组，以联想为机制，在情感与理性相互辉照下创造聚合着自然、心灵、历史和现实的象征意象，依照暗示的需要组合意象，并由此营建起具有整体象征性的诗的空间。这种自足的艺术空间，以其自身的魅力诱人循着想象的舷梯步入其间，并让人在能动的审美活动中去领悟意象的象征性负载，去体味闪现于诗歌空间的特定暗示意义。"[②]

余光中的诗歌创作既受到欧美传统文化的影响，更受到现代文学艺术思潮的影响。作为翻译家的余光中，译介了很多20世纪的英美现代派作品，并把它们与19世纪欧洲的浪漫主义作品进行比较，这样的研究工作使他坚信欧美现代派诗比过去的浪漫主义诗更能深刻地揭示和表现人类最内在的灵魂。对现代派诗歌理论的称慕使他广收博取的吸纳包括欧美超现实主义、唯美主义、现代主义、结构主义、精神分析、存在主义等现代艺术流派及其理论的养分，他的心灵视野更加开阔，表现手段也更加丰富多彩，所创作的诗歌作品充满了前卫意识和现代气质。他的诗大量化用西方典故，艺术手法上常常采用隐喻、反讽、荒诞、矛盾语等，而在情绪上，注重展示现代人的困窘心理：孤零心理、流浪心理、失落心理、困惑心理、梦幻心理；还注重揭示现代人的生存困境：都市的阴暗、社会的弊病、政治的专制等，经常流露出虚无、寂寞、悲哀的情绪，具有浓重的现

---

① 梁实秋：《谈余光中〈舟子的悲歌〉》，载《自由中国》，1952年第8期。
② 余德银：《他山之石　可以攻玉——论英美诗歌对余光中的影响》，载《四川外语学院学报》，1991年第3期，第55—63页。

代派气息。1960年出版的《钟乳石》，暗示与象征手法的大量运用以及呈现于诗作中的狂弱的生命形态，就较鲜明地体现诗人"走向现代"的步子。而20世纪60年代初问世的《天狼星》可以说是欧美现代主义对余光中间接与直接影响的产物，处处表露出现代派"反传统"的叛逆性。1976年《天狼星》再版，在"后记"中余光中称其为失败之作，"因为定力不足而勉强西化的原故"。尽管如此，现代主义求新求变的蓬勃精神却成为他毕生艺术创造的一个重要来源和动力。

不仅现代派诗歌对余光中有很大影响，现代绘画、音乐尤其是摇滚乐同样对余光中的创作思想及实践产生了重要影响。

他翻译出版了《梵高传》(Lust for Life)，还发表过介绍梵高的文章，后又相继发表了《现代绘画的欣赏》(1961年3月)、《毕加索——现代艺术的魔术师》(1961年10月)、《朴素的五月——"理代绘画赴美展览预展"观后》(1962年5月)、《无鞍骑士颂——五月美展短评》(1963年5月)、《从灵视主义出发》(1964年5月)、《伟大的前夕——记第八届五月画展》(1964年6月)等文章，推广评介现代绘画。对绘画的喜爱和对西方现代绘画的研究与译介，使余光中能够更深刻全面地理解现代艺术的精神，并形成了他对现代艺术的独到见解，他的诗在写景、意象、比喻等方面都能看到西方现代绘画的痕迹。如《月光光》就为我们描绘了一幅典型的现代绘画风格的画面。

月光光，月是冰过的砒霜
月如砒，月如霜
落在谁的伤口上？
恐月症和恋月狂
迸发的季节，月光光

幽灵的太阳，太阳的幽灵
死星脸上回光的反映
恋月狂和恐月症
祟着猫，祟着海
祟着苍白的美妇人

太阴下，夜是死亡的边境
偷渡梦，偷渡云

现代远，古代近
恐月症和恋月狂
太阳的膺币，铸两面侧像

海在远方怀孕，今夜
黑猫在瓦上诵经
恋月狂和恐月症
苍白的美妇人
大眼睛的脸，贴在窗上

我也忙了一整夜，把月光
掬在掌，注在瓶
分析化学的成份
分析回忆，分析悲伤
恐月症和恋月狂，月光光
一九六四年五月三十一日[①]

诗中关于月光的一连串喻指和渲染，使意境显得阴郁恐怖，诗人描画了一个患有"恐月症和恋月狂"的"苍白的美妇人"，"苍白的美妇人/大眼睛的脸，贴在窗上"。"苍白的美妇人"到底为何"恐月"又为何"恋月"，诗中并无交代，让人感受到一种说不清、道不明的情绪，带有现代主义的阴郁感、荒谬感以及迷惘感。如果说美妇人恋月尚有些古诗词意蕴的话，那么加上"狂"字则已经突破传统了，它不合中国固有的中庸审美规范。至于"恐月"则更与中国传统审美情趣无缘，明显带有西方现代派的情绪特征，诗歌以坚实的意象明白的旋律构筑出怪异阴冷、画面骇人的艺术氛围，诉诸人的本能，自然神秘，可感可触又虚幻无尽。《毛玻璃》则带有立体派与抽象派绘画的前卫色彩："毛玻璃的三月，/冬之平面外逡巡着/太阳的铜像"，"毛玻璃"和"冬"的位置互换才合常理，这很像立体主义时期绘画中色面互相衔接交错，物形互相渗透的变形设计。再如"鸟的轨迹都躲在/距离的背后了"（《孤立十三行》），"零度。七点半。古中国之梦死在新大陆的席梦思上"（《新大陆之晨》），扭曲的意象渗透出抽象的意味。

[①] 余光中：《余光中集（第一卷）》，百花文艺出版社，2004，第336页。

余光中认为摇滚乐也是一种诗，一种以吉他为标点，鼓为脉搏，节奏感特别敏锐的诗，一种诗与歌综合的严肃艺术。他写了《歌赠汤姆》和《民歌手》两首诗，前者称颂摇滚乐坛常青树汤姆·琼斯，《民歌手》则表现余光中对民歌手行吟生涯的神往。他在《现代诗和摇滚乐》中认为："摇滚乐是一种洋溢着同情和活力的新艺术，它绝少现代诗中常有的颓丧和无聊。"在《论琼·拜斯》中又说"所谓民歌，不仅是一种歌诵的方式，更是一种信念，一种情操，一种生活态度。最重要的，是江湖的豪气，野草的清新，泥土的稚拙，人性的纯真，而不是枝枝节节，技巧上的小花招。"从《冷战的年代》（1966—1969）到《白玉苦瓜》（1970—1974），创作路向转折和变化的新动力就是民歌精神。诗人把他那令人一见倾心的乡愁浓缩在《白玉苦瓜》里，颇为流行的《乡愁》《乡愁四韵》和《民歌》皆出于此，整本诗集大都是强烈而深刻的怀乡——地域之乡、历史之乡和文化之乡，情感观念和艺术兴味都呈现一种回归的成熟。

余光中在《古董店与委托行之间》一文中说，"西化不是我们的最终目的，我们的最终目的是中国化的现代诗。这种诗是中国的，但不是古董，我们志在役古，不在复古；同时它也是现代的，但不应该是洋货，我们志在现代化，不是西化。"他对于自己理想状态的诗艺曾有过如此表述：能继承古典的大传统和"五四"的小传统，同时又能旁采域外的诗艺传统。他从不墨守成规，即使是对他所称慕的现代艺理，他也在不断地进行创新求变的探索。《芝加哥》《新大陆之晨》《我之固体化》等篇章，在意象的营造和技巧语言上都出现了求新求变的特点，甚至还出现了象征的色彩、几何的线条、现代的音乐、计算机的数字，但诗中又鲜明地流露出深切的民族意识，中国意识萌发于现代的躯壳中。

第三节 善性西化，现代中文的转圜与坚守

余光中不仅是诗人、作家，也是大学中文教授、文学评论家及文学期刊的主编。中文是他工作与创作的工具。他不仅是对中文有着极高驾驭能力的语言大师，也是对中文的变迁及其特征有着深入研究和独到认识的语文学家。他曾经这样说过："这世界，我来时收到她两件礼物，一件是肉身，一件是语文。走时这两件都要还她。一件已被我用坏，连她自己也认不出来，另一件我越用越好，还她时比领来时更新更活。纵我做她的孩子有千般不是，最后我或许会被宽恕，被她欣然认作自己的孩子。"[1]这段话既表现出他对中文的虔诚信仰，更透露出他对自己中文能力与水平的自信。

---

[1] 徐学：《余光中传》，厦门大学出版社，2016，第262页。

余光中一百多万字的学术论述和文学评论中,以全文或大部分篇幅论述汉文学语言的文章就有三十二篇,《中文的常态与变态》《论中文之西化》《从西而不化到西而化之》《白而不化的白话文》等篇什,从纯正的中文语感出发,以古今中国文学作品里丰富的汉文学语言材料为依据,对古代文学语言、初期白话文与现代中文的特点进行深入地分析,多方探讨了中文的特殊功能和语法特点,表现出他对现代中文的独到理解。

在《用现代中文报导现代生活》中余光中曾说:"中文报纸要把现代人的生活报导得客观而又普及,就不能不用所谓'现代中文'了。"[1]他认为,所谓现代中文,应该是写给现代中国人看的一种文字。这种文字必须干净,因为不干净就不可能客观;同时必须平易,因为不平易就不可能普及。一篇新闻报道的文字,既不客观,又不普及,怎能忠实反映现代人的生活;不客观,就失去了实事求是的科学精神;不普及,就失去了家喻户晓的民主意义。科学和民主,正是现代生活的两大支柱,不科学也不民主的文字,当然不能成为现代中文。[2]他理想中的现代中文应该是"以白话为骨干,以适度的欧化及文言句法为调剂的新的综合语言"(《谈新诗的语言》)。

语言是一种历史的存在,更是一种发展的存在,它总是随着社会交际环境及语言结构内部要素之间演变而演变。中文在几千年的历史演进中也不断地演变着,僵化的、失去生命力的旧词慢慢淘汰,新词不断增加,词法结构、句法规则也不断发生着变化。特别是五四新文化运动,更是开启了中文的现代化进程。简洁方便、通俗易懂,更适合"我手写我口"的白话文取代了严重脱离实际的文言文,在传播新思想、推广新文化、繁荣文学创作、推广国民教育等方面起到了重要作用。然而,白话文刚起步的时候,面对着极大的语言荒芜,鲁迅先生就说:"现在的文学家,哲学家,政论家,以及一切普通人,要想表现现在中国社会已有的新的关系,新的现象,新的事物,新的观念,就差不多人人都要做仓颉。这就是说,要天天创造新的字眼,新的句法。实际生活的要求就是这样。"[3]几十年后的余光中也表达了相同的看法,"事实上,目前的白话,字汇既贫乏,句法也单调,根本不够表达"[4]。

众所周知,五四知识分子基本都接受过西方教育,深受西方文化思想的影响,同时他们也致力于传播西方先进文化思想及科学技术,在白话不敷应用的时候,自然而然就借用了西文(主要是英文),套用西文词汇,模仿西语句法……早期白话文作家们笔下

---

[1] 余光中:《用现代中文报导现代生活》,载《余光中选集(第四卷)》,安徽教育出版社,1999,第18页。
[2] 陈才俊:《余光中语文研究初探》,《学术研究》,2002年第8期,第138-141页。
[3] 鲁迅:《关于翻译的通信》,载《二心集》,人民文学出版社,1973,第158页。
[4] 余光中:《风·鸦·鹩》,载《余光中选集(第四卷)》,安徽教育出版社,1999,第11页。

或多或少都存在这种西化现象。面对中文西化的现象，余光中指出："五四以来较有成就的新诗人，或多或少，莫不受到西洋文学的影响；问题不在有无欧化，而在欧化得是否成功……欧化得生动自然，控制有方，采彼之长，以役于我，应该视为'欧而化之'。欧化得拙笨勉强，控制无力，不但未能采人之长，反而有损中文之美，便是'欧而不化'。新文学作家中文的毛病，一半便由于'欧而不化'。"①余光中凭他的艺术敏感，体察到了中西句法不同的表现特点。他认为，在诗歌、散文的创作中，适度而有分寸的西化，可使句法活泼新颖，增添颠倒曲折之趣，且使词句主客之势分明。但同时他又强调。这种西化要与汉文学语言浑然相融，而不能生硬恶劣，失尽了民族语言原有的特点和美质。②为此，他对中文西化现象做出了自己的价值判断："缓慢而适度的西化是难以避免的趋势，高妙的西化更可以截长补短"，所以他倡导中文的"善性西化"。他所谓的"善性西化"是"采彼之长，以役于我"的"西而化之"乃至"化西为中"。如果说，余光中对"善性西化"的倡导，是现代中文顺应全球文化交融趋势的转圜与应变，那么，他对汉语"常态"的强调，则是对现代中文本心的坚守。他强调语言的规范性，强调汉文学语言在"变"中应保持常态，要在了解中文常态、尊重中文常态的基础上求变。他说："中文发展了好几千年，从清通到高妙，自有千锤百炼的一套常态。谁要是不知常态为何物而贸然自诩为求变，其结果也许只是献拙，而非生巧。变化之妙，要有常态衬托才显得出来。一旦常态不存，余下的只是乱，不是变了。""只要仓颉的灵感不灭，美丽的中文不老，那形象，那磁石一般的向心力必然长在。因为一个方块字是一个天地。太初有字，于是汉族的心灵，他祖先的回忆和希望便有了寄托。"正是出于这种强烈的民族文化责任感，余光中几十年来孜孜不倦，进行了大量细致的语言学研究，提出许多有见地的学术观点。与此同时，他又以自己几十年不懈的诗文写作实践着自己的语言学主张。

诗歌是语言的艺术，既要遵循语言规则抒情言志，又要在一定程度上消融语言规则，以达到言有尽而意无穷的艺术境界。余光中深谙其中奥妙，"我尝试把中国的文字压缩、锤扁、拉长、磨利，把它拆开又拼拢，折来又叠去，为了试验它的速度，密度和弹性。我的理想是要让中国的文字，在变化各殊的句法中，交响成一个大乐队，而作家的笔应该一挥百应，如交响乐的指挥杖"③。他的诗文创作从不拘泥于现代汉语的语法，而是灵活学习古汉语和西语的语法规则，将语言扭曲、变形，使之与实际的语言产生某种距离，

---

① 余光中：《徐志摩诗小论》，载《余光中选集：文学评论集》，安徽教育出版社，1999，第208页。
② 李军：《论余光中散文的句法特点》，《广州师院学报（社会科学版）》，1994年第4期。
③ 余光中：《逍遥游·后记》，台湾九歌出版社，2000。

将诗意定格在似与不似之间，形成了以白话为主，以适度欧化及文言句法为调剂的新的综合语言。

  词性的活用及奇异的词语搭配是余光中诗歌语言一个突出的特点。词性的活用，是诗歌主要的语言技巧之一，也是诗歌一个重要的美学功能。词性活用在古汉语中也是经常出现的一种语言现象，余光中诗歌借鉴学习古汉语的规则，将名词用作形容词、动词用作形容词、形容词用作名词、动词性词组用作名词、名词用作量词……词性的活用使词语跳出了固有的意义圈子，传递出原有词性所无法容纳的内涵，有新奇鲜活之感，这是对现代汉语的语法规则某种程度的消解和对诗的语法规则的创造。这种现象在余光中诗歌中比比皆是：

  我本来也是很液体的，
  也很爱流动，很容易沸腾，
  很爱玩虹的滑梯。
    ——《我之固体化》
  拨开你长睫上重重的夜
  就发现神话很守时
  星空，非常希腊
    ——《重上大度山》
  如果碧潭再玻璃些
  就可以照我忧伤的侧影
  如果舴艋舟再舴艋些
  我的忧伤就灭顶
    ——《碧潭》
  这是最纵容最宽阔的床
  让一颗心满足地睡去，满足地想
    ——《当我死时》
  凄凉的胡琴拉长了下午
  偏街小巷不见个主顾
  他又抱胡琴向黄昏诉苦
  空走一天只赚到孤独
    ——《算命瞎子》

黑松林疏处尽是皑皑
　　触目惊心这一片早白
　　　　　　——《五十以后》
　　给我一张海棠红啊海棠红
　　……
　　给我一片雪花白啊雪花白
　　……
　　给我一朵腊梅香啊腊梅香
　　　　　　——《乡愁四韵》
　　弦声叫，矫矫的长臂抱
　　咬，一匹怪石痛成了虎啸
　　　　　　——《飞将军》
　　围城一瓮的哭声
　　突也突不出那战云层层
　　　　　　——《西贡——兼怀望尧》
　　不知一峰暮色里独白
　　是伸向死灭，或是永生
　　　　　　——《五十岁以后》
　　羡慕一氅白鹭
　　越界而去的翩
　　　　　　——《望边》
　　哪一曲栏杆
　　凭谁的边愁
　　　　　　——《船湾堤上望中大》

　　余光中诗歌用语超脱常规思维轨迹，常常通过出乎意料的词语组合，形成一种"陌生化"的语言效果，奇趣盎然。如"一声声的哑哨泣走了春天"（《女验票员》）、"浅蓝色的夜溢进窗来；夏斟得太满"（《星之葬》）、"白露为封面，清霜作扉页/秋是一册成熟的诗选"（《秋兴》）、"忽然/那黑影伸过来，硕大如预言/攫住月，攫住惊慌的夜"（《月食夜》）。再如：《当我死时》"用十七年未餍中国的眼睛/饕餮地图，从西湖到太湖/到多鹧鸪的重庆，代替回乡"，"饕餮"，传说中凶恶贪食的野兽，比喻凶恶贪婪之徒，这里借用其贪吃贪婪之意,生动地写出了诗人对祖国的至情挚爱。《大度山》"睡懒觉是不可能的/一太清晨,太阳那厮/就尽在山坡下大声喊你/去玩,去呼吸蓝色","那厮"二字是旧小说中的口语,用在这里,轻蔑中带着亲昵,把太阳和人的距离缩至最短。这些鲜活、奇特的组合方式不但激活了诗歌的内涵,扩大了想象的空间,也留给了读者更多的余韵。

余光中写诗,不仅词语会被他"压缩、锤扁、拉长、磨利",句子同样也会被他"拆开又拼拢,折来又叠去",让人产生一种奇异的阅读体验。他的诗歌,为了追求音义、节奏和诗意的合一,讲究行与行之间的对位,会有很多的跨行句(又称奔行句、待续句)。如《西螺大桥》:

> 矗然,钢的灵魂醒着。
> 严肃的静铿锵着。
>
> 西螺平原的海风猛撼着这座
> 力的图案,美的网,猛撼着这座
> 意志之塔的每一根神经,
> 猛撼着,而且绝望地啸着。
> 而铁钉的齿紧紧咬着,铁臂的手紧紧握着
> 严肃的静。
>
> 于是,我的灵魂也醒了,我知道
> 既渡的我将异于
> 未渡的我,我知道
> 彼岸的我不能复原为
> 此岸的我。
> 但命运自神秘的一点伸过来
> 一千条欢迎的臂,我必须渡河。
>
> 面临通向另一个世界的
> 走廊,我微微地颤抖。
> 但西螺平原的壮阔的风
> 迎面扑来,告我以海在彼端,

> 我微微地颤抖，但是我
> 必须渡河！
>
> 矗立着，庞大的沉默。
> 醒着，钢的灵魂。①

这首诗，中间三节很多行不是断在按习惯语势可以停顿一下的地方，而是把行尾跨到下一行头上。这样既保持了各行的大体整齐，维护了诗行的音韵，又对跨行的词句有明显的强调的作用。这样不断地跨行，与读者的阅读习惯形成一定反差，可以达到一种特殊的效果，延绵不断、急促高昂的语调，也巧妙配合着文字的意义。"诗笔继续向深处开掘，找出大桥内涵的另一点——过渡，使之由矗立的静态转为迎人渡河的动态。西螺大桥是对过去的告别，也是对未来的预感，成为通向另一世界的走廊，成为诗人迈向神秘莫测之未来，超越平庸追踪前贤的路径，成为壮士一去不复返的献身征途。面临着人生的转折和搏击，面临着未知全新的生活道路，诗人是茫然而惶惑的，但他必须告别青春年少的浪漫，他知道的只是，必须勇往直前——'必须渡河！'只有勇于渡过佛教所谓的一劫又一劫，人才能获得生命中美丽的邂逅。……不断跨行作为诗人调控节奏的有效手段，造成了一种连绵的语势，仿佛在处心积虑地准备着情绪上的变调。"②这首诗除了这种密集的跨行外，首尾二节通过"矗""钢的灵魂""醒着"的反复以及"严肃的静铿锵着""矗立着，庞大的沉默""醒着，钢的灵魂"这样一些奇异的组合，既给读者一种精神震撼的感觉，同时又形成诗歌明快醒目、回环往复的节奏。

余光中曾说："回行只能是出自效果的需要，是来自诗歌产生悬荡感的需求。"③正是为了追求这种诗歌的悬荡感，余光中诗歌常常会将一个句子延续到下一行，这种跨行，比比皆是。譬如：

> 在水中央，在水中央，我是负伤
> 的泳者，只为采一朵莲
> 一朵莲影，泅一整个夏天
> 仍在池上

——《回旋曲》

---

① 余光中：《余光中集（第一卷）》，百花文艺出版社，2004，第228-229页。
② 梁笑梅：《壮丽的歌者：余光中诗艺研究》，西南师范大学出版社，2006，第199页。
③ 余光中、丁宗皓：《在传统与现代之间——余光中先生访谈录，载当代作家评论，1997年第6期。

爱情的一端在此，另一端

在原始，上次约会在蓝田

——《下次的约会》

除此之外，余光中诗歌常常会把正常语序打乱，有时为了强调宾语修饰语而把宾语修饰语放在前主谓语放在后，如"永不断奶的圣液这乳房"（《大江东去》）、"堂堂的北京人我就是"（《西出阳关》）；有时会把谓词短语和状语提前，如"射翻了单于/自杀了李广"（《啊，春天来了》）、"像一首小令/从一则爱情的典故里你走来"（《等你，在雨中》）；有时会把状语或定语放在后面，如"等你，在雨中，在造虹的雨中/竟感觉每朵莲都像你/尤其是隔着黄昏，隔着这样的细雨"（《等你，在雨中》）；"但那些华丽的翅膀/而且脆弱/一吹就断了"，在后一例中，正常语序是"但那些华丽而且脆弱的翅膀，一吹就断了"，定语的后置造成诗的语言张力和节奏，且强调了"脆弱"。从上面所引例句来看，打破正常语序，将某些句子成分提前或挪后，再加上一定的停顿，一方面可以增加节奏的跌宕，把它们从普通的散文句子中解放出来，另一方面可以加强语气，使句子的意义更加突出，增强诗歌的力量。

他的诗歌有大量的古事新编、古题新创以及古人咏写，这就使得他的诗歌有层出不穷的成语典故，有俯拾即是的古诗文化用语，众多的成语典故和古代诗文，经过他奇妙的词语组合、比喻和矛盾语法，往往会重放异彩，具有独特的新的内涵，读来毫无艰涩之感。如《夸父》：

为什么要苦苦去挽救黄昏呢？

那只是落日的背影

也不必吸尽大泽与长江

那只是落日的倒影

与其穷追苍茫的暮景

埋没在紫霭的冷烬

——何不回身挥杖

迎面奔向新绽的旭阳

去探千瓣之光的蕊心？

壮士的前途不在昨夜，在明晨

西奔是徒劳，奔回东方吧

既然是追不上了，就撞上

一九八二年四月二十日①

"典"的最高意义是民族集体记忆的遗产,也是沟通民族想象的媒介。《夸父》选用我国"夸父追日"古老神话作为题材,诗人通过对神话人物的重新审视和思考,对这一题材按自己的理解做了全新的创造和阐释。神话写顺道而"追",诗人则是写逆路而"撞"。诗人用现代意识、现代思维赋予了夸父这一神话人物以崭新的内容和意义,在古老的题材中开掘出新的意蕴,从古老的人物形象中升华出极具有时代意义的思想,从而表现出强烈的现代性和批判性。《羿射九日》取材于后羿射九日的古代神话,作品中传统的射日、补天神话的运用,透露出一种坚强的意志,表现出一种自强不息的民族精神和不屈不挠的英雄气概。《古龙吟》"锈的是盘古公公的巨斧/劈出昆仑的那一柄/蛀的是老酋长轩辕的乌号/射穿蚩尤的那一张/涿鹿的鼓声在甲骨文里"。

不仅中国的古代神话传说作为典故常常出现在余光中的诗歌中,西方的神话传说也常常出现在他的诗中。如《犹力西士》:"只道是,女妖的歌声寻常又寻常/我的耳朵醉过/更迷人更令人迷路的谎言/飓风季,我的船首朝西",诗中的女妖是希腊荷马史诗《奥德赛》中的赛壬,她是古希腊传说中的海上女神,善以歌声迷惑航海人,而"犹力西士"便是史诗中在海上流浪的英雄,此时便是影射作者自己,女妖隐喻当时诗坛流行的存在主义、超现实主义、虚无精神等。再如《芝加哥》:"夜总会里有蛇和夏娃",《我的年轮》中"美国太太新修过胡子/的芳草地上/仍立着一株挂满牛顿的/苹果树,一株/挂满华盛顿的樱桃",《莲的联想》里"想起西方,水仙也渴毙了/拜伦的坟上/为一只死蝉,鸦在争吵",《向日葵》里出现希腊神话中奔日的伊卡瑞斯:"你是挣不脱的夸父/飞不起来的伊卡瑞斯",《两栖》中"西方有一枝病水仙,东方/有一枝莲",水仙源出西方神话的那喀索斯,因自恋水中倒影而溺水,死后便成水仙,在溺处开花。

咏古事、古人、古物的诗歌用到典故,这自不待说,即便不是咏古抒怀的诗歌也会时不时地冒出一个又一个的典故或化用的古诗文,这就使得他的诗歌营构出浓郁的古雅而又俗白的氛围,表现出深沉的学者气质,具有很强的跳跃性。如《等你,在雨中》:

等你,在雨中,在造虹的雨中
　蝉声沉落,蛙声升起
一池的红莲如红焰,在雨中

---

① 余光中:《余光中集(第三卷)》,百花文艺出版社,2004,第16页。

你来不来都一样，竟感觉
　　每朵莲都像你
尤其隔着黄昏，隔着这样的细雨

永恒，刹那，刹那，永恒
　　等你，在时间之外，
在时间之内，等你，在刹那，在永恒

如果你的手在我的手里，此刻
　　如果你的清芬
在我的鼻孔，我会说，小情人

诺，这只手应该采莲，在吴宫
　　这只手应该
摇一柄桂桨，在木兰舟中

一颗星悬在科学馆的飞檐
　　耳坠子一般的悬着
瑞士表说都七点了。忽然你走来

步雨后的红莲，翩翩，你走来
　　像一首小令
从一则爱情的典故里你走来

从姜白石的词里，有韵地，你走来
一九六二年五月二十七夜①

这首诗被称为余光中爱情诗歌的代表作。诗作名曰"等你"，但全诗只字未提"等你"的焦急和无奈，而是别出心裁地状写"等你"的幻觉和美感。黄昏将至，细雨蒙蒙，

---

① 余光中：《余光中集（第二卷）》，百花文艺出版社，2004，第17页。

彩虹飞架，红莲如火，"蝉声沉落，蛙声升起"。正因为"你"在"我"心中深埋，所以让人伤感的黄昏才显得如诗如画。"我"情不自禁地喃喃自语："你来不来都一样，竟感觉/每朵莲都像你"。在"永恒""刹那"的等待中，"我"想象着"你的手在我的手里"，"你的清芬/在我的鼻孔"，"这只手应该采莲，在吴宫/这只手应该/摇一柄桂桨，在木兰舟中"。采莲、吴宫、桂桨、木兰舟，既指向包蕴着丰富历史内涵的典故，又是对古人诗词的精妙化用。时间在莫名的激动和想入非非中流逝，美人在时钟指向七点时翩翩而来。"我"望着姗姗而来的美人，仿佛看到了一朵红莲，"像一首小令/从一则爱情的典故里你走来"。我们知道，小令的风格典雅含蓄，小令中的女子，是"照花前后镜，花面交相映"般的妩媚，是"帘卷西风，人比黄花瘦"般的袅娜，是"无可奈何花落去，似曾相识燕归来"般的怅惘。爱情典故中的经典篇章像断断续续的回声响彻"我"的心底，姜白石词中清新的韵律像叮咚作响的清泉缓缓地流进"我"的心中。整首诗语言清丽，声韵柔婉，具有东方古典美的空灵境界，同时，从诗句的排列上，也充分体现出诗人对现代格律诗建筑美的刻意追求。此诗运用独白和通感等现代手法，把现代人的感情与古典美糅合到一起，把现代诗和古代词熔为一炉，使诗达到了相当清纯精致的境界。

　　余光中诗歌中随处可见的就是对典故及古诗词的化用。他把典故与古诗词消化之后变成诗的血肉和骨骼，这就使他的诗歌风格具有了浓郁的知性色彩，又使他的诗歌语言呈现出新奇诙谐、雅俗共赏的效果。如《安石榴》"那津津的滋味，甜里带酸/仍然嚼得出晚唐之恋吗/仍然是断无消息吗？让初夏被暖红烧艳"，出自李商隐"曾是寂寥金烬暗，断无消息石榴红"的诗句。《招魂的短笛》里"魂兮归来，母亲啊，南方不可久留"一句，化用东晋陶渊明的《归去来兮辞》。《中元月》中"水银的月光浸满我一床"和《独白》的"月光还是少年的月光/九州一色还是李白的霜"，脱胎于李白的"床前明月光，疑是地上霜。"《大江东去》中"大江东去，龙势矫劲向太阳"，巧用苏轼的《念奴娇·赤壁怀古》的气势。《布谷》里的"扫墓的路上不见牧童/杏花村的小店改卖了啤酒"，显然化自杜牧的《清明》。《五陵少年》的"千金裘在拍卖行的橱窗挂着/当掉五花马只剩关节炎"，典出李白的诗《将进酒》中的"五花马，千金裘，呼儿将出换美酒。"《中元夜》用王维《九月九日忆山东兄弟》里"每逢佳节倍思亲"的意境，但把个人别离伤怀，上升到中秋月下的民族感伤之中，把个人仕途的没落而寻求归隐的无奈，转化为台湾岛内及海外千百万赤子思念祖国，盼望统一的强烈愿望。《碧潭》写的是东方式的现代爱情，"十六柄桂桨敲碎青疏璃"，"如果舴艋舟再舴艋些"，以"琉璃"喻水，以"舴艋舟"喻船，使读者想到欧阳修《采桑子》中的"无风水面琉璃滑"和西湖边"桃花红压玻璃水",以及李清照"又恐双溪舴艋舟,载不动,许多愁"的名句,其"桂桨"在屈原《九歌·湘君》中就有"桂棹兮兰枻,斫冰兮积雪"之句,苏轼的《前赤壁赋》中也有"桂棹兮兰桨,击空明兮溯流光"之语。诗人的这种点化既有民族特色又颇具现代感,我们不仅可以看到民族文化的深层积淀,而且从外来名词"罗曼史"的化实为虚和"琉璃""舴艋舟"的词性活用中,也可看到余光中对西方诗歌意象经营与词法变化的借鉴。《哈雷彗星》显示的是一种深沉博大的现代人的宇宙意识,又表现了中国诗人传统的入世精神。"至少我已经不能够,我的白发/纵有三千丈怎跟你比长,"是对李白的诗句"白发三千丈,缘愁似箇长"的巧妙翻用,然而从对跨行句(又称奔行句或待续句)的灵活驱遣,又可以看到诗人对西方诗歌句法的吸收取法。[①]

赋比兴是诗艺的基本。亚里士多德认为创造比喻是天才的标志,雪莱更是直截了当地说"诗的语言的基础是比喻性"。余光中敏于观察,长于记忆,善于联想,加以学养丰富,他以比喻性语言写诗,很多诗,一发表就传诵,如《我之固体化》《乡愁》《民歌》《白玉苦瓜》《哈雷彗星》《控诉一支烟囱》《珍珠项链》等,"原因之一,是它们都用了比喻。比喻是诗歌的翅膀,是孔雀的翠屏。去掉了翅膀,诗歌飞扬不起来,去掉了翠屏,孔雀这美丽的鸟就被解构了。"[②]创造性的比喻使他的诗歌语言既新奇又精妙,辞采綮然。

诗的世界是个美的世界,语言是诗赖以成形的柱石。余光中追求诗歌语言的灵活多变,努力摆脱常规思维,标新立异,对语言进行创造意义的超越性解构。他的诗歌语言,既有俗而白的日常口语,也有典而雅的文言;既有地方色彩浓郁的方言,也有全球化质料的西语,优美而又简练跳脱,技巧繁富。余光中经营诗句的出色能力,既得益于他的西语造诣,也同他对汉语的深刻认识分不开,是在中国的"主干"上"嫁接"的"新枝",正如他诗中所言:"我无法作横的移植,无法连根拔起"(《我的年轮》)。他的语言艺术,给他的作品注入了灵魂,成为了一种难以被复制的独特风格。

[①] 梁笑梅:《壮丽的歌者:余光中诗艺研究》,西南师范大学出版社,2006,第249—250页。
[②] 黄维樑:《大师风雅》,九州出版社,2021,第187页。

第十四讲

莫言与中外作家

莫言是第一位获得诺贝尔文学奖的中国籍作家，享有国际声誉和世界影响。诺奖文学委员会主席帕·瓦斯特伯格在颁奖词中提到"莫言是个诗人"，他的幻想翱翔了整个人类，"他是继拉伯雷和斯威夫特之后，也是继我们这个时代的加西亚·马尔克斯之后比很多人都更为滑稽和震撼人心的作家。"站在世界文化的高度，他称赞道："在莫言的作品中，世界文学发出的巨吼淹没了很多同代人的声音。"正如牛顿称自己的成就是站在巨人的肩膀上一样，莫言的文学贡献也是他继承古今中外优秀作家创作传统和文学成就的结果。莫言的文学世界绚烂生动而意蕴深邃，能感动世界读者，得益于他广泛接受中外文学影响，多方面学习吸收世界文学营养，并实现创新性运用和创造性转化，最终形成了自己的艺术特色，构建了自己的文学世界。

莫言文学具有世界性与本土性因素交汇的特征。在四十余年的创作生涯中，对莫言产生了直接影响，具有重要联系的既有中国古代作家，也有中国现代作家，还有外国作家。

第一节　莫言与蒲松龄

莫言在诺贝尔文学奖颁奖典礼上作了题为"讲故事的人"的发言，将自己定位于中国古典小说传统观念中的"讲故事的人":"二百多年前,我的故乡曾出了一个讲故事的伟大天才蒲松龄,我们村里的许多人,包括我,都是他的传人。"莫言的家乡高密古属齐国,与蒲松龄搜集民间故事,创作《聊斋志异》的所在之地淄博同属古齐文化圈,都有谈鬼说狐的民间文化传统。莫言小时候受故乡的民间口头文学传统影响很大。在《我的故乡与我的小说》中,莫言说自己小时候听过的就是有着蒲松龄式的内容和风格的故事:"这些故事一类是妖魔鬼怪,一类是奇人奇事。由于我的故乡离蒲松龄的家乡不远,所以在我们那儿口头流传着的许多鬼狐故事,跟《聊斋》中的故事大同小异。我不知道是人们先看了《聊斋》后讲故事,还是先有了这些故事而后有《聊斋》。我宁愿先有了鬼怪妖狐而后有《聊斋》。我想当年蒲松龄在他的家门口大树下摆着茶水请过往行人讲故事时,我的某一位老乡亲曾饮过他的茶水,并为他讲过几个故事。"[1]它们开启了莫言的文学性灵,也是滋长莫言文学血脉的最初土壤。蒲松龄的《聊斋志异》对莫言小说的影响持久、全面而深入。

从题材故事看,《聊斋志异》基于齐地民间传说,以谈鬼说狐为主,外加奇人奇事、趣闻怪谈,影响了莫言小说的取材向度。莫言小说中,直接写鬼怪的不多,如《草鞋窨子》,更多的是奇人奇事等。莫言说:"故乡的奇人奇事有很多进入了我的小说,当然都是改造过的。我曾在一篇文章中写过:历史在某种意义上就是一堆传奇故事。历史上的人物、事件在民间口头流传的过程,实际上就是一个传奇化的过程,每一个讲叙传说故事的人,都在不自觉地添油加醋,弄到后来,一切都被拔高了。我死活也不相信历史上真有过像《史记》中所写的那样一个楚霸王。历史是人写的,英雄是人造的。人对现实不满时便怀念过去;人对自己不满时便崇拜祖先,这实际上是很阿Q的。我的小说《红高粱家族》大概也就是这一类的东西。"[2]莫言的文学灵感,也有源于现实的民间故事,比如《酒国》,其创作冲动来自某家报刊的文章:《我曾是个陪酒员》。文章记述一位东北某矿山子弟学校的教员,出身不好,郁郁不得志,后因自己千杯不醉的酒量,被调到矿山党委,具体工作是陪矿山的干部出席酒宴,凭此才干成为远近闻名的人才。其次,《酒国》的传奇特色也是基于原文人物的传奇经历进行加工创造的结果,并成为小说的鲜明特色。小说的传奇人物如红烧婴儿、身上长着鳞片的男孩、身高只有一尺的侏儒、酒博士李一斗等,传奇经历如检察院的特别侦查员丁钩儿去酒国市调查案子的整个过程以及他自己的死亡等。

---

[1] 林建法主编:《说莫言(上)》,辽宁人民出版社,2013,第97页。
[2] 林建法主编:《说莫言(上)》,辽宁人民出版社,2013,第97-98页。

其他小说如《奇遇》《战友重逢》《铁孩》《嗅味族》等都是写以基于现实基础上的传奇故事为主，加上超现实的魔幻故事。《丰乳肥臀》《檀香刑》《生死疲劳》《蛙》等长篇小说杰作也是以传奇故事作为底子，书写人物传奇命运并与近现代以来中国的历史相结合，使传奇故事有了波澜壮阔的叙事背景与大气磅礴的史诗风格。以《檀香刑》为例，人物是传奇的，故事是传奇的，语言也是非常奇特的。人物如余姥姥是大清朝刑部狱押司里四名在册的刽子手之一，年纪最大、资历最长、手艺最好，余姥姥的弟子赵甲是大清朝刑部大堂首席刽子手，第一快刀，杀人九百八十七名，精通历代酷刑，而且有自己的发明创造，尤其是他将杀人视为一种艺术，并乐此不疲。儿子赵小甲半痴半傻，却是高密县里杀狗宰猪的状元。即使是历史人物如袁世凯、咸丰皇帝、慈禧皇太后等，都充满传奇色彩。小说中描述了多种酷刑，富有传奇性，如阎王闩、檀香刑等。小说还描述了刽子手施行的多次酷刑，刑罚各异，酷烈程度前所未闻。赵甲协同"余姥姥"对盗窃皇帝鸟枪的太监小虫子施刑，余姥姥设计的处死库丁的酷刑，用烧红的铁棍捅进谷道，活活地将犯人烫死，赵甲用高超的刑技向刘光第等六君子表达敬意，赵甲对袁世凯的骑兵卫队长钱雄飞施刑，割足了五百刀才让钱雄飞极其痛苦地死去。最酷烈的当是处死孙丙的檀香刑，用浸透熟油的檀木橛子，从犯人的谷道钉进，再从口中或脖子后钻出来，然后将其绑住，适当给些营养，经过三四天的折磨，受刑者才慢慢地死去。还有，赵甲以利索的刀法砍下了谭嗣同的头颅，谭的头脱离了脖子，还高声地吟诵了一首七言绝句，他的无头身体，竟跑到监刑官刚毅大人面前，扇了他一个耳光等。小说语言的奇特表现在，这种语言是可以吟、可以唱，是唱腔式的，有语调可以真实发声的。莫言向声音的回归体现了他回到了民间的唱腔式的语言中去的审美追求。

从小说艺术表现层面看，与《聊斋志异》一样，莫言的小说创造了一个超现实世界。神仙鬼怪，动物精灵，变形怪诞，阴司梦境，异度空间，使莫言小说异彩纷呈，具有梦幻色彩。莫言说："蒲先生具有当今所有作家都望尘莫及的丰富想象力。"同样，莫言也以奇崛瑰丽的想象驰名文坛。如《酒国》里关于酿酒大学、烹饪学院、矮人酒店、猿酒节的描写，《生蹼的祖先》中关于红树林、生蹼的祖先的描写，亦真亦幻，出神入化。尤其是小说《生死疲劳》，不但有关于阴间世界的描述，如阎王鬼卒、牛头马面、炸油锅等各种刑罚，还有关于转世投胎、生死轮回的想象。小说中，西门闹不断投胎化身为驴、牛、猪、狗、猴等，历经从土改、农业合作社、大饥荒、"四清运动""文化大革命"、新时期一直到新世纪初半个世纪的时间。他化身为动物后，用动物的视角观察世界，感叹人世变化，体察人情冷暖，感受体验生活，用一种奇特的眼光观照并体味了五十多年来中国乡村社会的庞杂喧哗、充满苦难的蜕变历史。

也有的小说将现实和想象结合，创造出一个亦真亦幻、真假难辨的世界。小说《月光斩》将县委副书记的"人头悬案"和有关"月光斩"的两个传说结合起来。故事开头，一个人头引起了轩然大波。后来发现，这竟是人民的好干部县委刘副书记的，随后他的尸体也在一个豪华酒店被找到。奇特的是，砍头处的伤口竟平整无血，由此引出砍人首级滴血不出的"月光斩"的传说。小说故事既传奇又荒谬，真真假假，难以辨认。长篇小说《十三步》中，中学物理教师方富贵劳累致死后，被塞进冰柜，居然又荒诞离奇地复活了。妻子屠小英以为他已经死去，拒绝他再进家门。而殡仪馆美容师李玉蝉将死而复活的方富贵改容成自己的丈夫张赤球，让他代替张赤球登讲台给学生上课，同时让真正的张赤球去做生意赚钱。小说故事荒诞不经，却寓意深远。

从作家创作情怀看，《聊斋志异》的民间立场与民间情怀，使得蒲松龄对社会的不公和人民的悲剧命运保持有深深的批判和同情。莫言自觉地接受了蒲松龄的影响，从个人最真实的感情出发，坚持以老百姓的姿态写作，关注现实，针砭时弊，批判黑暗，其小说具有强烈的社会意义和现实意义。2001年10月，莫言在苏州大学举办的"小说家讲坛"上做了主题为"文学创作的民间资源"的演讲，他提倡"作为老百姓的写作"，并以此作为自己的创作初衷和文学观。"作为老百姓写作"，就是作家千万不要把自己抬举到一个不合适的位置。作家不要以为自己比人物高明；反而，你应该跟着人物的脚步走。作家不要担当道德的评判者，不要以为自己总是对的，而是应该贴着人物，感应着他们的喜怒哀乐，深入到人物的内心深处，与人物真正感同身受。

比如《酒国》借"红烧婴儿"案件展开一幕酒国官场腐败生态图卷，《四十一炮》通过一屠宰村以卖注水猪肉黑心致富的故事描绘了改革开放年代金钱与罪恶狼狈为奸的画卷。批判最激烈的当属《天堂蒜薹之歌》，这是一篇根据山东一桩真实事件改编的小说，通过天堂县农民响应政府号召大量种植蒜薹而滞销却又得不到安抚的事件，愤怒地抨击了农村干部腐败、官僚主义严重的现实，同时暴露了生活在社会最底层的农民身受压迫而忍无可忍、奋起反抗的惊人事实。震惊一时的"蒜薹事件"是官僚主义和计划经济酿成的苦果，农民是这起事件的最大受害者。小说通过巧妙的叙事结构展现了农民心灵的苦痛，对一次现代"官逼民反"事件做了全景式的描述，实现了以小说的方式为民请命，是其"作为老百姓写作"的重要文学实践。

第二节　莫言与鲁迅

有学者认为："从鲁迅到莫言，这是一个谱系，鲁迅就是莫言精神上的路标，莫言就是一个将之发扬光大的传承者。"莫言对鲁迅的继承和发展体现在多个方面，既有文学主题、艺术表现的继承，又有小说题材的延续。前者体现在莫言小说的叙事主题、叙事风格、意象运用、创作心理、文体风格等方面，后者主要体现在莫言小说的写作题材等方面。

从叙事风格来说，如果我们把文学区分为理性与生命这两种叙事类型的话，鲁迅与莫言大体上都可以纳入生命叙事类型之中，属于那种刚性生命叙事的一脉，具有刚性生命叙事大家族的相似特征和相似属性。他们都是激烈的主观主义者和个人主义者，都强调自我内心体验，蕴含着火焰般的激情、力量，散发着浓厚的存在主义气息。

鲁迅和莫言都喜欢用那些狂野的、异端的甚至是邪恶的意象或令人震惊的修辞，来暗示自己的文学身份或文化身份。他们相信如果不戴上凶狠的面具，就不能把自己从人群中分离出来，就不能让自己从严严实实的日常经验世界的枷锁中挣脱出来，就不能把自己从深厚而黏稠的传统中解放出来。他们都不是文学正规军里的一员，满足于集群的潮流性的行动，而是游击队员，喜欢从浩浩荡荡的队伍中逃离出来，独来独往，单兵鏖战，开拓新的属于自己的战场。他们胸前徽号的图形和色彩非常相似乃至相同。鲁迅登上文坛的第一声"呐喊"是狂人的凄厉咆哮。他喜欢把自己的激情和思考变成傻子、疯子（《长明灯》）的荒唐梦呓，把一团和气的庸常人生撕成碎片。在《聪明人和傻子和奴才》中，那个傻子才敢于砸破墙壁开一扇窗户。莫言从1985年到1986年，连续抛出《白狗秋千架》《枯河》《透明的红萝卜》《红高粱家族》等作品，猛然转身挣脱日神的光辉扑向酒神的暗夜，在酒神的大地和天空东奔西突，狂歌曼舞，尽情翱翔。

作为激烈的个人主义者，鲁迅和莫言都沉迷于自我的心灵之中，他们的心灵都既强硬、勇敢，又犀利、敏感，充满躁动、不安，像威力巨大的暗流、漩涡，不断掀起狂涛巨澜，汹涌着狂暴不羁、疾风暴雨般的激情、意志和力量。有两个区域是他们叙事的重点对象：一个是强悍而孤独的个人主义英雄，其性格往往带有恶魔性的因素；一个是"吃人"的混沌无边的世界。《狂人日记》呈现了鲁迅生命叙事的基本结构，鲁迅的创作，就其主导性因素而言，都是《狂人日记》这一基本结构的不断重写或改写。《狂人日记》绘制了一幅生命世界的全集图像，包含着上述的两个重点叙事对象：一方面是强悍的狂者，强悍的个人英雄的隐喻，一方面是无法克服的生命悲剧，是无边的生命世界的隐喻。

莫言的《红高粱家族》则体现出莫言叙事的基本结构，此前和后来的其他作品，都可以看作是这一基本结构的聚集、改写、扩展或重写。尽管《红高粱家族》和《狂人日记》在文体和外貌上差别很大，但是，其精神实质却非常相似，只是它的调子和色彩比《狂人日记》更明亮一点，是红色的底子。就像《狂人日记》的叙事存在一个狂者的激情呼喊和人的苦难、悲惨的生命悲剧的二元对立一样，《红高粱家族》也是这种二元对立结构：一方面是残酷的战争，死亡、苦难、残杀、荒凉，尸横遍野，野狗啃食人的尸体，一方面则是强悍的酒神式草莽英雄。

莫言与鲁迅都有强烈的英雄"情结"。他们笔下那些个人英雄无论外形具有怎样的差异，必不可少的品质却是坚定的个人主义和主观主义，他们的行为是一种个人抉择，以自己的心灵作为最高原则，坚毅果敢，我行我素，特立独行，越是遭遇压抑、阻挡的时候，他们的意志也就变得更加强大和坚定。他们带有恶魔气质，是邪恶的英雄，超越主流和世俗道德的善与恶。鲁迅式的英雄首先是狂人家族：这里有掀翻吃人宴席的"狂人"（《狂人日记》）、有要放火烧毁愚妄的吉光屯的疯子（《长明灯》）、有玄览世间的胡言乱语的陶老头（《自言自语》）。《铸剑》把鲁迅的绝望推向极致，暴君的残暴和大众的普遍懦弱、愚昧使历史变成了一潭死水，同时，英雄的反抗也达到极致，只有凶狠的恶魔英雄才能激起反叛的狂波巨浪。莫言的个人英雄在《秋水》《老枪》中开始登场，在《红高粱家族》中达到一个高峰，完成了莫言式英雄的基本造型。《丰乳肥臀》和《红高粱家族》基本结构完全一致——混乱无序的历史和英雄壮举。它们的区别仅仅是长度与宽度的区别。《檀香刑》仍然是《红高粱家族》式的结构，但是对意味或基调进行了调整、产生了变化，由对英雄的激情歌颂变成了对生命力的盲目性、恶性的反思和批判，对人的生存境遇的悲剧性的悲悯。

鲁迅与莫言都有深沉的生命悲剧感。在他们看来，这种悲剧并非仅仅是外部世界造成的，而是内在于人的自身，是人的存在所无法克服的悲剧性。在他们的悲剧叙事中，总是格外关注人的内心风暴和动向，拷问人的灵魂，对人的存在投去焦虑、忧郁和悲悯的目光。在鲁迅看来，人生就是悲剧，一直昏昏沉沉地处在睡梦之中，即处于愚昧状态是被吃掉，梦醒了——人摆脱愚昧状态获得了自我意识也还是被吃掉。这种"吃人"的悲剧，和人自身的弱点、局限和邪恶性密切相关，是人的存在难以消除的悲剧。在《药》中，夏瑜变成了"散胙"，"人血馒头"不仅小栓吃着香，那个驼背五少爷也一到茶馆就闻到香味。小说《示众》放逐文化理性，强化"看客""吃人"无声的邪恶。这里没有任何文化冲突和社会冲突，只是一群人看一个人。我们所能够感受到的就是"看客"那种贪婪的邪恶灵魂。在莫言那里，人是意志、欲望的动物，被一种来自生命本能的力量所支配，这里包含着很多的邪恶因素。在《透明的红萝卜》中，黑孩儿始终无法和他人对话，永远处在孤独之中。《枯河》中的那个小虎竟然被父母、哥哥暴打致死。《四十一炮》是以"肉"为焦点进行现实批判。"肉"成为人的欲望的象征，人是喜欢吃肉的动物，为满足欲望可以采取一切手段。《檀香刑》在中西文化冲突和历史叙述中，揭示人性的凶恶、残暴。

从创作题材看，莫言的乡土书写延续了鲁迅和沈从文的乡土叙事传统，并开拓出了新的可能性。从新文学起源来看，新文学的诞生在很大程度上是以"乡土文学"的出现为契机的，鲁迅是以一个启蒙主义者的眼光来看待乡村世界的，他的乡村破败而愚昧，他在这古老的生存中发现了苦难、愚昧、悲剧和危机，发出了"从来如此，便对么"的疑问，也发现了世居的牧歌田园居然是"铁屋子"这样一个严酷现实。因此，鲁迅开启了新文学的启蒙主义传统。在文学研究会作家的笔下，乡村就是破败的，底层人民是愚昧和麻木的。到了20世纪30年代，沈从文所描绘的湘西世界，是"希腊小庙"式的理想之邦，在这里不只普通的人性是美好的，连小偷和妓女也是有信义的。他将浪漫主义的余绪，自然世界与农业生存的和谐共生，在现代性的烛照下产生出对照于工业文明的异化、自然的污损败坏以及世道人心的颓圮的哲学性的反思力量，构造了一种不同于鲁迅和文学研究会作家的悲歌与哀歌模式的美好挽歌传统。沈从文开创的乡土文学传统当中，把原始生命形态理想化。沈从文小说极力渲染湘西世界的奇幻与浪漫，以及村民的生命与强健，即使是杀人越货、酗酒打架、狂放淫乱的行为，都显得天真可爱。沈从文和其他京派作家，都将乡村看作即将消亡的乌托邦、桃花源而进行歌颂。

莫言一方面继承了沈从文的挽歌传统，他的《红高粱家族》中的人物，个个野蛮粗豪、狂傲刚男、生命力极其旺健雄迈，即使是杀人、抢劫、霸占等文明人眼中的恶德败习，在莫言笔下也尽显诗意，这种把原始生命形态理想化的倾向，构成了两位作家的共同特色。但是，与沈从文充满激情与浪漫的湘西世界相比，莫言的乡土世界变得异常凝重与苦涩，也更具历史纵深，他通过《檀香刑》《丰乳肥臀》《红高粱家族》《生死疲劳》等作品，描写范围涉及义和团、抗日战争、土地改革和合作化运动、"文化大革命"，以及改革开放等100多年来的中国历史，他感叹种族的退化，表现社会的停滞，描写高密人的原始野性被消耗到无谓的杀伐和斗争当中，就此而言，莫言又更加亲近鲁迅传统。在"红高粱系列"以及1987年结集出版的长篇小说《红高粱家族》中，他要借助酒神与非理性的力量，将中国传统社会和农业文明的生存作一次淋漓尽致的全景再现，将自然、土地、民俗、神话、传统、生殖、战争、死亡、种植、仪典……所有乡村世界的完整的经验系统，进行一次全景式的再现。某种程度上也可以说，他构造出了一部现代的史诗，一部比以往任何讲述都更有文化与审美自觉的整体性乡土世界。

莫言创作的精神特征之一，是身为农民，为农民立言，而非代言。他作为农民，表现原生态的农民的精神状态和情感方式。他的写作，是出自个人的不吐不快，是纯粹的自我表达，从这个意义上来说，莫言是当代的本色的农民作家，他的小说是本色的乡土书写。

从具体创作来说，莫言的一些小说与鲁迅作品可以构成直接对应关系，值得我们仔细研读。如《欢乐》与《白光》，《欢乐》是关于主人公五次高考都失败，然后自杀身亡的凄凉荒诞故事。小说男主人公叫齐文栋，家庭贫穷，为了改变命运，他不断回炉参加高考，虽然连考五次，却仍然名落孙山。一次次高考不中，一年年时间耽误，他内心的情感得不到释放，还患上了高考综合征，基本的人生技能缺失，加之家庭施加的巨大压力，最后他服毒自杀。小说故事和思想主题与鲁迅的小说《白光》相近。还有《酒国》和《狂人日记》，《酒国》的名字本身就是一个隐喻，指生活在它里面的人自得其乐，而外面的人身不由己地想进去，暴露了社会的黑暗和人性之恶。特级侦察员丁钩儿调查食婴案看似荒诞不经，但由此揭示的社会现象却令人瞠目结舌：乡下人将儿女当作食材来养育并出售，烹饪学院收购婴儿，烹饪婴儿宴，官员们竞相食用婴儿，侏儒余一尺疯狂占有美女等，酒国是一个既混乱又嘈杂的病态社会。小说继承了鲁迅《狂人日记》的"吃人"主题，并进行了创造性发挥。

第三节　莫言与外国作家

莫言小说创作与外国文学之间的"接受／影响"关系始自20世纪80年代。他承认自己的创作受到了外国作家和外国文学的影响，"其中对我影响最大的两部著作是加西亚·马尔克斯的《百年孤独》和福克纳的《喧哗与骚动》。"除了这两位文学大师，其他世界文学大家如川端康成等人对莫言的小说创作都有着或多或少的影响。

马尔克斯使莫言领悟到文学要有自己的风格和独特的想象力。在《百年孤独》中，鬼魂在雨中溜达，冰块热得发烫，俏姑娘雷梅苔丝坐着床单飞走，这样的变形夸张在现实生活中不可能存在，但在魔幻氛围里却获得了逻辑的自洽性和可信度。这些"颠倒时空秩序、交叉生命世界、极度渲染夸张的艺术手法"使得莫言大为震惊，将他从20世纪

80年代前期过于"老实"的写法中解脱出来,赋予他天马行空的自信。《红高粱家族》的开头很容易让人想到《百年孤独》的开头,"一九三九年古历八月初九,我父亲这个土匪种十四岁多一点。他跟着后来名满天下的传奇英雄余占鳌司令的队伍去胶平公路伏击日本人的汽车队。"这个包含纳现在、过去和将来时态的句子,曾一度被中国作家大量模仿。马尔克斯对"时间"游戏般的任意塑形深刻地启示了中国作家开启自己的历史记忆。《红高粱家族》在时间/情节的关系处理上也和《百年孤独》一样,打破了线性时间的单向度,将时间穿插、嵌合到不同的情节模块里。种种具有现代意识的时间观和叙事技巧极力突显出余占鳌蔑视一切道德的自然人性,将以"抗日"为合法性内核的故事延展为一个汇集了恩情、爱欲、仇恨、侠义、民族情感的复合体。

莫言承认,《金发婴儿》受马尔克斯的影响很明显,《球状闪电》也有着浓重的魔幻现实主义色彩,长翅膀的老头让人想起马尔克斯的《巨翅老人》《爆炸》中,父亲打的那个耳光在漫长的意识流和细腻的感觉中呈现为夸张的线条和图画。在《蛙》中,姑姑最后与"民间工艺美术大师"郝大手结婚,每天捏做泥娃娃,希望以此赎罪,这让人想起奥雷良诺上校循环重塑小金鱼给孩子们。

受马尔克斯影响,魔幻色彩成为莫言文学创作的显著风格。早在20世纪80年代中期,谈及对自己文学创作产生影响的"两座灼热的高炉"时,莫言就曾坦率地承认马尔克斯的影响。在莫言的小说文本中无论是艺术思维模式、意象表达还是叙事手法乃至修辞方式上均呈现出鲜明的魔幻色彩。但莫言小说中的"魔幻",虽然受到马尔克斯的影响,但更多的是"莫言式"的,它包含着作者独特的艺术创造和美学表达,成为莫言式的魔幻手法和魔幻艺术。

对魔幻现实主义的接受,莫言也经历了从模仿到超越的艺术过程,且这一艺术过程并非一种简单线性路径,而是一种相互交织的复杂状态,在模仿中就已有一些更新和创造,而在有了自己鲜明的魔幻风格之后,也依然存在着对魔幻现实主义一些基本创作技巧的直接借用。这一复杂构成大致可以分为三个层面。

第一,对魔幻现实主义的简单模仿和挪用。这一点主要表现在莫言前期的小说创作中。在莫言的小说创作中,对魔幻现实主义的模仿主要体现为对其叙事方式、艺术技巧乃至故事构型的借用。比如,对魔幻现实主义文学叙事方式的模仿。在其前期作品《红高粱家族》的首句,"一九三五年古历八月初九,我父亲这个土匪种十四岁多一点。他跟着后来名满天下的传奇英雄余占鳌司令的队伍去胶平公路伏击日本人的汽车队伍",以及后来的小说《檀香刑》的首句,"那天早晨,俺公爹赵甲做梦也想不到再过七天他就要死在俺的手里；死得胜过一条忠于职守的老狗"，这是莫言对《百年孤独》中那种众人都非常熟悉的魔幻叙事——"许多年之后……"这一句式的简单模仿。在《红高粱家族》中描写罗汉大叔被日本人杀害的惨烈场面，以及《檀香刑》中对"檀香刑"这种酷刑的细致入微的描绘，莫言均借鉴了魔幻现实主义文学经常采用的通过冷静客观叙事而达到将幻化现实真实化的叙事方式。在艺术手法上，莫言也较多地借用象征、寓言、联想、暗示、高度夸张、人鬼不分、时序错乱、现实与梦幻交织等魔幻现实主义文学经常采用的艺术方式，从而达到"变现实为幻想而不失其真"的"魔幻"艺术效果。莫言早期作品中对诸如晶莹剔透的红萝卜、割下来依旧蹦跳的耳朵、会说话的刺猬、长着羽毛的老人、生者与死者的相遇和对话等意象或场景的勾绘，大都采用的是这些艺术手法，它们也成为莫言早期小说魔幻化极为重要的艺术手段。

第二，对魔幻现实主义的自我更新和拓展。莫言在最初模仿借鉴魔幻现实主义叙事和艺术技巧的同时，也有着强烈的对魔幻现实主义进行自我更新和拓展的艺术冲动。这一艺术冲动，落实在莫言的小说创作中就是通过对魔幻现实主义从文学观念到艺术策略进行中国化改造，从而达到对外来文学思潮的吸收和转化。魔幻现实主义对莫言小说创作这一层面的影响，首先体现在它改变了其文学的思维方式和观念。魔幻现实主义是一种艺术思维方式和一种"哲学"，启发莫言找到了属于自己的文学领地，在"高密东北乡"这片属于自己的艺术王国里，他能够像加西亚·马尔克斯在其"马孔多世界"里一样，自由驰骋艺术的想象力和语言的狂欢，将平庸而真实的历史与现实，幻化成沸腾、魔幻的世界。其次，在一些魔幻手法上，莫言也在一定程度上对魔幻现实主义进行了创造性的转化。魔幻现实主义的很多艺术方式都源自本民族的神话和信仰，甚至民间艺术。莫言在自己的文学世界里，也找到了类似的魔幻方式，他能够化用具有地域色彩的神话和信仰（如《酒国》《生死疲劳》《蛙》等），也能够从民间艺术方式中寻找魔幻的元素（如《民间音乐》《檀香刑》），还能够从传统文学中汲取营养——他喜欢蒲松龄的《聊斋志异》，其小说中的许多人鬼对话均有着《聊斋志异》的影子。

第三，莫言自觉生成带有自我色彩的魔幻。这是他对魔幻现实主义的新贡献。这一带有自我色彩的魔幻，就是"感觉的魔幻"。通过对感觉世界的夸张性重构来达到一种魔幻性效果，在拉丁美洲魔幻现实主义文学中也偶有运用，但他不是主要的艺术手法，可是到了莫言这里，他结合自己的艺术优势将它充分发挥，成为其小说文本魔幻的主色调。比如《透明的红萝卜》中，小说中的黑孩具有超常的感受力，能够听到鱼群在喋喋私语和逃逸的雾气碰撞着黄麻叶子和深红或是淡绿的茎秆，发出震耳欲聋的声响，也能够听到头发落地的声音,可以嗅到几公里以外水下淤泥的味道。《爆炸》里父亲打在左腮上的一记耳光被转化为从视觉、触觉、嗅觉、味觉到幻觉和想象的多重感受,《铁孩》里的铁孩在几里地之外就能闻到别人家的肉味,《蛙》中的孩子们在煤块中品尝出香甜的味道等由感觉所构织的世界。

魔幻现实主义对于莫言的意义不仅在于推动了其文学创作的蜕变,而且对于其文本本身来说也有着特殊的艺术价值。在莫言的小说创作中,因为魔幻的存在而消解了其作品的现实性,丰富了文本的主题和意蕴。莫言作品中的魔幻现实主义,是给他小说带来这种超越性的重要艺术方式。比如小说《蛙》,从题材和意义的现实指向性来看,它是呈示和反思乡土中国近半个多世纪计划生育问题的,但是由于小说中核心魔幻意象"蛙"以及孩子们幼年吃煤,姑姑被青蛙惊扰、失眠,小狮子犹如喷泉的乳汁等魔幻情节的存在,这部小说显然并不是一部简单而浅薄的讽刺剧,而是一部包含着母爱、繁衍以及对神秘命运和隐秘人性进行勘测和探寻的多声部复调小说。

福克纳对莫言的影响,给予他更多的是知道了现代小说的写法,知道了如何通过"虚构"树立形象,如何让主体性超越现实的拘囿抵达创作的自由王国。第一,坚定了莫言创造自己的文学地图的想法。"福克纳不断地写他家乡那块邮票般大小的地方,终于创造出一块自己的天地。我立刻感到了巨大的鼓舞,跳起来,在房子里转圈,跃跃欲试,恨不得立即也去创造一块属于我自己的新天地。"[1]福克纳的作品大多以密西西比州的"约克纳帕塔法"为背景,还亲手绘制了"杰弗生镇"地图,说明面积、白人和黑人的人数,注明"唯一的业主和所有者是威廉·福克纳"。这种细节无比真实的"文学故乡"的写法对于莫言有着醍醐灌顶般的启示。"我大着胆子把我的'高密东北乡'写到了稿纸上","我也下决心要写我的故乡,那块邮票那样大的地方。"这种写法为莫言带来了一个重要的启示,那就是要张开"想象的翅膀""敢于胡说八道,善于撒谎",为自己的创作寻找到"最大的内在自由","高密东北乡"的构思就是受到了福克纳的影响。"我立即明白了我应该高举起'高密东北乡'这面大旗,把那里的土地、河流、树木、庄稼、花鸟虫鱼、痴男怨女、地痞流氓、刁民泼妇、英雄好汉……统统写进我的小说,创建一个文学的共和国。当然我就是这个共和国开国的皇帝,这里的一切都由我来主宰。"[2]

第二,福克纳启发了莫言感觉世界的方式。莫言说:"福克纳让他小说中的人物闻到了'耀眼的冷的气味',冷不但有了气味而且还耀眼,一种对世界的奇妙感觉方式诞生

---

[1] 林建法主编:《说莫言(上)》,辽宁人民出版社,2013,第99页。
[2] 同上。

了。然而仔细一想，又感到世界原本如此，我在多年前，在那些路上结满了白冰的早晨，不是也闻到过耀眼的冰的气味吗？未读福克纳之前，我已经写出了《透明的红萝卜》，其中有一个小男孩，能听到头发落地的声音。我正为这种打破常规的描写而忐忑不安时，仿佛听到福克纳鼓励我：小伙子，就这样干。把旧世界打个落花流水，让鲜红的太阳照遍全球！"

在《透明的红萝卜》中，黑孩拥有一种超常的感觉能力，保持了对现实、对自然万物的一种敏锐感受，一种奇特的通感，把听觉、视觉、触觉、嗅觉等都放大了数倍而且融为一体的那样一种能力。黑孩在成人的世界里很难与人交流，他从头到尾不说一句话，"莫言"，没有语言怎么交流？但是这个小黑孩，用自己的全部感官，与周围的大自然，与乡村生活的各种景物，进行交流，具有一种非常奇特的感觉能力，表达了他追求理想和向往美好的心灵。

  铁砧蹲伏着，像只巨兽。……黑孩的眼睛原本大而亮，这时更变得如同电光源。他看到了一幅奇特美丽的图画：光滑的铁砧子。泛着青幽幽蓝幽幽的光。泛着青蓝幽幽光的铁砧子上，有一个金色的红萝卜。红萝卜的形状和大小都像一个大个阳梨，还拖着一条长尾巴，尾巴上的根根须须像金色的羊毛。红萝卜晶莹透明，玲珑剔透。透明的、金色的外壳里包孕着活泼的银色液体。红萝卜的线条流畅优美，从美丽的弧线上泛出一圈金色的光芒。光芒有长有短，长的如麦芒，短的如睫毛，全是金色。……

莫言小说对感觉的运用达到了极致。这是一股浩浩荡荡的感觉之流，生命之潮。莫言化生命感觉为艺术感觉的独特性，在于他的艺术感觉是以生命意识、生命本体为内核，生命的充分开放性和巨大的容受性，表现为感觉的充分开放性和感觉的巨大容受性，当然，也带有原始性、随意性和共时性特点。比如小说《爆炸》的第一节，他这样写道：

  父亲的手缓慢地举起来，在肩膀上方停留了三秒钟，然后用力一挥，响亮地打在我的左腮上。父亲的手上满是棱角，沾满着成熟小麦的焦香和麦秸的苦涩。六十年劳动赋予父亲的手以沉重的力量和崇高的尊严，它落到我脸上，发出重浊的声音，犹如气球爆炸。几颗亮晶晶的光点在高大的灰蓝色天空上流星般飞驰盘旋，把一条条明亮洁白的线画在天上，纵横交错，好似图画，久久不散。飞行训练，飞机进入拉烟层。父亲的手让我看到飞机拉烟后就从我脸上反弹开，我的脸没回位就听到空中发出一声爆响，这声响初如圆球，紧接着便拉长拉宽变淡，像一颗大彗星。我认为我确凿地看到了那声音，它飞越房屋和街道，跨过平川与河流，碰撞矮树高草，最后消融进初夏乳汁般的透明大气里。我站在我们家打麦场与大气之间，我站在我们家打麦场的边缘也站在大气的边缘上，看着爆炸声消逝又看着金色的太阳与乌黑的树木车轮般旋转；极目处钢青色的地平线被阳光切割成两条平行曲折明暗相谐的汹涌的河流，对着我流来，又离我流去。乌亮如炭的雨燕在河边电一般出现又电一般消逝。我感到一股猝发的狂欢般的痛苦感情在胸中郁积，好像是我用力叫了一声。

这一大段写的是"父亲"打了"我"一巴掌，"我"被打得叫了一声。这是一个短暂的瞬间。在短暂的瞬间里，却容纳了那样丰富的感觉。有嗅觉，有触觉，有听觉，有视觉，还有通感。"我"的充分开放的感觉接收着一切外在的感知对象，把这一切都聚焦于"我"，同时，"我"经过了多重的、复杂的感觉处理，经过了感觉的有序化、有机化，再反馈出来。这样，感觉自身不但感知着运动着的物体，自身也在凝聚与扩张之间运动，正是感觉的力量、生命的力量，也由此造成了艺术的张力，造成了莫言由生命感觉向艺术感觉的转化，造成了莫言的艺术个性。

莫言小说细节描写受到了川端康成的启发。当莫言读到《雪国》中"一只黑色的秋田狗蹲在那里的一块踏石上，久久地舔着热水"这句话时，他关于故乡和童年的记忆复活了，还没来得及读完小说，他就写下了"高密东北乡原产白色温驯的大狗，绵延数代之后，很难再见一匹纯种"这个句子。在这篇名为《白狗秋千架》的小说里，不但第一次出现了"高密东北乡"这个地理概念，而且让白狗充分发挥了叙事功能。在小说的开头和结尾处，白狗两次将男主人公引到暖的身边，在题目中也占据了中心位置。

总之，在莫言的小说中，从结构、视角、象征等方面可以看到福克纳的影响。比如痴呆残障的孩童视角。《透明的红萝卜》中的黑孩，《罪过》中的大福子，《蛙》中的童年蝌蚪，《生死疲劳》中的大头儿童蓝千岁都是身体功能受损而感官异常发达的孩子。莫言小说的家族叙事结构主要受马尔克斯、福克纳的影响，关注家族代际的发展和变化，思考家族从健壮辉煌走向萎靡衰败的原因。《红高粱家族》中，"我爷爷""我奶奶"有着惊人强悍的生命力和酒神般的壮丽辉煌。在《丰乳肥臀》中，母亲上官鲁氏历经战乱、饥饿、强暴、凌辱，在与20世纪各种政治势力的博弈与周旋中含垢忍辱地活了下来。莫言小说的语言也主要受马尔克斯和福克纳的影响，惯于打破线性书写时间，具有狂欢化和自由化的效果。

莫言认为，外国文学对自己更有帮助的不是叙事技巧问题，而是"独特的认识世界、认识人类的方式"。他以个体化的生命哲学和文化经验为参照物，将外国文学元素糅合进自我的创作谱系，同时汲取中国文化和民间传统中的丰饶资源，并以天赋的感悟能力和敏锐的美学意识赋予其新的生命力。莫言一方面借鉴西方现代主义包括拉美魔幻现实主义文学的营养，一方面又自觉有意识地逃离福克纳、马尔克斯等西方现代派大师那样的"灼热的高炉"，回到他的文学时代和文学故乡"高密东北乡"。他努力从中国现代文学，以及齐鲁文化，蒲松龄的《聊斋志异》，《封神演义》，元杂剧，从民间故事、民间艺术等传统和民间文化资源中汲取营养，并将之与自己卑微屈辱饥饿苦难的童年、少年生活，以及成年后的人生体验、美学滋养、理性观察等紧密结合起来，创作了别具一格，或气势磅礴，或婉曲有致的长中短篇等各体小说，塑造了一系列独具魅力的人物形象。因此，莫言既善于学习古今中外文学，同时又转换他们，超越他们，最终构建了自己熠熠生辉的文学殿堂。

最后消融进初夏乳汁般的透明大气里。我站在我们家打麦场与大气之间，我站在我们家打麦场的边缘也站在大气的边缘上，看着爆炸声消逝又看着金色的太阳与乌黑的树木车轮般旋转；极目处钢青色的地平线被阳光切割成两条平行曲折明暗相谐的汹涌的河流，对着我流来，又离我流去。乌亮如炭的雨燕在河边电一般出现又电一般消逝。我感到一股猝发的狂欢般的痛苦感情在胸中郁积，好像是我用力叫了一声。

这一大段写的是"父亲"打了"我"一巴掌，"我"被打得叫了一声。这是一个短暂的瞬间。在短暂的瞬间里，却容纳了那样丰富的感觉。有嗅觉，有触觉，有听觉，有视觉，还有通感。"我"的充分开放的感觉接收着一切外在的感知对象，把这一切都聚焦于"我"，同时，"我"经过了多重的、复杂的感觉处理，经过了感觉的有序化、有机化，再反馈出来。这样，感觉自身不但感知着运动着的物体，自身也在凝聚与扩张之间运动，正是感觉的力量、生命的力量，也由此造成了艺术的张力，造成了莫言由生命感觉向艺术感觉的转化，造成了莫言的艺术个性。

莫言小说细节描写受到了川端康成的启发。当莫言读到《雪国》中"一只黑色的秋田狗蹲在那里的一块踏石上，久久地舔着热水"这句话时，他关于故乡和童年的记忆复活了，还没来得及读完小说，他就写下了"高密东北乡原产白色温驯的大狗，绵延数代之后，很难再见一匹纯种"这个句子。在这篇名为《白狗秋千架》的小说里，不但第一次出现了"高密东北乡"这个地理概念，而且让白狗充分发挥了叙事功能。在小说的开头和结尾处，白狗两次将男主人公引到暖的身边，在题目中也占据了中心位置。

总之，在莫言的小说中，从结构、视角、象征等方面可以看到福克纳的影响。比如痴呆残障的孩童视角。《透明的红萝卜》中的黑孩，《罪过》中的大福子，《蛙》中的童年蝌蚪，《生死疲劳》中的大头儿童蓝千岁都是身体功能受损而感官异常发达的孩子。莫言小说的家族叙事结构主要受马尔克斯、福克纳的影响，关注家族代际的发展和变化，思考家族从健壮辉煌走向萎靡衰败的原因。《红高粱家族》中，"我爷爷""我奶奶"有着惊人强悍的生命力和酒神般的壮丽辉煌。在《丰乳肥臀》中，母亲上官鲁氏历经战乱、饥饿、强暴、凌辱，在与20世纪各种政治势力的博弈与周旋中含垢忍辱地活了下来。莫言小说的语言也主要受马尔克斯和福克纳的影响，惯于打破线性书写时间，具有狂欢化和自由化的效果。

莫言认为，外国文学对自己更有帮助的不是叙事技巧问题，而是"独特的认识世界、认识人类的方式"。他以个体化的生命哲学和文化经验为参照物，将外国文学元素糅合进自我的创作谱系，同时汲取中国文化和民间传统中的丰饶资源，并以天赋的感悟能力和敏锐的美学意识赋予其新的生命力。莫言一方面借鉴西方现代主义包括拉美魔幻现实主义文学的营养，一方面又自觉有意识地逃离福克纳、马尔克斯等西方现代派大师那样的"灼热的高炉"，回到他的文学时代和文学故乡"高密东北乡"。他努力从中国现代文学，以及齐鲁文化，蒲松龄的《聊斋志异》，《封神演义》，元杂剧，从民间故事、民间艺术等传统和民间文化资源中汲取营养，并将之与自己卑微屈辱饥饿苦难的童年、少年生活，以及成年后的人生体验、美学滋养、理性观察等紧密结合起来，创作了别具一格，或气势磅礴，或婉曲有致的长中短篇等各体小说，塑造了一系列独具魅力的人物形象。因此，莫言既善于学习古今中外文学，同时又转换他们，超越他们，最终构建了自己熠熠生辉的文学殿堂。

第十五讲

毕飞宇小说的人性维度与艺术高度

出道以来,毕飞宇被认为是一位风格不断变化的小说家。学界一般将他前期带有先锋性质的写作与后期"朴素的现实主义"写作区分开来,肯定他的成功转型。因此,研究也多聚焦于作家的后期创作。但是,这种观点近年来受到纠偏,人们更多从整体上关注作家的创作特点,全面把握其创作趋向。"毕飞宇并不是简单地回归现实主义,他在从'历史哲学'转身投入现实社会的同时,并没有毅然决然地与过往断裂与告别,而是将前期的创作经验与技巧潜移默化地融入新的创作探索之中,在继承现实主义传统的同时,也创造了一种新的现实主义。"[1]"事实上,以《孤岛》《叙事》《是谁在深夜说话》为代表的早期作品所涉及的权力、人性、历史等关键词是贯穿毕飞宇创作始终的母题,他所偏好使用的荒诞、寓言与心理分析等手法也在几番锤炼中得到了变相的发展。"[2]从作家论角度看,我们既要看到作家发展变化的一面,也要看到作家创作中相对稳定,甚至一以贯之的东西。文学创作的本体,文学最核心的问题是人。文学是人学,只有充分认识并运用好这把理解一切文学问题的"总钥匙"[3],我们才能对作家创作做出比较客观公允的判定。因此,本文将集中探讨毕飞宇小说书写人性的基本维度及其所达到的艺术成

---

[1] 李新亮:《毕飞宇的现实主义及其叙事策略》,《扬子江文学评论》,2019年第3期。
[2] 臧晴:《先锋的遗产与风格的养成》,《扬子江文学评论》,2022年第1期。
[3] 钱谷融:《论"文学是人学"》,载《文学是人学》,上海人民出版社,2013。

就。从人性角度出发，传统的创作分期将不再是界定文学特点的依据，这有助于我们从新的角度认识毕飞宇小说。

第一节 毕飞宇小说的人性宽度

全方位关注人，多角度表现人，深刻书写和挖掘人性是毕飞宇小说的重要特点。人性问题之所以成为文学表现的中心，是因为文学是人类精神活动的产物。它关注人，表现人，思考人，包括人对自我的认识，人的本质、人性、个人、个性，人的价值、自由、权利、地位，人的未来与发展等[①]。人是文学的中心问题。人性的永恒性、丰富性、复杂性是文学创作取之不尽的财富，也是文学的基本意义和价值所在。毕飞宇显然深谙其中之道，他的创作实践也在朝着这一目标不断探索前进。

迄今为止，在毕飞宇的小说中，最为人称道的人物是筱燕秋、玉米、吴蔓玲等性格鲜明行为极端的女性形象。实际上，毕飞宇的人物形象丰富复杂，人性世界绚烂多姿。他塑造人物的丰富性，刻画人性的宽度要远远大于这种比较极端的情况。具体来说，可以分为三种，第一是对变异人性的剖析。小说常常在矛盾、冲突、争斗中塑造人物，通过人性被挤压、扭曲甚至毁灭的过程，一步步暴露人性的自私、贪婪、错位、冷漠、嫉妒、疯狂等。《青衣》中的筱燕秋、《玉米》中的玉米、《平原》中的吴蔓玲就属于这种情况。小说对筱燕秋的人性刻画，达到了曹七巧、白流苏的深度和繁漪、仇虎、金子的高度。筱燕秋不但是毕飞宇小说中最成功的人物形象之一，而且业已成为新文学史上的典型。以筱燕秋为中心，小说还通过具有纵向线性关系的人物链条即李雪芬—筱燕秋—春来与横向平面关系的人物群体即乔炳璋、烟厂厂长等，揭示了人性的普遍性悲剧。艺术成就堪可与之比肩的是玉米。玉米的悲剧类型与筱燕秋不同，但其意蕴有异曲同工之妙。如果说，从筱燕秋身上，我们可以清晰地看到人性异变过程中的累累伤痕，那么，玉米的人性扭曲则更加隐蔽而自然，人性被侵蚀、熏染而变形的过程伴随着更多不自觉的精神破防和心理紧张。从性质来说，"玉米"系列中的其他两位女性玉秀和玉秧遭遇的是与玉米相似的人生不幸，虽然悲剧的内涵有区别。到了长篇小说《平原》，作家塑造了知青吴蔓玲这一形象，进一步敞开了美好人性被扭曲、被剥夺后的悲剧实相。吴蔓玲从女知青到村支书、从南京人到王家庄人的锐变令人感叹嘘唏，她最后的疯狂显然具有极大的

[①] 朱栋霖、朱晓进、吴义勤等：《中国现代文学史 1915—2018》，高等教育出版社，2020。

隐喻性和象征意味。此外,《一九七五年的春节》中的神秘女人,也是如此。小说通过对人性异变过程的刻画,发出了美好生命被侵蚀,纯洁人性被毁灭的无尽感叹,留给人一声叹息,激发人多重警醒。

第二是对本然人性的揭示。这是一种正视人性的姿态。毕飞宇的小说常常通过叙述有意味的故事和人物,逐步敞亮人物的心理内容,让我们窥见真实的内心世界。这些心理奥秘平时隐而不见,难以捉摸,甚至连当事人自己也没有自觉意识到,比如本能、爱、性等内容。在现实生活中,由于受文化、习俗、政治、伦理等因素影响,人们常常按照所谓的"规则"来生活,但是,一种精神分析意义上的本我会在特定的情境下被激发出来。本我与自我的矛盾与反差,显示了灵魂世界的幽暗深切和丰富复杂。这方面最典型的小说是《哺乳期的女人》和《林红的假日》。旺旺是一个七岁的孩子,但他对爱的需求远远不是旺旺饼干和汇款单能够满足的。小说中的惠嫂,具有一种精神分析意义上的隐喻和象征意义,她作为一位独处在家的女性,正当盛年,又处在哺乳期,同样缺乏爱的呵护和性的满足。她之所以能够理解旺旺,是因为他们生活境遇相似,内在心境相通。因此,小说关注的是爱、情感和心理方面的主题,呼吁给予人性更多呵护和理解。《林红的假日》中,事业有成的白领女性林红,平时习惯于戴着面具生活。但在青果事件的刺激下,感悟到自己内心的压抑和生活的无趣。她得以在两天的假日里尽情释放自己,敞开内心欲望,展现本然天性的一面。在《雨天的棉花糖》中,红豆因为性格阴柔,爱脸红,爱忸怩,"希望做一个干净的女孩",因此其个性和内心不被他人理解,不被社会认可。通过红豆的遭遇和死亡,小说提出了尊重个性,尊重个体,正视人性多样性的主题。此外,《唱西皮二黄的一朵》写人应该如何面对自我,《充满瓷器的时代》以人的性本能隐喻历史,《那个男孩是我》《家事》都是写青春期男女的爱情心理和情感冲动。培根认为,人的"天性常常是隐而不露的,有时可以压服,而很少能完全熄灭的"[1]。人性即天性,它应该得到尊重,它渴望自由表达。

第三是对理想人性的憧憬。上帝才是万能的。人虽然是万物的灵长,却远非完美。可是,人是具有高级意识的动物,他能够认识到自己的有限性,敢于挑战自我,克服缺陷与不足,具有追求完美、无限的内在冲动和心理取向,向往人性的乌托邦境界。虽不能至,心向往之。毕飞宇在小说《推拿》中,多层面表达了对理想人性的期待和憧憬。第一是平等的叙述视角,表达了对盲人人格的尊重。从身体功能来说,盲人缺少视觉能

---

[1] 培根:《培根论说文集》,商务印书馆,2017。

力,是有缺陷的。相对于健全人,他们的能力受到一定的限制,故社会称之为弱势群体。但小说并没有健全人写非健全人的那种惯常的悲悯、哀怜姿态,没有对待弱势人群的居高临下的优越感。作家抱持着"我们是一条船上的"①人道主义情怀,表现他们的爱情、尊严、自强和幸福。"《推拿》最伟大之处就在于,作者毕飞宇将盲人作为正常人来写。他改变了千年来几乎固定不变的成见。这个成见就是认为盲人是非正常人。这个成见也基本上左右着文学中的盲人形象的塑造,盲人形象往往成为一个符号或象征,盲人作为正常人的资格长期被剥夺了。"②对盲人的尊重就是基于人性。不仅如此,这群从事推拿工作的盲人比普通人更懂得爱、同情、理解,更有生活热情,更具有人性的光辉。第二是侧重表现人物的精神性。小说不是在生存的意义上书写盲人,而是在生活的意义上、生命的意义上来写他们。前者只是物质层面的需求,后者才是精神层面的需求,如爱、尊严、人格等。都红是最典型的,她对待关心、对待爱情、对待友谊的态度,她的取舍、她的选择,无不显示了她是"自豪的,体面的,有尊严的"。金嫣、泰来、小孔、王大夫等都是这样。小说采用类似于《水浒传》的纵横交错的复式结构,以推拿中心的开办和管理运作纵贯全篇,其间连缀着一个一个相对独立的人物。水泊梁山聚集着一百单八名好汉,推拿中心汇集了众多有性格、有故事的人。小说讲述他们的爱情、工作、生活故事,展示他们的善良、阳光、进取、自强等性格,"沙宗琪盲人推拿中心"已然成为了理想人性的隐喻与符号。

雨果在《悲惨世界》的开篇写道,世界上最广阔的是海洋,比海洋更广阔的是天空,比天空更广阔的是人的心灵。毕飞宇小说的人性世界就具有这种丰富性、广阔性。尤其,作家刻画人,书写人性,并不满足于只作平面的展示与罗列,而是注意书写对象的复杂性、过程性和矛盾性,以期达到现实主义真实性和深刻性相结合的艺术高度。

第二节 毕飞宇小说的人性深度

毕飞宇努力开掘人性深度的方法,是自觉地将人置于其所赖以生存的世界,在人与世界的关系中表现人、刻画人,因此,他书写的不是抽象空洞的人,而是具体而微的生命。马克思说,人是一切社会关系的总和。人的存在状态与社会的基本存在须臾不可分离,人的爱恨悲喜、荣誉尊严、生存毁灭等同时也是世界存在的一面镜子。在毕飞宇小

---

① 姜广平、毕飞宇:《"我们是一条船上的"——毕飞宇访谈录》,《花城》,2001年第4期。
② 贺绍俊:《盲人形象的正常性及其意义》,《文艺争鸣》,2008年第12期。

说中，人与世界的关系大致可以概括为顺应、对抗和扭曲等多种正、反、合关系。通过展开这些关系，毕飞宇小说深刻思考了社会、文化、历史等对人的影响，透视了人性的深刻与复杂。

顺应关系是指人与社会的和谐状态，人性需求与社会要求属于同一性质、同一方向的两股力，也就是说，社会尊重人，人性的基本需求能够得到社会的理解和包容，并且有实现的可能。如《推拿》中的都红等一众按摩师，他们属于社会底层人物，普通劳动者，但小说力避了当下一些底层小说、打工文学消费底层人物，书写人与世界紧张关系的窠臼。后者常常以写惨，甚至以卖惨来博取眼球。小说选择跳出一般"问题小说""社会小说"局限的艺术方法，一是叙事的结构比例安排，即强调、突出对盲人按摩师的描写和刻画，分配了绝对多数的叙述时空比重，而自觉回避、刻意淡化了其他因素。这种叙述材料的选择和取舍使得故事的意义发生了变化，使生活中的盲人褪下了传统的弱者形象，锐变为人生和事业的强者。二是写作角度选择，小说不是从生理、物质的角度写人，而是从人格尊严和个人理想的高度书写他们。按照人本主义心理学家马斯洛的心理需求层次理论，这些都属于人的高级需求，也叫作生长需要。满足高级需要必须具备良好的外部条件，如社会条件、经济条件、政治条件等。小说在表现盲人按摩师们的生活与人生时，是基于且暗示了这样的外部条件的。这样的结构关系调度和叙事角度安排，使《推拿》成为一部主要是关于人的尊严的小说，具有人性的高度和温度。同时，人性的和谐也成为了对社会的曲折礼颂。从这个角度来说，《推拿》不仅是对盲人按摩师的现实书写，还是对他们的理想描绘，当然，支撑这种理想的，显然是他们身心所处且赖以站立的社会。

有时候，这种顺应关系也可能是暂时的，甚至是假面的。人是有自觉意识的动物，他能够主动适应环境，自觉选择应对社会的规则和训诫，以避免惩罚和危险。但是，这种压抑或者说伪装却是经不起人性考验的，因此，在特定情景中，一种精神分析理论意义上的本我会在不自觉中突破规则，释放自己。《哺乳期的女人》中，旺旺对惠嫂由相安无事到狠命撕咬，而惠嫂作为一名受害者，不但没附和人们的道德指责，反而维护了旺旺。小说通过旺旺的极端行为和惠嫂的矛盾言行，挖掘了人的复杂心理，揭示了人性的深刻性与复杂性。《林红的假日》中，休假中的林红和工作中的林红形成了强烈反差和鲜明对比，孰真孰假，孰是孰非？小说有意将反差和矛盾集中于一人身上，表现了人性的深刻性和矛盾性。

与顺应关系相反，对抗关系指人与社会存在矛盾冲突，人性需求与社会需要属于对抗性的两股力，人性的基本需求得不到社会的尊重和认可，社会压迫人，常常导致生命的伤害甚至毁灭。卢梭感叹："人生而自由，却无往不在枷锁之中。"这是因为社会在发展过程中形成的文化和观念常常是从维护种族生存、保障群体利益出发的，而且在一定历史阶段，统治阶级还会为了自身的现实利益制定规则，它们与个体人性和个人追求常常存在冲突和矛盾。《雨天的棉花糖》中，红豆原本正常生长，只是因为外貌、性格、爱好和行为偏于阴柔，少年时受到同学的嘲笑，长大后受到社会的排斥，就连他自己的亲人，也对他深存偏见，甚至鄙视。父亲更是恨铁不成钢，坚持送他到部队，"部队是革命的大熔炉，什么样的人都能百炼成钢。……是男人就该去当兵，三年的萝卜干，回来时保证你的小东西长得像酒盅子一样粗。"结果，部队经历成为了红豆永远的梦魇，战争环境造成了他的心理创伤，特别是被俘经历，使他在社会上再也抬不起头来，最后内心崩溃，精神疯狂而亡。红豆之所以得不到社会的认可，是因为传统性别文化的固执和偏见。这种文化认为，男人就应该是男人，像男人，样貌、行为、性格、心理等都必须男性化，否则，就会受到排斥和鄙视。而"少年红豆女孩子一样如花似玉"，"脸蛋红红地、嘴唇红红地"，性格温柔，爱好音乐，尤其是，"红豆非常喜欢或者说非常希望做一个干净的女孩，安安稳稳娇娇羞羞地长成姑娘"。红豆的死亡不是因为他做错了什么，而是因为他的存在本身，社会无法容纳一个跟其主流观念有异的个体。

在人与世界的关系中，毕飞宇最擅长、写得最好的，是第三种，即扭曲关系。这是人与世界的一种深度纠缠关系。人是社会的人，社会是由人组成的社会，人与社会是一种互文生成关系。伟人改天换地创造历史，凡人随波逐流命如蝼蚁。毕飞宇就擅长写命如蝼蚁的小人物的悲剧人生。

21世纪以来，毕飞宇连续推出了《玉米》《玉秀》《地球上的王家庄》《平原》《一九七五年的春节》等重要作品，这使他获得了擅写20世纪70年代中国记忆的作家称号。与新时期以来伤痕文学、知青文学、反思文学、改革文学甚至寻根文学书写的"文革"记忆不同，毕飞宇不是从政治、文化角度展开，也没有苦大仇深、金刚怒目式的革命姿态，因为他写的是"屋檐下的人物"[1]，他们渺小、卑微，处于社会边缘，既没在激流浊浪中翻滚，也远离灯火辉煌的舞台，他们是岸边的静水流深，是背景板上的模糊面影。这种题材和角度选择，却使得毕飞宇发出了属于"自己的声音"[2]，展现了作品的独特价值。

---

[1] 毕飞宇：《人文版序：〈平原〉的一些题外话》，载《平原》，人民文学出版社，2012。
[2] 王欣艳：《毕飞宇创作研究》，辽宁教育出版社，2015。

《玉米》写权力，更是写权力如何扭曲人性的故事。其实，权力本身是一个中性词，指一种强制力量。恩格斯的《论权威》，论证了权力的必要性。但小说中的权力是贬义词，这是社会时代赋予的，它是极端政治化年代里被异化了的权力。为什么这样说呢？王连方就是最好的证明。王连方是一位村支书，在中国的官僚体系里，这已是最底层的管理者，最低级的职务，最小的掌权者。但王连方俨然就是王家庄的皇帝。这不是权力大小的问题，而是权力性质决定的。皇帝君临天下万人之上，王连方在王家庄说一不二；皇帝拥有三宫六院美女无数，王连方睡遍村里所有女人随要随到。在王连方和有庆家的正在偷情的场景中，有庆回家撞见了，此时非但没有捉奸者的义愤，反而有的是通奸者的嚣张，"王连方停止了动作，回过头，看了一眼有庆。王连方说：'有庆哪，你在外头歇会儿，这边快了，就好了。'"

王连方之所以如此嚣张跋扈，不在于他本人多有能耐，而在于他手中有权力，更在于王家庄人对权力的忌惮和膜拜，是异化了的权力观念蒙蔽了大家的认知，扭曲了大家的人格，所以才有女会计、有庆家的、富广家的、大仁家的、裕贵家的等一众女人的献身取辱，前赴后继，甚至男人的默默接受，如王有庆。而在一众被扭曲的人中，玉米又是最典型的。

玉米人格被扭曲首先表现为对父亲的认可。这种认可不是表面上的，而是骨子里的，因为生活中，玉米鄙视王连方，"玉米平时和父亲不说话，一句话都不说。"不得已要喊他的时候，她绝对不喊爸爸，而是直呼其名，喊"王连方"，但她内心里却是极其认同父亲的，她深知这个家离不开父亲，她的生活、她的地位、她的形象，尤其是她的婚姻和命运都是如此，实质上，是离不开他手中的权力。她相信权力，痴迷权力，渴望权力。尤其是在跟彭国梁的爱情失败后，她对自己婚姻的标准"只有一条，手里要有权"。

对权力的迷信和痴迷，也扭曲了玉米对他人的态度和对自我的认知。她对姊妹没有爱，只是设法树立权威掌控她们。王连方侵害村里的女人，女人们敢怒而不敢言，她们都是受害者。但玉米却颠倒了这种关系，她居然鄙视被父亲伤害了的女人，漠视他人的痛苦和委屈，缺乏起码的同情。相反，她还放肆作践被父亲强占过的一个个女人。

玉米已经完全沦为权力动物。一方面，她凭借拥有的权力发泄着非人道的快意，另一方面，她也是权力的受害者。因为，就连玉米自己也没有想到，有一天王连方会失去权力。王连方没了权力，王连方的家就这么倒了，他本人连同玉米等家人就都成为了"村里人"。王连方做起了王漆匠，玉米做起了"村里的女人"，玉秀、玉叶被人强奸。到这个时候，她才认识到，原来，她跟女会计、有庆家的、富广家的、大仁家的、裕贵家的等都是一样的人。小说以玉米和郭家兴的床戏结尾，具有深刻的反讽性质。因为睡"别人家的女人"是王连方从前干得最缺德、最拿手的事，而现在，自家的姑娘玉米无疑就成了"别人家的女人"。当年王连方将"别人家的女人"堵在家里，压在身下，而今天玉米主动上门，被别人压着，做不得声。作家越是以极其冷静的文字写他们的初次，越具有极强的隐喻性和反讽性。

> 郭家兴抽了两根烟，再一次翻到玉米的身上，因为是第二次，所以舒缓多了。郭家兴的身体像办公室的抽屉那样一拉一推，一边动一边说："在城里多住两天。"玉米听懂了他的意思，心里头更踏实了。她的脑袋深陷在枕头里，侧在一边，门牙把下嘴唇咬得紧紧的。玉米点了几下头，郭家兴说，"医院里我还有病人呢。"玉米难得听见郭家兴说这么多话，怕他断了，随口问："谁？"郭家兴说："我老婆。"玉米一下子正过脸，看着郭家兴，突然睁大了眼睛。郭家兴说："不碍你的事。晚期了，没几个月。她一走你就过来。"玉米的身上立即弥漫了酒精的气味。就觉得自己正是垫在郭家兴身下的"晚期"老婆。玉米一阵透心的恐惧，想叫，郭家兴捂住了。玉米的身子在被窝里疯狂地颠簸。郭家兴说："好。"

玉米不是个例，毕飞宇要写出那个年代人性被扭曲的普遍悲剧。新时期初，在伤痕文学、反思文学中，主人公普遍以受害者面目出现。这种模式化的控诉会使读者困惑，那就是，既然社会大众普遍是受害者，那么施害者何来？施害人何在？毕飞宇显然反感这种推卸责任缺乏反思忏悔的怨士式写作，认为它们本质上仍然属于"文革文学"的思维[①]。"文革"是上层决策的悲剧，"文革"也是社会盲从的悲剧，"文革"更是个体人性扭曲的悲剧。"文革"能够闹腾十年且无法自止，不仅有施害者的压迫，而且有受害者自害兼互害的混乱与疯狂。与政治书写"文革"时标准清晰黑白立判不同，毕飞宇从日常生活角度书写"文革"，更有混乱的真实，更有反思的深度。

在《玉米》系列中，《玉秀》《玉秧》都是刻画人性扭曲的佳作。如果说《玉米》是权力扭曲人性，那么《玉秀》则是写传统文化观念扭曲人性，导致人格错位。它的内容包括传统男权文化和腐朽的贞操文化。玉秀明明是被一群人奸污了，人们不但不去追究施暴者的恶行，反而嘲笑受害者的失贞，这是典型的男权文化，自私、卑劣、怯懦。问题在于，嘲笑玉秀的不仅有男人，还有同为女性的姐妹和好友。最后，玉秀自己也认可了这样的结论，自己就是"尿壶""茅缸"。因为心灵扭曲，逃出王家庄后，她没有勇气

[①] 汪政、毕飞宇：《语言的宿命》，载《地球上的王家庄》，新世界出版社，2002。

接受爱，无法追求正当的生活，才有了更悲剧的人生。

人性扭曲在长篇小说《平原》中也得到了深度表现。跟《玉米》相似，《平原》里也写了权力，权力也是一个贬义词。玉米因追求权力而异化，吴蔓玲却是因为拥有权力而异化。如果说王连方是权力异化下的男性符号，吴蔓玲则是权力异化下的女性符号。她因追求"前途无量"的革命人生而主动压抑天性，在王家庄彻底"改造"自己。她努力塑造自己最革命的形象，却滑入了悲剧的深渊。最后，爱情无法满足，形象逐渐丑陋，心理变态疯狂，人格惨遭凌辱。

如果说在20世纪70年代，政治、权力、革命的异化力量常常导致人性扭曲，那么20世纪90年代以来，经济、金钱、欲望的力量成为人性新的挑战而使人的精神呈现出新的残酷形态。《哺乳期的女人》写物质形态下的精神空落，《相爱的日子》写灵肉分离的悲剧，其背后的决定性力量是经济条件、物质状况。《唱西皮二黄的一朵》写个人欲望的悲剧。尤其是《青衣》，筱燕秋的悲剧是极度膨胀的欲望扭曲下的人格悲剧和人性悲剧。

第三节　毕飞宇小说人性书写的艺术高度

于多维度的人性书写之中，毕飞宇建构了一种有根的人性美学，它既植根于一定的理论基础，又使文学具有贴地生长的丰满的现实性，是对新时期文学"人的观念"的发展和深化。毕飞宇小说创造了一种含混而反讽的现实主义美学风格，并内化为作家书写人和世界的一种态度，具有现代人道主义情怀和价值，标示了当代现实主义文学表现的新高度。

从认识论来说，毕飞宇的小说致力于挖掘人的深层心理隐秘，有一种自觉的精神分析理论视角。弗洛伊德天才地发现了人的深层无意识心理，认识到它对人的心理的决定性作用。与此对应，精神分析理论将人格分为本我——自我——超我三个层次，本我是人格中起决定作用的部分，它的心理动力来源于人的潜意识，它按照快乐原则行事，因此，常常是破坏性、否定性的力量。在毕飞宇看来，人受潜意识心理和本我人格影响与制约显而易见。他在自述中多次谈到人性："我对我们的基础心态有一个基本的判断，那就是：恨大于爱，冷漠大于关注，诅咒大于赞赏，我在一篇小说里写过这样的一句话：在恨面前，我们都是天才，而到了爱的跟前，我们是如此的平庸。"[1]在一篇随笔中，他

---

[1] 汪政、毕飞宇：《语言的宿命》，载《地球上的王家庄》，新世界出版社，2002。

认为:"我们的身上一直有一个'鬼',这个'鬼'就叫作'人在人上',它成了我们最基本、最日常的梦。这个'鬼'不仅依附于权势,同样依附在平民、大众、下层、大多数、民间、弱势群体,乃至'被侮辱与被损害的'身上。"[1]在筱燕秋那里,这个鬼是"我就是嫦娥",在玉米那里,这个鬼是"权力",在玉秧那里,这个鬼是城里的工作机会,在吴蔓玲那里,这个鬼是"前途无量",总之,这是一种普遍性的心理。

但是,人与动物的最大区别,在于人是理性动物,他有意识自觉,能够超越本我。从理论上来说,这要归功于自我的监督作用。自我按照现实原则行事,对本我进行监督、约束或引导,使之压抑、升华或者无害释放。如果现实社会是有序的、法治的、理性的,自我对本我的约束和引导会顺利、平和、有效得多。而在毕飞宇小说中,70年代的政治社会也好,90年代的市场社会也罢,要么被权力扭曲,要么被金钱侵蚀。现实原则失序,自我监督无力,人格悲剧无法避免。

新时期以来,中国文学重新与世界文学接轨,广泛而深入地吸收现代主义文学观念的营养,其中,弗洛伊德是对新时期中国文学影响最大的思想家之一。受其影响,新时期之初蒋子龙、张贤亮,后来的王安忆等人,大胆描写性爱,刻画人的性心理,表达对压抑扭曲人性的社会的反抗。到20世纪90年代,新生代作家张旻等人的创作,以及新世纪之初的卫慧、棉棉等,将性描写日常化、感官化、欲望化。可以看出,当代中国作家聚焦人物的性行为和性心理,大都偏于从生物学角度理解精神分析理论。毕飞宇的贡献在于,他既注意到人的生物性,又立于唯物主义的认识论立场,重视社会环境对人的影响和制约,即社会和文化等因素对人物性格和心理的巨大形塑作用。由于社会失范、法治失效、现实失序,自我始终处于混乱、脆弱和无根状态,缺少基本的监督和引导,于是,本我堂而皇之地出笼,人性的阴暗、扭曲和无耻泛滥,犹如没有裁判的赛场,没有指挥的合唱,一切混乱不堪。更甚的是,谁更暴力,谁更凶残,谁越受益。社会导致人性的悲剧,人性助长社会的混乱,终成难以收拾的局面。

从这个意义上来说,《青衣》与《玉米》异曲同工,如果说后者发生的时间属于"文革"时期,乖谬的权力助推人性的悲剧,那么前者的跨时代就具有了更加宽泛而可怕的所指。人们多认为筱燕秋属于性格悲剧和欲望悲剧,是梨园中不择手段地争做"人上人"的典型[2],其实,《青衣》也有着泛政治化的背景,社会意义明显。首先,《奔月》剧

---

[1] 毕飞宇:《我们身上的"鬼"》,载《小说月报》编辑部编:《小说月报第10届百花奖获奖作品集》,百花文艺出版社,2003。
[2] 董之林:《"身上的鬼"和"日常的梦"》,《文艺争鸣》,2004年第2期。

本是政治产物,"是上级领导作为一项政治任务交代给剧团的"。剧本的性质暗示了演员的命运。其次,筱燕秋与李雪芬的冲突本质上是艺术与政治的交锋。结果,不识时务的筱燕秋赢了艺术,却输了人生。第三,《奔月》再度上马与其说是筱燕秋对艺术坚守的成功,不如说是时代对艺术的强奸和蹂躏。因为,在这个"关键是钱"的商品化时代,为了重回舞台,筱燕秋付出了精神和肉体的双重代价。她不能像李雪芬那样主动下海开饭店当老板,也不能像春来那样预备改行到电视台做主持人,因为她心中始终放不下艺术。她执着守护艺术的结果,注定了悲剧无法避免,而她固执鲜明的个性更加重了这种悲剧色彩。

从审美面貌来说,毕飞宇创造了一种含混而反讽的现实主义美学风格,它既有现实主义的内容,又融汇了现代主义的内涵。如果说新时期初的现实主义文学如伤痕文学、反思文学等书写的"文革"是一个颠倒的社会,那么毕飞宇书写的"文革"则是一个混乱的社会。前者有明确的黑白分界,鲜明的是非标准,而后者则是混沌的、迷茫的、不清晰的。它以受害为底色,以互害为特色,辅以自害等内容,"毕飞宇小说中的含混与以往中国作家表现中的清晰形成非常鲜明的对照"[①]。这种含混既体现在他塑造的人物身上,也体现在小说的主题上。在毕飞宇塑造的人物中,有些主要是以施害者面目出现的,同时又是受害者;而作为受害者来说,他们对施害者的态度是暧昧的,对自己受害者的地位和处境缺乏基本认知,更缺乏基本反思;最后,施害、受害和自害往往三位一体地集中于一个人身上,成为复杂的互害局面。受害、施害与互害的混乱关系,表明每个人都不是纯粹的受害者或者施害者。当雪崩发生时,没有一片雪花是无辜的。这种被吃而"吃人","吃人"而被吃的悲剧使人联想到鲁迅的狂人和阿Q。在毕飞宇小说中,是非正邪被一定程度地悬置起来,导致表现得模糊。如《玉秧》这样的小说所写的,"文革"作为事件结束了,但"文革"作为精神依然延续着,在新时期依然蔓延着。这是严重影响我们判断历史和定位自我的书写。这种叩问在今天仍然值得严肃思考,认真对待。

这种审美书写与毕飞宇作为60年代生作家的自身经验有关。20世纪60年代初期出生的毕飞宇,经历、目睹了从"文革"到新世纪的种种现象,这是一个好的时代,这是一个坏的时代,这是一个明确的时代,这是一个迷茫的时代,这是一个希望的时代,这是一个失望的时代,这是一个变动的时代,这是一个不变的时代。与现代作家巴金、当代作家王蒙、张贤亮、张承志、韩少功等相比,毕飞宇的经验世界的奇妙所在就在于从来

---

① 杨扬:《"60年代生"及对应的文学气质》,《扬子江评论》,2010年第1期。

没有自己定型的东西，一切都处在混乱的成长期和变动期[1]。

这种含混不仅是一种审美风格，甚至内化为作家书写人和世界的一种态度。从文学史来说，它消解了新文学产生以来的启蒙传统，同时也婉拒了革命文学的教化姿势。毕飞宇把这种写作态度称为情怀，"情怀是什么？就是你不要把你和你关注的人分开，我们是一条船上的。"[2]这是一种以人当己，化己为人的理解和宽容，是一个作家面对写作对象的平静和雍容，这是一种平等、民主的境界。毕飞宇之所以能够写《推拿》，又能够写《青衣》《玉米》这样内容迥异、风格差异巨大的作品，原因就在于此。

因此，在叙述人物的时候，他能够采取一种人道主义的平等视角，而不是居高临下的批判姿态或卑微仰望的谦卑态度："人不可以在人上，人亦不可以在人下——人理当在人中，所谓'她在丛中笑'。"[3]写完《青衣》后，他这样说："我要说，我不喜欢筱燕秋，不恨筱燕秋，我唯一能做的是面对筱燕秋。我面对，不是我勇敢，是她们就在我的身边，甚至，弄不好，筱燕秋就是我自己。"[4]"当我动手的时候，我意外地发现我与那个叫筱燕秋的女人已经很熟了。这是真的。在我的身边，筱燕秋无所不在。她心中的那种抑制感，那种痛，那种不甘，我时时刻刻都能体会得到。"[5]这种平等相待，感同身受，同样表现在他对玉米的态度和评价上："我爱玉米吗？我不愿意回答这个问题。我怕她。……我感到我们在气质上的抵触。我尊重她，我们所有的人都尊重这位女同志，问题恰恰出在这里。"[6]他对筱燕秋、玉米是这样，对待笔下的其他人物，玉秀、玉秧、王连方、吴蔓玲、端方、大魔王、旺旺、林红，甚至盲人沙复明与都红等，都是如此。毕飞宇的人性书写使他的小说超越了新时期以来文学写人的高度，树立了当代文学新的现实主义审美传统。这是文学应该有的追求和态度，也是当代文学应该朝向的目标。

---

[1] 杨扬：《"60年代生"及对应的文学气质》，《扬子江评论》，2010年第1期。
[2] 姜广平、毕飞宇：《"我们是一条船上的"——毕飞宇访谈录》，《花城》，2001年第4期。
[3] 毕飞宇：《我们身上的"鬼"》，载《小说月报》编辑部编：《小说月报第10届百花奖获奖作品集》，百花文艺出版社，2003。
[4] 毕飞宇：《我描写过的女人们》，载《沿途的秘密》，昆仑出版社，2002。
[5] 毕飞宇：《〈青衣〉问答》，载《小说月报》编辑部编：《小说月报第9届百花奖获奖作品集》，百花文艺出版社，2001。
[6] 毕飞宇：《玉米·后记一》，载《玉米》，人民文学出版社，2017。